蝶变

首钢长钢公司改革发展十年纪略

2009~2019

闫荃生　刘潞生　宋国庆　著

冶金工业出版社
www.cnmip.com.cn

内容提要

《蝶变》是一部厚重的纪实文学作品。本书以时间为经、事件为纬，以翔实的史实，记录了一个红色钢企——首钢长钢公司，在十年前整体改制遭遇重大挫折、深陷重重危机的关键时刻，断然选择加盟首钢，坚定不移走上联合重组之路，推出一系列富有实效的改革举措，破解众多生存发展瓶颈，取得脱胎换骨的历史性变化的奋斗历程；集中展示了十年来长钢干部职工在国内钢铁企业艰难困境中求生存、谋发展、闯出一片新天地的责任与担当，热情讴歌了以首钢长钢人为代表的新时代我国钢铁工人不畏困难、敢于挑战、开拓进取、创造奇迹的精神风貌。

本书的价值在于透过一个个鲜活的事件，探究一个红色钢企的成长密码。其内涵与意义，对许多企业开展厂情厂史教育、着力推进企业高质量发展，具有一定的借鉴和启迪。

图书在版编目(CIP)数据

蝶变 2009~2019：首钢长钢公司改革发展十年纪略/闫荃生，刘潞生，宋国庆著．—北京：冶金工业出版社，2019.11

ISBN 978-7-5024-8308-1

Ⅰ.①蝶… Ⅱ.①闫… ②刘… ③宋… Ⅲ.①纪实文学—中国—当代 Ⅳ.①I25

中国版本图书馆 CIP 数据核字(2019)第 261521 号

出 版 人 陈玉千
地　　址 北京市东城区嵩祝院北巷 39 号 邮编 100009 电话 (010)64027926
网　　址 www.cnmip.com.cn 电子信箱 yjcbs@cnmip.com.cn
责任编辑 姜晓辉 美术编辑 吕欣童 版式设计 孙跃红
责任校对 卿文春 责任印制 李玉山
ISBN 978-7-5024-8308-1
冶金工业出版社出版发行；各地新华书店经销；北京虎彩文化传播有限公司印刷
2019 年 11 月第 1 版，2019 年 11 月第 1 次印刷
169mm×239mm；18.5 印张；6 彩页；281 千字；282 页
66.00 元
冶金工业出版社 投稿电话 (010)64027932 投稿信箱 tougao@cnmip.com.cn
冶金工业出版社营销中心 电话 (010)64044283 传真 (010)64027893
冶金工业出版社天猫旗舰店 yjgycbs.tmall.com
(本书如有印装质量问题，本社营销中心负责退换)

首钢长治钢铁有限公司新区鸟瞰图

郑汉涛、陆达、刘贵福、耿震勘测上党钢铁基地

故县铁厂全体职工合影

故县铁厂 1 号高炉

首钢长治钢铁有限公司第一届股东会合影

2009 年 12 月 18 日，首钢长治钢铁有限公司举行揭牌仪式

首钢钢铁板块长钢铁前管理创新变革经验交流会

2015年9月，张功焰（前右一）同山西省省长李小鹏（前右二）在长钢新焦化工地考察调研

2015 年 11 月，首钢总公司党委书记、董事长靳伟（右二）在长钢调研

首钢长治钢铁有限公司优化劳动组织、提高劳动效率动员大会现场

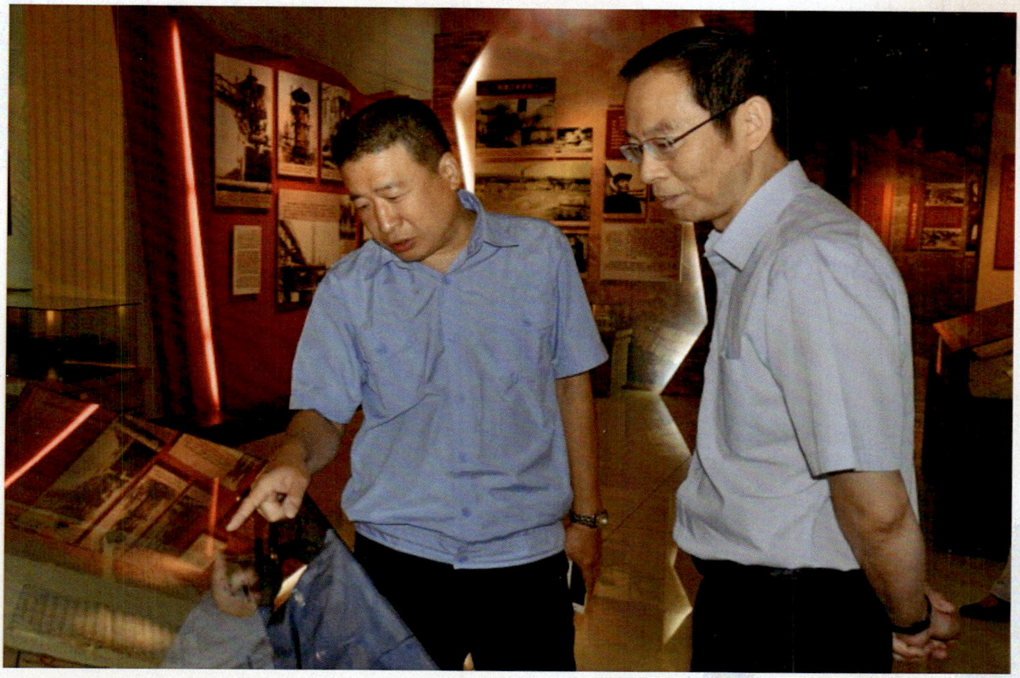

贾向刚（左）陪同张功焰参观长钢厂史展览馆

张功焰与长治市委书记席小军（右）进行座谈

首钢总公司技术服务组在长钢铁运部调研

首钢长治钢铁有限公司全面推进“三清晰三到位”岗位责任体系建设工作动员会现场

全国总工会推进企业民主管理工作会议现场观摩会在长钢举行

首钢长治钢铁有限公司庆祝建厂70周年暨千人誓师大会

首钢长治钢铁有限公司帮扶壶关县树掌镇南郊村扶贫资金捐赠仪式现场

本书编辑委员会

编写组

传承红色基因　再创长钢辉煌

“一切向前走，都不能忘记走过的路；走得再远、走到再光辉的未来，也不能忘记走过的过去，不能忘记为什么出发。”

首钢建厂100周年，恰逢中华人民共和国成立70周年，又是长钢加盟首钢10周年。为激励首钢人不忘初心、牢记使命，集团党委组织编撰了《百年首钢》系列丛书。长钢党委也组织力量编写了一部反映重组十年的专著——《蝶变 2009~2019》。

盛世编史。在关键节点，编书写志，总的来说，是一件非常好的事情。

好在哪里，好在我们对走过的路，有初心回望的感悟和体会，以史为鉴，明晰得失；好在我们对将走的路，有牢记使命的担当和境界，展望未来，自信从容！

对于长钢，我始终有一份特别的感动。原本底子很薄，包袱很重，生存极艰难。加盟首钢十年来，长钢没有“背靠大树好乘凉”的依赖，而是立足自身，主动融合首钢文化，以开放的视野兼收并蓄，走出了一条富有长钢特色的生存发展之路。

其间，集团给予了一定的支持。但如果没有源自内心的历史担当，没有强大的内生动力，不可能有今天的长钢“蝶变”。“打铁还需自身硬”，长钢近年的发展，印证了这一点。特别是2015年以来，长钢强管理降成本，抓改革谋发展，主要经济技术指标有了很大进步，企业盈利能力有了大幅提升，还产生了一些夯基固本、立柱架梁，在集团在行业有一定影响和借鉴意义的经验和做法，磨练了一支敢打硬仗、善打硬仗的干部职工队伍。所有这些，对今后的发展都弥足珍贵。长钢是极具活力的，也是极具潜力的。

首钢自1919年建厂，历经磨难，百折不挠，走过了一条从无到有、从小到大、从弱到强的创新发展之路。以习近平新时代中国特色社会主义思想为指导，建设世界一流的综合性大型企业集团，集团要做的事情很多。就钢铁业来讲，瞄准世界一流，做优做强是坚定不移的方向和路径。长钢是集团钢铁板块的一部分，集团的使命也是长钢的使命。希望长钢广大干部职工，传承红色基因，把握历史机遇，将长钢建成区域最优最强的钢铁企业，让集团放心，让职工满意！

是为序。

首钢集团党委书记、董事长、总经理

2019年10月

为长钢谋发展　为职工谋幸福

2019年，是一个极为重要而又极为特殊的年份。

这一年，迎来了中华人民共和国成立70周年，迎来了首钢建厂100周年，迎来了长钢加盟首钢10周年。在这样的特殊年份，我们推出了承载苦难与辉煌、奋斗与希望、追求与梦想，见证长钢十年变化的纪实文学——《蝶变2009~2019》，以此表达长钢人不忘初心、牢记使命，自强不息、继续前进的决心，以此作为长钢人献给中华人民共和国、献给新首钢、献给长钢自己的一份厚礼。

长钢是在整体改制遭遇重大挫折、企业生存发展跌至低谷的情况下加盟首钢的。席卷全球的金融危机对中国经济造成的冲击，钢铁产能无序扩张对行业发展带来的影响，企业多年发展缓慢给职工家属带来的焦虑，给加盟首钢后的长钢的发展，带来了很多的不确定性因素。"三去一降一补"供给侧结构性改革的推进，"绿水青山就是金山银山"新理念提出，更是对长钢的发展方式，提出了极为严峻的挑战。

有多大的压力，就有多大的动力。

当"敢闯、敢坚持、敢于苦干硬干"的首钢精神，碰撞"艰苦奋斗、勤俭办企"的长钢精神，当在长钢发展最困难时刻，集团公司为长钢提供资金担保，帮助长钢推进"八大填平补齐项目""200万吨焦化项目一期工程"……蕴藏在长钢职工身上的，从战争年代传承下来的敢于抗争的血性、永不言败的刚性、百折不挠的韧性被唤醒、被点燃。长钢职工，用可歌可泣的付出，演绎了回肠荡气的动人史诗：

优化提效，在岗人数由14000余人减至不足6000人，平稳过渡……

外委外包，2.8亿元费用砍掉，上千外用工的工作量，由在岗职工承担……

200万吨焦化一期工程建设，没有增加一个编制，焦化厂职工兼顾旧焦炉生产和新焦炉建设双重任务……

轧钢厂，三条半产线人员编制，兼顾着五条生产线的产量、质量、成本、能耗等劳动强度和效益指标……

在高炉用焦炭由一级焦改为二级焦，炉料结构由“精料”变为“经济料”的前提下，高炉稳顺超过1000多天，铁成本由行业下游跃至行业前五……

这几年，到长钢的人都说，长钢职工的眼睛里亮着光；

这几年，在长钢的人都说，一年干了过去几年干的活；

这几年，集团职工议论：长钢之变，变在民心；民心之变，变在干部；干部之变，变在作风；作风之变，带来千变万化。

这本书，就是探究长钢变化之因的书。

从2014年底来到长钢，到现在已近5年时间。5年里，钢铁业经历了从行业寒冬到供给侧结构性改革带来行业利润回归常态的过程。长钢，也经历了资金链条极为紧张，一分钱掰成两瓣花都不够的极为困难的境地。感恩长钢干部职工，用他们最质朴的舍小家为大家的情怀，支持长钢走过的最艰难的2015年，支持长钢平稳推进了优化提效、降本增效一系列改革举措。系列改革举措带来的成效，是长钢的体质在一点点改善，长钢的管理在一点点夯实，长钢的效益在一点点提升，职工的收入在一点点增加，企业的环境在一点点变美……

在首钢长钢重组10周年之际，为纪念这段历史，也为给后人留下可资借鉴的史料，在原党委书记崔永康同志的倡议下，特邀离开长钢的人，社会上关注长钢发展的人，记录首钢长钢10年重组的真实历史，追寻长钢10年之变的内因动力。希望他们以第三方的眼光、视角，客观审视长钢这几年的变化。经过撰稿人几个月的实地采访，将长钢这几年的变化呈现在读者面前。

可以说，本书作者饱蘸激情呈现的，在长钢这片红色热土上发生的跌宕起伏的人和事，让我们看到了从战争年代走过来的长钢人，在事关企业前途命运面前表现出的无私情怀和大爱格局，让我们感到长钢文化的厚重和坚韧，感到首钢文化的包容和担当。

我们相信，有两个企业文化的水乳交融，有干部职工对企业的真情关爱，长钢的未来，一定会走得更好，更远。一个更高质量发展的长钢，一定会为职工谋求更多福祉，为社会做出更大贡献，为首钢集团赢得更多荣光。

首钢长治钢铁有限公司党委书记、董事长

2019年9月

目　录

引言　为铁而生　成就荣光 …… 1

第一章　生死突围：联合重组同风起 …… 7

一、水深火热中的探寻 …… 7

二、稳步推进，牵手首钢 …… 13

三、第十七届三次职代会 …… 23

四、究竟怎样开局 …… 28

五、重塑长钢新貌 …… 31

六、力推八大技改项目 …… 35

第二章　鼓角连鸣："二次创业"再出征 …… 42

一、不止血连唱《国际歌》的力气也没有了 …… 44

二、矛头直指突出问题 …… 49

三、"倒下还是生存"大讨论 …… 53

四、把先辈的"一次创业"精神找回来 …… 62

第三章　优化提效：雄关漫道真如铁 …… 69

一、不能眼看着这条船翻沉于风浪 …… 70

二、风起于青蘋之末 …… 71

三、市总工会律师如是说 …… 73

四、努力争得生存的时间和空间 …… 75

五、把优化提效放在阳光下操作 …… 82

六、解合离厂的职工付出的牺牲更大 …… 83

第四章　清理外委外包：越是艰难越向前 …… 92

一、这件事让人惊心动魄 …… 92

二、搬掉“惰性观念”的大山 …… 96

三、用制度扎紧装钱的口袋 …… 101

四、红色长钢精神不能丢 …… 103

五、走近路就等于多省钱 …… 105

第五章　降费降库提效：吹尽狂沙始到金 …… 107

一、败家的事情不能再做 …… 107

二、零库存、低库存管理 …… 110

三、一刀砍下来的管理费 …… 113

四、省下的就是赚到的 …… 117

五、无处倾倒的废钢砖换来真金白银 …… 119

第六章　“三个一体化”和“三个跑赢”：历尽天华成此景 …… 121

一、两个想跳楼的人毗邻而居 …… 121

二、“三个一体化”带来的改变 …… 124

三、走出“炮楼”卖钢材，跑赢市场 …… 131

四、“三个跑赢”结硕果 …… 135

第七章　“三清晰三到位”和“TPM”：细微之处见真功 …… 139

一、批评的通报多了起来 …… 140

二、“三清晰三到位”赢得国家级奖励 …… 143

三、用好考核的激励机制 …… 150

四、三个英文字母的长钢内涵 …… 153

五、公交车上的“长钢之声” …… 159

第八章　项目建设的首钢情怀：为有源头活水来 …… 161
一、感动长钢“半日行” …… 162
二、逆势而上的焦化项目 …… 167
三、焦炉建设工地的热潮 …… 170
四、烧结环冷发电创效明显 …… 176

第九章　环保节能，科技创新：小荷才露尖尖角 …… 179
一、蓝蓝的天上白云飘 …… 179
二、余热发电屡创新高 …… 181
三、无人值守一卡通 …… 183
四、盯着电脑卖钢材 …… 185
五、质监站有了机器人 …… 186
六、垃圾里面的高科技 …… 188

第十章：文化对接与创新：万木霜天红烂漫 …… 190
一、加盟首钢的文化对接 …… 191
二、红色基因的认定与张扬 …… 196
三、与时俱进的科学总结 …… 205
四、一项长钢首创的制度文化 …… 214
五、庆祝建厂70周年暨千人誓师大会 …… 220

第十一章　共享发展成果：挥写民生大文章 …… 225
一、职工有了用餐补助卡 …… 226
二、大山深处有亲人 …… 230
三、搭上精准扶贫的“健康快车” …… 235

第十二章　砥柱中流：党旗猎猎映钢城 …… 237
一、从历史和未来的交汇点再次起步 …… 239

二、强力实施“三大工程” …… 243
三、创建风清气正的政治生态 …… 253
四、创新群团工作 …… 257
五、全力维护稳定和谐大局 …… 263

尾声　初心永在：长风破浪会有时 …… 267
一、荣誉背后的品质追求 …… 268
二、长钢之变的内涵发现 …… 272
三、转型发展任重道远 …… 275

后记 …… 282

引言

为铁而生　成就荣光

一

铁。

在地球上分布最广的元素之一。

据科学家推测，地球之心为炽热的熔铁，这也是这颗蓝色的神秘星球上，有巨大的磁场和南北两极的根本原因。

铁。占地球总重的35%左右，在地壳中的分布占5%以上，排在其他金属数量的第四位。纯铁的理化性质和我们日常所使用的钢和铁的性质完全不同。最早冶炼出的铁含有很多杂质，也就是常说的生铁。所谓的百炼成钢，是一个不断去除生铁中所含杂质的过程。

人类最早使用的铁是来自宇宙的铁陨石，后来学会了从矿石中提炼。铁的发展和利用，伴随了人类社会发展的几千年，铁的冶炼技术和利用程度，也标志着人类社会的文明程度。

我国从西周末期有了冶铁技术，在墓葬中开始出现了铁质器物，有生活用具，也有兵器。毛泽东在《咏史》中写道：“铜铁炉中翻火焰，为问何时猜得，不过几千寒热。”到了汉代以后，铁和盐成为了重要的战略和安全物质，实行国家专营。西汉政治家桓宽根据当时一次著名的盐铁会议写出了专著《盐铁论》。

唐代大诗人李白在《秋浦歌》中生动地记录了当时的人们炼铁的场面：“炉火照天地，红星乱紫烟。赧郎明月夜，歌曲动寒川。”

近现代以来，随着电力的发明和利用，钢铁冶炼技术飞速发展，钢铁工业成为一个国家的主要支柱，也成为展示国家形象和实力、雄霸世界的重要物质力量。

法国巴黎的埃菲尔铁塔建成于1889年，总高324米，有18038个钢铁构件，重达1万吨，巍然屹立在塞纳河畔，向全世界炫耀着这个老牌资本主义国家昔日的风采和荣光。

相比于西方资本主义发达国家，我国的钢铁工业十分落后。直到19世纪末，在洋务运动的推动下，才陆续出现了贵州青溪铁厂、江南机器制造总局炼钢厂和汉阳铁厂，掀开了中国近现代钢铁工业新的一页，但其技术和设备大多是从西方引进的，生产规模和品种也极其有限。

抗日战争时期，八路军开赴山西前线作战，军火的短缺成为最为头疼的问题。为了扩大军需生产的需要，朱德总司令亲自下令收购了武乡县的一个民营炼铁厂——柳沟铁厂。这个铁厂只有一个小小的炼铁炉，而且只能生产少量的白口铁，远远不适应战争形势的发展对军火的需求。抗日战争结束后，国际国内形势发生了巨大变化，国共第二次合作破裂，以上党战役为标志，反对国民党内战的战争已经打响。扩大军工生产，没有钢铁这种重要的物资，巧妇难为无米之炊，筹备建设一个铁厂的计划，就列上了军工部领导的议事日程。

铁啊，铁！

二

1946年2月26日，雨水节气已过，如果在山青水秀的江南，油菜花已经开成了一片金黄，“儿童疾走追黄蝶，飞入菜花无处寻”，漫山遍野的各色花树已经闹出了万紫千红。而太行山上的北国之春，依然是冰河冻土，荒山瘦水，枯草褐树，满目萧然。

这天早晨，在石圪节小寒山下、故县村北一带的沟沟坎坎里，突然出现了几个身穿厚厚的棉军服而非常神秘的人。没有人会想到，就是这几个人在此地的流连，改变了这块古老而又封闭的土地的命运。直到多少年以后，也只有研究新中国军工史的少数几位专家才知道，是他们书写了中国共产党红色军工史的传奇故事。

这一天，他们决定把建设铁厂的厂址确定在故县村紧邻二仙庙旁边的小南河北坡上。

七十年后，即2016年2月24日，首钢长钢公司党委下发文件，把1946年2月26日确定为建厂纪念日。

2月24日下午，首钢长钢200万吨焦化项目一期工程动员大会在紫藤楼常春厅举行，标志着首钢长钢在新时代转型的道路上又迈出了关键的一步。

厂址选定之后，立即进入了铁厂的建设阶段。这时候，国共两党的战争才刚刚开始，物质缺乏，条件艰苦，但唯一不缺乏的是建设者们的决心和意志。

刚开始计划建设的是五吨的小高炉，后来阳泉解放，又改变计划，决定把阳泉铁厂的一座20吨的高炉整体搬迁到故县来。1947年夏秋之交，在太行山深处一条古老的山道上，出现了非常壮观的一幕：浩浩荡荡的400多人的队伍，牵拉着一个庞然大物在沟壑间缓缓移动。上坡，200多人在前面拉，下坡，200多人在后面拽，直到秋蝉的鸣叫凋落了故县坡上那棵老槐树的第一片树叶，才把高炉的本体搬迁到了建设工地。

1948年1月10日晚，一条耀眼的红龙从高炉的腹部腾涌而出，闪耀着璀璨的铁花，夹杂着狂欢的呼喊。从此，太行军工有了自己规模生产的高炉，这也标志着新中国红色钢铁摇篮的诞生。

高炉投入生产后，迫击炮弹的产量成倍增长，1947年高炉投产前总产量为200880发，1948年激增到1028000发，1949年提高到1756000发，相当于1947年的8.4倍。

由于生铁产量的增加，解放军的武器装备也得到了充分的满足，这也为提前结束解放战争创造了物质条件，是一个了不起的贡献。

故县铁厂因此而有了“刘伯承兵工厂”这样一个闪耀着不朽光辉的名字。

这个厂为铁而生！

三

1987年5月，长钢举行了建厂40周年纪念活动，当时有许多健在的老兵工从全国各地云集长钢，共襄盛典。郑汉涛将军在纪念大会上豪迈地说：“长钢是我党我军创建的第一个现代化钢铁厂。你们创建于战火纷飞的40年代，当时一无经验，也缺少钢铁及水泥等，但是在党和八路军总部的正确领导下，解放区人民的支持下，当时的建厂组带领全厂职工自力更生，艰苦奋斗，终于在短短的几个月时间里建成投产了。这一伟大胜利是来之不易的。我们必须珍惜这一胜利，继续发扬这一光荣传统，迎接今后更艰巨的四化建设任务。长钢为解放战争的胜利贡献了数以十万吨计的生铁，制造了数以百万发计的炮弹，这一个功勋将永垂史册。长钢的贡献还在于培养了很多的技术和管理人才，为全国解放后冶金战线的巨大发展打下了初步基础，这一功绩更具有长远的意义。”

冶金工业部副部长、总工程师、故县铁厂的创始人陆达说：“我们故县铁厂的建设队伍，是来自全国五湖四海的优秀儿女，为了一个共同的目标走到一起来的。这个共同的目标，就是要建设共产党自己的钢铁基地，为夺取解放战争的全面胜利奠定雄厚的物资基础。”

走进长钢公司紫藤楼一楼大厅，一块2米多高、4米多长的红木屏风就展现在你的眼前，上面镌刻着周总理1956年视察太钢时跟曾经担任过故县铁厂耐火材料厂厂长宋忠恕说的一句话：“故县铁厂是我党在根据地第一个正式建设的厂”。宋忠恕老人生前在回忆文章中写到，周总理还对他说：故县铁厂是自力更生、艰苦奋斗建成的，要向战争年代建设故县铁厂那样，把太钢管理好。

故县铁厂先于共和国而诞生，与共和国的命运心手相牵，在波澜壮阔的历史长河中，73年前仆后继，73年起落沉浮，73年搏击风雨，73年不懈奋斗，书写出一曲豪气干云的钢铁壮歌。

在安徒生的童话里，曾经有一只丑小鸭，处处受排挤，被人看不起，但它却怀有一份美好的梦想，正是这份梦想让它不屈奋斗，最终成长为一只美丽的白天鹅。

在西方的神话故事里，有这样一种鸟，任由烈火焚身，就是烧不死，反而在烈火中重生，涅槃为一只金色的凤凰。郭沫若先生曾怀着烈火一样的青春热血，讴歌过凤凰涅槃：

春潮涨了，
春潮涨了，
死了的宇宙更生了。

生潮涨了，
生潮涨了，
死了的凤凰更生了。

凤凰和鸣
我们更生了，
我们更生了。
一切的一，更生了。
一的一切，更生了。
……

还有一种毛毛虫，在茧中有一个不食不动的阶段而变形为成虫的过程。这个过程对于毛毛虫来说非常痛苦，在这个过程中不能够坚持下去而死亡的并不在少数。而一旦活过来，就会变出一双飞翔的翅膀，这是一双自由的翅膀，这是一双美丽的翅膀；有了这样一双翅膀，就有了自己的春天，自己的花丛，自己的天空……

四

你或许会问，长钢是什么？我们说，长钢就是那一只丑小鸭，那一只火凤凰，那一条毛毛虫；丑小鸭要变成白天鹅，火凤凰要涅槃，要更生，毛毛虫则要蝶变，在痛苦大于死亡的过程中，生长出翱翔蓝天的翅膀。

长钢有着比新中国年龄还长的历史。稍稍回望一下长治大地上的各种各样的企业，几十年间，它们速生速死，速死速生，有如川流不息的走马灯。而我们的长钢，她为铁而生，为铁而长，为钢铁而磨砺了自己，成就了钢铁的品质和意志。把自己生长成为挺立于太行之巅的一棵铁树，傲霜斗雪，郁郁葱葱，闪射着骄人的光华和卓然不群的风采。

我们欣然，长钢之铁，在战场上开花，成为庆祝共和国诞生的礼炮；我们欣然，长钢之铁，幻化了自己的身躯，在大地上耸立，在大地上匍匐，变为高楼，道路，桥梁，成为祖国山河中一处处美丽的风景。

铁，从矿石中炼出，从烈火中炼出，也是从智慧、力量和汗水中炼出，从精神和意志中炼出的。百炼钢化作绕指柔，这种轻盈，这种沉静，这种柔顺，这种刚毅，是长钢人信念和追求的积聚和物化，是长钢人灵魂中飞出的彩虹！

五

七十三年，对于一个人来说，是一个老人；对于一个工厂来说，是一个老厂。人，作为一个自然的生命体，不可能返老还童；而一个工厂，却可以在历史的长河中与时俱进，脱胎换骨，永葆活力和青春。

历史是螺旋式上升和波浪式前进的，长钢七十三年的发展历程，就恰好证明了这一点。七十三年，曲曲折折，坎坎坷坷，其中的沟沟壑壑有谁能数得清？七十三年，酸甜苦辣，五味杂陈，又有谁能说得尽？

七十三年太久。

本书，只回首 2009~2019 年，首钢集团公司与长钢公司联合重组的 10 年道路。

第一章

生死突围：联合重组同风起

实现首钢与长钢的联合重组，是今天的“首钢长钢”浴火重生、十年蝶变的起始点，是“首钢长钢”迈出的第一步。

没有十年前的联合重组，长钢的今天毫无例外地会是别一番景象，历史也许会重写，或者说，就没有了十年后今天的回头审视。

十年前的联合重组，是长钢生死攸关时期的选择，是当时的大势所迫。是时代的驱使、历史的必然。让濒临破产、将要倒闭的企业活下去，让太行山上穿越革命战争硝烟的红色钢企存续下去，是摆在长钢干部职工面前的头等大事，第一要务。

联合重组，这一对长钢前途命运产生深远影响的生死突围，历经十度春秋的风风雨雨，锤炼锻打，凝结成一座丰碑，在红色长钢的史册上浓墨重彩，熠熠生辉。

对于长钢人来说，这一步走得十分艰难，十分不易。

一、水深火热中的探寻

这需要从一场让长钢人的情感深受刺痛、刻骨铭心的“改制”风波说起。

党的十五大以后，各地认真贯彻国有经济有进有退、有所为有所不为的方针，积极推进国有经济布局和结构调整，探索公有制的多种有效实现形式和国有企业改制的多种途径。

这是新中国工业发展史上一次重大而又影响深远的变革。一时间，改制在全国国有企业中掀起重重波澜。

旧的秩序顷刻间被打破，新的秩序的建立尚待时日。企业何去何从？身家何去何从？今后的日子何去何从？随着改制的推进，改制中出现的那些不尽如人意的问题以及眼睁睁看见的部分国有资产流失，使那些与企业命运休戚相连息息相关半个多世纪的老国企干部职工家属五味杂陈、人心浮动。

老国企长治钢铁有限公司毫无例外地被改制风潮推向了风口浪尖，以至于引发了他们和一家叫做“新××”的公司旷日持久的矛盾纠纷与法律诉讼。

长钢始建于1946年，当时对外称“长潞贸易货栈”，对内称“华北兵工第四厂”。1949年10月中华人民共和国成立时，改名为“中央兵工总局第二兵工厂二分厂”。1950年4月，兵工第一、二厂合并，原第二厂二分厂改为“华北人民政府公营企业部第二兵工厂七分厂”，1951年5月又改为“中央人民政府重工业部兵工局第三四二厂七分厂”。1952年10月1日由兵工系统划属山西省工业厅，更名为“山西省人民政府工业厅故县铁厂”。同年11月，枣臻焦厂奉命与故县铁厂合并，厂名仍为故县铁厂，隶属山西省工业厅领导。1959年1月，故县铁厂更名为“山西省地方国营长治钢铁厂”，直属省重工业局领导。

1965年，冶金工业部决定长钢改为特殊钢厂，既生产民用产品，也生产军工产品，并开始筹建冷带、热带、冷拔、锻钢四条钢材生产线。1973年，冶金工业部批准长钢在“五五”和“六五”期间按铁20万吨、钢20万吨、材18. 2万吨的规模进行建设。“文化大革命”期间，企业管理机构被拆散，生产秩序被打乱，职工思想混乱，企业连年亏损，给长钢带来了难以估量的损失。

1986年10月，经山西省冶金工业厅党组批准，长治钢铁厂的领导体制由党委领导下的厂长负责制改为厂长负责制。同时在全厂18个生产单位和7个事业单位实行了厂长（矿长、经理、校长、院长）负责制，全厂有23个职能处室，职工达14000名。

1988年8月，经省经委、省计委批准，长治钢铁厂更名为“山西长治钢铁公司”，经理为法定代表人，公司领导体制按《企业法》运作。

1996年3月，为适应建立现代企业制度的需要，经省政府批准改制为

“长治钢铁（集团）有限公司”，制定了《章程》，成立了董事会、监事会和经理层。

2000 年，山西省冶金工业厅撤销，长钢改由省企工委领导。

2005 年国企改制风起云涌。2 月 5 日，为了改制操作上的便利，也为解决企业发展资金问题，经长钢请示，山西省政府决定将长钢下放到长治市管理。

从长钢领导体制的变迁我们可以看到，从战火纷飞的年代建厂，一直到下放长治市管理，长钢一路走来，虽风风雨雨、多有坎坷，却一直是实实在在的国有企业。多年来，始终被长治市政府以及各个部门客气地称呼为“驻市单位”，或者“大型国企”。

管理权限下放到了长治市后，长钢改制步伐加快。其时，很多人虽然对国有企业“改制”这场巨大变革深远意义的理解和认识并不能说十分深刻，十分通透，但作为一座中国共产党一手创建的老国企，从干部到群众，却也大都能在心底顺应时代潮流，大都被“长钢一旦改制成功就会插上腾飞的翅膀”的美丽前景所振奋，真诚地期盼通过改制，让企业走出困境，有一个朗丽畅达的前景。

虽然有几分无奈，几分苦涩，他们还是在内心里企盼未知的新主人脚踏祥云款款而至。

当然，这并不仅仅是长钢干部职工自身的事情。作为地方政府和主管部门，也在日思夜虑为长钢前景计。2005 年 12 月 12 日，几经磋商，长治市国资委与四川成都一家名叫“新××”的民营公司正式签订了一份《股权转让合同》，协议将长治市国资委所持有的长钢集团 58.29%的股份转让给新××，新××出资 4.08 亿元，成为长钢的大股东。长钢职工占 21.71%股份由长钢工会代持，长治市国有资产经营公司持有 20%股份。

《股权转让合同》承诺：“协助长钢集团在 2 至 3 年内募集 15 至 20 亿元发展资金”。合同签订之前，长钢再次提出每年支持 10 亿元的资金用于技改建设的要求，也得到承诺。

2005 年 12 月 20 日，新××公司、长钢工会和长治国有资产经营公司签订

《长治钢铁（集团）有限公司章程》，在山西省工商局完成注册登记。

至此，长钢集团由一家国有独资企业变更为以民营资本控股的股份制公司。

然而，事情往往不像善良的人们美好期望的那样顺利正常地行进。让人始料不及的是，这场“改制”，在长钢历史上引发了旷日持久的诉论与上访。

新××公司成为长钢集团控股股东后，利用其“大股东”的地位和掌控企业财务的便利，不但不给企业注入资金，反而违背股权转让合同的承诺，在短短4个月内，频繁抽调集团公司账册上原本就寥寥无几少的可怜的生命资金达2.39亿元。

这种行为很快引起长钢管理层和财务部门的高度警觉和重视。在股东会、董事会及其他诸多会议上，为了维护企业和职工的利益，长钢职工的代言人及财务负责人对抽调资金多次提出强烈反对意见。

缺乏充分准备进行的改制显得仓促而盲目。

资金问题不但没有解决，大股东反而更加肆无忌惮、随心所欲地支配和抽逃企业资金。

职工的合法权益和企业的根本利益受到严重威胁。

对此行为，长钢方面的领导们多次请教相关法律和金融专家，逐步认识到对方并不顾及企业和职工利益的行为，不但是极其错误的，而且是违法的。

为了企业的稳定和发展，长钢责成财务部门专门负责追讨工作。

矛盾冲突在所难免。

出于对国有资产流失的担忧，以及长钢领导层在改制问题上的不同看法、不同声音，或者说权力斗争，引发国内几家财经媒体，《21世纪经济导报》《搜狐财经》等的大篇幅报道。2006年6月5日，因改制算断工龄的部分职工，以解决长钢改制问题为由到市委、市政府静坐示威。6月8日，长钢集团公司楼前聚集800余人非正常上访。

长钢的和谐稳定和生产经营遭到严峻的挑战，企业骤然间陷入前所未有的混乱局面。

长钢是长钢几万职工家属赖以生存的企业，如果长钢倒闭，最大的受害者是长钢广大的员工。

长钢改制时净资产（加上土地）为 11.99 亿元，而改制成本为 12.73 亿元，其中包括职工的补偿金和人员安置费用，但改制时这些对职工并未兑现，国有资产在支付职工补偿金后为负数，职工补偿金的兑现只能靠日后企业的发展。

人们逐步明白，改制实际上是玩了一套用长钢的钱买长钢，然后大肆抽逃资金的把戏。

为了企业的生存和广大职工的利益，长钢党政工领导层一方面向市国资委、市政府、市委、省政府、省委等相关部门反映情况。另一方面，为了保证资金的安全，长钢工会以股东名义将大股东告上法庭。

众多的法律专家认为，新××公司在长钢改制过程中的种种做法涉嫌犯罪。

心怀美好梦想，却遭遇冰雪严寒，长钢人哪一个不惊出一身冷汗？

2006 年 6 月 1 日，长钢工会依照《公司法》相关规定，向长治市中级人民法院提起民事诉讼，并依法提出财产保全申请。

6 月 7 日，长治市中级人民法院下达（2006）长保字第 005 号《民事裁定书》，6 月 8 日法院依法采取了保全措施。

6 月 25 日，长钢工会向长治市公安局报案，请求对新××公司涉嫌虚假出资、抽逃资金和合同诈骗的行为予以侦处，追究刑事责任，返还抽逃资金，维护长钢公司和股东、债权人和广大职工的合法权益。

6 月 21 日，长治市中级人民法院依法对此纠纷正式立案。

2007 年 1 月 25 日，长治市中级人民法院依法公开审理此案。因该案是新公司法颁布后，全国第一例国企改制小股东起诉大股东的维权案，且诉讼标的额巨大，社会影响重大。长治中院建院以来还从未审理过此类型的案件，市中院高度重视，抽调精兵强将组成本案的合议庭公开审理了此案。期间，省委、省政府对此事件高度重视，省主要领导作出：“省高院指导协调，长治市市委、市政府督促支持市法院抓紧依法妥处，不宜久拖不决，拖跨了企业”的重要批示，对于企业的深切关爱溢于言表。

2007 年 5 月 10 日，长治市中级人民法院做出判决。

长钢工会胜诉。

与新××公司长达三年多的矛盾纠纷与诉讼终于尘埃落地，职工和企业权益得到保障，长钢重新回到了“国家”的怀抱。

似真似幻极具传奇和悲剧色彩的“改制”命运看似结束了，但留在长钢人心灵深处的创伤何时得以抚平，还有待时日的疗伤。

需要处理的后遗症接踵而来。改制伊始，许多职工采取了“算断”的方式，与新的混合所有制的长钢公司解除了劳动关系，拿上补偿金走人。也有不少人果决地选择了坚守，因为大家实在不知道“算断”之后，去哪里重新找一个什么样子的饭碗。

那些日子，每一个长钢人都在经受一种类似于炼狱般的痛苦与煎熬。

长钢这块热土，是几代长钢人赖以生存的地方。长钢人深知企业兴，个人兴；企业亡，个人亡的道理。自己的命运要靠自己去掌握，企业的事情就是自己的事情。他们热爱长钢，珍惜长钢，依靠长钢，不断使自己的生活变得更加幸福美满，是每个长钢人的美好愿望。

三年多的时间里，长钢人饱尝了体制变革过程中的希望、失望、痛苦、屈辱、焦灼、迷茫、喜悦和振奋，穿越了时代带给他们的矛盾与纠纷、解决了频繁群访问题以及原、燃料价格上涨的重重困难。2007年，长钢职工努力工作，敬业奉献。企业经济效益得到增长，技术指标有所改善，产品结构开始优化，节能减排步入正常轨道，管理攻关成效初显。全年产钢246万吨、产铁239万吨、产材210万吨，实现销售收入75亿元，税金5.18亿元，在职职工收入较前一年增加了10%，均创造了历史的最好水平，长钢的生命工程60万吨H型钢建设项目也竣工投产。

重新回归国有体制以后，长钢需要及时解决的棘手问题就是改制期间离厂职工的善后问题。面对改制时未与集团公司签订劳动合同解除劳动关系拿上补偿金离开工厂的众多职工，长钢采取一系列措施，进行了妥善安置：一是，由本人申请，原单位审查，退还经济补偿金，返回原单位竞争上岗。二是，参加公司新员工招聘实现再就业。三是通过劳务派遣、家政、餐饮、物业服务等形式实现再就业。四是合理照顾生活困难人员，使那些有迫切返岗要求的未与企业签订劳动合同的人员早日回到了集团公司大家庭中。

回溯这次改制的失败，有人说“新××”是“既无实力，又无诚信”。这仅仅是事情的一个方面。事实上，一个组织也好，一个人也好，只要你不择手段地以金钱为最终追逐目标，唯利是图，而置国家法规和群众利益于不顾，出现这样的结局实属必然。

二、稳步推进，牵手首钢

历史好像是注定要让长钢人经历和感受在清水里泡三次，在血水里浴三次，在碱水里煮三次的人生经历。

这边，新××的事还未了结；这边，席卷全球的金融风暴便狰狞而至。金融危机蔓延至国内，国内钢市寒风萧瑟，企业经营生产雪上加霜。长钢资金链行将断裂。

天寒大地冻。在此大环境下，长钢生产经营陷入了前所未有的困境。尽管公司采取了一系列降本增效的措施，也取得了一定的效果，但全年仍巨额亏损——这是长钢历史上从来没有过的啊！

种种迹象表明，仅仅依靠自身的力量，想要维持目前正常的生产经营已经是举步维艰，寻求企业的发展壮大更显得力不从心。

企业的出路何在？

当时，有人已经觉得长钢没有什么起死回生的可能了。就连本企业一些举足轻重的领导干部也丧失信心，认为长钢必死无疑，谁也没有本事让它起死回生。

百般无奈之下，2008 年夏秋之交，长钢向市委市政府、省委省政府告急，呼求给予 10 亿元贷款，解决资金链问题，迅速挽救长钢所面临的破产倒闭困境。如果解决不了这个问题，长钢只有宣布停产关门。

长钢给市、省政府打的报告，虽然说的是资金链断裂的问题，对当时长钢前景的看法却不免让人心惊肉跳。

今天，如果人们能看到这份告急文件，如果人们能得以知晓当年文件极其寒冷的措辞特别是文件所描画的艰难困境，如果能了解到文件所提出的对于长钢前途命运的应对办法和设想，一定会手足冰凉，倒吸冷气。一定会倍感惊异：难道这样的厄运竟然会降临到一座为中国革命和中国人民做出重大贡献的红色钢企头上？

值此危急时刻，中共长治市委及时对长钢领导班子作了调整。

2008 年 9 月 25 日，郭士强被任命为长钢党委书记、董事长、总经理。

新班子有党委常委、副总经理李虎山，党委常委、副总经理徐建国，副总经理李怀林，副总经理姜广银，副总经理杨辉。

长钢新的领导班子就任之后，一方面紧急寻找对策应对十万火急的资金链即将断裂的严峻局面，采取生产半停半开的方式临时应对；另一方面考虑企业的长远，提出“鼓足勇气求生存、解放思想破制约、走与国内特大型钢铁企业联合重组之路”的战略决策，放眼国内寻求战略合作和企业重组。

然而，郭士强主政长钢伊始，似乎并没有让经历了改制磨难和身陷钢市困境的长钢人得到多大的心理提振。

经历了荆棘丛生、生生死死的长钢人，甚至有人直言不讳：来了一个“赶大车”的，能弄成什么啊。

郭士强在到长钢任职前，是长治市第一汽车运输公司的党委书记、董事长，他做出的政绩让市里的领导和社会刮目相看。一位同事曾调侃地说，郭士强在长治市是“上管天，下管地，中间管空气”的人物。“上管天”说的是他促成的长治王村军用机场军民合用事宜；“下管地”说的是以一运为依托的长治汽车运输业占了全市运输行业大半壁江山、36 个关联企业个个盈利的事；“中间管空气”说的则是他率先在长治市推出的国家节能项目公交车燃油改甲醇的环保项目。这是一位出身草根从一线、从改革开放初始、从市场经济惨烈竞争中一路拼搏、冲杀过来的实干家。

当时是，长钢随时有停产关门的可能。市委市政府领导深知，长钢一旦停产，决不是一件平常的经济“事件”，而是长治市或者更广泛程度上的一场“灾难”。

郭士强在长治市的事业顺风顺水时接过了长钢这块烫手的山芋。但他明白，市委市政府在长钢最为艰难的情况下选择了他，临危受命也好，来长钢“救火”也好，作为一个共产党员，他义不容辞。

正当长钢走投无路之际，国内钢材市场的巨幅波动再次使钢铁企业意识到提高产业集中度的重要性，我国钢铁企业明显加快了联合重组的步伐。有关资料显示，从年初沙钢重组常州鑫瑞特钢，攀钢重组西昌新钢业，到年底唐山两大民营钢铁集团的组建，2008 年国内大大小小的并购重组多达 17 起，是近年完成数量最多的一年。

世界钢铁工业的发展历史显示，行业低迷往往是大规模重组的重要推手。20 世纪发生在美国、日本及欧洲的三轮钢铁并购整合浪潮中，钢铁行业低迷就是最直接的推动力。

其时，银监会也出台了《商业银行并购贷款风险管理指引》，首次提出允许符合条件的商业银行开办并购贷款业务，满足企业和市场日益增长的并购融资需求，这将为 2009 年资金相对紧缺的钢铁企业开展联合重组提供强有力的支持。

寻求联合重组成为国内一些钢企度过危机的首要选择。

在制约企业发展的政策、资金、资源等诸多瓶颈中，政策的制约是根本症结。只有解决了政策的制约，融资、资源等问题才可以迎刃而解。

困顿之中，郭士强的目光穿透层层云翳，在国家宏观经济和产业政策的层面上逡巡。

他的思考已经有了初步结果——与国内特大型钢铁企业联合重组。

对于长钢来说，走联合重组之路，或可天高地阔，柳暗花明。不走这条路，则可能就是死路一条。

在对国家宏观政策和行业走势进行深入研究分析后，走与特大型钢铁企业联合重组之路，成为长钢领导班子的共识。

战略思路确定之后，与哪家企业合作摆上议事日程。

长钢党政一班人迈开了重组寻亲的艰难脚步。数家国内知名的特大型钢企列入长钢合作意向名单。

然而，寻找联合重组对象的道路并不是一帆风顺。

2012 年，首钢长钢公司融入首钢总公司挂牌三周年的时候，《长钢纵横》发表署名“午和漪”的长篇报告文学《踏平坎坷成大道》记载了这段寻找的历史：

联合重组的道路并不平坦，第一次寻求合作，郭士强就尝到了苦涩的滋味。

长钢合作的橄榄枝首先伸向的是另一家大型钢企。通过各种途径和这家钢企取得联系后，郭士强与有关人员一起到这家企业拜访。他表明自己的来意，可对方却说，目前我们还没有考虑过这个问题，如果上面硬压，如果长钢实在过不下去了，我们再考虑。

从对方冷淡而推辞的话语中，郭士强早已读懂了一切。

……

一家家联系、接触、前期考察、分析比较，遭遇和个中滋味，只有郭士强自己清楚。事后提起，他风趣地说，就像给闺女找婆家，再费心思费力气也要给闺女找个像样的婆家。

最终，长钢搜寻的目光锁定在首钢。

目标锁定首钢，长钢人自然有自己的思考与盘算。

郭士强并不是那种消防队员式灭火就走的干部，一旦投身到一个单位里面，他就会扑下身来，不干出一些业绩绝不罢休。在郭士强心里，企业当时能活下去固然是头等大事，但他始终觉得长钢“死”不了，也不应该死。他还考虑着的是长钢以后的发展，将来的技术改造，企业管理水平的提高，是生产坚实快步的提升，是跨越式发展的实现，是老国企雄风的重振。

通过联合重组，可以突破产业政策制约。

2005 年 7 月，经国务院审议通过的《钢铁产业发展政策》将年产钢 500 万吨以下的普钢企业列为限制发展的对象。

长钢在多次错失发展机遇后，最终被戴上了国家政策“限制发展”的“紧箍咒”。

近些年的步履维艰充分证明，实施与首钢的联合重组，凭借其资金和技术等优势，长钢的规模将迅速跨上“500万吨”的门槛，一举进入钢企“国家队”的行列，从而顺应国家产业政策，为企业的持续、健康发展创造良好的环境。

通过联合重组，解决企业融资难的问题。

《钢铁产业发展政策》明确规定，对于不符合产业政策的企业，金融机构不予提供贷款和其他形式的授信支持。对重点骨干企业将加大金融支持力度；相反，对落后产能继续实施融资限制等措施。

在我国，通过银行贷款是企业融资的主要渠道，而各大银行为有效防范金融风险，将贷款企业分为支持、限制性支持和建议减退等三类，长钢无奈地被划入“建议减退”之列。

资金是企业的血液，长钢多年的发展除依靠自有资金外，主要就是通过银行贷款融资，《钢铁产业发展政策》的发布无异于卡住了小钢企的脖子，当然也毫无例外地卡住了长钢的脖子。

通过联合重组，实现产品结构优化升级。

长钢建厂以来，长期依靠“两根棍”打天下，产品技术含量和附加值低的问题一直没有得到有效解决。虽然近年来勒紧裤带上马了H型钢项目，使产品结构有了一定改善，但由于还没有形成规模和品种系列上的优势，加上市场的因素，整个情况并没有大的改观，更谈不上质的飞跃。与首钢的重组实现后，长钢不仅能将首钢的先进工艺、技术拿来壮实自身，更可以依靠其先进的管理和技术，利用其集团内统一调配资源的优势，为企业今后的持续发展提供技术和人才支撑。

由于首钢正在积极实施从首都外迁的战略部署，其现有先进产能需要一个合适的落脚点。如果与首钢的联合重组能够实现，势必可以将其现有的相对先进的装备直接引入，在较短的时间内实现规模的扩张和产品结构的优化升级。

首钢曾是我国普钢行业的“领军者”，其本部主要产品与长钢的产品同属普钢系列，这更可为长钢60多年来锻造出的熟练操作技能提供广阔的施展舞台；同时，首钢后续兴建的曹妃甸、迁安、首秦等项目则以精品板材为主，与未来长钢的产品也不构成市场竞争，反而可在首钢总公司的旗下实现优势互补。

通过联合重组，破除资源制约。

随着全球钢铁业的发展，资源、能源的易获得性已成为钢铁企业竞争力的主要因素之一。面对近年来铁矿石、煤、焦等资源价格的剧烈波动所导致的钢价大幅振荡，国内钢企纷纷开始谋求增强对上游资源的掌控能力，一些大钢厂甚至直接在国外投资铁矿，“矿钢一体化”已成为现代钢铁工业发展的必然趋势。长钢的发展长期受困于上游资源的限制，自有矿山资源濒临枯竭，大宗原燃料的采购价格由于资金缺乏及管理不完善等原因长期处于高位，随着资源市场供求关系的变化，产品成本得不到有效控制。

实施与首钢的联合重组，为长钢在地方政府的大力支持下煤、铁等资源获得提供了机遇。同时，以重组后的企业为主体，依靠优势骨干企业的资金优势，吸收地方资源企业以资产入股等方式入股，实现对上游资源的整合也成为可能。

通过联合重组，还可以完善一些已建项目的手续。

虽然长钢通过近几年的努力，在极其困难的情况下建设了包括 H 型钢在内的一些项目，但其中一些项目在用地指标、环境评价、项目核存方面，一直还没有得到合法、合规的“户口”，还长期承担着因违规占地等原因而导致的高额罚款。

受困于国家产业政策及资金等方面的限制，仅靠长钢自身的能力来完善这些手续，难度极大。而通过实施与首钢的联合重组，长钢则可以享受政策支持，在地方政府的大力支持和积极协调下，用较短的时间将这些手续予以完善，将这些困扰企业发展的外围因素彻底消除。

通过重组，振兴长钢，要把长钢打造成严格高效、充满活力、富有朝气、科学发展的新长钢；打造成对长治经济有重要支撑，对山西经济有重要贡献，对全国钢铁行业有影响的骨干企业；打造成世界有名、国内先进、山西一流的钢铁企业。

当然，作为深陷困境的长钢领导班子心中孜孜以求的联合重组梦想，还只限于班子内部的缜密思考，并没有公开地摊摆在广大干部职工面前。

事情总有两面性和多面性，对于这样的梦想，即使是担任过长钢领导的老同志也有相当一些分人觉得只不过是黄粱美梦，一厢情愿。

就在一些人认为长钢与首钢联合重组“根本不可能”的断语中，长钢与首钢的联合重组事宜，在一步步坚实地推进着。

当更大范围内的干部职工得知联合重组的消息时，他们突然发现，这件关乎长钢生死的重大决策，已经在领导班子当中酝酿了很长时间。

尽管有人断言，首钢的领导连一些更高级别的干部也不易得见，更何况区区一个长钢？但长钢党委书记、董事长郭士强还是多方周折登门首钢，表达了合作意向。

这一天，是 2008 年 12 月 8 日。

长钢主要领导与首钢领导首次见面，不回避矛盾，不掩盖困难，对当时长钢的困难、弱点、不足，实话实说，坦陈实情。

洽谈出人意料地进行得非常愉快。

《踏平坎坷成大道》记述了这次饶有意味的见面：

在公开场合明确地提出与大集团联合重组的思路，敏感的人们似乎意识到了什么。不错，这次重组的提出是有背景的。就在前一天，也就是 12 月 8 日，郭士强已经赴北京拜访了首钢集团党委书记、董事长朱继民。

见面安排在当天下午，约定见面时间是 20 分钟。朱继民当天安排约见的客人在会客厅外间依次等候。

郭士强是第一次到首钢，第一次面对面与朱继民交流。朱继民也是第一次见到郭士强，第一次听郭士强表达长钢加盟首钢的愿望。郭士强条理清晰地陈述，优势、劣势，困难，不足，诚诚恳恳，坦坦荡荡；朱继民听他陈述，询问，交流，始终用睿智的目光打量着他。

20 分钟很快过去了。秘书进来提醒时间已到，朱继民挥挥手让他先出去。谈话继续进行。

又一个 20 分钟，再一个 20 分钟，秘书几番进来提醒外面还有其他客人在等，朱继民交待，今天其他客人都不见了，要和郭总深入交流一下。

两个人越谈兴致越浓，不觉间浓浓的暮色从石景山那侧遮掩了过来，陶楼内外次第点亮璀璨的灯盏。朱继民热情挽留郭士强共进晚餐。进餐间，两人谈兴更浓，言语与酒杯触碰出悦耳而和谐的音响。

初次见面，朱继民用十二个字概括自己的感受：两个企业“文化相近，理念相通，易于融合”。

站在文化的角度审视企业间的合作，足见朱继民的视界与智慧。

一年之后，长钢党委宣传部研究长钢厂史的人员发现，1948年秋，柳沟兵工厂外迁时，一部分工人到了故县铁厂，一部分工人到了石景山钢厂。

历史或许就是这样机缘巧合！

2009年3月7日，山西省委、省政府领导在北京参加“两会”间隙，率长治市委市政府领导会见了首钢董事长、党委书记朱继民。

省、市领导的全力支持加快了彼此合作的进程。

2009年春天，杨柳依依、花红草绿。首钢两位副总两次带队考察长钢，长钢的发展优势和干部职工的精神风貌给首钢“老大哥”留下深刻印象。接着，首钢长治项目调研小组先后两次对长钢进行了现场调查。

长治市政府对此亦高度重视，于2月23日和26日召开专题会议，研究了长钢与首钢联合重组涉及的股权、债权、土地、环保、资源配置、发展规划等问题，表示将大力支持并积极推进长钢与首钢的联合重组工作。3月17日，“长钢与首钢联合重组工作协调领导组”正式成立，3月18日，长钢也成立了联合重组工作专门领导机构。

3月26日，针对长钢与首钢联合重组工作所涉及的项目核准、产能置换指标、项目用地、资源配置及环保问题，市政府向省政府呈报了《关于长钢与首钢联合重组有关问题的请示》。5月4日，常务副省长申联彬指示省有关部门予以研究支持。

首钢方面，4月下旬通过了关于与长钢实施联合重组的有关董事会决议并上报北京市国资委。

6月14日，首钢总公司党委书记、董事长朱继民，党委副书记、副董事长、总经理王青海，党委副书记、纪委书记、董事霍光来，党委常委、董事、常务副总经理徐凝一行13人到长钢进行考察。

当天上午，朱继民一行先后来到了新区5号烧结机、捣固焦炉、8号高炉、6号和7号转炉、H型钢生产线、瑞奇高线和瑞昌水泥公司进行了参观考察。朱继民每到一处都与现场工作人员进行交谈，从装备、工艺、生产经营、能源保障、新产品开发和市场潜力以及经济技术指标等方面进行了详细询问，对长钢在现有条件下所做的工作和取得的成效尤为赞赏。

在厂区参观结束后，朱继民一行与长钢公司领导班子举行了座谈。听取了长钢1~5月份生产经营情况及年度经营情况预测分析。朱继民说，这次长钢之行我们收获很大，长钢领导班子和广大干部职工精神状态非常好，对长钢未来的发展信心更足。长钢领导班子的工作思路清晰，各项工作措施切实可行，符合科学发展观的要求，符合国家扩大内需的政策要求，只要能落实到位，持之以恒地抓下去，长钢一定能取得非常大的变化。在谈到进一步降低产品成本，提升企业整体市场竞争实力时，他建议长钢今后应做好“四个坚定不移”：坚定不移地走节能减排和对标挖潜、降本增效之路；坚定不移地做好降低吨钢固定费用增效工作；坚定不移地走开放合作之路；坚定不移地利用好国家、省、市出台的行业扶持政策，抓好战略发展机遇期，谋求企业更好的发展。

座谈会结束后，朱继民一行还与长治市政府领导进行了座谈。

15日上午，朱继民一行又到长钢锻压公司、铁运部两个单位进行了参观考察。

之后，首钢就与长钢联合重组事宜向北京市国资委进行了专题汇报，得到了北京市国资委的同意，并与长治市政府签署了《战略合作协议》。

如果说，长钢关于加盟首钢的看法和想法，更多地是从长钢当时自身的实际情况出发，站在长钢自身和地域经济的立场上做出的，那么站在首钢的角度来看，又会是有哪些思考呢？

让我们回过头来审视一下首钢。

1919年建厂的首钢，是中国钢铁工业的发祥地和重要生产基地之一，我国第一座侧吹转炉、第一座氧气顶吹转炉、第一座现代化高炉均诞生于此。尤其是改革开放后，首钢以前所未有的速度飞速发展，1978 年，钢产量达到 179 万吨，跻身中国八大钢企行列，1994 年，钢产量已达 824 万吨，列当年全国第一位。

首都身份曾经一直是首钢的荣耀。然而，北京市“国家首都、国际城市、文化宜居”的发展定位，使首钢钢铁在北京发展空间渐窄。尽管每年的环保投入高于其他钢企数倍，尽管是钢铁行业中的环保先进单位和绿化模范单位，是花园式工厂。但是，行业特性造成的环境污染和对城市资源的大量占用，使首钢与北京首都的功能发挥、环境质量的保证之间产生了无法调和的矛盾。

因为环保的原因，1994 年之后的十年间，当国内各大钢铁企业都在向千万吨钢迈进的时候，首钢却“窝”在石景山，一再压低产能，钢产量一直徘徊在 800 万吨左右，在全国的排名也逐年后退，拟建的调产项目得不到批复，产品绝大部分为低附加值的长材，不具备竞争优势。随着北京申奥的成功，多少年来一直没有间断的首钢“搬迁”的声音越来越强烈，已经上升到“要首都还是要首钢”的高度。

搬？还是不搬？“与其坐以待毙，不如主动出击”，在生死攸关的抉择中，首钢顺应了历史性的选择，成就了新首钢，也为首钢与长钢的联合重组埋下了伏笔。

首钢的搬迁，不是简单意义上的迁移，而是要通过搬迁调整结构，通过搬迁建设现代化钢铁企业，通过搬迁获得更大的发展空间，通过搬迁重建大钢企的辉煌，重新奠定在钢铁行业中的地位。

胸怀这样的远大目标，首钢在争分夺秒异地建设现代钢企的同时，抓住国家产业结构调整和钢铁行业调整振兴规划中鼓励钢铁企业跨地区重组的机遇，提出了通过新项目建设与跨地区钢铁企业联合重组的方式，实现首钢转型跨越发展的目标。

在这一目标的指引下，首钢大手笔展开重组。

2005 年首钢实施搬迁调整战略，先后在河北迁安、秦皇岛、曹妃甸和北京顺义建起四大板材基地，而最擅长生产的优势产品——长材将面临全部淘汰的窘地，这是首钢人所不愿意看到的。

面对长钢，首钢认为，双方都是老国企，文化相近，易于融合，且双方的产品有互补性。首钢搬迁调整后，产品结构将基本转向板材，而他们过去的产能主要以长材见长，且一直都是国内领先。而长钢有着60年的长材生产史，工艺技术过硬，产品在业界也享有盛誉，可以承接首钢的长材优势。吸引首钢的，还有长治地区丰富的煤、焦、水、电资源，以及长钢60多年历史打造出的红色文化及大批熟练工人和管理技术人才。

从太行山上到永定河畔，一方苦苦寻找，一方热情相拥，两只手相握，两颗心相牵，如小溪入川，如江河归海，长钢这艘几近搁浅的小船，好风凭借力，又一次扬帆起航，开始驶向光明而美好的远方。

三、第十七届三次职代会

就在首钢领导带着对长钢的诸多满意离开以后，长钢关于联合重组的各项工作也在紧锣密鼓地进行着。

最为重要的是，联合重组的大事不仅事关长钢这个老国企的命运，同样事关全公司干部职工家属的切身利益，绝不能重蹈盲目“改制”的覆辙，一定要让全公司广大职工明明白白，一定要得到大家的支持。

2009年7月31日，长钢（集团）公司召开第十七届三次职工代表大会。大会听取了《关于长钢与首钢联合意向的说明》，就“长钢与首钢联合重组意向”进行了投票表决。

大会应到代表389人，实到代表340人。参加人数超过应到人数的三分之二，符合法定人数。

表决结果为：340票同意，0票反对，0票弃权，0票作废。

长钢人以罕见的100%的赞成票一致通过长钢与首钢联合重组意向，并通过了《长钢（集团）十七届三次职工代表大会决议》。

当大会主席团宣布表决结果时，会场掌声雷动。

如果说，长钢和新××改制风波主要是上层领导和上级部门意愿引发的结果，广大职工群众更多的只不过是怀疑、无奈、顺从和随波逐流；而这次与首钢的联合重组，则得到了全体干部职工群众的拥护，大家对首钢的信任和期待发自内心。

面对大家的掌声，身处风口浪尖上的郭士强心里更是波涛涌动，以至于他说话的声音让人听起来哽咽难抑。他的话如此动情：今天举行的职工代表大会是我们在实施战略重组工作中走出的关键一步，按照目前的安排，我们将于8月8日在太原市正式与首钢签约，正式成为首钢总公司的一员。此时此刻，我的心情比较激动，也非常高兴。还是那句话，战略重组后会对企业的发展有很大帮助，长钢集团今后的路会走得更加平坦，更加顺利，发展得更加迅速。

这次会议让大家明白：在金融危机对实体经济造成严重冲击的大背景下，省委省政府、市委市政府站在推进山西经济和长治经济发展的高度，长钢集团公司领导班子站在推进长钢长远发展、维护职工长远利益的高度，共同促成了长钢与首钢的联合重组。双方重组，符合国家《钢铁产业发展政策》，是《钢铁产业调整和振兴规划》发布后一个真正意义上的重组案例。

跨进“国家队”，意味着从根本上改变长钢在生死线上苦苦挣扎的命运；联合重组得到了长钢广大职工，包括离退休干部职工的拥护支持，实属民心所向，众望所归。

一周以后，2009年8月8日上午11时30分，长钢与国内特大型钢企、年销售收入超千亿元、有着90年发展历史的首钢总公司联合重组正式签约。

签约仪式在省城太原迎泽宾馆隆重举行。

这一天临近中午，长钢在家值守的公司领导聚集在公司办公楼前，办公楼从一楼到四楼，所有的窗户里都探出了脑袋和眼睛。

中午12时，当成功签约的喜讯传回长钢时，穿梭其间的公司办主任兴奋呼喊，成功了，成功了，快点炮，快点。

刹那间，从一大早就等候消息的长钢干部职工在公司楼前和俱乐部门前同时燃放起了连绵不绝的鞭炮。

鞭炮声震荡着长钢的每个角落，撞击着每一个长钢人的心灵。

这是历经坎坷磨难之后的呐喊。

这是走出荆棘荒漠之后的啸吟。

一个巨大的喜悦炸破了沉寂已久的长钢的天空，钢城的百姓奔走相告，喜极而泣，人人都在谈论着同一个话题：长钢与首钢在太原迎泽宾馆成功签约，长钢找到了一家实力雄厚的婆家，长钢有救了，长钢有救了！

从夏到冬，也就是一眨眼的时间。

对于与首钢联合重组的成功，几年后，郭士强曾经有过这样的内心表达：加盟首钢后大家高兴，我当然也高兴。政府管企业，也不好办，企业管企业，更好。但是，也在想，无论在哪个方面，和首钢都还有个磨合期，文化的磨合，理念的磨合，管理的磨合，技术的磨合，方方面面都要有个磨合过程，会有冲突，有矛盾。实际上，更重要的是，现在不要说生产 200 万吨的小企业，就是中等企业也很难走下去，以后，很多钢企会越走越难。去产能是我们国家的大趋势。首钢块头大，体量重，科学技术高、精。不要说首钢的领导干部，还有那些在实际工作中干事的专业技术人员，工作能力特别强，有些什么问题，别人弄几天弄不出个眉目来，这些行家，一看就解决了。现在好贷款，也是因为后面有首钢这棵大树，银行放心。

10 月 30 日，首钢长钢公司在首钢陶楼国际会议厅召开第一届第一次董事会。会议选举郭士强为首钢长钢公司第一届董事会董事长。董事会决定聘任赵民革同志为首钢长钢公司总经理，聘任张振新出任总会计师。根据总经理提名，聘任李虎山、徐建国、李怀林、杨辉、姜广银同志为副总经理。

11 月 3 日，工商变更手续顺利完成。

2009 年 12 月 18 日，首钢长治钢铁有限公司揭牌仪式隆重举行。

这标志着长钢与首钢的合作取得了决定性成果，标志着饱受磨难的长钢公司从此迈入了崭新的历史发展阶段。

长钢人用最为炽热的激情、最为真挚的内心欢庆这个日子。

在揭牌现场，18 条大型条幅和由上千只彩球编织而成的 18 条彩带从楼顶直挂而下，整个办公大楼显得沉实厚重而壮丽辉煌。大楼正面，镶嵌着首钢总公司标识的大型中国结在洁白的墙面映衬下鲜亮耀眼。主席台巨幅红色背景墙四周环绕着彩色气球，大气磅礴。主席台上，鲜花簇拥；主席台下，红毯铺地。现场中央场地上，十多只悬挂着标语和彩带的大红气球凌空摇曳飘舞。在揭牌仪式大门口，拱门如虹，气势宏大。两边红色底座托着两头金狮威风八面，六根红色大圆柱昂然挺立。门外左右摆放着“落实三个发展目标建设兴旺富裕和谐新企业”“推进四位一体战略赢取广阔博大精深大市场”的醒目大型标语牌，展示出首钢长钢人的雄心和气度。门楼檐角上高挑大红灯笼，大门正上方，“首钢长治钢铁有限公司”十个大字，在阳光照耀下熠熠生辉。

庆典现场，喜气洋洋。冬日的钢城激情奔放，暖意融融。

上午11时许，伴随着欢快的进行曲，参加揭牌仪式的省、市领导和嘉宾满面笑容，健步走入会场。

11时18分，揭牌仪式正式开始。

省政府，省经济和信息化委员会、环保厅、国资委以及省发改委、国土厅、质监局、建设厅、工经联、冶金协会等有关部门负责同志出席仪式。

首钢总公司党委书记、董事长朱继民，党委副书记、副董事长、总经理王青海，党委常委、常务副总经理徐凝以及总公司有关部门负责同志出席揭牌仪式。

长治市委、市人大、市政府、市政协、市政法委以及市中院领导，县市区、有关市直部门领导，长治市郊区区委、区政府及郊区有关部门负责同志出席揭牌仪式。

首钢长钢公司党委书记、董事长郭士强，总经理赵民革，副总经理李虎山、徐建国、李怀林、杨辉、姜广银，纪委书记崔永康，总会计师张振新也都悉数出席揭牌仪式。

揭牌仪式由首钢长治钢铁有限公司总经理赵民革主持。

山西省、首钢总公司、山西省经济和信息化委员会、长治市委市政府领导共同为首钢长治钢铁有限公司揭牌。

首钢总公司党委副书记、副董事长、总经理王青海，长治市委市政府领导，首钢长钢公司党委书记、董事长郭士强分别在揭牌仪式上讲话。

揭牌仪式结束时，鞭炮齐鸣，鼓乐高奏，全场掌声雷动，大家共同见证历史，庆祝这一在首钢长钢公司发展史上具有里程碑意义的日子。

长治钢铁（集团）有限公司正式更名为“首钢长治钢铁有限公司”。

长钢人终于冲破“何去何从”的巨大迷茫，穿越千山万水，最终汇聚到现代化特大型国有钢企的滚滚洪流之中。

在接受《长钢》新闻工作人员的采访时，首钢总公司党委书记、董事长朱继民说：我国在整个工业化的进程中，钢铁行业发展从需求不足到供给不足，然后又发展到现在的产能过剩，这是一个必然的过程。今后，产能过剩和竞争加剧应该是一个市场的常态，我们要做好长期应对的思想准备，包括技术准备、管理准备、体制机制准备、人员素质准备以及供应链准备。

在市场竞争面前，首钢长钢公司面临的压力会更大，原因主要有几个方面，一是现有的产能因为工序之间不匹配，不能充分发挥；二是整体装备水平比较落后，小转炉、小高炉在产能当中占相当大的比例，能耗高、污染大，经济技术指标不合理；三是产品结构不适应市场竞争的要求。长材产品中棒材和线材的比例结构不合理，棒材和线材都是低端产品，没有中高端产品。要想改善产品结构，必须围绕产品结构改善装备，改善工艺流程，加大技术研发和技术管理的力度；四是外部环境对首钢长钢公司的制约非常严重。钢厂的物流运输量很大，如果物流体系满足不了产能要求，即使企业内部具备了产能，照样实现不了。现在首钢长钢公司铁路运输和公路运输的组织方面都存在很多问题，这些问题不解决，要想解决下一步达产达效、调整结构的问题是很难的；五是发展钢铁必须有较好的资源条件。首钢长钢公司虽然处在能源的富集地区，比如电力和煤炭，但是没有自己可以控制的资源，全部依靠社会上的保障，能源优势如何利用也是面临的一个课题。

对于首钢长钢公司发展有利的一面，朱继民说：一是省、市政府高度重视长钢的问题，给首钢长钢公司的发展带来了前所未有的条件和机遇；二是首钢长钢公司的职工选择了首钢，从集团的角度看，可以更好地实现优势互补，企业的资源可以充分地得到利用；三是首钢长钢公司是我们党创建的第一个钢厂，在几十年的发展中积累了丰富的人力资源基础和管理经验；四是山西省现在正在开展资源整合，地方政府也在积极推动，为解决我们的短项带来了空间；五是通过困难的考验，我们职工的信念更加坚定，对首钢长钢公司自身存在问题的认识更加深刻。这些为我们解决下一步问题创造了条件。2009年，在首钢长钢公司的历史上是最为重要的一年。2010年是首钢长钢公司非常有希望的一年，也是为未来发展奠定坚实基础的一年。要抓住急需要干的事，干出成效，为首钢总公司和首钢长钢公司长远发展奠定基础。

拨开云雾，语语中的，提纲挈领，振聋发聩，句句点击在了长钢发展的要害穴位上。

长钢由此迈开了发展的崭新、坚实脚步。借助总公司的力量，快速消除和缓解了政策、资金等制约瓶颈的影响，经营生产和技改建设等各项工作逐步迈入了正常、规范、有序的轨道。

在振翅高飞的万里天空，在扬帆远行的广阔海洋，在山水茫茫的坚实大地上，长钢人昂扬斗志，重新上路。

四、究竟怎样开局

跨入2010年，春潮涌动，万物劲发，一卷新的蓝图在长钢铺开，一项项推进长钢发展的务实举措落地有声。

新任首钢长治钢铁有限公司总经理赵民革，北京科技大学本科、硕士、博士毕业，教授级高级工程师，对钢铁前沿技术有很深的了解，对人才培养、基础管理有独到思路。第一次和长钢中层管理人员见面，赵民革即表态：有信心把长钢的事情做好。希望和大家同舟共济，为提升长钢的市场竞争能力，打造长钢的长远竞争能力做出自己的贡献。

究竟长钢经营生产怎样开局，在来长钢之前，赵民革估计已对长钢的方方面面了然于胸，所以工作起来有一种驾轻就熟的从容、非常切实有力。

——抓“一个调整”：针对钢材库存较大，原燃料库存最低带来的经营风险，主导把原燃料库存与钢材产品库存倒置状态调整过来。

——建“两个组织”：建立“铁前降成本”软组织，以“铁前降本一盘棋”为出发点，牵头对烧结矿的配料、高炉入炉料结构进行调整，降低铁前成本；建立“钢后调结构”软组织，围绕市场对产品的需求，优化调整产品结构，增加企业效益。

——改生产作业计划为生产经营计划。针对生产作业计划主导下的工厂思维，为强化市场意识，实现与总公司的对接，从2010年1月份起，将每月的《生产作业计划》编制改为囊括内容更加广泛的《生产经营计划》，随后又调整为经营生产计划。围绕经营组织生产，围绕市场变化，调整生产作业计划。

——挖潜力、降成本、增效益。坚持“人无我有、人有我优”的工作思路，在更高的水平上建立产能的新平衡，挖掘现有设备潜力；加强基础管理，堵塞管理漏洞，降低生产成本；通过技术创新，根据市场需求，调整产品结构，增加经济效益。

——实现“两步走”发展目标。第一步，是完成填平补齐规划，解决坯材不平衡、能源回收率低的问题，真正具备年产360万吨的配套生产能力；第二步，是实现从建筑材向优质材转变的跨越，新建一个年产300万吨钢左右的新区，形成年产600万吨的以建材为主、长材为特色的企业。

——推进八大填平补齐项目建设。总经理赵民革担任八大填平补齐项目总指挥，强调所有工作要以一级网络进度、节点为依据，以全面推进工程建设为中心，确保指挥部政令畅通。并提出指挥部要落实“10个抓”：抓开工、抓施工准备、抓图纸、抓设备订货、抓规范施工、抓施工纪律、抓制度落实、抓效率、抓作风、抓质量。

2010年新年伊始，各项工作开局起步，紧锣密鼓向前推进。

1月22日，首钢长钢公司第一届一次职代会隆重召开。公司总经理赵民革作了题为《夯实基础　调整结构　对标挖潜　降本增效　为推动首钢长钢公司科学快速发展而努力奋斗》的报告。

在报告中，赵民革回顾总结了长钢2009年的工作，肯定成绩时，指出长钢工作中存在的问题：一是应对市场残酷竞争，如何提高盈利能力是当前面临的突出问题；二是与先进企业相比，基础管理差距较大，亟待落实；三是在管理体制、激励机制方面未有突破；四是人才队伍建设还不能适应长钢快速发展的需要；五是非钢盈利能力严重不足。他说，这些问题都是发展中的问题，我们必须针对问题，找准突破口，为实现长钢的快速发展奠定基础。

这次职代会上，赵民革在报告中提出了“四个着力”的工作思路。即：坚持以科学发展观为统领，以市场需求为导向，以服务客户为中心，着力推进对标挖潜，抓实降低成本工作；着力推进技术创新、抓实产品结构调整工作；着力夯实基础管理，抓实体制机制创新工作；着力实施人才优先战略，全方位打造和增强企业的核心竞争力，为长钢跨越式发展奠定坚实的基础。

赵民革讲，2010 年是首钢长钢公司挂牌运行的第一年，是打基础、树形象的一年，是降本增效、创业爬坡的一年，是调整结构、创新体制机制的一年，也是需要全年干部职工咬紧牙关、共度时限的一年。高质量完成 2010 年的各项工作任务，夯实长钢的发展基石，有助于提升长钢的市场竞争力，为今后跨越式发展打下坚实的基础。

赵民革指出，完成 2010 年的工作，一是要认清形势，统一思想，坚定信心；二是要进一步挖潜增效，降消耗堵漏洞；三是要增强创新能力，调整产品结构，四是要强化基础管理，完善体制机制；五是要做好 360 万吨钢填平补齐项目和新增 300 万吨钢项目前期准备工作；六是加强党的建设，加强人才队伍建设。

在谈到“加强党的建设，加强人才队伍建设”时，他指出，提升长钢的核心竞争力，高素质的干部队伍、高素质的职工队伍是重要的智力支撑。要推进三支人才队伍建设，开展多层次多形式的人才培训等。

在报告的最后，赵民革号召大家，长钢已经站在新的起跑线上，面对风云变幻的形势环境，面对富于挑战的工作任务，全体干部职工一定要满怀激情，坚定信心，创新进取，真抓实干，为首钢长钢公司的完美亮相，为企业的跨越式发展而努力奋斗！

2010 年 4 月 23 日，长钢公司在烧结厂召开一季度对标挖潜经验交流会。

炼铁厂、轧钢厂、瑞昌水泥、供应公司、计量信息处5单位就近期对标挖潜工作开展情况、取得的经验以及今后努力的目标进行了汇报。会上，还对铁前降本工作部、产品结构调整工作部成立以来的工作给予充分肯定，并依照公司相关政策规定，对两个工作部分别给予100万元和50万元的奖励。

总经理赵民革对此次经验交流会上5个对标单位的工作表示肯定。他说，这5个单位的对标挖潜经验基本上体现了对标挖潜的工作目标，找到了存在的差距。针对下一步对标挖潜工作，赵民革要求各单位要依照总公司“老老实实找差距、实事求是定措施、踏踏实实抓落实”的工作导向，虚心、用心，着眼于创造条件、解决问题。他指出，对标挖潜是公司打赢攻坚战的最重要的武器，要下打持久战的决心，贯穿于生产经营、技术改造、管理变革全过程。

赵民革进一步讲，检验对标挖潜工作是否在各单位得到了落实，要看四点：一是本单位是否做到了精细管理、是否落实了责任制、是否堵塞了漏洞；二是能否主动适应市场变化，把结构调整变成经常性的工作；三是通过走出去、请进来、找到各单位自己工作的突破口；四是对标不仅仅体现在技术经济指标上，还要看观念能否与先进企业进行对标，只有认识到位了，才能取得对标挖潜工作的新突破。

这次对标挖潜经验交流会，其实也是赵民革以总经理身份在长钢召开的最后一次大会。会后，赵民革即被调回首钢总公司从事更重要的工作。此后，再来长钢，便是集团副总经理的身份。

五、重塑长钢新貌

加盟首钢以后，长钢人秉持这样的共识：长钢虽然远在太行山上，但长钢就是首钢的一部分。长钢人相信首钢总公司有能力、有胸怀、有人才、有境界、有担当，能够带领长钢在市场经济的惨烈博弈中，最终胜出，与总公司一道，分享成功的果实和胜利的喜悦。

和首钢联合重组，对长钢来说，是走出盆地，改换站位，来一个脱胎换骨，把自己的人才、思想、理念、技术、装备来一个整体性提升。

按照总公司《过渡期管理意见》要求，长钢快速引进首钢的先进理念和管理方式，从文化、制度、人员以及经营生产的各个领域和层面，包括人事、财务、考核、技改、采供、培训等，都与总公司加快了业务对接，进行了深度融合——

推行全面预算管理。改月度生产作业计划为月度经营生产计划，对各项经营生产活动超前预测，超前控制，更加贴近了市场。企业基础管理实现由无基础数据只关注定性分析，向既有定性又有定量分析转变；由只关注产品加工成本、单工序降本向关注全部产品成本和上下道工序及管理部门联合降本转变。单纯追求技术经济指标、不考虑成本的“单打一”现象日见减少，库存管理向标准化库存靠拢，预算管理对经营生产的指导作用明显加强。

推行二维管理和建立 KPI 考核体系。建立了既考核生产单位，又考核职能部门的横向到边、纵向到底的二维管理模式，将所有部门、单位和中层干部的考核与公司效益紧密挂钩，坚持正负激励并举，专业部门考核加大了成本、利润等涉及效益和效率关键指标的权重，突出了考核重点。实际操作中，结合具体情况采取柔性考核，特别是在因市场和管理因素导致企业经营效果不佳时，适时合理调整对科级及以下职工的考核，调动了普通职工的工作积极性；加大了单项奖的激励作用，将原来部分单项奖事后报告提奖，调整为先定办法后提奖，以铁前降成本和钢后调结构两个单项奖励为主，以小指标、合理化建议等为辅的激励体系。

推进机构调整。为理顺职能，提升管理水平，分三批进行涉及 31 个部门的机构调整。为适应全面预算管理和二维管理需要，加强原燃料进厂和产品出厂的控制和过程监控，整合成立计财处、计量信息处、质量监督站、资源（资产）管理处、规划发展处等 11 个单位；为强化专业和工序管理，技术质量处增设炼铁、炼钢、轧钢 3 个研究室，生产处增设生产组织科和工序物流科，以实现有专业机构支撑的专业化、精细化管理。同时，总公司技术中心在长钢设立分中心，使长钢加入了总公司的科研技术管理体系，为承接总公司长材技术研发任务，更好地利用总公司科研管理人才和分析试验检测等设备资源提供了工作平台，创造了便利条件。为实现更高水平快速发展，破解设计资质障碍、设计资源有限、市场开拓受限等难题，适应大规模技改建设需要，设计规划院改制为山西首钢国际工程技术有限公司。较好地解决了原组织架构中存在的管理不对称不协调、不到位等问题。

加强制度建设。为建立健全公司内部管理和运行机制，提升公司管理的执行力和控制力，共制定经营管理、生产技术、设备管理等 14 类 74 项公司层面管理制度，各二级单位制定完善 200 余项管理制度，以制度建设来提升企业管理水平的基础作用逐步显现。

发挥两个软组织作用。为有效抵御市场风险，发挥系统管理优势，成立铁前降成本工作部和产品结构调整工作部。铁前降成本工作部以均衡稳定为原则，以优化系统原燃料结构为主线，以高炉稳定顺行为目标，通过强化铁前工序之间的协调管理，成立冶金焦配煤、烧结配料、球团配料、高炉炉料、高炉燃料 5 个结构优化项目组，优化配煤、配矿、配料结构，低品质的褐铁矿配用比例达 55%，达到国内先进水平。在充分消化低品质原燃料的情况下，有力地保障了铁前工序的稳定顺行，为适应铁矿石日益低品质化的趋势积累了经验，并获得总公司的认可。

融资环境大为改善。借助总公司品牌、技术、资金等综合优势，全年获得银行融资授信额度大幅增加，支撑了长钢的改革和发展融资渠道的拓展，使困扰长钢多年的资金紧缺问题得到明显改善，有力地支持了产能扩大、技改投入、资源整合等工作的开展。

注重强化供产销衔接工作。供应系统借助总公司的平台，进口矿纳入总公司采购渠道，与山焦集团、三元煤业等建立战略合作关系，稳定了供货渠道，降低了采购成本。进口矿价格涨幅较行业平均水平低 8%，生产系统改过去较为简单的生产作业计划为“以日计划保周计划，以周计划保月计划”的生产组织安排。强化供产销一体化协作管理，变每周召开两次调度会为每日召开调度会和电话会议，及时协调安排解决经营生产问题。坚持以效定销、以销定产的原则，轧材系统改变了原来只在白天更换品种工艺的做法，实行全天候更换品种工艺，最大限度地满足客户需求，降低库存压力，减少资金占用。

延伸产业链，资源获取工作推进顺利。快速消除和缓解了政策、资金等制约瓶颈的影响，经营生产和技改建设等各项工作迈入了正常、规范、有序的轨道。

首钢长钢公司满怀信心地制定了自己的战略发展规划，用一句话概括，就是“五五三一”发展战略。

具体内容是：确立了打造五个长钢的理念。即：红色长钢、低碳长钢、科技长钢、实力长钢、和谐长钢；确立了五位一体的发展构想：即在未来的发展道路上，着力构建“煤—电—钢—化工—装备制造”五位一体循环经济发展模式；确立了“三步走”的发展战略：即2011年底主要经济技术指标达到全国平均水平，2015年底主要经济技术指标进入行业前10名，为2020年和总公司一道冲刺国内国际一流钢铁企业奠定基础；确立了一个长远的发展目标：即：依托总公司的人才、技术和装备等优势，把首钢长钢打造成世界一流的精品长材生产研发基地。

2010年，长钢克服大宗原燃料大幅涨价、钢市频繁波动、限电等种种困难，打基础，树形象，降本增效，创业爬坡，经营生产、技改建设和资源获取等各项工作取得较好成绩。全年产铁328万吨、产钢314万吨、产材232万吨，同比分别增长51.4%、51.5%、25.3%，铁、钢较计划增长12%；全年完成工业总产值114亿元，实现销售收入112亿元，同比增长84.6%，均创历史最好水平。

在首钢总公司2011年的“三创”会上，长钢作为外埠企业唯一的一家，在会议上做了长钢与首钢文化融合的典型经验交流发言。加盟首钢后，只要是总公司下发的文件，包括各部门作出的任何工作安排，都在长钢得到了很好的贯彻和执行。2010年8月，长钢承办了总公司的一业多地职工培训研讨会；2011年3月，长钢承办了总公司的企业文化建设研讨会；2012年12月18日实现了《首钢日报》在长钢的首家的异地印刷。

六、力推八大技改项目

2009年7月31日，长钢十七届三次职代会通过决议：做好360万吨钢填平补齐项目和新增300万吨钢项目建设前期工作。要求确保填平补齐项目一季度动工建设，按照“短、平、快”建设思路，做好项目设计、设备采购、施工方案设计等准备工作，在进度、质量、投资、安全控制，信息与合同管理，组织协调方面进一步细化工作流程、细分指标，对口分解到各相关单位和具体责任人。密切与生产系统的对接管理，高质量按期竣工投产，达产达效。

年产360万吨钢填平补齐八项技改工程项目包括：

220kV变电站增设第二路电源供电项目、新区炼钢增设第三座65吨转炉项目、100万吨/年棒材项目、高炉煤气发电（热电联产）项目、20万立方米高炉煤气柜项目、9号高炉TRT项目、余热蒸汽发电项目、500吨/日石灰套筒窑项目等8个项目，总投资估算8.38亿元。

八项填平补齐项目实施后，不仅可以解决长钢工序能力不匹配、技术经济指标落后、产品市场竞争力偏弱等问题，还将彻底改变公司现有资源利用不合理，环境污染严重等问题，实现物流顺畅、工序平衡、产品结构合理、余热余能得到充分利用、环境质量明显改善的目标，为“十二五”规划发展奠定坚实的基础。

首钢总公司对长钢360万吨钢八项填平补齐技改项目十分重视。就在2009年12月18日首钢长钢公司揭牌仪式的当天下午，首钢总公司党委常委、常务副总经理徐凝在长钢公司召开技改建设专题会议，就长钢填平补齐技改项目及一些相关工作进行了研讨。首钢总公司副总工程师滑铁钢、黄豹，技术研究院、国际工程公司、技改部有关负责人，首钢长钢公司党委书记、董事长郭士强，总经理赵民革，副总经理李怀林及公司有关部门人员与会。徐凝在会议上满怀深情地说，立即上马八大填平补齐项目，是为了展示首钢总公司的胸怀，更是为了表达长钢职工对首钢信任的感谢。

从12月16日开始，首钢总公司和长钢公司有关人员就技改建设工作进行了对口交流，做了大量的工作，为长钢填平补齐技改建设方案的最后敲定和落实提供了积极的支持。专题会上，徐凝要求，总公司有关部门要强化工作的责任感、使命感和紧迫感，全力以赴，加快工作节奏，对既定事项尽快拿出可行性报告。对首钢长钢公司的总体规划工作也要做好设计。相关部门要积极配合，做好技改建设项目的前期准备工作。

2010年11月8日的《长钢纵横》刊载的由杜慧玲、张睿撰写的“起步——八项技改项目工程扫描”，对八项技改项目工程作了深入的分析和全景式的描述。

2010年3月10日，大地还笼罩在料峭的寒气之中，但人们的心头，却翻涌着春潮般的激动与温暖。

晚20点50分，公司新区两座旧煤气柜旁的施工现场亮如白昼，打桩机轰鸣着打下了20万立方米高炉煤气柜的第一根桩。人们期待已久的八项技改工程建设拉开帷幕。

每一项工程建设，都由第一根桩基开始。在长钢的发展进程中，曾多少次打下第一根桩，大概已没有人能够记得。但这根桩，却有着非同寻常的意义。

它，是长钢融入首钢总公司后，在新的历史起点上实现科学发展的理想之桩，是八项技改工程建设的开局之桩，是推进“三步走”战略、实现转型发展的奠基之桩，是首钢总公司“十二五”规划对长钢的布局之桩。

“三步走”蓝图由这一根桩开篇。

从首钢与长钢实现联合重组一刻起，长期制约企业发展的政策、资金、资源等种种瓶颈得以破解，长钢赢得了难得的发展机遇。此时，正处于搬迁调整中的首钢总公司，正在为“十二五”规划布局。

2010年底，首钢在京的钢铁主流程将全部关停，首钢几十年苦心经营的长材优势如何得以保留并发扬？部分比较先进的工艺装备如何更好地发挥价值？因停产腾出的市场空间如何有效添补？这是一个课题。

长钢未来的发展该如何定位？这也是一个课题。

首钢总公司和长钢公司领导站在国家政策导向和行业发展趋势的高度，立足山西省情和长治市情认真审视和思考，认为长钢必须在转型发展上动脑筋，走出一条低碳节能环保的循环经济发展之路。

基于这样的认识和思考，总公司“十二五”规划对长钢的定位是：打造国内重要的长材基地和华北最大的长材生产制造企业，到“十二五”末期钢铁产能达到一千万吨规模，主要经济技术指标达到国内先进水平。规划分三步实施。第一步是通过两年完成八项技改工程建设，达到年产360万吨钢生产能力。

几十年来，长钢一直以生产长材为主，积淀了相当的品牌优势。加快长钢的转型发展和产品的升级换代，既可以提升长钢的竞争能力，填补首钢因停产腾出的市场空间，实现品牌效应叠加，还可以通过修、配、改充分利用首钢北京地区的停产装备，节省投资。

第一步首先进行八项技改工程建设，体现了总公司和长钢公司决策层转变发展方式的决心和远见卓识。

长钢铁、钢、材工序产能不平衡，规模优势得不到发挥；能源没有充分利用，制约着能耗的降低。这些又直接导致生产成本的增加。成本是企业的生命线，尤其在市场竞争越来越残酷的情况下，控制成本的能力从某种意义上说就是生存力和竞争力。

填平补齐的八个技改项目全部属于节能环保、能源综合利用项目，实施后，不仅可以解决长钢工序能力不匹配、技术经济指标落后、二次能源得不到有效利用、产品市场竞争力偏弱等问题，还将为“十二五”规划目标的实现奠定坚实的基础，对提高公司的生存能力，增强区域竞争能力，实现可持续发展具有重大的现实意义。

2010年1月13日，首钢总公司董事会批准了八个项目的立项申请。1月26日，总公司又召开专题会议，研究部署项目建设事宜。

3月12日，360万吨钢技改建设工程指挥部成立大会在长钢宾馆召开。公司总经理赵民革兼任总指挥，副总指挥由公司副总经理李怀林、首钢总公司技改部部长李国庆、总公司技改部副部长付庆来、公司总经理助理、技改部部长张仁堂担任。

八项技改工程建设全面启动。

赢得难得的发展机遇，长钢人倍加珍惜。从公司领导到设计规划院、技改工程部以及所有参与工程建设的部门和单位，都表现出极大的工作热情和主动性，全力为工程建设创造条件。

总公司党委书记、董事长朱继民，总经理王青海，常务副总经理徐凝，副总经理刘水洋等多次就长钢技改扩建召开专题会议并做出明确批示；总公司相关各部、厅也对长钢改扩建工程进行了工作指导和积极配合，派出精兵强将常驻长钢指挥并参与工程建设。

1 月 21 日晚，专程赶来参加长钢次日召开的一届一次职代会的总公司常务副总经理徐凝抵达长钢已经很晚了，但还是和有关工程技术人员一起研究技术改造项目。在建设工程（一期）开工剪彩仪式上，总公司副总经理刘水洋代表总公司表态，将继续在设计规划、工程组织、利旧改造等各方面给予长钢最大的支持，帮助长钢未来各项技改工程建设快速推进。

长期以来一直关心长钢发展的长治市委市政府，在这次技改工程建设中同样给予了一如既往的帮扶和支持。市委、市政府领导多次亲临长钢指导工作；市人大、市政协领导多次关心过问长钢发展；市政府于 2 月 24 日专门成立了以副市长为组长，市经信委、国土资源局、城建局等部门和单位负责人为成员的“首钢长治钢铁有限公司改扩建工程领导组”，全面加强对长钢工程建设的指导、协调、服务；郊区政府也成立了相应的改扩建工程协调领导组。

承担工程建设任务的首建集团接到任务后，立即派出专家组进驻长钢，就施工场地、环境、现场布置等进行调研了解，着手编制工程一级网络计划。参与的专家们以高度的责任感、使命感，严谨、认真、高效工作，仅用了不到 40 天时间，经过两次修改的工程一级网络计划就编制完成，各项目一级网络进度也制订完成。

春节刚过，土建项目组人员就进驻工地，开始施工前的各项准备工作。

3 月 15 日上午，首钢长治钢铁有限公司建设工程指挥部揭牌仪式在长钢宾馆隆重举行。

3 月 31 日，首钢长治钢铁有限公司建设工程（一期）八项技改扩建工程集体开工仪式隆重举行。

“以百分之百的努力，创百分之百的优良”，这是 80 吨转炉工程建设现场众多标语中的一条，也是工程指挥部及建设单位追求的目标和对长钢作出的郑重承诺。

这次技改建设项目的特点是工程建设和生产作业交叉，施工现场环境复杂，一方面作业面受限，另一方面还要充分考虑与原有系统的衔接。边设计、边生产、边施工，工程组织和施工难度都相应增加。

地基处理是第一个关口，也是一大难点。

由于地下电缆、管线资料不详细，给土建施工造成了很大制约。地基开挖过程中，如果一不小心挖断电缆或管路，将导致全公司生产系统大面积停产，损失无法估量。而这种情况是绝对不能出现、也不允许出现的。为此，在地基开挖中，每个开挖点，土建项目部都派出专人蹲点看护，小心翼翼地安全完成了开挖。

基础处理中涉及多个深基坑。深基坑治水是难题，加上长治地区地下水丰富，水层浅，2010 年雨水又特别多，施工过程中经常出现塌方现象，既加大了工程难度也增加了工作量。同时，施工中遇到的具体情况导致许多环节无法按原有设计进行。为了保证工程质量，保证与旧有系统的无缝衔接，为整个工程质量打好基础，他们不放过任何一个可能影响工程质量的环节，该变更的坚决变更。据统计，土建施工阶段，下达的设计变更达 100 多份。

在质量和进度之间，他们选择了质量。不仅仅在土建阶段，在整个工程建设过程中，质量意识贯穿始终。

八项技改工程建设，是长钢公司与总公司设计、施工单位初次合作，双方在技改管理的方式、工作模式、思想理念、思维方式等各方面都存在差异。

有效融合，是干好工程的必要条件，也是总公司提出的要求之一。总公司希望通过技改合作，使首钢文化和长钢文化相互融合，通过合作相互了解、相互学习、交流感情，培养一支过硬的团队，完成好既定的建设任务。

尽管是初次合作，但是双方有着共同的目标，有了共同的愿景作基础，双方的磨合很快完成。

设计和建设施工单位本着对长钢高度负责的态度，一方面严谨细致地把好工程设计、施工关，另一方面严格坚持不因施工影响生产的原则。需要和生产交叉的施工，全部利用生产间隙和检修时间见缝插针进行。开工后，从没有出现因施工影响生产的情况。而公司相关单位也对工程建设给予大力支持，尽可能为施工创造条件。

参加建设施工的首钢职工一般两个月才回家一趟，有的四五个月没有回过家；长钢公司有关领导、有关部门和生产单位人员节假日不休息，坚守在一线；在8号转炉投产前近一个月的时间里，指挥部、炼钢厂、设计院、施工单位和监理每晚十点的投产协调会都要开到半夜。

这次技改建设，是双方为着共同的利益和目标并肩作战的过程，文化融合的过程，也是共同建设长钢美好未来，推进长钢“三步走”战略和总公司“十二五”发展规划目标实现的过程。

八项工程分散在新区不同的生产工序，点多面散，看上去没有大规模技改建设的壮观场面。但它对夯实企业发展基础、转变发展方式和节能降耗却有着不可低估的作用。

八项技改工程得以圆满完成，是联合重组后长钢公司在首钢总公司大力关怀支持和倾力指导下同心协力创造的最为耀眼的重大业绩之一。

八项技改工程如内部调养，为长钢强身健体，为长钢日后的长足发展注入了充沛活力。

它标志着长钢的发展，跨出了“三步走”战略的第一个篇章。

当八项技改工程快速顺利完工投入生产取得效益的时候，长钢人更加深切地感受到加盟首钢的正确与幸福。

2009至2019年，联合重组后的首钢长钢已经经过了十年时光的磨合和检验，作为历史长河中的一段，当年的联合重组之潮已经渐行渐远，作为一家人，他们在十年的运行中开始面对新的环境、新的形势、新的任务下当初想到的或者没有想到的诸多新问题、新局面。

现在回过头来看，当时的某些认识，或许还可能局限在急于走出困境较为肤浅的层面上，或许还没有更深刻地看到或者感受到重组以后可能带给长钢的更为深刻更为长远的变化。

但是，长钢人毕竟为自己企业的前景勾画出绚丽的明天。

在钢市瞬息万变的风风雨雨当中，今天的长钢，在首钢的直接领导下，已然走出了自己的风采。

第二章

鼓角连鸣："二次创业"再出征

2008 年，钢价上涨、新一轮投资冲动后，2012 年开始，钢材市场经历了一轮深跌。"八大填平补齐"项目，增强了长钢抗风险的能力。但其后发生的焦化"12·27"事故，钢材销售"三方协议"案件等，又给长钢人蒙上了浓厚的阴影。内部管理缺失加上外部钢市"寒冬"，使得 2013 至 2014 年，长钢的道路异常艰难。

2015 年初召开的二届三次职代会对 2014 年做了这样的回顾和总结：

这一年，钢铁市场持续低迷，异常艰难。一年来，尽管广大干部职工共同努力，过坎爬坡，负重前行，攻坚克难，努力提高生产运行质量；深入对标挖潜，促进降本增效；加强技术创新，不断提升企业核心竞争力；大力开展基础管理整顿，全面夯实基础管理；牢固树立安全红线、环保底线意识，加强安全环保工作；借助总公司派驻技术服务组的指导帮助，破解经营生产难题；全力推进技改建设，提高企业竞争力；深入开展党的群众路线教育实践活动，全面加强党的建设和人才队伍建设；维护职工民主权利，努力为职工群众办好事、办实事，各项工作取得新进步。但由于运行管控水平、采取有效措施应对市场巨大变化、层层传导压力等方面存在差距，远未能完成年度经营计划目标任务，造成较上年控亏额度翻倍的结果。

2014 年年初，长钢接连发生的几起事故，在长钢人的心头蒙上团团阴影。系列检修，落实地方环保治理要求，球团竖炉、6 号高炉停产，调整实施 3 座高炉对 3 座转炉的组织模式等，也都对当年的生产经营产生了一定影响。

在痛心与愧疚中回顾和反思这一年工作的长钢人，从自己身上寻找的差距主要有：

一是基础管理工作仍然比较滞后。公司2014年经营效果差的深层次原因在于基础管理比较薄弱，尽管通过一段时间的整顿有所好转，但部门和单位间仍存在职责不清、界面不明、业务流程不畅、工作效率不高、成效不明显等问题。

二是适应市场、经营运作和把控能力还有差距。应对行业严峻的竞争形势，研判市场、把握机会的能力还不够强，在把握经营生产与供销市场的联动协同运作、外矿库存与采购节奏上不到位，销售模式仍较单一，机制不灵活，加之市场价格的大幅度变化，严重地影响了经营效果。

三是作风和能力建设上有差距。少数领导干部不愿担当、不思进取，缺乏严细实的工作作风，过分强调客观，不善于眼睛向内查找自身问题，把公司安排的一些重点工作停留在文件和口头上，没有一竿子插到底。尽管连续多年与兄弟企业对标找差，但差距越拉越大，反映在作风和能力上有较大差距。

四是推进改革的力度不够。人员总量偏大，钢铁主业冗员过多；机构部门多，组织机构"头重脚轻"，职责重叠，工作效率低；精干主业、分离辅业工作推进滞后、缓慢，没有取得实质性进展。

五是通过与国家及省市政府有关部门沟通，在总公司的协调支持下，按照既阶段性保留产能规模、又承诺限期淘汰落后符合规范准入的思路，进入了工信部第三批行业准入"公示"名单，但由于社会监督对淘汰落后愈加严格、在具体落实与及时有效沟通方面不到位等各种原因，最终未能进入名单之中。

更让人心头如磐、难以喘息的是，钢铁行业的"冰川期"大势，国家"去产能"政策的背景，使长钢这个装备落后、劳产率低、社会包袱沉重的钢企，不可幸免地出现了巨幅亏损。

种种迹象表明，继2008年的困境以后，长钢再次走到血流不止、生死存亡的边缘。

长钢所面临的问题，逐渐清晰鲜明地浮在水面。

一、不止血连唱《国际歌》的力气也没有了

2010年4月17日，长钢公司学习实践科学发展观活动领导小组办公室会议在宾馆东二楼会议室召开。党委书记、董事长郭士强在会议的讲话中引用了晚唐诗人罗隐的两句诗：“时来天地皆同力，运去英雄不自由”。

当时是，国家为抵消国际金融危机的冲击，投入巨资刺激投资拉动内需，钢材市场虽然供大于求的苗头已经出现，但各大钢企仍在不遗余力地扩大规模以期占领先机，钢材的价格依然让绝大部分企业有利可图；当时是，长钢与首钢总公司的联合重组还不到半年，仍然处于满是新鲜感的蜜月期；当时是，首钢总公司决定，长钢首先进行360万吨钢的填平补齐项目，也就是通常说的“八大技改工程”，首钢长钢工程建设指挥部挂牌成立，“北京首钢建设集团有限公司”的标牌在生产区域随处可见，昭示着一种热火朝天的景象；当时是，质朴、勤劳、驯顺、容易满足的长钢人都在期待长钢饱经磨难之后，有一个美好的前程。

然而，当钢材市场变得越来越坏，一些名企的老总也大呼“钢材卖出白菜价，日子难熬”的时候；当旧区改造项目拖延数年，让长治市某位领导不得不当众讲出“只见楼梯响，不见人下来”的时候；当企业的效益变得越来越差，职工收入在行业中的排名、在长治市的排名越来越靠后的时候；当降本增效对标挖潜取得的成绩不足以抵消钢材价格急剧下跌对效益的严重影响的时候；当一些网媒披露长钢资产负债率的可怕数据的时候；当企业的连年亏损且数目巨大成为一个尽人皆知而无法公开的秘密的时候；当人们翘首以盼而国家工信部公布的钢铁企业规范生产准入名单的最后一批，首钢长钢仍然被排除在外的时候……首钢长钢人被一记又一记棒喝击醒：长钢人期盼的“时来天地皆同力”的好运气已经不在自己一边，而“运去英雄不自由”却一夜之间一语成谶，长钢事事不顺处处不顺，“露重飞难进，风多响易沉”，值此时，长钢“屋漏偏逢连夜雨，船迟又遇打头风”，重大人身设备事故、包

括建厂迄今从未发生过的事故接二连三出现——长钢出现了从来没有过的严重危机。

长钢的生存保卫战在恓惶而惨烈地进行之中，刚到长钢任职不久的长钢党委书记、董事长贾向刚不止一次在会议上说：如果我们不立即止血，就连唱《国际歌》的力气也没有了。

2014年12月2日。

这一天下午，长钢公司干部大会在紫藤楼召开，首钢总公司党委对长钢领导班子调整。

首钢总公司党委组织部部长郭荣宣布了调整首钢长钢领导班子成员的决定：郭士强同志担任首钢总公司监事会办公室专职监事，不再担任长钢公司党委书记、董事长，首钢总公司名誉董事职务。贾向刚同志任长钢公司党委书记、董事长。

曾经在长钢归入首钢麾下后担任过长钢总经理，4个月即离开长钢，现任首钢总公司副总经理赵民革对长钢的工作作了客观的评价：近年来，长钢公司认真贯彻总公司党委各项决策部署，面对严峻的市场形势，不断发动广大干部职工开展挖潜增效，改善经营模式，取得了一定的工作成效。综合能耗、原燃料采购等指标水平得到提升；积极推进产品结构调整，精品棒材、精品线材项目建成投产；逐步健全管理体系，优化内部运营机制，开展对口支援伊钢（首钢伊犁钢铁有限公司）工作，得到伊钢公司的高度评价；建立健全职工代表评价制度体系，扩大职工群众对供销等重大经营事项的监督参与范围，承办了全国总工会推进企业民主管理会议的现场观摩会，展示了良好形象，提升了社会影响力，管理经验在全集团得到推广。

在长钢人眼里，新任党委书记、董事长贾向刚是一位"行内的""陌生人"。大家对于贾向刚的第一印象和认知，来自于赵民革在会上的介绍：

贾向刚工作经历丰富，参加工作以来，每项工作都能迅速进入角色，立足本职，把握重点，发挥重要作用。担任总公司供应公司党委副书记、总经理期间，积极应对大宗原燃料市场波动、降本增效及资金压力大等实际困难，带领干部职工开拓思路，埋头苦干，较好地完成了总公司下达的任务，通过统筹平衡国内国外两块市场、两个资源，实现了炼焦煤、焦炭、电煤、合金较低价位的采购，确保了大宗原燃料主要品种的降幅超过钢材价格的降幅，从源头上有效地降低了企业的运营成本。

贾向刚事业心、责任心强，为人正直，办事公道，头脑清楚，思维敏捷；分析解决问题能力强，工作有魄力，雷厉风行，作风深入，严细认真，工作有技巧。沟通能力强，既能坚持原则又能协调好各方面关系。大局意识强，能准确把握工作重点，具备较强的组织领导能力和统筹协调能力。工作经历丰富，熟悉钢铁企业经营运行及生产流程，有较强的市场预判和掌控能力。

人品、作风、事业心、责任心、组织力、统筹力、魄力、工作技巧、关系协调……这些词汇中的任何一个，都是长钢干部职工和企业工作所需要所期待的，不过，人们更为在意、更为关注的应该是“熟悉钢铁企业经营运行及生产流程，有较强的市场预判和掌控能力”的能力。这样的能力恰恰应对了我们在前面说到的那些“基础管理滞后；研判市场、适应市场，经营能力和把控市场能力不够强；人员总量偏大，劳产率低”等的“关键词”，这应该是长钢人应对特殊时期、发展经营生产，走出艰难、焕发精彩最为迫切最为紧缺的东西，也应该是首钢作为特大型现代钢企给予太行山怀抱中的长钢人至关重要的情感关照与素质馈赠。

对于身陷艰厥之境的长钢干部职工，和他们所面临的种种困难来讲，在这样至关紧要的时刻，具有熟悉钢铁生产规律，对于钢铁市场有较强的预判和掌控能力的干部领军长钢，实在就是及时雨、强心剂，它呼唤和支撑起来的是长钢人死里求生的强烈欲望，助燃的是重整河山的执着信念与心灵之火。

不管长钢人自己对过去的工作怎样审视，怎样总结，对未来的前景怎样谋划、怎样构想，也不管首钢领导对长钢的工作如何评价以及在评价中如何给予鼓励，事实上，横在长钢人面前的一重又一重险阻，摆在长钢人面前一道又一道沟坎，始终是压在长钢人头顶上的如山之磐。

赵民革对新班子及长钢的各级领导干部，提出五点要求。

一要进一步统一思想，振奋精神，咬紧牙关攻坚克难，增强带领企业发展的使命感和责任感；二要坚持以经济效益为中心，进一步抓实基础管理，提高运营水平，要遵循钢铁产业的发展规律，适应国家钢铁产业结构调整的政策要求，特别是要提高对企业安全、环保、供销、现金流等重点环节的管控水平，用尽全力确保持续健康发展；要进一步提升产销研供一体化应用水平，在降低成本上实现突破；要牢固树立产品是领导、客户是最大领导的服务意识，使服务两字真正入脑入心，变成自觉行动；三是全面加强学习，强化理论武装。在学习中转变作风，开拓视野，凝聚共识，谋划发展。要通过学习，全方位增强看齐意识、机遇意识、进取意识、责任意识和交账意识；第四，集中精力抓好领导班子建设，增强班子集体履职的能力。进一步增强领导班子的凝聚力，中层干部要全力支持班子的工作，要紧紧依靠广大干部职工，激发全员干事创业的激情，保持人和气顺的良好氛围；第五，加强和改进党建和人才队伍建设工作，激发改革创新活力。

赵民革代表总公司党委对郭士强做了如下评价：郭士强同志2008年9月调任长钢担任党委书记、董事长以来，充分发挥自身特长优势，运用丰富的管理经验，与班子成员一道，团结共事，谋事做事，开展了大量深入细致的工作，努力扭转企业被动局面，职工精神面貌得到改观，经营生产逐步迈入正轨，体现了较高的政策理论水平，和统筹全局的能力。郭士强同志从基层干起，一步一个脚印，通过自身努力和组织培养，逐步成长为长治市国有企业系统优秀的党员领导干部，积累了丰富的管理实践经验。郭士强同志事业心强，责任心强，有领导艺术，心胸宽广，思路开阔，作风民主，工作标准高，自我要求严，敢于担责，敢于碰硬，善于协调政企关系，驾驭复杂局面，在干部职工中有很高的威信，作为长钢领导班子的核心，为企业的改革发展做出了突出贡献，倾注了大量心血，各项工作得到了首钢总公司党委的充分肯定。此次职务调整是因为郭士强同志身体的原因。

顺着赵民革的话语，熟悉郭士强同志的人，脑海中立刻浮现出一幕幕的情景——

是郭士强在长钢最困难的时候，临危受命，接手了这个濒临倒闭的企业，并利用他的各种人脉资源，为长钢从霍家沟煤矿、三元煤业和一些中小银行借贷回了宝贵的资金，使得长钢岌岌可危的日子得到了延续。

是郭士强从钢铁行业发展的大趋势着眼，顶着各种舆论的压力，再次寻求联合重组之路，最终与首钢总公司成功联姻，终挽救了这个多灾多难的工厂。

是郭士强看透企业管理中存在的巨大漏洞，提出成立了市场评价处和督查室，推行职工民主评价制度，让采供等关键部门在阳光下运作，使企业管理逐步走上了民主化和制度化的轨道，取得了显著的成绩和宝贵的经验。

是郭士强发现了红色长钢精神是专属于这个企业的一笔巨大的无形资产，力主建设了长钢厂史展览馆，使得红色长钢精神在新的时期进一步发扬光大，极大地凝聚了全体职工的意志，激发出了干事创业的热情和力量。

是郭士强在一手抓企业发展的同时，建设了乒羽馆，职工游泳馆，建设了红色记忆职工餐厅，着手建设职工医院综合大楼，以期满足职工群众日益增长的物质生活需求和文化需求，也使得企业形象得到了很大的改观……

作为卸任的领导，郭士强深情地坦陈了心底的情愫：来长钢工作 6 年，和大家一起工作，朝夕相处，建立了深厚的友谊和感情。长钢的职工群众是最朴实善良的，是无私奉献的，是最好的职工群众。到长钢工作以来，得到了省、市、区三级地方政府和总公司各级领导的关心和帮助，得到了长钢公司广大干部职工的理解和支持，他真诚地对大家表示深深的感谢。

他说，他对长钢有无比深厚的感情，他生是长钢人，死是长钢鬼，生生死死都要和长钢在一起。说到这里，一贯以“硬汉子”著称的郭士强声音哽咽，眼眶里涌出了热泪。

过分凝重的会场里，顿时爆发出罕见、持久的掌声。

郭士强卸任长钢主要领导半年之后，2015 年 6 月 5 日，首钢总公司党委对长钢公司领导班子进行调整，熊万平卸任长钢公司总经理的职务，调回首钢总公司有关部门任职。熊万平是随着长钢与首钢的联合重组就来到长钢工作的。他先是担任技术服务团的团长，后走上了总经理的岗位。赵民革说：熊万平同志有事业心，工作敬业，为人谦虚，想干事，努力干事；工作兢兢业业，严谨细致，有较强的奉献精神。面对钢铁市场形势，深化与先进钢厂的对标工作，大力推进降本增效，加强技术革新，推进技改建设工作；开展基础管理整顿，强化对文明生产的规范管理和监督检查，为近年来长钢公司的生存和发展做出了大量的工作。

二、矛头直指突出问题

在首钢总公司党委调整长钢领导班子的干部大会上，贾向刚的表态，带给身陷"冰川"绝境中的长钢人温暖、希望和信念：

长钢是全国冶金战线的一面旗帜，有着辉煌的历史，但是现在面对钢铁行业的"严冬"，遇到前所未有的困难，感到肩上担子很重，坚信有总公司的支持，有各级政府的支持，经过全体干部职工的艰苦努力，长钢公司的明天会更好，我将不辜负总公司党委和长钢全体干部职工的期望，带领大家同心同德，同舟共济，脚踏实地，攻坚克难，使长钢早日走出困境。

作为首钢集团重要的子公司和外埠钢企，长钢公司困难重重，改革发展任务艰巨。对此，总公司党委殷切地希望长钢公司全体干部职工在新的领导班子带领下，统一思想，团结一致，坚定信心，真抓实干，找准瓶颈，攻坚克难，以更加昂扬的斗志、更加扎实的工作，为集团钢铁主业增盈，为首钢长钢公司的改革发展做出更大的贡献。

毋庸讳言，新任党委书记、董事长贾向刚会议上的表态终归是简洁明快的，上任伊始，人们没有理由要求他开出更为深刻、更为翔实、更为精细、更有针对性的治病良方。能让人们进一步触摸到治企理念，行事风格，心灵境界的，是他日后的言语和行动。

2015年2月6日，首钢长钢二届三次职工代表大会召开。

经过2个月零7天的精细深入调研，新任党委书记、董事长贾向刚终于发声，华山亮剑，矛头直指长钢的突出问题：

首先是思想观念上的差距。

思想决定行动，在总公司"两会"上，靳伟书记对我国钢铁行业进入"新常态"的四个方面表现进行了阐述：一是钢铁生产和消费进入新常态；二是钢铁行业运行进入新常态；三是依法规范管理进入新常态；四是钢企市场化改革进入新常态。在此之前的两到三年时间，大部分钢铁企业受限于外部市场因素而处于经营困难局面，对于我们来说，对困难程度如何认识、如何理解、如何应对，是我们应该着重思考的问题。我们有些同志特别是领导干部还心存侥幸，寄希望于市场的好转、寄希望于总公司的扶持，消极等待，怨天尤人，没有真正从思想上形成压力，没有真正担负起推动长钢走出困境的重任，以至于公司上下缺乏紧迫感，没有凝聚起为生存而战的斗志和士气，没有形成上下同欲、齐心协力的态势。

二是工作作风和能力上的差距。近年来，长钢各类事故频发，管理机构职责不清、人浮于事、效率低下，钢铁主业劳动生产率低，非钢产业还处于起步阶段，机制上也没有采取较大的改革措施。尽管连续多年与兄弟企业对标找差，纵向比也取得了一定成绩，但与对标企业的差距反而越拉越大，表面看是基础管理薄弱，主要还是工作作风和能力存在较大差距，特别是工作态度存在较大差距。存在着为完成指标而完成指标的被动心态，缺乏勇于担当、奋起直追的进取精神和高效务实的工作作风。

三是协同高效方面的差距。2014 年，在多数钢企实现盈利的情况下，长钢出现较大亏损，到底是什么原因？大家要深思。为什么大部分单位任务完成情况还不错，公司层面却经济效益不佳？既有专业管理不到位的问题，也有二级单位系统意识和大局意识不强的问题，中层干部的自我履职要求仅限于完成本单位、本工序的经营目标和降本任务，对于影响公司系统效益发挥的不利因素置之不理或视而不见，“守摊看庙”思想严重，或者说在整体利益与局部利益发生冲突时，不能妥善处理，部门和部门之间、部门和单位之间协同配合不到位。就我个人近期的观察来看，部分专业处室和二级单位部门还存在着较为严重的本位主义思想，互相推诿扯皮，互相指责和抱怨，习惯各自为战，甚至互相掣肘、互设障碍，致使公司整体工作长期处于被动状态。

四是贯彻落实公司决策上的差距。近年来，公司在改善经营能力、推进改革改制、实施节能环保项目建设等方面也有一些好的决策，但许多都没很好地贯彻下去，说明有些单位在贯彻执行公司决策部署上打了折扣、搞了变通，有的该办的事情以各种理由顶着、拖着、卡着不办，导致公司的决策成了一纸空文，停留在文件和口头上。有些单位和领导"擅长"上交责任，想当然地认为向公司打过报告了、把问题汇报给公司了就是完成任务了，就没有事了，没有责任了，就放心了。在这里我提醒一下大家：文件下发了不等于贯彻公司决策了，会议安排了不等于工作落实了，请示汇报过了不等于完成任务了，问题反映上去了，不等于没有责任了。

知己知彼，方可百战不殆。以上种种问题的存在，抵消了公司在改善经营状况、降本增效方面所做出的努力，使公司方方面面工作都受到了一定影响。各级领导干部要正视这些问题的存在，找准"病灶"，对症下药，采取切实措施解决问题、改进提高，把各项工作做到极致。

找准问题，揭示问题是一个方面，更重要的是面对困境，下一步怎么走？怎么干？

贾向刚的回答是：深化内部改革，激发企业活力。用刚性的考核和约束倒逼干部职工转变思想观念。进一步完善干部考核评价机制，加强对二级单位领导班子的日常监督考核，对任务完成情况较差的单位党政负责人要严格问责；着重在深化薪酬分配制度改革上下工夫，探索建立收入增减分配机制，副处级以上领导干部的收入要与企业年度考核与任期考核相结合，科级及以下职工的收入要与企业经营生产运行质量和效益挂钩。

建立预算管理体系。把健全预算体系与薪酬分配制度改革和干部中长期激励结合起来。多年的习惯，编制预算的过程已成了公司与各二级单位上下"博弈"的过程，大家关注在数上"较劲"，而不是在工作和措施上"较真"，更不是在想方设法完成目标任务上下工夫。今后，要逐步建立预算编制、过程控制、预算考评、预算调整、审计制度、追责制度等在内的完整的预算管理体系。每半年对各二级单位中执行偏差大和造成影响的单位要视情况等因素适时进行分析、动态调整和问责，要分析原因、找出差距、找准措施。

着重在优化业务流程上下工夫，以减少管理层级、改变职能重叠现状为目标，对重点业务、要害岗位的管理架构和职能进行优化整合，实行扁平化管理模式，一季度前完成精简管理机构工作，进一步明晰各专业部门的管理边界，简化流程，理顺业务，精细管理，提高效率。

在推进辅业改制上下工夫，坚持有进有退，对内部活力不足、竞争能力不强、发展前景不明的单位通过各种方式有序退出钢铁主业；对市场潜力较大、有发展前景的单位采取帮扶政策积极推向市场。年内启动编制长钢中长期非钢产业发展规划及近期实施计划，力争通过三年的不懈努力，使非钢产业成为公司的效益增长点。

改革能否成功的关键在于各级党员干部，各级党员干部要以刮骨疗毒、壮士断腕的勇气进行思想观念上的变革，以“功成不必在我”的气度全力支持改革，以大局利益高于个人利益、系统利益高于局部利益的胸襟推进改革，做一个智慧、清醒、务实的改革者，让改革早落地，让改革早见效。

贾向刚强调，一分部署，九分落实。任务目标确定之后，关键在于落实，否则，一切等于零。

贾向刚要求各级党员领导干部尤其是公司中层以上干部都要以“六实”（指标要实、责任要实、措施要实、管理要实、本领要实、作风要实）要求为标尺严格对照自己、鞭策自己，把公司的各项任务目标落实到做实每件事上，落实到全年的各项工作中，抓到底、抓到位、抓出成效，最终体现到经营结果上来。

贾向刚的这番讲话应该是这位从京都首钢来到上党故县的新任长钢掌舵人经过深思熟虑之后提出的施政纲领。字字句句让人顿然感受到视野开阔，理念鲜迥，求真务实，新风扑面，根基坚实，豪情激荡。

人们注意到，他并没有把眼光仅仅放在对于长钢日后发展美好蓝图与前景的精细描绘上，而是以一种求真务实的态度，着眼于管理，着眼于落实，强调实现美好前景的路径与方法，他更注重的是“以经济效益为中心”，是“如何干”“怎么干”。他用一种崭新的视角、崭新的思维、崭新的观念、崭新的行为方式、崭新的文化意识，还有独显个性的坦诚与率直，鞭辟入里，把问题摊开，讲深讲透讲清的掷地有声，撕开了封闭保守、自以为是的外壳，把新形势、新环境下的长钢现状，坦实地摆在了长钢人面前，开出了针对性的治病良方。

来自北京的当头棒喝，在长钢人心灵深处敲击出震惊与震撼。

它标示着长钢一个新的时代与变革的开创与启航。

长钢人冀望着在这样一个新的领头人、一个新的领导班子的坚强带领下，以新的思维、新的理念、新的管理、新的风貌，尽快走出沼泽地，尽快开创一个历史转折的新天地。

三、"倒下还是生存"大讨论

领导干部思想认识和意志的统一只是事情的一个重要方面，调动起广大职工的积极性，让广大职工自觉地投身到一场生死突围的战斗中去，是另一个重要的方面。

2015 年 4 月 1 日，早春的太行山处处荡漾着浓浓春意。

山花次第开放，杨柳一片新绿，大地生机勃勃。

首钢总公司副总经理赵民革再次来长钢公司调研指导。

风尘仆仆的赵民革一行下车伊始就立即到烧结环冷机烟气余热发电工程施工现场、瑞达工业园区焦化项目一期工程建设工地、炼铁厂 9 号高炉主控室、炼铁厂烧结区竖炉脱硫工程工地现场进行了调研，详细了解在建项目的施工进展情况、高炉生产运行情况及铁水成本等指标的完成情况。

下午，在宾馆二楼会议室，赵民革听取了长钢公司一季度经营生产情况分析、重点工作推进情况及下一步工作措施等方面的汇报。

赵民革说，长钢新班子成立以后，公司发生了很大变化。一是各项工作都体现了"以经济效益为中心"，反映出思想和观念上的变化。在企业竞争态势发生改变的背景下，将注意力从完成产量计划转移到坚持以效益和资金管理为中心上来。二是主动放下身段，从 1 月 1 日开始由采购一级焦变为采购二级焦，促进降本增效。三是通过出台减员增效提高劳动效率方案看出，在解决长钢存在问题方面有了一些实实在在的动作，跟过去的长钢比，体现了很大的决心，但跟行业平均劳动生产率比，还有很大差距。四是虽然一季度矿粉采购和钢材销售都没有跑赢市场，也没有跑赢行业，但把采购、销售跑赢市场、跑赢行业的“尺子”竖起来了；五是如实向职工交待公司的经营情况，落实严格的绩效考核，压力传导到位。

长钢新班子五个方面的向好变化，让首钢总公司和长钢的干部职工看到了曙光。

同时，赵民革也一针见血地指出了长钢存在的突出问题：劳动生产率过低、资金压力较大、经营掌控能力不高、考虑问题深度不够，特别是一季度经营结果不好，并呈现逐月恶化趋势。在行业形势严重滑坡、长钢经营十分困难的局势下，这些问题必须彻底解决，才能让企业获得生存的机会。

赵民革引用了首钢总公司总经理张功焰在通钢调研时提出的“三个认识到位”，即对市场严峻形势的长期性认识到位；对能否生存下去的紧迫性认识到位；对查找自身不足和找准提升空间的主动性认识到位，希望长钢在统一思想认识上下实工夫。

对长钢下一步工作，赵民革要求：一是要统一认识，坚定生存发展的信心。从职工的根本利益出发，谋划事关企业生存发展的大事，将认识转化为思路的调整、转化为行动；二是要提高对经营的掌控能力和内部市场化改革的能力。要有计划，还要有措施，保证计划得到落实。通过实实在在的努力，使二季度工作呈现亮点；三是要及时与各级政府沟通，在争取资源方面得到政府的支持；四是要有内生动力，脚踏实地，主动、深入地考虑自身的问题，对一些问题尽快形成共识，迅速解决。

2015 年一季度，在新班子的带领下，长钢人费心费力做了很多工作，但从经营效果看仍然不理想。这种状况的形成，有着广泛而深刻的背景。一方面是劳产率过低的现实。江苏沙钢集团有限公司在人均劳产率 1300 吨的条件下，2015 年还要减 3700 人，正在与浦项对标并逐步向浦项靠近。而长钢的人均劳产率仅有 209 吨，差距自是天壤；另一方面是从上到下的思想认识还没有真正统一起来，对市场的认识程度、预判能力、对长钢自身的认识程度参差不齐，“等一等、看一看”“推一推、动一动”的惯性思维和做法长期存在，使得经营效果大打折扣。

企业存在的意义是什么？下一步改革的目标和方向是什么？企业当前面临的机遇、困难、挑战有哪些？我们要做的重点工作有哪些？如何采取有效的措施来保证既定目标的实现？每一名干部职工都有权利有义务思考这些问题，也只有在严肃认真思考这些问题的基础上，才能达到思想认识的统一和观念的转变。

通过各种途径加强教育、解读形势，在共同的学习研究中驱动全公司干部职工的思想认识达到高度统一、促进观念的快速转变，果断坚决地迎接优化劳动组织提高劳动效率的挑战，形成披荆斩棘、勇往直前的合力，成为长钢人势在必行的事情。

2015年7月9日，《首钢日报》头版头条刊登了张红梅、朱亚明合写的关于长钢公司优化劳动组织提高劳动效率工作综述文章——"要生存，不要倒下"，在首钢总公司引起强烈反响：

"按照宝钢的说法，钢铁行业目前的生存现状，可以用一部电影的名字来描述——《一步之遥》。无论是国内经济增长方式深度调整带来的微利或无利经营状态，还是新《环保法》实施后带来的高投入和利润空间压缩，抑或是去年8.2亿吨的产能峰值回落的跌宕态势，甚至是《穹顶之下》对于这个产业的各种诟病，钢铁，已经走到了决定命运的悬崖边。

"站在悬崖边，宝钢在反思：无论是WSD还是福布斯2000强的多项数据，宝钢遇到了严峻的挑战。2011~2013年人均钢产量，浦项是宝钢的2~3倍，新日铁住金是宝钢的1.5倍以上。另一个指标ROE（净资产收益率），经过重组之后的新日铁住金，其2013年ROE差高达宝钢的2.92倍。同时，国内同行们在摩拳擦掌。反观宝钢，钢铁主业除了宝钢股份尚稳定盈利外，一些钢铁单元都出现了巨额亏损，很大程度上拖了集团的后腿。长此以往，再大的家业，也得坐吃山空。

"站在悬崖边，首钢总公司在行动：未来几年，钢铁市场长期不变的是市场的'冷酷变化'。爬坡过坎要做最坏的打算、做最充分的准备、采取最有力的措施，取得更好的效果。要在做好'加减乘除法四则运算'上统一思想，提高认识。

其中，外埠钢铁企业，要按照三年优化目标制定机构定员编制方案，继续推进搞活机制分离辅助，真正使企业人力资源得到优化，岗位人员精干高效，劳动生产率进一步提升。

如果说，宝钢将自己定位站在悬崖边，首钢总公司将自己定位站在悬崖边，此时的长钢公司，又在哪个位次？

“独立工矿区域，远离市区 30 千米；1.4 万名在岗职工，一家三四代人，数万人依靠企业生存；钢产量近 300 万吨，人均年产钢 209 吨，产品为普通建筑用钢；环保压力、资金压力、原燃料价格上涨和销售价格下跌带来剪刀差的压力、职工日益迫切的收入增长需求与企业经营状况不佳形成的压力……

重压之下，企业路在何方？

长钢公司会倒下吗？

一道难题，呈上了长钢公司党政班子的案头，也呈到了长钢公司数万职工家属的面前。

改革，改到难处是观念——凝聚共识，方能绝处逢生。

“经济新常态下，传统要素投入为主的增长方式难以为继，必须通过提高劳动生产率实现经济增长方式的转变。就钢铁行业而言，人均产钢是企业提升劳动效率、体现核心竞争力的重要指标之一。市场寒冬中，人均年产钢量在1000吨以上的企业，都保持了较强的盈利能力。即便是行业平均，2012 年，这一数字也达到 454 吨/(人·年)。2014 年，长钢公司实物劳产率 209 吨/(人·年)，为盈利企业的 1/5，不到行业人平均的 1/2，冗员多，效率低，长钢公司还能见到阳光吗？

“优化劳动组织，提高劳动效率，就在这样的因缘际会中，将总公司对外埠企业的要求和长钢公司争生存求发展的信念，紧紧黏合在 2015 年初的时间节点上。

总公司要求，各单位要把提高劳动效率的目标重点放在减少企业在岗人数上，确保在岗人员压缩 20%以上，并确保‘三个认识到位’。

对长钢公司来讲，在岗人员压缩 20%以上。按三年优化目标，2017 年总编制控制在7000人以内——也就是说，三年，职工总数将由现在的1.4万人，压减一半以上。

这么多的人，这么广的面，如何在压减的同时确保平稳过渡？如何在压减的同时提高认识，做到‘三个到位’。

“类似的事情，长钢公司不是没有做过。上溯到2005年底，长钢公司为解决人员多、包袱重、效益差等问题，由省管企业变为市管企业，改制为民营控股企业，3400余人曾自愿选择与企业解除劳动合同。但因种种原因，有近一半的人在离开企业两三年后强烈要求回归国有企业职工身份。

“经过一番下海打拼的苦涩尝试，一番‘离家’闯荡的坎坷经历，职工对国有企业的身份会有怎样的留恋？对优化劳动组织、提高劳动效率，会给予怎样的认同和选择？如果‘一朝被蛇咬，十年怕井绳’都不选择离开长钢公司，一叶扁舟，能承载万人一起划桨吗？”

观念不变，人员难减。

以观念的变革引领改革的推进。

形势严峻，生死攸关。时不我待，任务如山。认不清形势，找不准方向，鼓不起干劲，长钢将难成大事。

一场事关‘生存还是倒下’的大讨论在长钢揭开序幕。

2015年4月27日，长钢公司党委正式发出通知，决定5月份用一个月的时间在全公司开展‘倒下还是生存’大讨论。

大讨论重点围绕五个主题进行：

钢市会不会好转，长钢可不可能再靠市场吃饭？

很多比长钢规模大、经营负担轻的企业，已经走到了关停产的边缘。市场会不会青睐长钢？

我们左右不了市场，能不能左右自己？要做到公司一盘棋，一切以整体经济效益为中心，应该建立什么样的激励约束机制？多长时间能够实现部门、工序的高效协同？

避免长钢倒下，公司层面、职能处室、二级单位、车间工段、职工本人应该做好的工作是什么？

长钢生死存亡，和谁的命运密切相关？爱长钢、忧长钢、为长钢，衡量的标准是什么？

与大讨论通知同步下发的，有5份学习资料：《长钢是否到了生死存亡的悬崖边?》；《鄂钢，倒下还是生存?》；总公司领导靳伟、张功焰在首钢一季度经济活动分析会上的讲话；总公司领导赵民革在首钢一季度经济活动分析会上的点评（摘要）；《首钢日报》刊发的季度经济活动分析会报道及系列评论。

公司党委要求，各级党组织要高度重视，周密部署，强化组织领导，坚持问题导向，提出相应的解决方案，通过实实在在的大讨论，强化坚决打赢生存保卫战的思想共识，使全体干部职工认清形势，统一思想，坚定信心，主动克服麻痹和侥幸心理，切实增强争生存求发展的紧迫感、危机感，切实做到在长钢爱长钢，在长钢忧长钢，在长钢为长钢。在认清形势上更进一步，在应对市场上更快一步，在厉行节约挖潜增效上更深一步，在堵塞漏洞献计献策上更大一步，形成众志成城攻坚克难的强大合力。

此次讨论旨在让广大干部职工对企业面临的生存状况有更清醒的认识，将制约长钢生存发展的问题一件件捋清楚、找出来、分析透，统一思想，提高认识，凝心聚力，坚决打赢生存保卫战。”

在全公司范围内展开“倒下还是生存”大讨论后，一个月内，纪委/监察处先后进行了四次讨论。第一次，是和学习大讨论系列文件一起进行的。当时，大家泛泛地谈了学习的感受，和平常的学习没有什么区别；第二次，大家结合自己的岗位谈了今后的打算；第三次，主要集中在科级以上人员，但大家的认识还是停留在原来的思维上；第四次，纪委/监察处打破传统模式，要求下属的6个科自由组合为正反两方，紧紧围绕“倒下还是生存”展开辩论。辩论中，双方人员的发言内容不局限于长钢、不局限于专业、不局限于时间，他们从历史中探寻晋商的发展，从发展的角度回顾长钢历史进程，从行业环境的角度谈国内国外经济形势等，深刻地对长钢的现状和所处的环境进行剖析。通过自己收集素材、准备辩论资料的过程，大家对长钢在全国钢铁行业中的定位有了较为明晰的认识，对自己下一步的工作和打算进一步明确。

大讨论从面到点，逐级深入，创新形式，言辞深刻激烈，发人深省：

有人提出，"长钢拥有深厚的红色文化底蕴，拥有优质品牌的产品，拥有一支作风过硬的职工队伍，但是长钢为什么会走到今天？难道我们还要单纯地放大这些优点，继续这样走下去吗？我们应该深层次地思考，我们的企业为什么会走到今天？"

两个多小时的辩论，双方辩手都没有被对方说服。他们约好安排时间继续辩论。

处长杨俊祥说，几次大讨论循序渐进，尤其是这次辩论，大家在思想上有了很大的触动，增强了危机感和紧迫感，对待工作的态度也有了明显的改善，对今后的工作达成了"无一日敢懈怠，无一事敢马虎"的共识。一位职工说："这次的大讨论和过去不一样，大伙儿的的确确有了求生存求发展的危机意识，有了要把工作做到极致的自我要求！"

炼铁厂在一个月内组织大大小小的讨论500场，收集合理化建议125条。讨论分为学习动员、开展讨论、提出建议三个阶段。要求通过讨论明确需要转变哪些观念、树立哪些观念，引导全体干部职工认清形势，明确差距，定好措施，以颠覆性的思想观念、创新性的思路措施、坚决性的执行意识，打赢生存攻坚战。

炼钢厂干部职工认为，肯定要生存，绝不能倒下。钢市暂时不会好转，长钢肯定不能靠市场吃饭，市场更不会特别青睐于长钢。我们要做的，一是必须统一争生存的思想，激发正能量，把压力和动力一级一级传导下去，齐心协力，共克时艰；二是紧紧抓住"降成本"这个抓手，紧紧围绕390元的工序成本目标，着重从钢铁料消耗、渣料消耗、合金消耗、耐材消耗和能源动力消耗上下硬功夫；三是激发斗志，传导压力和动力，树立在长钢爱长钢、在长钢忧长钢、在长钢为长钢的思想，沉下心来踏踏实实干好本职工作，为厉行节约、挖潜增效、堵塞漏洞献计献策。将大讨论中有价值的典型发言列为"金点子"，纳入工会团委"五小"活动予以评奖。

轧钢厂干部职工认为，长钢是倒下还是生存，最终决定权在自己手中。

当前公司改革进入了实质性操作阶段，面对机构整合减员增效的措施，轧钢厂作为公司推进作业部制试点改革的单位，必须打破以往的惯性思维，创新基础管理，建立适应轧钢改革发展的新模式。无论是解合还是转岗的职工，都要正确认识改革、支持改革、参与改革，让长钢在改革的大潮中得到洗礼，焕发活力。

动力厂干部职工清楚地认识到，绝不能让有着近七十年红色历史底蕴的长钢在钢铁业的“严冬”中倒下。在当前钢铁行业的非常时期，作为一名长钢职工，要坚决支持公司“瘦身健体”的改革政策，为公司做好能源介质的安全输供工作，将成本降到最低，使我们的企业能够走出困境，渡过难关。

设备检修部党委要求各基层党支部高度重视大讨论活动，立足本职岗位，主动对标找差，切实针对设备检修维护工作中存在的问题，主动出击，各个击破。要把讨论的过程，转变为反思、整改、提高的过程，深化为统一思想、提高认识、传导压力、催生动力、激发活力、形成合力的过程。

机运公司党委将大讨论与改革中的思想政治工作紧密结合，通过家访、电话联系等方式，关注“解合”职工中的弱势群体，努力减少不和谐因素。在大车司机短缺的情况下，调整考核权重，分配向一线倾斜，主动承接外委作业任务34项，降本增效取得可观成效。

通过学习、交流、讨论，职工们的思想观念和行为方式发生了深刻变化。

轧钢厂一位从机关科室到了一线班组的职工言语中没有一丝抱怨，他恳切地说：“企业有困难，每个人都要想办法。不管过去在科室，还是现在在一线，我都会好好干。炼钢厂原料车间一位职工说：我要努力把工作做到极致，为公司争生存尽自己的微薄之力。

在生产一线、辅助单位、机关处室，随处可见感人的场景——部分职工“解合”、内退以及外用工清理后，一些单位岗位缺员，在岗职工或一人顶俩人干，或主动顶替任务岗，用行动践行“让长钢活下来”的共同信念。已经递交了“解合”和内退申请的职工，怀着对企业的无限留恋表示，只要岗位需要，不计报酬，随时奉献。被精简的机关干部职工，在新的岗位上重新释放能量，升华着爱长钢、为长钢的真挚情感。

党委宣传部在开展学习和讨论的同时，在内部媒体刊发“一个钢企的全员过冬之旅”“石横特钢为什么能逆市增利”“2014 河北民营钢企‘盈’在哪”“日航重生的主要原因”等文章，拓宽干部职工的视野和思维，引导大讨论的深入推进。

干部职工先学习后讨论、边学习边讨论，“长钢决不能倒下”的共识和“坚决打赢生存攻坚仗”的信念与共识越来越坚定。在讨论中，深刻认识到世上没有救世主，只有自己救自己。唯有坚定不移推进改革，激发内生动力，才能实现自救。市场不同情弱者，也不相信眼泪，要生存，唯有苦练内功。

随着学习、讨论的深入，职工们对市场形势的严峻性有了更深刻的认识，对长钢与先进企业的差距有了更清醒的判断，忧患意识和危机意识明显增强。

大家明白，我们的劳动生产率（人·年）只有 209 吨钢，与先进企业劳动生产率（人·年）1000 吨钢相比，差距之大容不得有任何侥幸和迟疑。先进企业还在持续加大改革力度，如果我们不以更大的力度推进改革，更快的步伐努力追赶，很难在竞争中获胜。

抢抓机遇，深化改革，坚定不移地优化劳动组织，提高劳动效率，大力降本增效，是切实提高企业综合竞争力的必由之路。

有了这样的共识，大家对改革带来的严酷冲击便有了更明确的预警与更强的承受。

“倒下还是生存”大讨论，使广大干部职工对长钢面临的内外环境有了更为清醒的认识，对企业推进的优化提效工作给予了更多的理解和支持，经营生产态势也逐步向好。

8 至 9 月，长钢公司连续完成了总公司既定的经营目标。

进入 2015 年四季度，行业赢利形势进一步恶化，价格再创新低，生存的压力更加巨大。

公司党委综合考虑面临的更为严峻的生存环境，决定将“倒下还是生存”大讨论继续引深，不做夹生饭。要求下属各单位党组织牵头，认真学习 10 月 9 日首钢总公司转发的“一家兄弟钢铁企业运输部的会议材料”，充分认识形势的严峻，学习借鉴这家兄弟钢企的基层干部职工表现出的强烈危机意识，特别是他们在算账挖潜、降本增效、压缩减员、薪酬待遇等方面所形成的理念、思路、做法。学习总公司靳伟书记《在首钢集团总部组织机构改革工作会议上的讲话》，长钢公司董事长、总经理贾向刚9月份经营分析例会讲话等重要内容。采取各种形式，层层围绕钢铁业为什么要做好过“苦日子”的准备？没钱的日子怎么过？“穷则变，变则通，通则久”对目前的长钢意味着什么？降本增效怎样才能做到有广度、有深度、有高度？什么是“榨干、拧漏”？怎样做到“榨干、拧漏”等10个问题进一步展开讨论。并组织专人对各单位讨论情况进行检查，将各单位降本成效直接与绩效考核、干部任免挂钩。

长钢各级干部职工围绕讨论主题，在学习中思考，在讨论中自省，对形势的认识更清醒，争生存的愿望更强烈，靠自己救自己的信念更坚定。

大讨论，使广大干部职工更加主动地把思想统一起来，把信心坚定起来，把智慧集结起来，尽最大努力，赢得长钢生存发展的时间和空间。

四、把先辈的“一次创业”精神找回来

大讨论形式上看上去是务虚，实际上是为下一步的务实做思想上的必要准备。

在首钢长钢三届一次职代会上，响亮地提出了“求生存谋发展”的“二次创业”口号。

“二次创业”，是相对于革命战争年代老一代军工人在太行山上创建故县铁厂“艰苦奋斗，勤俭办企”的“一次创业”而言。

长钢是中国共产党创建的第一个钢铁企业，拉开了新中国钢铁工业规模发展的序幕。解放战争期间，长钢贡献了数十万吨计的生铁，制造了数百万发炮弹，为解放战争的胜利作出了巨大的贡献。

新中国成立后，长钢逐步发展成全省乃至华北地区的骨干型钢铁企业，为我国钢铁产业发展积累了大量经验，尤其是为国家冶金工业部、兵器部以

及太钢、邯钢、武钢、首钢等冶金领导部门和企业培养输送了一大批钢铁专业人才。原冶金工业部、铁道部、兵器部的郑汉涛、陆达、陈志坚等一大批领导均出自长钢。长钢为解放战争、抗美援朝、新中国建设和中国钢铁工业的发展作出了重要贡献，曾经是引领全国冶金工业发展的一面鲜艳旗帜，被誉为我国"红色钢铁的摇篮"。

然而，在长钢发展史上，逆境一次次如影随形，接踵而来。每隔几年，总会有各种各样的艰难与坎坷横亘面前。能不能继续走下去，会不会搁浅在激流险滩上的问题，时不时地会搅得长钢人心烦意乱。用长钢人的话来说，长钢几乎没有让人轻松消停的时候。究其原因，有与时代变革进程同步而来的，也有自身失误造成的。进入 20 世纪 90 年代，由于种种原因，长钢接连痛失了几次大的发展机遇，加之粗放型发展的模式没有得到根本改变，产业集中度不高，市场竞争力不强，再加上原料受制于人、成本控制不力，导致企业陷入了生存发展的困境。特别是在全球金融危机的大背景下，长钢这个有着光荣革命历史的红色钢企走到了生死存亡、命悬一线的悬崖边缘。

近几年，钢铁行业陷入了低谷，全行业普遍亏损。特别是在国家"去产能"的大背景下，长钢这种地处内陆、装备落后、规模小、劳产率低、社会包袱沉重的钢铁企业，不可幸免地出现了巨幅亏损。随着国家加大对钢铁行业的管控力度、严控过剩产能行业信贷额度，长钢参与市场竞争的综合能力不强，又走到濒临破产的边缘。

在国家改革攻坚进入深水期的新的背景下，加之国际金融危机的冲击，长钢在全行业遭遇钢铁行业的"冰川期"的严峻局面下，生死存亡、命悬一线。

2015 年 11 月 27 日上午召开的长钢公司中层干部大会上，总公司党委书记、董事长靳伟对钢铁行业面临的形势有过这样的精辟分析：

"十三五"期间，钢铁行业将进入最残酷、最困难、最严峻的阶段。在此期间，大量的企业会被兼并重组或停产倒闭，所有的企业都在竭尽全力为生存而战。

十年前，全国人民都知道钢铁，是因为铁矿石从"黑石头"卖成了"金石头”。我们每年都要花费大量的外汇储备从国外进口铁矿石。这段时间我们关于钢铁的议论是产能过剩、严重过剩。今天，我们看到的是，大家都在为生存而战，不光是长钢，还有通钢、水钢，即便是京唐、迁钢、宝钢、武钢也同样在为生存而战。

在这种新常态下，生存的问题已经摆在我们面前，成为一种必须要面对的现实，不可回避。我们看到杭州钢铁、重庆钢铁和一批民营企业包括松汀500万吨规模钢厂停产了。我个人判断，在今年后两个月到明年这段时间里，还有一大批企业都得倒下。

现在，好多钢铁企业都在亏，且都不是按亿计。

转变经济发展方式放在我们钢铁企业就是去产能化，就是调结构，就是让那些亏得多的、不符合环保的、效率低的企业停下来。我们回避不了这些问题，这也是摆在长钢全体干部职工面前，必须要跨越、要解决的难题。

我们国家制定“十三五”规划，我党在总结社会发展规律和党的执政规律，企业也一样，行业的规律、市场的规律、企业发展的规律是违背不了的。

这是交给干部职工的“实底”：让大家认清形势，传承“艰苦奋斗，勤俭办企”的红色长钢精神，以敢于担当、改革创新为抓手，从零开始，或者说，从负数开始，开启长钢“二次创业”的新征程，全力打赢这场生死存亡硬仗。

长钢党委“十三五”规划把“求生存求发展”摆在最突出、最重要的位置是对的。我们要求生存、求发展，我们要活下去。刚才在你们党风廉政建设汇报会上，我也读了你们六次党代会的稿子，写得非常好。我再念一次：“历史的因缘际遇，再次将长钢推到了重要的选择关口。走过了那么多弯路的长钢，错失了那么多发展机遇的长钢，留下了那么多历史遗憾的长钢，被打上那么多红色印记的长钢，寄托着数万名职工家属希望的长钢，决不能在我们手中倒下。红色长钢，必须高质量地永续生存下去！”那么多弯路、那么多发展机遇、那么多历史遗憾、那么多红色印记，我真的不希望再过五年后，我再坐在这里和大家一起交流的时候，我们还在说，我们错失了、我们失去了、我们丢掉了……那时候我们还有没有机会坐在这里这样说？我希望这个党代会的报告真正变成我们长钢人内在的心声和呼喊，变成我们求生存、求发展的一种自觉，变成我们每个人内在的追求，和我们自己的切身利益紧密相关。

靳伟对如何实现"二次创业"提了三点要求：一是要传承红色长钢精神，把"艰苦奋斗，勤俭办企"传承下来，贯穿各项工作始终，体现到现场的角角落落。二是要敢于担当、改革创新。敢于担当就是要立大志，要敢于碰硬，敢于给自己定高指标，敢于把定下的指标落到实处。他指出，企业要发展就必须要改革。改革保护的是这个企业，保住的是大部分人的利益。针对创新，靳伟指出，要进一步创新民主评价的方式方法，不仅要追求低成本，更要把性价比提上来。三是要进一步发挥党委的核心作用、党组织的战斗堡垒作用和党员的先锋模范作用。首先，各级干部要提高经营管理能力，关注市场，关注价格，关注用户，严细管理，精细管控，要彻底转变思维方式，要走下去、走到现场，发现问题、解决问题，真正提高工作标准。其次，要营造一个良好的政治生态。党委及党委的主要领导要保证做人干净、干事干净，以身作则，把大家的力量都调动到打造风清气正的氛围上来，凝聚到人人想事、干事、干成事的氛围上来，凝聚到鼓励改革、鼓励创新、敢于挑战的氛围上来。

同是2015年11月27日这一天，总公司党委书记、董事长靳伟到访长治市委市政府，交谈中，靳伟说，昨天，听取了长钢的"十三五"规划、明年预算情况、党风廉政建设等方面的汇报，召开了干部大会，总体感觉，长钢与自己比进步很大，但与行业比差距还很大，还处于求生存、求发展的困难阶段，其"二次创业，不能让红色长钢在这一代人手中倒下"的定位非常准确。要做到这一点，关键还是要把长钢广大职工、特别是党员领导干部的力量凝聚到一起，把现实的压力转化为全体干部职工发自内在的求生存的心声与自觉。

"二次创业"，是一次新的时代环境下全方位的生存大突围，是一种艰苦奋斗、求生存谋发展的精神呼唤与张扬。

"二次创业"关键在思想观念的转变，方式方法的创新。长钢人关于如何理解"二次创业"，如何开展"二次创业"，"创"什么，怎么"创"的思考一刻没有停止过。

铁运部干部职工认为，“二次创业”的本质是从借外力到练内功的转型，是拥有别人学不会、偷不走的核心能力。机运公司干部职工认为，“二次创业”的含义是再奋斗与再拓荒。检修部提出了“二次创业”的关键词：知识、创新、增效、节省。炼铁厂上下立志，认为能活下来需要做的事，就是“二次创业”应该做的事。炼钢厂认为，“二次创业”需要我们有摸着石头过河的勇气，激发企业里每个人的创业激情。轧钢厂干部职工认为，“二次创业”关键是精神传承，是牺牲奉献，是指标和责任层层分解，攻山头、打硬仗。销售处干部职工认为“二次创业”要发端于精神，见诸于行动。质监站干部职工认为，“二次创业”过程中必须要把文化、纪律、政策、制度、专业管控等都整合起来，以求生的欲望实现自我革新。

党委书记崔永康指出，“二次创业”关键在转变思想观念。要把老一辈革命者“一次创业”精神头找回来；要改变思维方式、办事方法，慢三步弄不成；要紧跟市场主动求变，以观念变革带领行动变革。

作为更具精神层面意义上的“二次创业”，并不是一句空话。它建立和落实在千头万绪、实实在在的生产经营上。

“二次创业”要抓好钢铁主业的“二次创业”，继续深入推进企业改革和对标挖潜降本增效工作，全面提升市场竞争力；要抓好辅业和非钢产业的“二次创业”；抓好广大职工的“二次创业”。

对于长钢人来说，“二次创业”是一次自身内在的深刻变革，也是一次对于疏离时代的传统观念和惯常思维的重新审视和颠覆性变革。在“二次创业”精神鼓舞下，长钢新一届领导班子从推进改革上破解难题、从强化管理上提高效率、从转型升级上突围脱困，用新思维引领新发展，抢抓机遇，从强化执行上寻找突破口，迸发出70年前老一辈人建厂时的豪迈激情和冲天干劲，使经营生产、安全环保、技改项目等各项工作，在逆境中稳步前进。

长钢从狠抓基础管理做起，对公司规章制度进行了全面定、修、废并强化执行监管。几年时间，强基固本，夯基垒台，初步建立了完善的制度体系，有力保证了生产经营的稳顺运行。

从强化经营管控入手，原材料采购、钢材销售跑赢市场，生铁成本、钢材单利跑赢同行，内部降本增效跑赢自己。2015 年以来，长钢内部挖潜增效 10 亿余元，经营状况持续向好。

从突出内部改革着力，在钢年产量 260 万吨的情况下，实现实物劳产率明显提升，市场竞争力明显提升。到 2016 年，钢铁主业在岗职工实物劳产率由 2014 年的每人每年 252 吨提高到每人每年 326 吨，提高了 29. 37%。

企业的巨变使长钢人经历了一次思想上的大洗礼，也使长钢人明白了加快转型发展才是振兴长钢的硬道理!

乘势而上，面对资金极度紧缺等困难，长钢积极淘汰落后产能、促进升级改造。新的领导班子以长钢的生存发展为己任，以“减量化、再利用、资源化”为原则，相继淘汰 3 座小高炉、3 座小转炉、两套横列式轧机和两座 4. 3 米捣固焦炉，实施了多项节能环保技改项目。初步建立起以低消耗、低排放、高效率为特征的循环经济产业链，进入了国家钢铁行业的规范公告企业之列。

用改革促发展，用发展活企业。在钢铁行业整体收缩、基本没有大的技改项目投入的背景下，长钢勒紧裤带搞建设，投资 11 亿元建成了企业史上单体投资最大的工程——200 万吨焦化项目一期工程，2 号焦炉于 2016 年 7 月建成投产，1 号焦炉于 2017 年 2 月装煤投产，被广大干部职工誉为“生命工程”。

2016 年 1 月 15 日上午，公司召开党组织书记例会，对如何正确认识形势，坚定必胜信心，做实二次创业，求生存谋发展进行探讨。会议认为坚定必胜信心不是一句口号，而要正确分析形势，抓住发展机遇。通过对市、省、国家局势及政策的分析，以及长治市“十三五”期间推进冶金企业行业结构调整、兼并重组、组建大型冶金集团、重点培育长钢成为具有较强实力和竞争优势的大型钢企集团，淘汰落后产能、技术改造等种种信息分析，预计渡过 2016 年这个坎，2017 年经济发展环境会有大的改观。

这个预计得到验证。2017 年一季度，长钢实现扭亏为盈。

长钢人顶着压力爬坡过坎，开始驱散心中的阴霾。

春生夏长，秋收冬藏。虽然钢铁行业依然没有摆脱发展困境，钢铁行业的改革依然在路上，但是保持定力的长钢人更加勇于直面困难，始终保持“二次创业”的精气神，继续主动试、大胆闯，集结新生力量，拥抱美好的未来。

第三章

优化提效：雄关漫道真如铁

长钢在七十年的漫长岁月里，起伏沉浮、历经坎坷，几次濒临生死存亡的边缘。特别是进入21世纪的十几年间，长钢的命运犹如坐在了过山车上。2005年的盲目改制，几乎葬送了这个中国共产党亲手创建的第一个钢铁厂；2008年与首钢成功联合重组，企业如火中的凤凰，旧我死去，新我重生。所有的长钢人脸上欢乐的笑容还没有完全展开，钢铁行业就遭遇到了从来没有过的严重的冰川期，连国内一些新生的民营钢铁企业巨头的老总，也在悲凉地呼喊：钢材还卖不过白菜价。这对于饱经忧患、还没有缓过劲儿来的长钢来说，无疑是一个灭顶之灾。

长钢是一条船，长钢也是一条老船，由于历史的原因，这条船上承载了过多的成员，远远超出了它的承受能力，东挪西借，割肉补疮，寅吃卯粮，艰难度日，随时都有倾覆之虞。

怎么办？怎么办？怎么办？

减员释负，避免沉船是当务之急！

然而，减员犹如壮士断腕，要有足够的勇气和承受惨痛的能力。

贾向刚在中层干部大会上讲：长钢已经到了唱《国际歌》的时候了！

《国际歌》是这样唱的：

“这是最后的斗争，团结起来到明天！”……

一、不能眼看着这条船翻沉于风浪

21世纪初，受国际金融危机和国家调整产业结构的影响，钢铁企业的日子越来越难过，国家做出了“三去一降一补”的重要布局。怎样完成去产能、去库存、去杠杆、降成本、补短板五大任务，决定着中国未来经济转型升级的前景。钢铁、煤炭等行业都在开展去产能工作，一些企业不得不减少生产线，甚至一些效益差的企业直接被关停，而随之而来的则是大批员工的下岗。可以说，钢铁、煤炭等行业依然面临着严峻的形势，可谓是“未觉池塘春草梦，阶前梧叶已秋声。”

鞍钢在新中国的历史上，曾经是一颗闪耀的巨星，但经过几十年岁月的风颠浪簸，也不得不把身上沉重的包袱卸了下来，把员工16万人减至10万人，并清理清退了劳务派遣用工。即使是这样的节奏，相比于民企的钢铁产量，鞍钢实际上需要分流的职工远远不止这个数字。沙钢集团和鞍钢的钢产量都在3000万吨，沙钢集团才3万多人，鞍钢集团是16万人左右。

除了鞍钢集团，在钢铁市场的严冬面前，所有的钢企都在寻求减员求生、减员增效的路子。河北省冶金工业协会的一份材料显示，2014以来，河北境内某企业通过提升信息化手段再造流程，目前已减员超过1/5，一年降低人工成本9000多万元。另外，河北省武安、邯郸、石家庄等地，一半以上的钢厂裁员10%~30%，部分钢厂裁员1/3以上。据《证券日报》对河北民营钢企一项调查结果显示，去1亿吨产能后，河北民营钢企的就业岗位减少了17万个。

长钢优化提效工作的力度前所未有。2015年处级机构减少16个，减少30%，科级机构减少98个，减少31%，在岗职工由年初的13498人，减少到9636人，减少3862人，减幅28.6%。2016年底，在册职工人数8999人。2017年底，在册人数8690人，其中在岗人数由7650人减至6889人，钢铁主业由5667人，减至4840人。到2018年底，在册职工减至8194人，在岗职工

6188人，钢铁主业减少至3752人。

4年来，全员劳动生产率及钢铁主业实物劳动生产率均有大幅度的提高。

二、风起于青蘋之末

当风之将起，很少有人预见到这轻漾于池塘、微拂于杨柳的吹面不寒的和煦，会“盛怒于土囊之口，缘太山之阿，舞于松柏之下，飘忽淜滂，激飓熛怒。蹶石伐木，梢杀林莽”，形成摧枯拉朽的狂飙之势。——后金融危机时期钢铁市场的冰川期就是这样。早在2013年首钢总公司的“三创”会议上，总公司就提出了要为生存而战，而当时长钢公司的所有人，对这样的提法都不以为然。到2014年，长钢的经营形势极度恶化，资金周转极为困难，企业失血严重，日常的生产经营活动维系艰难，随时有拉闸停产的危险。只到这个时候，人们才开始意识到钢铁市场“冰川期”的可怕。贾向刚初到长钢之后就在中层干部会议上讲，“长钢已经到了要唱《国际歌》的时候了。在之前就有首钢总公司领导不无担忧地感叹：长钢能否看到2015年的太阳!

导致长钢陷入如此窘境的原因非常复杂，有国际金融危机的影响，有国内钢铁产能过剩，竞争异常激烈的影响，有国家强化环境保护、调整产业结构，迫使企业转型发展的影响，但更多的是企业内部的原因。企业自身观念落后、固步自封、本身包袱沉重，竞争能力不强，缺乏危机意识，大难临头还麻木不仁，依然抱有长钢这样的企业不会死的幻想，依旧逍遥自在，固步自封，夜郎自大——这才是问题的根源所在。“12·27”事故的影响，“三方合作协议”的影响，只能说是一根导火索，促使了危机的加快来临。

那么，长钢就要这样眼睁睁地倒下去吗?

首钢总公司领导在长钢中层干部大会上斩钉截铁地讲到：长钢不能在我们的手中消失了，我们不能做历史的罪人!

然而，冰冻三尺非一日之寒，要挽救这条即将沉沦的大船，也不是说一两句大话就能成事的，必须管用，必须有效，必须对企业的长远利益和职工群众的根本利益负责。

我们听说过无数的关于船只翻沉的故事，翻船的一个重要原因就是严重超员，船只不堪重负，吃水到了安全线以下，经受不住一点风浪的颠簸。而今，长钢这条船是早已经严重超员了，长期以来都是带病运行。要救长钢，就必须减负，让超载的船尽可能地回归到定员之内。这个定员衡量的标准，就是你的全员劳动生产率是否能够达到同行业的平均水平，达不到的话，你的竞争就乏力，你的生存就有问题。

2014年，长钢公司的实物劳动生产率（人·年）仅209吨，与同行业105家钢铁企业在岗职工平均实物劳产率相比，差159吨/人年，人员多三分之一。市场竞争激烈程度不断加剧，公司冗员多，严重威胁到了企业的生存。

2014年，总公司为帮助外埠钢铁企业早日走出困境，多次组织专题研究外埠钢铁企业的提高效率工作，年底颁发了《2015年外埠钢铁企业减员增效工作安排》，要求2015年各单位减员分流比例原则上按不低于20%安排。为贯彻落实总公司加快转型发展、提高劳动效率的要求，结合公司实际，拟通过机构改革、主辅分离、精简人员等措施来瘦身健体。公司本着以人为本的宗旨，按照“骨干有岗位、职工有渠道、分流有政策、安置有秩序”的原则，通过补充自然减员安置部分职工、安排顶替劳务用工、企业内部退养、企业与职工协商一致解除劳动合同、通过培训转岗再就业及居家待岗等六个渠道分流安置富余人员。从企业和职工个人两个角度综合考虑，协商一致解除劳动合同是一条重要的分流安置渠道。

为此公司决定出台《首钢长治钢铁有限公司企业与职工协商一致解除劳动合同实施细则》，借总公司的东风，开启拯救企业的第一步。

2015年3月30日长钢公司在紫藤楼百合厅召开第二届第四次职工代表大会，与会的281名正式代表以无记名投票方式对《首钢长治钢铁有限公司企业与职工协商一致解除劳动合同实施细则（草案）》进行了表决并获得了高票通过。

此次会议上，贾向刚做了一个简短的讲话，提了三点要求：一是加大宣传力度，确保家喻户晓；二是科学周密组织，扎实有序推进；三是着力化解矛盾，维护稳定大局。

长钢公司领导班子成员们悬着的一颗心，终于落到了肚里。在此之前，有些领导一直担心方案通不过，发愁万一通不过的话，今后的路该怎么走。

贾向刚胸有成竹地说，通不过说明我们的方案有问题，职工不满意。我们就回过头来修改方案，直到职工满意为止。

有一个故事是这样的：老鹰是世界上寿命最长的鸟类。它一生的年龄可达 70 岁。要活那么长的寿命，它在 40 岁时必须做出困难却重要的决定。当老鹰活到 40 岁时，它的爪子开始老化，无法有效地抓住猎物。它的喙变得又长又弯，几乎碰到胸膛。它的翅膀变得十分沉重，使得飞翔十分吃力。它只有两种选择：等死，或经过一个十分痛苦的更新过程。150 天漫长的操练，它必须很努力地飞到山顶。在悬崖上筑巢，停留在那里，不得飞翔。老鹰首先用它的喙击打岩石，直到老旧的喙完全脱落。然后静静地等候新的喙出来。它会用新长出的喙把指甲一根一根地拔出来。当新的指甲长出来后，它们便把羽毛一根一根地拔掉。5 个月以后，新的羽毛长出来了。老鹰开始飞翔，重新再过 30 年的岁月！

我们不去管这个故事的真实与否，我们从这个故事里看到了长钢的影子。长钢就是那只面临痛苦选择的老鹰，只有经历过如此难以忍受的历练和煎熬，也才有机会重新翱翔蓝天！

三、市总工会律师如是说

2015 年 3 月 3 日，经公司班子会议研究后确定了《首钢长治钢铁有限公司企业与职工协商一致解除劳动合同实施细则》征求意见稿。当天下午公司党政主要领导组织各单位党政负责人就企业与职工协商一致解除劳动合同相关事宜召开专题会；3 月 4 日上午人力资源处组织全公司人力资源系统相关人员 100 余人对《实施细则》进行了系统学习培训，安排各单位做好各层次不同年龄段人群的意见收集及前期测算工作，同时人力资源处针对《实施细则》

的内容及后续操作先期整理出了18条宣讲政策问答，方便各单位宣传贯彻。3月6日下午，人力资源处会同工会分5组开展调研，对公司15个重点单位，涉及各层次、各年龄段、有意向的570人次征求了意见，就《实施细则》进行面对面答疑解惑。3月9日下午，公司工会、人力资源处组织召开了部分职工代表、劳动模范座谈会，参会人员踊跃发言，15人共提出27个问题，专业部门有关人员现场逐个进行了解答。通过各单位书面反馈和面对面征求意见，共收集意见建议193条，经认真梳理后归结为两个方面29条，针对《实施细则》方面共性问题4条，个性问题9条；针对《实施细则》操作层面共性问题4条，个性问题12条。《实施细则》采纳意见3条，操作层面采纳9条。并在3月10日公司党委召开的征求意见座谈会上向各单位进行了通报及解释。针对各单位所提问题，专业部门又整理出宣讲政策20个问题，解惑释疑。

在《实施细则》起草过程中，贾向刚及公司其他领导带领有关专业部门先后专程拜访了长治市政府主要领导、分管领导和市总工会、市人社局、市国资委等有关领导，就公司优化劳动组织、提高劳动效率的有关情况，特别是配套的《实施细则》进行了汇报，同时在不同场合通过多种渠道和市政府有关领导进行了多次沟通，得到了市政府、市总工会及有关部门的大力支持。

市总工会拿到《首钢长治钢铁有限公司企业与职工协商一致解除劳动合同实施细则》之后，让市总工会的两位律师仔细研读，看看是否符合国家的有关规定，是否伤害了职工群众的利益。两位律师看了《实施细则》之后说，长钢的这个方案，是他们见到的最好的，照顾职工的利益也是最大的，长钢的职工也一定会十分满意。

《实施细则》的核心是“一限高，一封顶，两托底，三奖励”，亮点是在劳动合同法规定的协商一致解合政策基础上，对选择自愿解合的职工给予最大的优惠政策，一是2008年以前的经济补偿，按劳动合同法工龄封顶最高12个月，而本细则工龄不封顶；二是劳动合同法中经济补偿无托底政策，而本细则规定了10万元、12万元的托底，经过对自愿解合人员的摸底测算，大体有60%的解合职工可以享受到托底优惠；三是劳动合同法无协商解合奖励、补贴政策，本细则规定了给予提前解合奖励、一次性奖励和“40”“50”人员就业补贴。以上三种奖励，两条保底线，在协商一致解合计算经济补偿时，在首钢集团以外其他企业是没有的，是长钢公司党政领导充分考虑到职工的利益，向首钢总公司领导积极争取来的。

在《实施细则》通过之后，贾向刚要求要加大宣传思想政治工作的力度，要带着感情做好职工的思想引导工作，在职工情绪波动较大的时期，把抓安全生产和职工的情绪疏导紧密结合起来，本着为企业负责、为职工负责的原则，把相关政策吃准吃透，给职工解释清楚，化解职工思想上的疑虑，让退出的更顺畅，让留下的更安心。《长钢》还刊登了“是去是留细斟酌”的专门文章，和风细雨，娓娓道来，让职工从企业的大局和个人的利益两方面多考虑，郑重地做出人生道路上一个十分重要的选择。

四、努力争得生存的时间和空间

2015 年 4 月 24 日下午，长钢公司在紫藤楼百合厅召开优化劳动组织提高劳动效率动员大会，标志着长钢全力推进改革激发企业活力工作正式启动。

2014 年底长钢公司组织机构共设置 54 个，其中，职能管理部门 27 个，经营生产实体单位 27 个，划分为“四个板块”，在册职工总数为 14834 人，规模小、人员多、劳率低，年龄偏大，人员结构失衡，组织机构与同类钢铁业相比职能部门设置较多，企业整体活力不足，自主创新能力弱，严重阻碍了企业的健康发展。

根据总公司对外埠钢铁企业提高劳动效率工作安排，公司决定将原组织机构“四大板块”重新设计为职能管理部门、钢铁主流程、非钢及后勤单位“三大板块”，共设置 38 个处级机构及下属 220 个科级机构。其中，职能管理部门 15 个单位，钢铁主流程 14 个单位，非钢及后勤服务 9 个单位。通过结构性优化，撤销合并，减少处级机构 16 个、减少比例 30%；减少科级机构 98 个，减少比例 31%。经过优化，公司新核定定员编制 9368 人，其中公司级领导10人，正处47人，副处45人，正科227人，副科57人，专业技术管理岗位定员1373人（职能管理人员占比39%），操作岗位7609人，劳动生产率可由2014年的209吨/（人·年）提高到320吨/（人·年），为长钢生存奠定基础。

会议上，党委书记、董事长贾向刚作了动员讲话，要求长钢广大干部和职工群众要“凝心聚力、爬坡过坎，努力争得生存时间和空间。”

贾向刚说，优化劳动组织，提高劳动效率，是钢铁企业应对经济新常态、引领新常态，不断提升核心竞争力的根本需要；是长钢公司争生存、闯难关，确保能活下来的必然选择；是抓机遇、聚合力，努力开创新局面的有效途径。

贾向刚讲道，这次的方案，和我们自己比力度不小，但按照这个比例，三年以后，我们的目标是7000人、300万吨钢，也是个低水平的劳产率。按照整体方案，为了减轻明年后年的负担，今年应该减得多一点，对企业有好处，对职工本人也有好处，因为今年总公司对外埠企业改革在资金上给予了很大支持。希望各二级单位充分发挥主动性、积极性，做好政策解释和宣传工作，尤其是对协商一致解合的政策，一定要给职工讲清楚、讲明白。人力资源、工会、纪检部门在实施过程中，要加强服务、指导和监督，着力化解矛盾，确保各项工作平稳有序。对未按时间节点完成目标任务的、徇私废公的、阻碍改革进行及引发矛盾造成不良影响的坚决给予组织处理。

总经理熊万平主持了这次动员会。他在会议上强调：一是要把握原则，学习政策，吃透精神；二是要做好宣讲，统一思想，提升认识，积极营造良好的思想氛围，努力汇聚正能量；三是要周密部署，科学组织，扎实推进；四是要积极稳妥，尽责高效，确保稳定。

副总经理姜广银在会上宣读了《首钢长钢优化劳动组织、提高劳动效率方案》和《首钢长钢组织机构调整方案》。

2015年的春夏之交，钢铁市场的冰川期还在延续，行业内部不断传来企业关门歇业的噩耗，哀鸿遍野，四面楚歌。而故县坡上小寒山脚下这片曾经的热土，在厚厚的坚冰之下，有了冰裂的“咔吧咔吧”的响声，有了一丝丝暖流的涌动。

相对于长钢69年的发展历程，贾向刚来到长钢的时间相比起来十分短暂。然而，就是这个几个月以前还是外来者的掌门人，用他那双睿智的目光，穿透历史的重重云雾，看到了长钢陷入如今困境的、属于自身内在的深层原因，尤其是各级党员领导干部观念上的陈旧和思想上的惰性。贾向刚强烈地意识到，如果不迅速改变各级党员领导干部的观念，不深刻剖析和反思多年来积淀在灵魂深处的问题，剧烈变化的市场，不会给长钢留下太多的时间。

他说，长钢绝大多数党员领导干部、绝大多数职工群众，都和长钢有着很深厚的感情，他们爱岗敬业，勇于吃苦，任劳任怨，默默奉献。多年的工作、生活，长钢已成为长钢职工难以割舍的一份情感，难以抛舍的一个家园。但情感归情感，理性归理性。站在理性的角度审视，我们应该看到的现实状况是，长钢近年的经营状况很不理想。其中，有经济下行带来需求不旺、价格下滑的原因，但最关键、最核心、最制约的因素，还是在我们内部。

他说，就长钢目前的经营状况看，已经到了唱《国际歌》的时候。但从部分党员领导干部的表现看，没有感觉到自己有多少本领恐慌，能力不足；没有意识到自己的能力、本领已经不适应企业发展的需要，形势变化的需要，不认真研究市场规律、行业规律、企业规律，依然将学习当作一种负担、一种可有可无的事情。职能管理部门的个别同志，对国家相关法律法规学习不够、掌握不透，一扇逃生的门往里开往外开，一块安全标识牌的高度是多少，能折腾二级单位四五次。有的党员领导干部习惯于坐在办公室听汇报，坐在椅子上做决断，调查研究不够、情况掌握不透，致使工作不接地气，指标不实，决策偏差，程序烦琐，文件满天飞。公司及部门文件有的月份超过100份，还不包括从QQ上下发的。二级单位全靠人工拿文件，最多一天来来回回要跑10多趟。有的为官不为，说概念多，干具体少，说问题总说别人，说效益总说市场，汇报思路和成绩井井有条，对问题和差距遮遮掩掩。

事实相当严峻，长钢已经到了生死存亡的边缘，容不得任何的侥幸心理，也容不得丝毫的彷徨和等待。

2015年，大自然的春天照旧来临，北国大地，杨柳旖旎，百花争艳，莺飞草长；而钢铁市场依然是寒风瑟瑟，寒流滚滚，山荒水瘦，冰天雪地。

长钢的生死存亡之战却在这个春天里打响了第一枪。以优化提效为宗旨的解合工作，以职代会的召开为标志，徐徐拉开了帷幕。

每一个职工都在选择权衡，没有一个人处身局外。

对于选择留在长钢的人来讲，心灵上也在经受着一种前所未有的冲击和洗礼。对于普通职工来讲，轻轻松松挣工资的日子一去不复返了，以前不想干不愿干的活儿，现在要抢着干了；对于中层以上干部来讲，平平安安当太平官的日子，同样也一去不复返了。

5月上旬，长钢完成了47名中层正职的选聘后，于6月1日开始了副处级岗位的公开竞聘上岗工作。

这次副处级领导干部竞聘，23个单位41个副处级岗位，全部面向全公司公开竞聘。为了做好这项工作，公司党委成立了公开竞聘领导小组，负责竞聘方案审核，协调解决竞聘过程中出现的重大问题。下设组织部牵头、纪委、工会为协同单位的办公室，负责竞聘方案起草，启事发布、报名和资格审查，面试答辩会的场次安排，评委人选的拟定、通知，确保过程严谨，不出差错。宣传部全程录像，确保有据可查。

经过公司党委审核的《首钢长钢公司副处级领导干部公开招聘方案》和《首钢长钢公司副处级领导干部公开招聘实施细则》，突出了公开、公平、公正“三结合”原则，即竞争与择优相结合、个人申请与岗位需求相结合、个人报名与组织推荐相结合，招聘范围扩大至科级以上人员，不论是科级干部还是处级干部，只要符合条件均可报名，既为谋事、干事、有担当、有潜质的人提供展示才华的舞台，也为公司党委将德才兼备、实绩突出、群众公认的优秀干部选用到最合适的领导岗位提供最真实、不加过滤的原始资料。

评委能否公正评分，直接关系到竞聘结果能否彰显公平。参加面试答辩的评委包括3个类别，第一类别为公司领导及用人单位党政正职；第二类别为组织部、计财处、工会等职能部门及相关联单位负责人；第三类为用人单位及应聘者所在单位的职工代表，包括科长、车间主任、劳模、优秀党员或职工代表共计20~30人，其中跨单位应聘者所在单位职工代表3~5人。三类别打分权重依次为40%、30%、30%。根据《公开竞聘面试答辩及评分标准》，结合用人单位的实际情况，各场面试答辩的各级评委均有变化，每场面试答辩开始前，各类评委都要进行一定的变更调换。

评委覆盖面的拓宽，保证了每一名竞聘者都能在公平公正的氛围中充分展示自己的才华，从制度设计上尽可能削减“小团体主义”对竞聘结果的影响。

报名结果：公开、公平、公正的选聘方案，吸引了 83 名优秀选手前来竞聘 41 个副处级岗位。其中，科级人员竞聘占比 34.9%，最激烈岗位竞争比例为 11∶1，15 个选择同时竞聘两个职位。

此次竞聘，长钢公司党委按照三大类别评委打分排序，拟聘用人员最终得分在长钢内部媒体予以公示。53 名原任中层，34 名被聘用；28 名科级，7 名经公示无异议后提任。无论对聘用还是未聘用的，公司党委都将竞聘打分结果以成绩通知单的方式，呈递给每一位报名参加竞聘的同志，公司党委主要领导在每份成绩通知单上一一签名，以示对参聘者的感谢，对长钢改革的支持。如有异议，欢迎查询。

所有竞聘者报名之初，他们就知道，竞聘职位，不可谓不激烈——83 人竞聘 41 个岗位，意味着 50%的落选率；竞聘对手，不可谓不优秀——有在竞聘岗位上深耕多年的“业务大拿”，有的多年被评为公司的劳动模范，有“职工创新工作室”带头人，有行业竞赛的“翘楚”；竞聘过程，会有诸多的不确定——那么多评委，电视台全程录像，会问什么问题，不会怎么办？表现失态怎么办？但诸多的畏难，都让位于一个执着——长钢发展需要人才，我就是公司需要的人才，我要努力把自己打造成公司需要的人才。

有了这种心态，面对最终的竞聘结果，上岗的，平静中融入了一份自信和坦然；未能如愿的，失落中注入了更多拼搏与泰然——未来的路依然很长，追梦的路上，依然有我表现的舞台，依然有我更多的精彩。

习近平总书记讲，“用一贤人则群贤毕至，见贤思齐就蔚然成风。”此次，长钢公司党委拿出全部副处级领导干部岗位公开竞聘，是长钢历史上范围最广、力度最大的一次；三大类别评委的安排，也是覆盖范围最广、参与人数最多的一次。用公司领导在新聘任中层副职见面会上的话讲：“这次公开竞聘，使竞聘者充分展示了个人素质和能力，更开创了干部选拔的新风，让广大职工看到公司求生存、求发展的信念。”

中层干部是这样；普通职工在岗位精简和人员减少之后，仍然面对着新的岗位和新的选择，仍然有一个心理调节和适应过程。

2016年5月16日对于轧钢厂的宋雄伟来说，是终生难忘的日子。在轧钢厂优化提效工作中，他从行政宣传管理岗位转岗到生产调度员岗位，当时的他心里很难受。就在他犹豫徘徊的时候，当时综合管理科科长找他谈话：“这次优化提效，每名职工都面临着转岗，知道大家心里不舒服，但要发展必须面临改革，我们必须紧跟公司改革步伐，只有适应新形势新变化，才能在公司改革发展的大潮中站稳脚跟。”一番话下来，对他的触动很大。渐渐地，他也从不接受慢慢地变为理解。他说，转岗并不可怕，重要的是要保持良好的工作心态，只有在新的岗位上不断学习和进步，才能适应改革发展需要。

第二天，他便拿着转岗通知书来到了连轧生产线。他下定决心，从头再来，虚心向师傅们学习生产工艺知识。在师傅一点一滴的指导和认真讲解下，不到两周的时间，对连轧生产工艺和生产组织协调有了更多的了解，很快就能单独上岗组织生产，逐渐成长为能独当一面的生产调度员。2018年8月连轧生产线退出公司生产序列，他又一次转岗到棒材生产线调度。新的工艺、新的岗位，他第二次经历着“蜕变”。他说：“2019年是长钢加盟首钢十周年，十年来，钢城发生了翻天覆地的变化，长钢在变，我也在‘蜕变’中战胜了自我。如今，我非常热爱自己的工作岗位，它不仅锻炼了我，更重要的是激励着我不断奋勇向前。”

大浪淘沙。改革是一把“双刃剑”，沉疴割去，让有梦者奋起，让生命绽放出更加绚烂的色彩。

她叫石柳，原本在人力资源处/组织部工作，211大学本科毕业生，她压根儿没有想到自己会被“优化”下来。可是，她真真切切成为了被改革的一员。一时间，心情复杂，伤心的泪水不断。几经挣扎，她想明白一个道理，企业要生存要发展，优胜劣汰是必然的，精简人员提高效率也是必然的。认清现实，寻找合适岗位，尽快转变角色才是当务之急。

2016年，是后勤服务中心自主经营的第一年，对接市场、填补空白、开拓产业、寻找新的利润增长点是摆在所有后勤人面前的一项重要课题。旅游项目的开发与实施，拉开了后勤人转岗创业求生存、搏击市场谋发展的大幕。

她到了后勤中心，主动请缨，加入旅游筹备组。“我要二次创业，为长钢、为后勤，也为自己，不管结果如何，我一定会拼尽全力。”

从2016年8月开始，在各级领导的大力支持下，她就积极投身到旅游项目的调研工作中，从市场分析到数据支撑，从市场分布到钢城调查，从政策支持到产业发展，从经营定位到组织构架，从短期目标到未来规划，由宏观到微观，由整体到细节，确立了以首钢国旅为依托，开发钢城客户为基础的产业开发思路……2017年3月24日，北京首钢国际旅游有限公司长钢分公司（简称首钢国旅长钢分公司）正式营业。

经过近两年的探索经营，截至2019年8月底，旅游分公司共计接待5076人次。其中，以市场化行程价格面向社会团体接待游客达3085人次，线路已覆盖至全球境内外多座城市上千个知名景点，国内游已基本覆盖全国各知名省市。对公业务当中，还承接由首钢集团公司工会、长钢公司工会组织的劳模疗休养活动，承接首钢特训班、长钢公司及京唐、通钢、迁钢等青干班外出学习，承接长钢公司“不忘初心、牢记使命”主题党日活动、红色之旅等。他们在不同时期会面向不同人群推广不同的线路产品：针对寒暑假期，主推亲子游和冬、夏令营；针对中老年，主推夕阳红专列或专机；针对新婚夫妇，主推海岛蜜月游，针对有独立成团需求的游客，按照要求为其定制线路行程，等等。

因为创业，石柳获得了2017年度“长钢之星”荣誉称号；因为创业，她的思想得到了升华、人生的脚步更加坚实。

“创业，我们一直在路上”。2019年2月，首钢国旅长钢分公司复兴小区分部成立并营业。面对未来，石柳说：

“一个从无到有的产业经过两年多时间可以发展至今，离不开公司上下各级领导以及后勤中心领导班子的大力支持，离不开各单位同仁的真诚帮助，离不开整个团队的辛勤付出。旅游分公司虽初具规模，实现完全成本核算、自负盈亏稍显吃力，专业水平仍有很大的提升空间，要想发展壮大，为后勤、为长钢创造更大的效益，还有很长很长的路要走。旅游产业未来前景无论怎样，我们都将坚定信心，不畏艰难，尽心尽力，务实前行。”

五、把优化提效放在阳光下操作

优化提效攸关企业的生死和职工的去留，是一项政策性强、牵涉面广、影响力大且做起来难的十分复杂的工作。长钢公司党政领导在思想上高度统一，认识上高度一致，十分明确如果操作失当，粗糙草率，不仅要影响整个改革的进程，甚至会产生无法预期的不良后果。

在方案付诸实践之初就进行了深入仔细的研究，提出几点重要原则。一是要充分发挥舆论导向的作用，做好做深做细做透职工群众的思想政治工作，从全国钢铁市场的形势和企业的前途命运入手，摆事实、讲道理、言实情，确保家喻户晓，人人明白；二是要求全体共产党员和中层以上领导干部要与公司党政保持高度一致，积极参与支持公司的改革工作，在优化提效中发挥先锋模范作用；三是要严格按程序办事，通过考核、考试、民主测评等方式，确保公开公平工作；四是要做好各种预案，及时解决与处理在过程中出现的问题。

质量监督站在整合焦化、动力、检修部、环保处 4 个单位检化验业务的情况下，岗位人员由 2015 年的 583 人减少至 2017 年的 241 人。单位合并了，工作量增加了，人员减少了，并没有因此而影响工作，也没有一起人员上访，原因就在于他们问题想得细，方案制定周全，功夫下得足。

传达学习公司政策到位，答疑解惑细致耐心。各专业、作业区将文件精神传达至每一位员工，专业人员主动下基层为职工进行政策解释，对职工补偿金计算、内退工资计算、档案查阅有求必应，服务到位。

流程优化提前设计，岗位人员提前拉练。在 2016 年优化提效中，他们原燃料检验作业区提前进行随机作业，在岗职工提前逐步按公司优化提效后新的定员编制运行，展开拉练并摸索优化提效后新的运行机制、组织模式，起到了很好的缓冲和过渡的作用。

竞聘办法以岗位需求为标准，讲公道、接地气、有真情、保实效。在优化提效过程中，确保核心骨干不流失；竞聘办法中对考评项的设置坚持工作绩效、群众评议、理论考试、实践操作考核相结合，围绕职工基础分（职工年龄、职称、学历、专业年限等）、绩效分（2016 年 9 月 1 日至 2017 年 4 月 30 日绩效卡得分等）、技能分（理论、实操）、测评分（群众测评、评委测评）等认真慎重设置合理权重分值（包括但不限于以上四项），要几上几下反复征求职工群众意见和建议，分层次有序开展。真正让服从组织安排、一专多能、一岗多责、吃苦耐劳、履职尽责、遵章守纪、廉洁自律的职工留下来，把工作责任心不强、长期请假、不安心工作、技能较低或单一的职工竞争下去。

“三公开”“五公示”，规范操作。优化提效工作是一项系统工程，集复杂性、特殊性、艰巨性于一体，时间紧、任务重、责任大。他们以高度的责任感、使命感和危机感，在优化提效工作的各个环节中严格执行“三公开”“五公示”，秉公办事、规范操作，确保了职工思想稳定、队伍稳定、生产经营稳定。

纪检、工会全程参与监督。使竞聘全过程达到公平、公正。

解决问题、化解矛盾积极主动、不推诿。认真听取部分未能竞聘上岗人员的诉求，正确引导，及时回应，不回避问题，必要时采取家访谈心的方式，了解职工实际困难，有针对性地进行开导、帮扶。

六、解合离厂的职工付出的牺牲更大

长钢公司 2015 年初的在册人数是 13498 人，到 2018 年底，减少为 8194 人，在短短的四年间，有 5304 人离开了企业，占比达到 39%以上。这短短的四年，企业发生了巨大的变化，不但从濒临破产的危难中挣脱了出来，而且经济技术指标和经济效益逐年向好，企业的实物劳动生产率和职工的收入都有了大幅度的提高。

这些成绩的取得，是长钢广大干部职工精诚团结不懈奋斗的结果，而其中也有离开企业的这些职工的贡献，正如党委书记董事长贾向刚不止在一个场合所讲到的那样：离开长钢的职工做出的牺牲更大。贾向刚还说：如果让他现在还以当年那样的力度推进优化提效改革，他恐怕会下不了手，心会发软。

中途离开长钢的职工，特别是在长钢工作多年，与长钢相依为命的职工，无论从经济上多么合算，他都不会真正地高兴起来。他的心中必然是酸甜苦辣咸五味杂陈的。长钢不仅是他的生存依托，也是他的情感和事业所在。人生的痛苦多半在于选择。当你人到中年而歧路茫然的时候，内心的煎熬有多少金钱也无法替代。然而，又必须有人离开，必须有人牺牲。只有这样企业才能减负，也才有起死回生的机会与可能。他们牺牲了自己的职业，甚至牺牲了自己的前途，这种精神难能可贵，值得嘉许，现在每一个享受着长钢改革发展成果的人，都要铭记他们的牺牲，都不应该忘记他们。

他们曾经与你并肩战斗过，是你的工友，部下，同事，领导，同学，有的还是你的亲人。记着他们，是责任，更是良心！

回想往事，每一个离开长钢的职工，内心里都会有过纠结和困惑，有过激烈的思想斗争。即便是“孔雀东南飞”，也会“五里一徘徊”。文化信息处有个中层人员，在解合文件正式下来之后，他就在犹豫不定，三月底，写好了申请书，到了领导门口要签字的时候，心里一迟疑，就返了回去。又等了一个月，到月底了，说是当年的最后一次，你要走就走，不走就等明年。明年还有没有这个政策，只有天知道。到中午时分，他拿着申请到领导办公室把字签了，临到下午下班，他又把申请要了回去，决定不走了。可以想见，像这样在解合的路口彷徨徘徊不定的人，绝非他一个。

在“长钢吧”上有一个网名叫宋之悟的人，写了一篇文章叫“卑鄙的‘从头再来’——长钢时事谈”，引起了较大的反响，不断地在网络和手机上转载。从文中看，他是一位仍然坚守、奋战在生产一线的职工，应该说是这次解合的旁观者。事实上，在如此史无前例、激荡人心的改革面前，你无论选择走或留，都不会成为一个真正的旁观者。

“不知哪位作家说过，工作着是美丽的。书到用时方恨少，饭到饿时不够吃。今天长钢人深切体会到了这样的感觉，因为下岗、失业迫在眉睫了。虽然冰川期的说法早就甚嚣尘上，但真正冰凉刺骨的寒冷是随着新董事长上任后才狰狞起来的。从上个月开始开工资也难产了，这月似乎依然接近剖腹产的状态。劳动最光荣，劳动也最凄凉。对于靠劳动吃饭的人来说，被剥夺掉劳动的权利无疑是被打碎了饭碗。局势动荡不明，人心惶惑不定，谣言流传不止，长钢笼罩在空前的迷茫中……”

今天在澡堂里又听到了“从头再来”的吼叫声，我知道，其实这并不是一种光荣。无论是刘欢的演绎还是那英的歌唱，无论在央视唱响还是在街角飘荡，这支歌动听的只是旋律，而内瓤里只有淌血的哭泣。……

“昨天所有的荣誉，已变成遥远的回忆。勤勤苦苦已度过半生，今夜重又走进风雨。我不能随波浮沉，为了我至爱的亲人。再苦再难也要坚强，只为那些期待眼神。”——前半部分写实，沉重哀伤；后半部分成了口号式的呼喊，虽然一咏三叹，并不能给人一丝慰藉和温暖。“心若在梦就在，天地之间还有真爱。看成败人生豪迈，只不过是从头再来”。

……

文章激情澎湃，富有文采，但其中不乏偏激和片面，包括过分地宣泄无奈和不满情绪，以起到在那种情况下煽情和博取眼球的效果，但也从某些方面道出了一些“底层”的心境。

事过之后，宋之悟又写了一篇文章叫“生命的主题是拯救”，一面反思这次改革，一面反思自己以前文章的不足，少了抱怨的牢骚，多了对客观现实的理解，要更加冷静和客观一些。一池喧腾的水，在时间的流逝中渐渐沉淀了下来，愈显深邃和清澈。

已经进入五月中旬了，太阳依然懒懒的，丝毫没有进入夏天的气息，这个五月将深深植入钢城人的记忆。第一批解合人员的手续办理进入了尾声。

孙育强是动力厂热电车间第一批解合人员里年龄最大的一个，53岁了。这天上午，他到单位办公室来拿取自己的解合手续。他用手拍拍档案袋，说话的声音比平时低了八度，和往日里说话像吵架似的男高音判若两人。他呆呆地坐了下来，眼睛并没有离开那个棕色的纸袋，摸出烟点燃，深深地吸了一口缓缓吐出。深色T恤衫衬托着一种落寞，在黑白斑驳的发丝映衬下，远没了穿工装的精气神儿，虽说进门时嘴角露出牵强的笑意假装无事一般，但此时此刻，难掩的是深深的留恋。

他好像是自言自语地说："唉！这次报名纠结了好几天，斗争的最后还是选择解合，后来听有的人说暂时不办理了，心里还很是高兴，因为，我真舍不得离开长钢啊！还有两年就可以退休了，结果突然又加速办理了，速度这么快。"

一支烟很快燃尽，又续了一支。他在一瞬间里，多半生的经历像演电影一样，在眼前快速地晃动。1983年，20岁的他参加工作就被分配在动力厂从事司炉工作，那个时候两吨半的锅炉全靠人工一铲一铲地上煤，很脏很累。2年后，4吨的快装炉，是人工操作，相对劳动强度减少很多。再后来就是10吨的沸腾炉和20吨的条炉，这个时候已经开始进入自动化，劳动强度不那么大了，但是对操作有了新的要求，需要不断学习新知识不断提高操作水平。直到现在的75吨锅炉，自从筹建、参加学习、安装设备、调试、投产，凝结了大家多少的心血。人手不够就三班两倒，那个时候，累得都差点趴下了。

以前烧锅炉主要是供暖，现在企业发展得很快，除了供暖还要发电，学不完的知识。老职工虽然接受得慢一些，但不怕吃苦不服输是他们的特点。32年了，没有因为自己的原因操作失误过，也没找过领导任何的麻烦。他说："离开是不得已，也是趋势，即便留下来，也不适合我们上年纪的人了，咱们这是一个很危险的地方，除了高温噪声还有煤气。因为煤气质量不好，管道腐蚀厉害，加强巡检监控，几十米高的炉体每天爬上爬下的就够我们上年纪的人受了，尤其是夜班很难熬。外来煤气压力忽高忽低，眼睛得一直盯着监视器，及时调整煤气量。冬天在外面排污，一冻就是一个小时。每年的供暖都是公司的头等大事，压力很大，还有蒸汽压力、蒸汽温度，都是需要根据参数随时调整的，很操心。再说我们年纪大了，眼花了，考试半天答不完卷，现在的工作不是全靠吃苦就能行的，离开可以给年轻人更多的机会，也可以让他们增强责任心，没有可依赖的了。知道因果吗？因为在该发展的时候，我们没有发展，终将是要为此买单的。我们离开，年轻人才可以留下来，长钢才能获得新的希望，现在不是正在轰轰烈烈地开展倒下还是生存的大讨论吗？我们都很理解，我们没有啥文化，说不出有水平的话来。但是，我们很爱自己的工作，很负责很尽心，对得起自己这颗心、这份工资就足够了……”

公司与职工协商一致解除劳动合同政策一开始实施，轧钢厂高线车间轧机作业区副作业长路维岗便在第一时间递交了申请。

路维岗 1983 年 12 月参加工作，至今已经 32 年了。在岗位上，路维岗是一把好手，曾两次被评为公司劳模，厂先进的名单上几乎年年都有他的名字，同事们提起他来，没有不竖大拇指的。写解合申请的时候，路维岗心里充满了酸楚。一直以来，长钢就像一个大家庭，每名职工都是家里的成员，依靠着长钢，心里就觉得踏实；离开，就意味着要和自己奋斗了 30 多年的企业告别，自己的青春年华与半生的精力都奉献在了这里，突然要离开，谁也舍不得。

面对公司出台的一系列改革政策，路维岗陷入了沉思：现在钢铁行业的形势如此严峻，长钢作为一个老企业，社会负担重，劳产率低，所以优化劳动组织提高劳动效率是必由之路，也是企业重新焕发生机的重要举措。尽管百般不舍，但作为一名有着 25 年党龄的老党员，在企业困难的时候，该如何抉择，路维岗心里也很清楚：我是党员，这个时候我不奉献，谁来奉献？路维岗的孩子 28 岁，也在轧钢厂工作。看着自己的孩子，由此及彼想到了长钢的其他年轻人，路维岗下定了决心：自己年龄大了，是时候退下来给年轻人让位，让年轻人在岗位上大展身手，长钢的明天，还是需要年轻人来创造。他说：“作为一名老长钢人，谁都希望长钢好，如果我能为长钢做点什么，即使是离开，只要有利于长钢的发展，我也愿意尽自己的一点绵薄之力。”

“这段时间，我按时上下班、按时领工资，也没有太多的感受，但真正要与长钢解合，难以割舍的那份情愫会情不自禁涌上心头，就像一个即将要与母亲分别的儿子会念她的好，会祈祷她、祝福她。”来拿社会失业保险本的霍旭明禁不住与周围的人唠起嗑来。霍旭明是焦化厂化产车间脱硫工段的一名普通职工，无论他在原先的枣臻焦化厂当维修工，还是转岗至钢管厂当轧机工，抑或是被分流至焦化厂做脱硫工，他都没有因曾经所在厂子的一次次退出生产序列而气馁，而是随时调整心态，以百倍的信心去迎接新的挑战。由于他家住霍家沟，每天都要骑摩托车往返几十公里的路程上下班，为了排解孤独与苦闷，他在摩托车上设计安装了小音箱，一路走来都有音乐相伴，乐此不疲。在长钢上班30多年来，他不仅擅长电路方面的维修，而且在电器修理方面也多有创意。闲暇时为别人修理电视机、电冰箱。几年前转岗来到焦化厂后，他安心当起了脱硫工，仅仅几年时间，他便对脱硫工艺了如指掌，而且在干脱硫期间还向领导提出了许多建议。由于工作出色，去年，他被评为公司“安全环保岗位标兵”。如今，就要与长钢解除劳动合同了，霍旭明心中有着说不清的酸楚：我身上的这些技能都是在长钢工作期间学的，我非常感谢长钢这么多年对我的培养。如今就要离开长钢了，还真有点不舍。但是，从长钢大利益出发，我主动解合，也算是对长钢的一种奉献。我衷心祝愿长钢今后能芝麻开花节节高，衷心祝愿她能够走出困境，重铸辉煌。

在长钢优化提效的过程中，涌现出许多感人的故事，有的职工在签订了解合合同之后，还坚持站好最后一班岗；有的职工在有指标限定的情况下，自己挺身而出，主动要求解合；有的职工在解合之后还念念不忘长钢，始终关心着长钢的发展。而长钢公司把无情解合有情操作，主动帮助解决解合职工遇到的困难，尽量为解合职工第二次创业创造条件。

长钢公司多年来一直坚持民主接待日制度，特别是优化提效之后，长钢公司提高了民主接待的频次，始终畅通着与职工群众联系的渠道，在接待日上听取被接待人员的诉求，在政策和力所能及的范围内帮助上访群众解决困难，理顺情绪、化解矛盾，维护和谐稳定的良好局面。

公司副总经理李明在一个民主接待日接待了一名解合职工，该同志掩饰不住内心的激动和喜悦之情，讲述了其在公司“大走访”期间提出“特殊工种认定及按照特殊工种办理退休手续”诉求的办理完成情况，并一再表示对公司党委所给予帮助的真诚感谢，同时表示将继续关心支持公司的生存和发展，尽己所能为公司做出应有的贡献。

来访人是检修部2015年解合职工。2017年7月26日，根据公司党委关于开展“大走访”活动统一安排，公司副总经理李明带队赴南岭小区走访时，该同志提出了“1980年至2004年在原西安里铁矿工作时曾从事外线电工工作，应属于特殊工种，其目前已到特殊工种退休年龄，希望公司能够帮助给予特殊工种认定并办理退休手续”的诉求。接到该同志诉求后，公司副总经理李明高度重视，向公司党委反映了诉求情况，并当即责成公司办负责人尽快协调公司相关部门予以落实反馈。

按照公司副总经理李明安排，公司相关部门针对该同志提出的诉求进行专题研究，详细制定了解决方案，明确了责任分工。针对该同志人事档案已经移交至长治市就业管理服务中心、反映诉求涉及时间年代久远、难以查找直接证据等实际困难，一方面人力资源处积极协调帮助其前往长治市就业管理服务中心查阅人事档案，安排专人赴市社保部门详细咨询了解相关政策，尽可能获得直接有效的证据支撑和政策支持；一方面公司办、熔剂厂工作人员详细梳理了该同志其他档案中能够证明其从事特殊工种并达到认定要求的工资清单、工作岗位、个人信息等相关佐证和补充材料。经过多方努力和通力协作，共计咨询长治市社保部门10余次，查阅政策文件20余份，梳理该同志在原西安里铁矿工作24年间的能够证明其达到特殊工种认定条件的人事档案及相关证明材料60余份，整理形成完整材料。经积极与长治市社保部门联系沟通，正式受理了该同志特殊工种认定事宜，最终按照相关手续为其办理了特殊工种退休手续。

“感谢长钢党群工作部的领导给提供工作场所，感谢长钢各单位为我们的起步搭建平台，感谢我们依靠长钢积攒的广泛人脉，感恩长钢20余年的培养!”这是他们发自肺腑的心声，回首3年走过的每一个脚印，三叶草工作室以一颗感恩的心回望长钢，翘首未来。

这是党群工作部3名主动解合的职工，在解合3年之后，发自肺腑的心声。

他们有过焦虑、困惑，有过彷徨和犹豫。

最终，他们把岗位留给了更年轻的同事，选择离开企业重新创业。

在长钢领导和单位领导的关心下，他们发挥自己的专业特长，成立了三叶草工作室。

三叶草，一种微不足道的小草，可是每片叶子都有着不同的意义，有着极其美好的花语。三叶草的故事就是齐心协力、脚踏实地、坚韧顽强追求幸福的故事。

“三叶草工作室”的名称也由此而来。

三叶草工作室的3个人，就是这一片片叶子。正如他们所说：“幸福就在我们的脚步里，客户得到作品的满意度，就是我们所追求的幸福。”

提起追求幸福的起点，就要回到2016年的那个炎热的夏季。

那时候，“优化结构”“解合”这些字眼，天天敲响在他们的心头。那时，他们还是长钢的在职职工。一边是工作了20多年的长钢，在这里，付出了青春和热血的长钢。一边是为长钢减轻负担，为长钢轻装上阵的自己。何去何从，是心底一道难以抉择的选择题。思来想去，他们决定响应长钢的号召，为了长钢的生存，走出去，去创业。

创业之初，长路漫漫“无绝期”。他们把工作室主打项目放在平面设计、视频制作、网站建设、电子产品维修上。在这些版块里，他们的核心人物、原长钢网站站长姜联宇有着绝对响当当的技术。

但是，光有技术，工作场所在哪里？有技术，可市场在哪里？

在党群工作部领导的大力扶持下，他们落户原工会一楼。注册营业执照仅用了一上午的时间，面对身份的瞬间转换，油然而生的是迷茫，心里是一抹黑。在长钢，工作任务是恒定的，是种等待工作、完成工作的状态。而走出来，嵌入脑海里的是电视剧里创业故事的代入感、找市场，第一任务找市场，立足长钢找市场。

一年，两年，三年，不觉间，三叶草工作室已经3岁了。专业赢得了客户的信任，专业获得了幸福。但市场的竞争，让他们清醒地认识到，要想在社会竞争下生存下来，业务就必须从项目单一到多业务，单业务由专一到精细化。

三叶草是原先长钢的3位普通职工，他们有着共同的命运、共同的经历和共同的感受。他们受到了优化提效大潮的冲击，遭遇了风暴，也得到了阳光和雨露的滋润，重要的是他们享受到了二次创业成功带来的快乐。他们热爱长钢，永远也抹不掉灵魂深处的长钢情节，衷心祝愿长钢的未来更加美好。长钢也同时祝福三叶草，祝福离开长钢的人，生活得更加幸福，更加美好。

第四章

清理外委外包：越是艰难越向前

外委外包是社会化大生产分工越来越细的产物，也是企业和组织间相互配合和协作的需要。无论是小而全的企业，还是大而全的企业，都不可能包揽所有的事情而不需要外部的配合。然而，外委外包有一个合理的界限和尺度，必须是在自己干不了的情况下的一种缺之不可的必要，是一种辅助。除此之外的所有外委外包，均是不合理且完全可以取消的，它不仅无端地消耗了企业的财力物力，而且滋生了懒惰和腐化，致使企业背负的越来越重，寄生于企业的外物越来越多，致使企业浮肿虚弱，丧失了生存和发展的活力。

外委外包有其广泛性、长期性和普遍性，与其他企业相比，长钢的外委外包又有其不同的地方。

长钢是一个有几十年历史的老企业，远离城市中心，是远悬于长治西北一隅的一个孤岛，四周都在农村的包围之中，无论是企业还是个人，都与这些远远近近的农村有撇不清的关系。长钢如一个庞大的母体，在她的身上吸附了数不清的生物靠她生存，有一些已经与母体粘接如一体。倘若一朝分离，不仅仅是流一点血，不仅仅是皮肉之痛，甚至连着骨头带着筋。

可是，不分离怎么办？自己失血如此，连命都要没有了，还顾及得了其他吗？

一、这件事让人惊心动魄

贾向刚说，说到长钢的外委外包，仅此一项就降费 3.7 亿元。长钢已经快揭不开锅了，还跷着二郎腿过日子。但凡有些脏活儿累活儿，就要让外面的人干。多年来，不知不觉就养成了纨绔子弟的性子。这个如果不清理，长钢仍然没有出路。人减下来了，活更需要留下的人来干。

长钢取消外委外包的工作，涉及到方方面面的利益，事情的由来年深日久，背后的各种关系与人事的纠缠也必然像一团乱麻。但处理乱麻的方法，只能是一刀斩断，没有必要一条条地捋出来。产生一些矛盾和冲突，是预料之中的，发生什么样的事情，都不会意外。重要的是，你能够在突发面前，任凭风吹浪打，胜似闲庭信步；且有应付自如的自信和游刃有余的能力。关键是你能够顶得住各种压力。

李怀林在谈到长钢取消外委外包工作时，似乎一下子又回到了几年前的那种艰难困苦的日子里，眼前有一幕幕的影像闪过，让他心潮起伏难平。

副总经理李怀林直接了当地说："这件事让人惊心动魄！"

至于为什么要用到"惊心动魄"这个词，向来讷于言而敏于行的他只是极其概括地说了一句话："社会上的各种关系，非常复杂。贾总都顶住了。"

惊心动魄，是这件事牵涉到的利益关系的复杂性，一言难于概括；

惊心动魄，是这件事在厂内厂外引起的震荡，不亚于一颗原子弹爆炸在故县的上空；

惊心动魄，是这件事在决策层领导内心激起的思想与情感的浪涛，以及内心承受的巨大压力，外人难于深知；

惊心动魄，是这件事产生的影响，将在长钢的发展史上留下光彩而永久生辉的一笔……

外委外包在长钢有着漫长而久远的历史，成因非常复杂，没有任何一个人可以讲得清，说得透。就像李怀林讲的那样，有的人在长钢做临时工的时间都超过了30年，比大多数正式工的工龄都长。有一些外省的包工头，年轻的时候就在长钢做业务，到后来，把家安在了长钢，子女出生在长钢，长大以后或在长钢参加工作，或子承父业，继续与长钢做外委外包业务。最多的时候，长钢登记在册的包工队有上百家，这上百家的包工队使用了多少工人，没有人能知其详。这些包工队，没有哪一家是随随便便就在长钢找到了活儿干，并能立得住脚长期生存的，其中的关系丝缠蔸结，不亚于一团乱麻。动动哪一个，都不会像是从泥地拽出一根竹竿那么简单。用“剪不断理还乱”来形容并不过分。但是，行业处在罕见的“冰河期”，企业自己都活不下去了的时候，继续维持这种局面，事理上失去了正当性，事实上也难以为继。长钢职工也开不出工资了，拿什么给你；长钢的职工也要失去工作了，拿什么活儿给你干？因之，长钢的决策层，毅然决然地将清理外委外包作业作为首选目标，以不达目标不罢休的气概，来布置这一场“止血”之战，是现实与形势之必然，是明知山有虎，偏向虎山行。不然的话，长钢人自己眼中看到的只能是别人家的东山上升起的太阳！

首钢总公司驻长钢技术服务团（后来改为服务组）从联合重组伊始，就派驻进了长钢。这个团队由总公司各个部门抽调的专家组成，高度的责任性、丰富的实践经验，有较强的发现问题和解决问题的能力。对长钢的改革发展献计献策付出了许多的心血和汗水。长钢公司总经理熊万平就是服务团的第一任团长。特别是钢铁行业进入冰川期之后，技术服务团的同志们站在为总公司负责的高度，急长钢之急，忧长钢之忧，诊长钢之病，解长钢之难，体现出敢担重任、敢于攻坚的首钢人精神，践行了真心实意为长钢公司服务的履职诺言。

总公司技术服务组分组“撒网”在长钢的生产经营一线，马不停蹄地开展认真细致的现场调研工作，为技术服务工作做充分准备，对长钢公司从整体经营到各个子系统、从基础管理到实际操作，从能源系统、辅助系统到铁钢材主要工序，进行了一次全面系统的“把脉”，初步明确了指导思想、工作思路和方向、方法：以大幅度降低成本为服务方向；以依靠长钢力量，采取多种形式，提高主要经济技术指标和提高经济效益为指导思想；以抓系统带全局、抓重点保全局、举全公司之力促全局为工作思路；以加强管理、优化经营生产组织为主要工作方法；以努力做到不花钱能办事、少花钱要办大事为原则。

通过细致调研，他们初步找到了一些制约长钢公司大幅度降本的问题，如氧氮系统存在“大马拉小车”的问题、热电系统存在“除盐水不足，蒸汽产量低，效率受制”的问题、外委外包中存在没有归口管理的问题等。对此，技术服务组进行了归纳梳理，分轻重缓急开展工作，重点抓住炼钢、焦化等历史多发事故的厂矿开展安全生产工作；围绕优化生产组织、氧氮系统攻关、提高蒸汽及发电系统能力、减少外委外包费用、降低铁路运费及代理费等开展专项攻关。技术服务组针对找到的问题，逐项研究并提出了全面、系统、科学的解决方案。通过实行错峰用氮，治理跑冒滴漏减少损耗，氮气减少损失约1.2万立方米/小时。在此基础上，停一台2800千瓦时低压氮机，节约运行费用40万/月；随后又停一台小制氧机，年降低运行费用约2000万元。协调指导提升蒸汽和发电系统能力，利用总公司闲置除盐水设备，建成2×30吨除盐水站，经济效益明显。实现了停一台冬季供暖锅炉，月减少费用45万元；增加社会供暖面积5万平方米，月增加收入20万元；热电区域疏水和乏汽回收利用，冬季日节约费用1万元；取消烧结余热发电拟建的除盐水站，节约一次性投资约450万元。在技术服务组的帮助指导下，恢复了2台闲置多年的15吨锅炉，恢复6000伏余热发电机组的运行，日均发电约7万千瓦时。提出指导降低公司铁路运费、代理费。通过连续两次降低进口矿石铁路运费，累计降低运费173元吨，降低率13%。取消产品发送代理费200万元。

技术服务组明确提出要在八个方面减少外租外委外包工作。坚持自己能承担的不外委，自己不能承担的费用要下调，督促长钢公司尽快全面清理外委外包。

技术服务组组长、总公司原生产部部长、中首公司原党委书记李岩说：“要站在企业求生存争发展的高度看待每项降成本工作，要始终以转变思想观念为前提，过好思想认识关；以从严从实管理为基础，解决好不敢担当的难题；以依靠广大干部职工的团队力量和聪明才智为保障，坚持走群众路线；以传导责任压力，激发降本活力为关键，努力做到干一件事成一件事，以解决问题为根本，快速提高长钢的市场竞争能力。”

撼动外委外包的冰山，不见刀光剑影，不见烽火硝烟，但足够惊心动魄。也正是经历过了这个惊心动魄的时刻，才有了之后的拨云见雾，柳暗花明。

某天上午，贾向刚正在处理一些文件，一个人忽然推开他办公室的门走了进来，情绪十分激动。贾向刚对他和颜悦色地说，先坐下消消气，有话好好说。

那人自我介绍说，他是某某公司的负责人，与长钢有很深的渊源，当初就是从长钢剥离出来的，为长钢消化了十多位人员，已经在长钢做了好多年的业务，且与长钢签订有长期合作的协议。现在你们停了我的业务，不仅我的员工无法安置，我们在设备设施上有很多的投入也无法收回来，要受很大的损失，这是无法接受的，长钢要有个明确的说法。

贾向刚心平气和地告诉他："长钢能干了的事，以后绝对不会让外人干。就像你家里，自己能做了饭吃，还要专门雇一个人洗碗吗？你说对不对？"

那人说，对。

贾向刚又说，"根据你说的这种情况，以后如果长钢自己干不了的事情优先让你们干，你说行不行？"

那人说："行。可是你们还欠我好多钱啊，怎么办？"

贾向刚问他，欠多少？

那人："800 万。"

贾向刚说："不管长钢有多穷，不管长钢有没有钱，我先给你 300 万，你看怎么样？"

那人听贾向刚说的一席话合情合理，自己没有更多的理由可以申辩。还痛快地答应给 300 万欠款，这是一个意外的收获，就主动站起来与贾向刚握手告别，高高兴兴地离开了。

二、搬掉"惰性观念"的大山

罗马不是一日建成的，长钢人的惰性观念也不是一天养成的。全面清理外委外包，首先是长钢人思想观念的转变。长钢作为一个国有老企业，国有企业所具有的一切优点和缺点，一样也不缺少。比如国有企业员工所抱着的铁饭碗和优越感，似乎是与生俱来了，成为了国有企业的一员，就意味着只能干一些轻松的体面活儿，苦活儿脏活儿累活儿，自己不去干，就需要雇人来干，自己如果去干，好像就丢了身份和脸面。不知不觉中，企业员工转化成了监工者或边缘化为局外人。这样下去的结果，是企业需要外委外包的事情越来越多，而企业职工的主人翁责任感、敬业精神和从业能力，越来越下降。卸车皮的，倒搬废渣废料的，清理管道的，修墙补漏的，但凡认为正式工干不了或干不得的，都要外委外包了出去。苦脏累的活儿，要企业以外的人员干；一些基础设施和维检项目也大手大脚地外委给了社会力量去做，加上那些技术要求特殊的工艺项目，外委外包项目无端占去了企业大量的资金。以 2014 年为例，在年产钢不足 300 万吨的情况下，就发生了 2.8 亿元外委外包费用，这对于规模不大、人均劳动生产率低下的长钢来说，不能不说是一个沉重的负担。天上从来不会掉馅饼，也没有一家包工队是给你白干的，企业自己的员工也只能眼睁睁地看着外来的人员在自家的稀米汤锅里搅勺子。

董事长、总经理贾向刚上任长钢之后，对总公司技术服务组提出的减少外委外包的建议高度重视，通过深入调研，发现外委外包的确是长钢失血的一个大口子，必须想办法把它补上。

在贾向刚的强力推动下，2015 年，长钢公司就减少外委外包工作，多次召开会议进行专题研究，首先在公司层统一思想，并且让广大职工群众看清当前的困境，凝聚全公司的意志。并且对外委外包所有的项目进行梳理，从易到难，从简到繁，逐步开展工作，在加大工作力度的同时不搞一刀切，以保证生产安全稳顺为第一要务。

在多次会议上他严肃地指出，长钢要生存，首先要减负。“轻装”才有机会跑赢市场！总公司技术服务组更是挑破了大家多年不愿面对的问题：企业出现亏损，亏在危机感不强烈、亏在观念落伍、亏在对困难估计不足、亏在工作作风不过硬、亏在没有把握根本工作是在大幅降低成本上。时任总公司技术服务组组长李岩，不遮不掩地指出一些人对待苦脏累工作的态度：高空作业不敢干，挖沟作业的不愿干，平地的不去干，这也不愿干，那也不去干，根源是在思想观念上。这不想干，那不想干，根源还是在思想观念上。

在大力度清理外委外包工作的同时，长钢同步发起了一场向惰性观念说“不”的“倒下还是生存”的大讨论。大讨论把干部职工的思想和观念搅动得地覆天翻，一些从来没有触碰过的敏感话题，毫无保留地端了出来。像“长钢离关门还有多远？”“我们左右不了市场，能不能左右自己？”“长钢这么难，我们怎么办？”这样尖锐的问题，在以往是没人去关心和关注的。大家在讨论中的认识进一步明确，思想进一步统一。清理外委外包工作说到底是利益与效益之争，对长钢是这样，对承包方也是这样，你有了利益效益，对方自然就没有了利益效益。但是，怎样才能做到自己有利益效益，关键还是要转变观念。惰性观念是阻碍前行的大山，只有以愚公移山的精神，下定决心搬掉它，才会开辟出一条坦途。抱着惰性观念享轻闲的结果，是自己即将失去赖以生存的饭碗。

机运公司，一个重要的生产辅助性单位，占据着长钢厂内运输80%的工作量。就是这样一个部门，近年来自身却面临着重重问题，人员老化、司机短缺、设备成新率不及三成的矛盾，压得他们气喘吁吁。但是，在长钢生存还是倒下、要不要承接外委外包业务的问题上，干部职工的观点表现得十分坚定和明朗：“再不承接，饭碗真要没啦！”

清理外委外包工作启动初期，机运公司就在不增人、不增车的情况下率先承接了7项外委外包作业。随后，他们又一鼓作气承接了22项外委作业，总共承接量达到47项，使得长钢机械外委外租费用在2015年降低2750万元的基础上，又降了1722万元，降幅达62.6%。

炼铁厂6号高炉关停后，一干人齐刷刷坐了下来。当厂里要求替代外协人员转岗卸矿时，大家都踊跃报名转岗了。这种情况要是放在2015年以前，不能说没有可能，但难度会相当大。像卸矿这样的“粗活儿”，正式职工不会想到能与自己相联系在一起，更别说是作为一种职业来从事。现在，炼铁厂原料车间以6号高炉和球团转岗职工为班底，组建了卸矿作业区，日均卸矿1万吨。谈到转岗卸矿，卸矿作业区作业长张浩道出了转岗职工的观念嬗变：“高炉停下来后，坐在家里心里老发虚。听说厂里组织人卸矿，就报名参加了。现在来卸矿，不仅自己有了岗位，还给厂里挣回来了效益。”

炼铁厂对卸矿、返矿拉运、渣铁加工、除尘灰拉运、耐火材料功能性承包、空调维修、电动葫芦维修等外委外包费用的发生情况及降低费用开展情况作专项分析，分别与上年、上月作对比分析，有序推进清理外委外包工作，积极承接卸矿等替代劳务用工工作。自5月中旬起组织100名转岗职工有效承接外工承担的矿石进厂卸车任务。2015年，炼铁厂耐材费用降低927.38万元，卸矿劳务费用降低153万元，渣铁回收劳务费用降低140.36万元。

走进轧钢厂型钢车间精整作业区，就会听见冷锯发出的尖锐而刺耳的噪声。随着打磨机的转动，粉尘就会迅速弥漫开来。这里噪声大，粉尘多，说话得对着对方的耳朵大声喊，一个班下来，职工口里吐出的痰都是黑的。在这个区域，过去共有65名外用工，负责打包、修磨、贴标牌工作。2015年，长钢提出清退外用工后，轧钢厂积极响应，主动着手清退工作。清退后，一线岗位出现短缺。他们就决定先从直属队伍“开刀”。生产科高线生产线副调度岗位和记录员岗位被撤销，4名生产调度员和记录员转岗顶替劳务工的岗位。同时，从高线车间、棒线加热车间、辅助车间抽调了部分职工。12月，寒风刺骨，正是最冷的季节，型钢车间厂房里寒气逼人，50名来自轧钢厂不同岗位的职工开始跟着外用工学习，一个月后，正式顶替外用工上岗。这些岗位环境确实艰苦。尤其是打包工，一个班平均用13盘钢带，仅是剥钢带外面裹着的六七层包装皮，就得两个人用一个多小时的时间。一个班下来，累得浑身酸困。数九寒冬平台上结着厚厚的冰，又滑又冻脚，用岗位职工的话说，“简直冻死了！”初来的那段时间，有的女工还哭起了鼻子。孙亚丽原来是生产科调度记录员，一开始让她来时她就不乐意。倒了几个班后，脏和冻让她情绪爆发，她找到厂领导要求调换岗位。时任厂长郭新文说，“现在的工作环境肯定比不了以前。但公司很快要深化改革、瘦身健体，现在能有岗位，一定要珍惜。”时任轧钢厂党委书记高运祥深入生产现场与他们交流，给大家讲行业形势的残酷，讲公司生存发展形势的严峻，讲深化内部改革是大势所趋，如果不打破惯性思维，不转变观念，不愿意放下身段，下一步可能真的会没有岗位。张喜俊是从生产科高线副调度位置上来到精整打包区域的，现在是丙班的带班长。他带领的丙班月产量和各项指标都创了纪录，收入也比当调度时高出几百块钱，让他感到很欣慰。

轧钢厂一车间加热炉检修和精整冷剪机检修原先都属外委外包项目。职工们本着少花一分钱、用好一分钱的降本理念，提出了一车间加热炉检修和精整冷剪机检修两个项目由自己干的想法，车间主任和专业技术人员提前谋划，对照检修项目的图纸和施工计划分步实施，特别在加热炉炉顶拆除过程中，由于是高空作业，该车间科学制定高空作业安全防范措施，对高空作业人员在施工过程中进行全程监控。厂、车间安全管理员24小时跟踪服务在现场，对检修过程中出现的安全问题及时协调处理，保证了检修项目的安全高效运行。利用每天下午的检修协调会，对各专业负责的检修项目施工情况和需要协调解决的问题，进行沟通协调，为检修赢得了时间，为生产创造了条件，两项目共节约费用约58万元。

动力厂通过实行“自己能干的绝不用外包”，节省了外委外包费用。公司新区软水管沿瑞宝工业园区环形布置，西环段于2010年从烧结门岗至新区食堂北侧关断，仅剩余东环段运行。近来发现了东环段从H型钢煤气混合站至炼铁路东侧软水管漏损严重现象，由于无法焊接，每次的破管处理都是采取打卡的办法。为了彻底解决这一问题，动力厂决定对漏损严重的东环段管道进行更换，为节约费用，该厂对工作进行了仔细分工。水汽系统负责土方挖掘、回填和管道对接；燃气、热电和水汽3个系统负责直径200毫米管道的焊接工作。接到任务后，参加改造的职工克服焊接作业中的困难，放弃休息时间全力投入。为保证改造工作的顺利进行，该厂对施工作业中涉及起吊作业、挖坑作业、焊接与切割以及由于操作不慎造成落物打击、坠落、烫伤、触电等危险性因素进行了分析，对安全措施进行了周密安排，对施工前、施工作业中及施工期间的注意事项进行了规范确认。经过半个月的紧张施工，该工程共挖土方2205立方米，拆除、新铺混凝土路面11925立方米，安装、维护防腐钢管1020米，节约人工费用7万余元。

三、用制度扎紧装钱的口袋

清理外委外包工作提上工作日程后，长钢责成主管经营生产的副总经理统管这项工作。建立起了推动清理外委外包工作的专题会议制度，每月一次雷打不动召开，产生了强大的推动力，使清理过程中的难点和矛盾得到了及时解决，使得下一步的目标和任务也更加清晰和明确。在清理的过程中，逐步完善了各项制度，用制度扎紧了装钱的口袋。

外委外包费用的存在，就像人身上的血管破了一个口子，汩汩流出的是企业赖以生存的血浆。但是，要扎住这道口子，除了人的主观努力外，用制度堵塞十分必要。清理外委外包工作启动后，长钢密集出台了五六份文件，从梳理排查、组织落实、项目提报、职责分工、业务管理、统计核算、奖励实施诸多方面，进行了严格的界定和规范。工作展开之后，结合进程中出现的实际情况，长钢公司领导又密切跟进，认真研究，再次下发文件，并制定了奖励政策，增加了激励措施。2015 年 8 月，长钢下发了《首钢长治钢铁有限公司外委外包业务管理制度》，到 11 月又下发了《首钢长钢 2016 年降低外委外包费用安排》，对所有的工作做了详尽的部署，提出了明确的清退时间节点，要求力争在年内实现清零。

为实现外委外包费用比上年降低 1 亿元的总体目标，长钢公司以正激励调动各单位降低外委外包费用的积极性，制定了降低（替代）外委外包费用奖励实施细则。制定的原则有两个：奖励额度与项目的难易程度、降低费用幅度挂钩，难度越大的项目奖励越大，降低费用越多的项目奖励越大。鼓励内部职工顶替外委外包项目的原则。鼓励各二级单位在不增加编制的前提下，自行替代外委外包项目。具体奖励办法为：一是公司相关业主单位在不增加定员编制的基础上，积极使用本单位现有职工自行承担外委外包项目的，经计财处确认后，以项目替代部分比上年费用降低额为基数，按照 8%提取奖励。二是项目主要负责单位及业主单位与外委外包单位重新签订合同后，与上年同口径相比降低外委外包费用的，经计财处确认后，按照降低费用额的3%提取奖励。三是外委外包项目按吨产品等单位价格结算的，由计财处选取适合的对标单位进行对标，项目实际单位结算价格低于对标企业指标的，以单位价格比对标企业降低额和对应数量的总价为提奖基数，按5%提取奖励。

在以往，外委外包业务的产生，主要是看业主单位的需求，再辅之以相关管理部门的会签就算通过了。但现在的管理工作思路是，外委外包项目除了遵循"高效率、满负荷、低成本"和"自己能承接的不外委外包"的原则外，还必须回答四个问题才能放行：不外委行不行？能不能不全部外委？必须外委的，费用是否降到了位？创造条件后能否取消外委？

"四问"的推出，让外委外包项目去留与否的问题清晰起来了，也让业主单位和外协单位对项目有了衡量的标杆。除了大的指导原则，长钢对外委外包项目的管理步骤也做了细密的排定。比如外委外包的定义，长钢严格把它圈定在"公司内部资源无法实施，需利用优良外部资源来实施的，或者通过利用外部资源可以优化用工结构，提高工作效率、节约成本等非核心业务和非主营业务"的范围里，这等于把那些缺乏技术含量、简单劳动和辅助性之类的外委外包项目统统挡在了企业的门外。还有对外委外包项目必要性和可行性的审核把关，不仅明确了专业主管部门和责任单位，而且认定的程序也更加科学严密。一个外委外包项目的确定，除了业主单位提出使用意见，还要取得公司内部具备承担该项目能力单位的签署意见，然后才能进入专业管理部门、主管领导、公司办公会议审议审批和招投标阶段，招标完了之后还要签订合同，用法律条文把好最后一关。

2015年，长钢在劳务用工、加工拉运、外租机械、立项维修、电器维修、技术服务、汽车修理7个领域清退外委外包项目百余项，与2014年12710万元外委外包费用相比，降低7013万元，降幅达54.9%。不到两年时间，劳务用工减少了近千余名。由此可以看出长钢在清理外委外包工作上的力度和决心。

四、红色长钢精神不能丢

2015年11月27日，总公司党委书记、董事长靳伟到长钢调研、考察指导工作，从现场回来之后，在紫藤楼召开会议，做了一个十分恳切而严肃的讲话。当时的天气已是严冬，室外北风呼啸、滴水成冰，而听着靳伟对长钢工作的严厉批评，在座的长钢公司领导和许多中层干部，脸上发烧，身上发热，脊背上渗出了涔涔汗水。靳伟对红色长钢精神做了最概括的解释，就是艰苦奋斗，勤俭办企。他严厉地指出："艰苦奋斗、勤俭办企"八个字在现场我们还能找得着吗？大家都想一想、看一看，这八个字在哪？我一直以山西人为荣，不管外面人怎议论我们，我来到长钢这两天，更以山西长治有一个故县铁厂为荣。我们山西人的精神是精抠细算，别人老说山西人是老抠儿，老抠怎么了？你没有抠怎么有乔家大院、王家大院？怎么有汇通天下？昨天我说过，原来我在迁钢时定了一条，把小事做细，把细事做透，这就是抠。管生产就得抠生产，管销售就得抠销售，管备件就得抠备件，管车就得抠车，财富是抠出来的。所以红色长钢这种精神、山西的这种传统，我希望大家不能丢，不能忘了本，不能忘记了你的传家宝，不能忘了你制胜的法宝。

靳伟的批评，可以说鞭辟入里、深入骨髓。我们的前辈在战争的烽火硝烟里，白手起家建起了故县铁厂，也创造了红色长钢精神；在七十年的漫漫征途上，我们也一直挥舞着红色长钢精神的旗帜，引以为自豪和荣耀，也恰恰是红色长钢的后代，在前进的路途上渐渐背离了红色长钢精神的本质，不以老抠为荣，反以老抠为耻，越来越变得懒散、随意，大手大脚，俨然是一个没落贵族家庭的纨绔子弟。

靳伟的讲话像一剂醒药，让长钢人在迷途中清醒，更像是浩荡的东风，鼓满了在降本增效征途上前进的风帆。长钢领导受靳伟讲话的刺激和鼓动，决心把"老抠"唤回来，抠出外委外包项目上的一分一厘，一丝一缕。要求把那些外委外包出去的项目再一次过过筛、挤挤水。

长钢把清理外委外包工作划分成了两个大类。一类是创造条件可以清退的，诸如劳务用工、加工拉运、外租机械等。另一类就是功能性承包和矿粉进购过程中的铁路代理费等。这一类项目的特点是，以长钢当时的工艺装备和材料供应状况论，一时间还不能取代，还需要在一定条件下予以保留。一时不能清退，就要在降低价格上做文章。少数外包拉运项目，过去不论运量大小，一直是按天承包付费。清理过程中，生产处的工作人员通过调查摸底，提出了按吨计费，一下挤出了几十万元的“水分”。还有铁路代理费的问题，供应部门利用市场这只“看不见的手”，促使相关部门做出让步，每吨降低了2元多。对应年进购几百万吨矿粉的数量，省下的费用又是几百上千万元。

在实施清理工作过程中，像在设备维检、防腐防冻这一块，相关部门就精抠细算了许多。2014年，这一类的外委修理立项就多达117项，而在2015年，设备管理部门通过强化审核手段，使一批可有可无的项目被削减，项目数目就比上年减少了45项。削减项目立项并不是目的，而真正的意图是要在挤掉项目费用“水分”的同时，把项目的真实情况摸清摸透。在设备管理部门砍掉和退回的立项报告中，就包括轧钢厂高线车间安全消防报警系统维修、棒材车间备件材料库货架制作，8号高炉TRT膨胀器脚手架和热电区域高炉煤气管道更换，75吨锅炉烧嘴补焊，动力厂DN2000高炉煤气管道防腐等项目。对这些报告，设备部门并没有一退了之，而是通过单位间的协调调配和旧设备的再利用，或者交给内部职工来制造，达到了解决问题的目的。这些立项虽然在字面上没有显现出来，但需要解决问题的目的却达到了。

轧钢厂棒材冷剪齿轮和轴的拆装，因为是无键连接，技术难度高，在过去一直是委托国内一家知名企业完成的。如今，长钢交给了内部的锻压公司。不说攻克技术难关产生的潜在效益，单是设备拆装费就由外部的15万元，压减到了内部的3万元。某家属区的供暖供水及地面维修，初期报告的是投资100万元，经过几个部门的实地摸排勘察，制定了哪漏哪补、哪坏哪换的局部性维修方案，不仅投资砍掉了一半，还把项目的施工工作交给了内部单位。

电动葫芦的修理和设备的防冻施工两个项目，以往也都是外委修理，今年两个项目都在内部完成。电动葫芦的外委费207万元，设备防冻30多万元，这样一来，两笔资金都省下了。

五、走近路就等于多省钱

外委外包走进企业有了几十年的历史，真正把它理清析透并不是轻而易举的事。在几十年的演绎与交汇中，它已深深地渗透到了企业体系的众多血管与细胞之中，真正要从企业的"身体"上剥离出去，又使本体不受或少受伤害，除了有硬手段，还要有慧心慧眼。作为这项工作的直接推动者和领导者，长钢公司领导层和总公司技术服务组，密切关注清理工作的进度，也时刻度量着每一项清理工作的效果。

在他们看来，通过组织措施实施清理，只是一种外在的推动力，而通过工艺改进达到清退、替代的目的，使造血代替输血，才是根本目的。8号和9号高炉是长钢目前在线运行的仅有的两座高炉，投产以来，高炉产生的返矿和焦粒一直雇用社会车辆拉运，每年的运量多达50多万吨，由此产生的劳务运输费达到了450余万元，但这还不是费用的全部。社会车辆拉运的返矿和焦粒，并不能直接到达烧结的下料口，而是运至仓储料场混堆后，再由内部车辆送至烧结，结果又产生了二次搬运，且不说多次倒运造成的物料损耗，仅在运费这一项，又增加80多万元。一前一后的搬运，每年抬高了炼铁厂500多万元的工序成本。长钢鼓励业主单位从工艺改进上挖潜，清退外委外包项目，炼铁厂与长钢负责技术指导的总公司技术服务组共同协商，研究工艺流程的改进，很快就促成了这件事。长钢在资金极度紧张的情况下，仍然拿出800万元资金上马了现在的传输带，高炉槽下返矿直供烧结配料量达到了82%。

炼钢厂也在工艺改进上动开了脑筋。他们通过探索施行了一套焖渣工艺，在转炉旁就近建了一个焖渣池，依靠内部职工的力量回收中铁。这在过去也是雇用社会力量来完成的，这项工作完成后，外面的劳务人员清退了，后面钢渣场的打水工也取代了，焖渣之后的中铁和小铁也一起得到了回收。

通过工艺改进而取代外委外包不仅仅节省了费用，而且激发了广大干部职工的创新能力，使得降本增效的道路越走越开阔，越走越光明。

2015 年长钢清理外委外包创效 17983 万元；2016 年又减少 4581 万，劳务用工当年 6 月实现了完全清零。

回望长钢的清理外委外包之路，经过了无数的艰难险阻，把前人不敢想的事想了，前人不敢做的事做了，而今跃上了一个崭新的高度。不仅为企业节省了大量的费用，而且改变了广大职工的思想观念，让“自力更生，勤俭办企”的红色长钢精神重新焕发了光彩。

第五章

降费降库提效：吹尽狂沙始到金

对于一个人来说，他的咳嗽藏不住，贫穷藏不住，爱藏不住。对于一个企业来讲，它的规模藏不住，实力藏不住，管理水平藏不住。企业管得精细，处处是效益，企业管得粗放，处处是漏洞。总经理李怀林说，过去，长钢在同行业排名在四十几位，也没有觉得长钢有多么落后。现在长钢排名第三，反倒觉得到处都是问题。以前搞技术，认为管理有什么好干的。这几年搞管理，才知道管理的水更深。他又说：长钢这几年最大的变化不是企业的规模和产品与技术的升级，而是管理思想、管理理念和管理方式的变化，是一场真正意义上的革命。

一、败家的事情不能再做

长钢公司在一段时间以来，被自己及周边的人看作是一个大企业，这个“大”，更大程度上是局限于上党盆地之一隅的夜郎自大。要以企业规模、行业占比和社会影响论，企业不但不够“大”，甚至连“中”也算不上，只能说个“小”。但长钢确实有它大的一面，曾经矿山在平顺，焦化在潞城，煤矿在沁源，分厂在太原，并且东到日照有疗养院，南到深圳、西到西安、北到北京都有自己的办事处，可谓华夏大地上无处不见长钢的影子。但这种大，是分散而力不从心的浮肿。从另一个方面讲，长钢的“大度”也是出了名的，周边的多少村庄，多少个包工队和个体户，多年以来都依靠长钢而生存。长钢的家底也显得很“厚”，单从库房来说，再精细的人，也说不清楚长钢究竟有大大小小多少个库房。

以前你在长钢大街上常常会看到一种风景，机关处室的办公室人员，会一平车一平车地从大库房领回来一大堆东西，放在自己的小库房里存起来。这些东西从办公用品到日用杂货应有尽有，至于使用起来，公用和私用就难以分清了。长钢过去有句谚语“世界有个加拿大，长钢有个大家拿”，说的就是这种现象。可以说，长钢的大手大脚由来已久，而正是这种见怪不怪的大手大脚，使得企业在不知不觉中严重失血而摇摇晃晃、虚弱不堪。

2015 年初秋的一天，长钢公司董事长、总经理贾向刚来到位于公司旧区南端的备件库房。此行的目的，是要调研长钢库存物资的仓储情况。走进库房，贾向刚有种说不出的心痛。这些经年累月的备件，或竖或卧，或斜或正，被随意地扔在那里。那些个头不大的小件，则百无聊赖堆在一起，毫无生机。库房之外是露天存放大型备件的场地，那里的备件也是任凭风吹尘掩，已经不知被遗弃了多少时日。

与这个备件库房相对应，长钢在厂区的北面还设置有两个规模较大的物资仓储库房，一个是设备处管辖的轴承机电类备件库房，另一个是供应处管辖的材料类库房。从南端出来，贾向刚又转到了这两个备件和材料库房。这里的情况同样超出了他的想象，没有启封的备件成堆成堆地置放，一些年代久远的材料，甚至锈蚀得无法拿起。他无意中捡起了一张卡片，是张叫 SN 系列的轴承座标牌。这让贾向刚倍感惊愕，为什么同类型的备件竟要备下 20 个？而且，时间已经过去一年多了，一个轴承座也没有消耗！他禁不住斥责：“这是败家啊！”

这次调研让贾向刚坐不住了。随后几天，他连续查看了长钢公司和二级单位管理的 12 个备件、材料库房，所到之处，沉淀的库存物资和待报废的备件直让他惊诧不已。按说，作为重装备、重技改的钢铁企业，库存物资多、备件和材料仓储数量大并不鲜见。但是，像长钢这样一个生产规模相对小、产品结构单一的企业，仓储、积压如此庞大的备件、材料物资，就不能不让人咋舌了。

其实，更让贾向刚痛心的是长钢备件、材料的管理与使用。

长期以来，预算管理的不细不实，管理部门睁一只眼闭一只眼，使得备件、材料管理成为成本管理的“盲区”。直接表现在备件、材料的出入库，与实际使用情况严重不相符合。很大程度上，是作为使用单位内部资产或者调节成本的手段转移占用了，产生了大量的代保管（指未摊入成本，实物没有出库）、以领代耗（指实物出库并摊入成本，但没有消耗）、已用未出库（实物已安装在了设备上，没有出领单，未摊入成本）的备件和材料。几十年积存下来的备件材料，占用了公司大量资金，与尽可能多地实现库存物资周转率的最优化，将库存积压与报废的风险降到最低的管理方式极不相符。备件、材料领用乱象，不能还原各单位的真实生产成本，也不能及时准确体现公司的经营效果。特别是当下，企业已经走到了生与死的悬崖边上，这些单位还在无节制地增加库存让一批批的备件、材料无端积压、报废。

这种现象再不能放任下去了。

2015 年 8 月，库房管理改革被列入长钢年度重点解决的问题之一。本着降低库存资金占用和备件消耗的初衷，一个冠名为“二库合一”的备件、材料库房管理改革工作由此启动。多年覆盖在仓储物资管理上的面纱开始揭开，几十年积淀的库存资产得以露出真容。

在长钢，由职能部门代表公司管理的物资库房称之为“一级库”；由二级生产单位自行管理的物资库房则被叫作“二级库”。像这样的“一级库”与“二级库”，长钢大大小小有 17 个。此外，在铁、钢、轧等规模较大的单位，从厂到车间、工段、班组，都有性质不同的备件或材料的存放点，更是没有准数。解决“二库合一”，既是解决库房管理的机制与体制问题，也是解决公司与二级单位的“利益”分割、还原生产成本本来面目的问题。

贾向刚将这个任务交给了当时主管经营生产和设备管理的副总经理李怀林、总经理助理李明，并责成设备处牵头，供应、计财等部门协助具体落实这项工作。作为“二库合一”改革的实际操作者，设备处供应处率先行动，将改革的“刀”砍向了自己，把自己管控的“一级库”取消，将库点直接前移至基层，为“二库合一”的改革开出了一条道路。“一级库”取消后，职能部门和使用单位的职责发生了深刻的变化，职能部门的精力主要放在了备件、材料采购、账务、资金等管理工作上，使用单位则要担负起备件、材料的仓储、维护、保养等实物管理工作。

在“二库合一”的过程中，长钢精心设计、严格考核，破除某些单位和人员的侥幸心理和漫不经心的思想，推行了由易到难、由浅到深的渐进式策略。初期基层单位的库存备件、材料统计的是4000多万元。接着，设备、供应、计财三部门联手拧湿挤漏，又榨出2000多万元。到了后期，把备件、材料的清查范围扩大到所有零部件，再次榨出2000多万元。经过清查盘点，仅备件资产就查实8000多万元，加上公司“一级库”清查盘点的数目，设备系统清查盘点出备件实物17592万元，供应系统盘点出材料实物8772万元。总计2.6364亿元。

企业是如此之困难，而在二级库房里还闲置着如此数目巨大的资产，真让人触目惊心！

贾向刚想：一个企业的管理，松散混乱到这等地步，不倒闭也很难呐！

二、零库存、低库存管理

2015年11月27日，总公司党委书记、董事长靳伟来长钢调研指导工作。在长钢H型钢看到型钢锯片和轧辊库存现场凌乱不堪。在炼铁厂看到两个一模一样的高炉各自备了一倍半的备件，让他感慨万分，沉吟不已。

现场调研之后，靳伟在长钢的中层干部大会上做了长篇讲话，对长钢长期以来存在思想上的麻木和管理上的失控，进行了严厉的批评。他说，昨天我在现场一看，备件堆成山了。一个高炉备了一倍半的备件，两个一样的高炉，各备1∶1.5的比例。现在长钢发工资的钱都没了，咱们还是这种干法。别人老说山西人是老抠，咱们要把山西人的那种抠劲儿用在正经事儿上，精打细算。现在的钢材价格、原料价格是一天一变，我们要在低库存模式下进行生产。以前那种库存一弄一个月，躺在钢丝床上睡大觉的日子一去不复返了。这种低库存的模式，考验的是刚性联接能力。这种能力要快速提高。

靳书记的话，让所有与会的公司领导都感到脸上无光，无地自容，在长钢广大职工群众中也产生了很大的震动。

按照零库存或少库存管理的要求，公司对清查出的库存物品一类一类予以盘活利用。

（1）建账。实物清查盘点工作结束后，设备和供应部门迅速启动了资产处置工作，会同计财处对清查核实的备件、材料办理相关手续，建立实物账、资金账。

（2）分类处置。对此次清查盘点出的备件、材料进行分类处置。尤其是对待报废的备件、材料，设备和供应部门采取了五项措施。一是在各单位之间进行调节使用；二是通过修配改重新利用；三是作为长锻公司的产品加工材料；四是进行拍卖；五是没有利用价值的作为废钢处理。在待报废备件这一块，设备处组织了四场大型串换会，召集各单位设备厂长、科长和技术员现场查看有无能够利用的备件，仅接触类电器和轴承，他们就挖出近 30 万元可利用的备件，并为锻压公司提供了约 40 吨修配改备件原料。供应处通过折价领用的办法，将 38 吨待报废材料应用到了检修工程中，并拍卖出 600 万元的报废材料。

（3）资源共享。设备处、供应处将“二库合一”后的实物库存明细实行全公司资源共享，尤其是通用件全公司共享。“二库合一”后的资源共享，共减少金额 1550 万元。

（4）寿命管理。实行“二库合一”后，为减少库存资金占用，公司还加强备件材料的寿命管理，将备件根据使用寿命分为易损件（使用寿命 3 个月以内）、常换件（使用寿命 3～6 个月）、非常换件（使用寿命 6～12 个月）、事故件（使用寿命长期）四类，对到货超过储备周期的备件料依照规定按备件、材料原值的 1%～50%考核。

（5）计划控制。各单位在需求计划申报后设备处、供应处对备品备件申报计划进行严格控制，加大“四查”工作力度，查库存、查定额，查在途、查消耗，尤其是对通用件核查后，由计划员和库房保管共同签字确认，方可申报，旨在优先消耗库存备品备件，避免备品备件再次积压。

（6）编码认证。设备、供应部门按照定额管理的要求，对十多万件备件、材料进行编码认证，信息管理部门负责实施“二库合一”信息链的编程工作。

“二库合一”的改革，带给长钢的效益是显而易见的，其清理出来的2.63亿元备件、材料资产，对公司应对生存危机和实施低成本生产是个有力的支撑。而“二库合一”扁平化备件、材料供应模式的建立，大幅度减少库存资金占用，降低了备件消耗。并且，随着备件、材料供应管理的进步，公司吨钢设备修理费也将有所降低。随着供应链信息系统上线运行后，可以实现从备品备件计划申报、审核到形成采购计划、招标等系列工作均通过系统阳光操作，且每个计划进度均可在信息化系统中显示出来，将切实起到堵塞漏洞，还原成本、阻断不当利益的暗箱输送的多重目的。

备品备件实行“二库合一”的零库存管理，原料、燃料和产成品因为其属性使然，不可能也照这个样子做，但接近极限的低库存还是可以做到的，这也是贾向刚一直在琢磨而要求有关部门去努力追求的。

矿粉的库存，过去大多购买的是期货，一轮船至少就是18万吨，多则二十几万吨。在长钢的矿场，曾经堆积过三四十万吨矿粉。在市场变化十分迅速的当下，有的矿粉还在太平洋上飘荡，价格就下跌了。对于产成品也是这样，最多的时候要积存到十几万吨。有的经销商看到你的库存多了，就来跟你讨价还价。贾向刚说：我们不讨市场的便宜，也不吃市场的亏。对你们的要求就是快进快出。经过一段时间的努力，原燃料和产成品的库存都大幅度地降了下来，炼焦煤的库存就更低。既加快了资金的周转，也明显地降低了市场的风险。尤其是原燃料的低库存，还锻炼了采购队伍，使得他们更勤奋、更敏锐，更酷爱学习，也更加敬业。一次，烧结的一种矿粉快断顿了，运矿粉的火车还在太行山下的月山站，离厂还有100多千米，采购中心连夜派人下山催矿，确保了生产的正常供给。

三、一刀砍下来的管理费

传说公元前233年冬天，马其顿亚历山大大帝进兵亚细亚。当他到达亚细亚的弗尼吉亚城时，听说城里有个著名的预言：几百年前，弗尼吉亚的戈迪亚斯王在其牛车上系了一个复杂的绳结，并宣告谁能解开它，谁就会成为亚细亚王。自此以后，每年都有很多人来看戈迪亚斯打的结子。各国的武士和王子都来试解这个结，可总是连绳头都找不到，他们甚至不知从何处着手。

亚历山大对这个预言非常感兴趣，命人带他去看这个神秘之结。幸好，这个结尚完好地保存在朱庇特神庙里。亚历山大仔细观察着这个结，却始终没有找到绳头。这时，他突然想到："为什么不用自己的方式来打开这个绳结?"于是，他拔出剑来，一剑把绳结劈成两半，这个保留了数百载的难解之结，就这样轻易地被解开了。

管理费是企业维持正常生产经营活动的必要支出，就像过日子少不了柴米油盐一样。但是，这其中的出入却相当悬殊，有的人家一滴水一滴油一把柴火都非常节俭，舍不得浪费一点；而有的人家却大手大脚惯了，不懂得"一粥一饭当思来之不易，一丝一缕恒念物力维艰"，长此以往，会节俭的人家和铺张浪费的人家，就有了明显的区别：一家红火热闹，一家捉襟见肘。说到长钢，管理的粗放也反映在了管理费上。前几年，仅管理费一项一吨钢要比行业平均水平高出50多元。

为了搞清管理费高在哪里，贾向刚让计财处的相关人员对管理费用一笔一笔进行梳理。刚刚把上百项的管理费用列出个明细表来，靳伟书记就来到了长钢调研。针对管理费用一事，靳伟说，我在现场一看备件堆成山了，自己的职工下班后就能拉钢材，拉了一捆居然还能出厂。我想问，像这样长期有第二职业的职工，班组长知道吗？库管主任知道吗？处长知道吗？两小时不在岗位，泵房不管，库管班长不管，处长不管，居家过日子这么管成吗？你们说的管理费高、印刷费高、绿化费水电费高，我们内部认真分析了没有，能不能节约？平时开五个灯，现在开两个灯就行了。昨天下午在紫藤楼开会开到六点，下楼一看，楼下大厅灯火通明跟央企似的，这不要命吗？光要面子，都没法活了，还要面子。

靳伟的讲话让长钢公司领导坚定了大幅压减管理费用的决心，但在推行的过程中，并没有想象的那样容易。按照公司领导的意见，计财处拿出一个压减50%的方案征求各家的意见，可谁家都说压减幅度太大，不客观不实际，无法完成。

贾向刚随后把这项工作安排给时任副总李怀林主抓。

李怀林接受这项工作后，依然没有立即打开局面，与前面说到的情况类似，轮到谁家，谁家也是一大堆的理由和困难，实质就是一句话：完成不了。这样过了一段时间，李怀林考虑，这样一家一家征求意见费时费力还没有效果，得另辟蹊径，寻找出路。

一天，他就降低管理费问题召开了一个专题会议，要求各单位的一把手参加。会议上，他开门见山地讲，关于压减管理费的事情，公司不再征求意见了。到今天为止，各家的管理费用清零，你以前花了多少公司都不再考核了。从明天开始，各单位谁家花钱，哪怕是花一分钱，写清理由，列出明细，讲出必要性，给贾总打报告，贾总批了报告，你再去办事，按照报告批准的数额花钱报账。

李怀林讲到这里，参加会议的各单位领导面面相觑，鸦雀无声，没有一个人发表不同意见。因为李怀林讲得很有道理，不是不让你花钱，只要你肯打报告就行。结果，事后没有一家给贾向刚打报告，50%的管理费用，一下子就降了下来。一个曾经让人头疼不已、看似复杂的问题，只用了一个带有些幽默色彩又近似于不讲理的简单的办法，轻快地就解决了。

随后，长钢公司建立了两个控制管理费用的机制，一个是纵向由费用支出单位控制、横向由专业部门专业审批的二维管理机制，一个是管理费用管控常态化协调推动机制和考核机制，实行“奖降罚超”激励，按照月控制、季度考核兑现奖惩的总原则，对专业管控费用实行每超5%扣1%绩效、节约费用按节支额的2%提取奖励；对部门行政费用实行定额承包，超一罚一，节约费用按照节约支出额度的30%提取奖励。

一名在机关工作了20多年的职工讲，以前没有办公用品就去领，单位从来没有限制，自个儿头脑里也没有节约意识。但现在就不一样了，实打实的考核指标分解在每一个人的头上，我们有责任、有义务去节约身边的每一分钱。如今，正反打印资料成为常态、二次利用记录本成为习惯、随手关闭灯管水管成为自然，常用备品备件能修则修、拨打电话能免则免、会议费用能省则省、出差次数和人员能少则少。

长钢公司领导率先垂范。贾向刚心里思谋着长钢的大事，手边不放过任何的小事。身为企业的当家人，非常明白“合抱之木，生于毫末；九层之台，起于垒土”的道理，他在一年多的时间里，对基层单位和专业部门已经审核过的每一笔费用支付的原始凭证，一张一张进行仔细的审核，认为支出合理的才予以签批。他发现了加油票异常、超标乘坐高铁一等座、会议出差频次较多、一个月内连续出差、多张车票连号等问题，对有关人员和相关部门的领导进行了严格的问责考核。

2015年10月20日，贾向刚主持召开2015年务虚会，强调要把管理费用一笔一笔打开，分析为什么花，哪些该花，哪些不该花。

2015年11月3日，贾向刚主持召开领导班子例会，强调要对公司各项管理费用细化，每一分钱都要有人管，有人负责。贾向刚说，有些人来报销，发票为什么是连号的，明显是在作假，单位的领导是怎样把关的？到长治市政府送一份报表，每天都去，难道政府部门周六日不休息？

2015年12月1日，崔永康主持召开党委扩大会议，要求各单位针对管理费用要召开专业会议，一笔一笔清理。他说，一切费用皆可控，没有什么不可控。

2016年1月19日，贾向刚主持召开经理办公会议，对规范管理费用报销又一次进行强调和安排。

2016年2月16日，长钢党委扩大会议修订完善管理费用报销相关制度，明确费用报销的流程和程序。

2015年以前，长钢有10多辆公务接待用的高档轿车。在公司大幅度降低管理费用的工作中，公司领导当即决定将这些车辆予以变卖，所得的 380 多万元款项，全部用于生产自救。继车改之后，公司领导办公室和会议室租赁的花卉也全部清退，一个月可节省 5000 元费用。与此同时，公司大力发挥 OA 系统的作用，由公司办公室牵头，统一门户，统一公文应用，统一流程管理，统一知识管理，统一移动应用，实行无纸化办公，以前那种文件报告满天飞的现象一去而不复返，能不用纸张办了的事情一律不用。基层单位和公司之间的文件传送和报告签批，都在电脑和手机上进行。

公司领导的身体力行，给二级单位带了一个好头，长钢各单位和各部门相继砍掉了百余项面子工程。轧钢厂机关原来独占一栋 1300 平方米的办公楼，现在把科室和部门压缩到一层楼办公，腾出 900 平方米。仅办公楼整合这一块，白炽灯关掉 504 只，每天减少用水量 0. 8 吨，冬季用气减少 360 吨。

2016 年 1 月，长钢公司召开第三届一次职代会。如果在往年，仅用于印刷费、档案袋、制作代表证、制作标语等方面的花费就要四万多元，而这次会议仅仅花了两千元。以前的材料都是纸质的，代表进会场，一人一大袋子材料，而这次会议的材料全部通过 OA 提前发送至各单位，先征求完各单位的意见再修改，能电子审阅的就不重复打印。以前的代表证都是一次性的，而这次改为了可以重复多次使用的，会后将代表证回收，下次再用。

2016 年，长钢发生管理费 1. 95 亿元，比 2015 年降低 8995 万元，降幅 30. 1%，超计划 0. 1%；2017 年，管理费用 1. 72 亿元，比 2016 年降低 2284 万元，降幅 11. 7%，超计划 1. 7%；2018 年，降低管理费用 2115 万元，降幅 10. 10%。

2018 年首钢集团公司“两会”报告中，均讲到“各单位要学习长钢主要领导抓管理费的工作经验，亲力亲为，主动转变。”3 月 9 日《首办通报》（〔2018〕第 4 期）刊发长钢公司降低管理费用的做法。4 月 4 日，《首钢日报》头版刊发“靠什么堵住管理上的‘跑冒滴漏’”文章，介绍了长钢降低管理费用的经验做法。并配合评论员文章“‘过紧日子’的思想不能松”，号召全集团学习长钢公司降低管理费用的做法。这些既是集团公司对长钢公司工作的充分肯定，更是对长钢公司做好今后各项工作的激励与鞭策，极大地提振了长钢公司广大干部职工做好各项工作的信心。

2016 年，“探索建立二维管控机制　大幅压减管理费用”获长钢公司管理创新成果奖一等奖；2018 年，“运用零基预算降低管理费用实践”获全国国企财务管理创新成果奖二等奖，“大型国有企业管理费用管理模式创新与实践”获首钢集团管理创新成果奖一等奖。

四、省下的就是赚到的

开源与节流，是企业追求效益的两个轮子，必须齐头并进，同向而行，共同发力，才能取得预期的效果。长钢公司在降本增效的道路上，采取的是一套逻辑体系严密的组合拳，而不是各行其是，孤军出击。在这一套组合拳里，资金管控是十分重要的一环。

资金管控，实行严格的闭环管理。销售中心是长钢资金回笼最主要的渠道，保证货款及时回收是其重要职责。他们明确将“无款不发货、严禁赊销”作为销售工作底线，一切以公司的整体效益为核心力。被称为“财神爷”的计财处，本着把资金“管住、管活、管好”的原则，依据长钢《现金流量管控工作方案》，以经营现金流、投资现金流、筹资现金流、净现金流为着力点，狠抓财务管理，提升资金管控能力；严格执行《两金周转率实施方案》，存货资金占用持续降低，应收账款自重组以来保持为“0”。

公司领导班子高点定位，敢于担当，本着“新官也要理旧账”的思路，严格资金管理，有效拉动了一些难以启动的工作，短短半年就清理旧账 267 项，清理金额 2.73 亿元。《加强增值税进项税票管控办法》解决了因长期拖欠货款而形成的未索回大额进项税发票遗留问题；统筹平衡现金收支管控，实现了零贴现；优化融资产品结构，降低了保证金占用；强化银企议价，拓宽融资渠道，适时调整融资品种方式，降低了手续费支出。与此同时，长钢公司打破过去高成本融资的恶性循环，创新融资渠道和方法，大大降低了综合融资成本，使得财务费用逐年降低。长钢使用外部资金，最高点数要到 6.9

左右，现在降低了两个百分点还要多。2018 年外部银行借款平均利率 4.30%，比 2014 年降低 2.60%，降幅达 37.68%，同口径减少财务费用支出两千多万元。

借助国家鼓励境内企业直接参与境外低成本资金融通的契机，长钢公司从 2017 年起，开始探索“跨界人民币风险参与”融资业务，在长治市外管局获批 40 亿元人民币的跨境参与额度。随后通过阿联酋迪拜金融中心融资 1500 万美元，成为长治市唯一一家成功办理此业务的企业。该笔贷款年利率为 3.45%，大大低于目前的融资利率水平。

长钢在资金管控改革的道路上方向正确，对战略性资源的管理站位起点高，对资金支出和收入匹配恰当有效，实现了由“关注资金计划要钱花”向“关注财务账面变化管好钱”的转变，开源节流、增收节支收到了实效，极大地支持了长钢的争生存之战。

长钢公司的降本增效工作得到了基层各个单位的积极响应。从车间、班组到个人，人人都在从各自的工作实际出发，动脑筋、出主意，改进工艺或变换材料，想方设法抠钱。轧钢厂精整作业以前是用钢带打包钢材，现在他们改成用盘条。盘条打包可以降低成品型钢打包成本，经过测算，与之前钢带打包相比，吨钢包装费用降低 10 元。改用之后，车间盘条替换钢带打包成品型钢 15582 吨，当月降低包装成本 15.55 万元。工人们说，打包工只有 5 个人，两个打包工光用钢管拧两三圈盘条就很消耗体力，所以只能干一个小时就得休息会儿。但型钢成品包装工作不能停止，否则就会制约轧钢工序的正常生产。于是，车间发动职工的力量，要求各作业区岗位职工一起来打包型钢，随之出台了型钢吨材盘条打包的奖励考核机制，有效地调动了生产一线职工参与降低型钢打包成本的积极性。

炼钢厂 8 号连铸机分钢系统故障率过高，影响铸坯输送，增加了输送成本。一时间，这只“拦路虎”挡在了负责维护连铸的维检人面前，让大家一筹莫展。于是，职工们自主创新，成立了降低 8 号连铸机分钢装置故障次数的 QC 攻关小组。为了全面提高设备运行效率，最大限度挖掘设备潜能，攻关小组按现状调查—目标设定—原因分析—寻找要因—对策制定等步骤进行，围绕人、机、料、法、环一一分析，遵循 PDCA 的科学方法推进。一段时间以来，大家一刻不敢懈怠，倔强地跟分钢机较着劲。他们逐一列出造成分钢系统故障率过高的原因，然后开始全面排查：地脚螺栓基础符不符合标准，压板与滑轨间的间隙符不符合标准，滑轨支架有无裂缝或支架晃动……表面原因被一一否定后，小组成员继续沿着工艺流程顺藤摸瓜。猛然间，他们的思维移至滑轨坡度、运输钢坯与滑轨的摩擦角，开始分析是不是斜滑轨坡度太大，使滑轨所受冲击力增大，进而造成连铸机分钢系统故障率过高。为了探出个中究竟，他们实时对 8 号连铸机的 8 套分钢装置滑轨承受的冲击力进行仔细测量、分析和计算。终于发现，要有效减少分钢滑轨的冲击力，就需通过适当增大摩擦力来减少惯性，这样，斜滑轨坡度也应适当予以调整。小组成员又从理论的物料安息角进行计算，在满足生产工艺要求的情况下，可以将原来斜滑轨坡度由 35°减小为 30°。经过反复测量、计算，斜滑轨角度在满足生产要求的同时可以减小 5°。同时，冲击力可以减少 9330 牛。然而，要减小 5°角并不容易。斜滑轨又重又长，且作业空间有限，这就需要攻关人员有更大的细心和耐心，因为稍不留意就可能达不到预期效果。车间技术员一次一次蹲在那里一套分钢装置一套分钢装置地量，一度一度地减少，每个动作都小心翼翼，直到测量出合适的斜滑轨的安装标高。随后，他们通过对现场斜滑轨地脚螺栓、斜滑轨压板栓、压板和滑轨间隙进行测量，为了避免滑轨受到冲击力时发生晃动，在滑轨支架受力面处还增加了筋板。现在，8 号连铸分钢装置的故障次数由原来的 34 次/月降低为 0.7 次/月，有效减少了对生产的影响，极大地降低了操作工和维检工的劳动强度，并提高了连铸机的 12 米定尺铸坯质量，月可节约资金 1.5 万元。

五、无处倾倒的废钢砖换来真金白银

垃圾是放错地方的资源，这句话好像就是针对长钢说的。

在粗放经营的那些年，废气放散了，废水流失了，废物抛弃了，不仅对环境造成了污染，白白丢掉了不计其数的资源，还常常为堆放生产过程中的垃圾而发愁，有时候要跟周边的村庄说好话，多数时候还要花钱租用场地堆放。随着环保和资源意识的增强，长钢投入很大资金用于环保，水汽实现了循环利用的零排放。就是生产过程中的固体废物，也进行了集中分类处理。采购中心成立了废旧物品处理中心，各单位所有的拆除物或报废物，谁家也不许自行处理，必须登记造册，统一上交。只要值一分钱，采购中心都不会白白扔掉。炼铁厂、炼钢厂拆下来的旧砖，过去都随便扔掉了，还要寻找场地，还要支付运输费用。从去年开始，由采购中心集中拍卖，竟然全部卖了出去。

现在，采购中心定期举行拍卖会，来拍旧物品的单位和个人十分踊跃。2019 年春节前，有 20 多台旧家用空调进行拍卖。这样规格和型号的空调，全新的也就两三千块钱，而这次竟然拍出来超过千元的高价。采购中心的同志说，这个价格虽说有拍买者的情绪在内，也让我们深受启发，凡事只要敢想，就有可能。在我们的脑海里，“废物不废”的观念也更加牢固了。

第六章

“三个一体化”和“三个跑赢”：历尽天华成此景

贾向刚说：能过了2015年的日子，就没有什么样子的日子不能过了。现在的铁成本比行业平均水平低200块钱，这就是我们的竞争优势。市场即使再度恶化，我们也是最后才倒下的那一个。

崔永康说，长钢这几十年里，我们都经见过，只有现在的采购和销售，是最少闲言碎语的。

李怀林说，长钢这几年最大的变化不是生产规模和品种质量，而是经营理念和管理思想的变化。

他年攀高争险道，而今回望是平川。此时此刻，每一个长钢人再回望五年前的时光，都会有天渊之感。

长钢变了。

变从何来？

一、两个想跳楼的人毗邻而居

采购中心经理王宏兵说，那些日子，我真想跳楼。

原销售中心经理程向前不约而同地说出了同样的话：那些日子，我真想跳楼。

莫非，他俩商量过？

在长钢公司主办公楼东偏北方向200米左右的旧309国道北侧，有一座较为显眼的建筑物，掩映在绿树鲜花丛中，长钢人都叫它营销楼。建造营销楼的初衷，是为了让“实权”部门集中办公，让阳光能够照到所有的角落，尽可能地减少阴暗旮旯，也尽可能地减少腐败。按照这样的构想，大厅按单位和功能分割成几个区块，区块之间的隔断只有半人高，每个区块间都整齐地布满了办公桌。在办公区的南北两端，是领导的办公室和大小会议室，面朝大厅的一面是玻璃隔墙，从内到外或从外到内，都可以看得清清楚楚，只是降低了说话声音的分贝。

营销楼刚开始使用时，从一楼到四楼都显得满满当当的，一半是热闹，一半是忙乱。

在销售制度没有改变之前，营销楼外面也是熙熙攘攘的，宛若一个集贸市场，这些人是在倒手销售票据，以从中赚取差价或手续费。

现在再走进这座楼，绝大多数的办公桌前是空的，偌大一层，只有屈指可数的几个人在办公，安安静静，各行其是，给人一种空寂的感觉。

走上三楼，右边是采购中心，左边是销售中心。大厅里同样是空空荡荡的，见不到几个人影。

采购中心经理王宏兵的办公室在北边，窗外远眺是石圪节岭，暮春时分，荼蘼花开过，从近及远，田野和山岗都染上了新绿。与王宏兵隔着大厅相对的，是销售中心经理程向前的办公室，他的办公室外，涉过旧309国道，就是原来长钢老炼钢厂，现在已经拆除得一片空旷，有新生的野草吐绿，也有不知名的鸟雀，鸣叫，飞翔。

2015年1月，贾向刚到任长钢一个月多一点儿，王宏兵调任供应处（现在更名为采购中心）任处长。这个身材高挑而稍显清瘦的本地汉子，在此之前一直在烧结厂工作，从普通的烧结工干起，一步一步从科长、副厂长走上了厂长的岗位。几十年生产一线的摸爬滚打，养成了他果决、干练的性格。现在坐在了长期以来被人眼热的这把交椅上，却一点也高兴不起来，满目萧然，满腹惆怅。

他说：别人是度日如年，我是度时如年。上班就像是上刑场一样。生产上等着用原料马上要断顿，供货商是不见钱不发货，手里边没有钱，想一想脊背就发凉，跳楼的心思都有。

销售中心经理程向前是大学毕业后来到长钢工作的，后来又到清华大学进修了在职硕士研究生学历，担任了几年的H型钢厂厂长，在技术质量处任了4个月支部书记，与王宏兵一起，临危受命来到了销售中心任职。他的个子与王宏兵不相上下，看上去更倜傥和健壮，长年戴一副近视眼镜，说话慢条斯理、文质彬彬。

他上任之后的日子，一样不好过。正像托尔斯泰在《安娜·卡列尼娜》开篇中所说的：幸福的家庭都是相似的，不幸的家庭各有各的不幸。王宏兵愁的是买，程向前愁的是卖。

当时不仅是钢铁市场的寒冬，也是大自然的寒冬，数九寒天的北国，所有的工地都停了工，经销商也不提货，钢厂库房积压的产品无处可放。由于钢材堆积过高，厂房的地基有的都下陷了。

钢材卖不出去，公司四处急等着用钱，又临近年关，职工急等着发工资过年。

公司领导和计财处一天好几个电话催问，钢材卖了多少，货款回来多少？

程向前眼望着漠漠长空无言以对。

他真想从窗户上一跃而出，结束这尴尬而难熬的日子。

这是2015年的年初，太阳虽然照常从东方升起，但是不知道温暖了谁家！

二、“三个一体化”带来的改变

著名企业管理学家彼得·圣吉在《第五项修炼》一书中提出了系统思考的企业管理思想：他认为，系统思考是“见树又见林”的艺术，它要求人们运用系统的观点看待组织的发展，引导人们从看局部到纵观整体，从看事物的表面到洞察其变化背后的结构，以及从静态的分析到认识各种因素的相互影响，进而寻找一种动态的平衡。从字面上看，系统思考是一种思维方式，实质上系统思考更重要的是一种组织管理模式。它要求将组织看成是一个具有时间性、空间性并且不断变化着的系统，考虑问题时要整体而非局部、动态而非静止、本质而非现象的思考。

长钢作为一个典型的传统企业，沿用已久的管理模式更多的时候依凭的是管理者的经验和感觉，而很少运用到科学的管理思想和手段，且这种经验的管理掌控能力很弱，不能够充分调动系统内各个单元的积极性，以至于整体的效用和效益无法体现，甚至在系统内部很容易生成内耗，降低了系统整体的功能和生存能力。

从现代炼铁工艺来说，烧结是炼铁的上道工序，依存度很高，但长期以来，由于烧结和炼铁是两个独立的分厂，长钢对他们实行单独考核，因而也就各自有各自的利益，长期以来掣肘不断。你在早调会上常常会看到两家在吵架，烧结矿的品位高了低了，灰分大了小了，强度高了低了等鸡毛蒜皮的事情，总是扯也扯不清。公司领导判官也当不得，和事佬也当不得，显得十分狼狈。

贾向刚在首钢总公司即担任过焦化厂厂长，也担任过供应公司经理，可以说对上下游工序的配合和衔接了如指掌，是冶炼专业的行家里手。他通过深入的调查研究，已经逐步弄清楚了长钢的病因所在。长钢虽然病得很重，但不是病在膏肓不可救药。关键是要及时对症下药控制病情，不使其继续蔓延。

2015年3月1日，公司决定烧结厂正式并入炼铁厂，拉开了公司深化内部改革的序幕。两厂合并之后，炼铁厂顺势而为，围绕“三个有利于”，建立了“安全、生产稳定一体化”“成本核算一体化”两个管控体系，实现了平稳过渡。与此同时，炼铁厂围绕生产组织、工序衔接等多个方面，建立了成本核算一体化体系。过去，烧结工序和炼铁工序各算各的成本账时，因为烧结矿价格比块矿价格高，在高炉炉料结构调整上，炼铁工序块矿用得越多铁成本越低；两工序合并后，成本实行一体化考核，算账方式和思维方式也随之发生变化，炼铁工序不再单纯算本工序的账，还要综合考虑烧结工序限产导致工序成本上升给生铁成本造成的影响。在高炉炉料结构调整中，该厂寻找入炉块矿和烧结矿比例的最佳效益结合点，适当提高烧结矿入炉量，努力降低铁成本在选矿上，以降低铁成本为目标，在考虑降低烧结成本的同时，兼顾高炉冶炼的经济性，将成本核算前移，与市场矿粉价格接轨，以库存、采购量等为参考，选出质优价低的矿种，为烧结配料结构优化、高炉炉料结构优化提供有力支撑。

炼铁厂对标的视野也从过去单纯对炼铁工序，发展为对烧结、炼铁两个工序。既与首钢集团钢铁板块的兄弟单位对标，还与同类型企业中的先进对标，内对首秦，外对石横，近对“2672”。在对标中发现不足，分析原因，从炉料结构调整、矿粉选择、对标先进。通过对标，炼铁厂建立了日成本核算制度，实行“先算后干”成本管理模式。借鉴“2672”的矿粉采购方式、库存管理等，通过细节把控优化原料结构。逐步建立“日测算、日调整、日核算”体系。日测算将市场的前期变化尽收眼底；日调整，怎么合算怎么变，将矿粉的性价比调整到最佳；日核算，从矿粉入厂到预配料，从配料到烧结，从烧结到高炉，一体化核算的成本体系实现成本管理可控。

烧结厂合并于炼铁厂之后，长钢新的领导班子及时总结经验，从问题导向入手，抓住铁成本这个“牛鼻子”深挖到底，提出了“铁前一体化”的思想，进而又扩张为三个一体化：即矿铁一体化、煤焦一体化和铁焦一体化。“三个一体化”实施以来，从采购到生产、从决策到实施、从过程管控到信息共享，各个界面之间均实现了高效协同、深度对接。

据统计，2016 年公司生铁成本行业排名第 39 位，比行业平均水平高 41.86 元/吨；2017 年生铁成本行业排名第 8 位，比行业平均水平低 121.23 元/吨。2016 年，公司生铁成本在首钢集团内部 6 个钢铁业单位中排名第 2，2017 年排名第 1。2018 年公司的生铁成本仍然稳居首钢集团第一，而在行业排名竟然跃居到第三名，取得了前所未有的好成绩，不仅令同行刮目相看，就是公司领导自己看着这个炫目的数字也有些不敢相信，不知是真是幻。

2017 年 9 月 22 日，首钢钢铁板块长钢铁前管理创新变革经验交流会在公司紫藤楼百合厅召开。会议旨在学习推广长钢公司深化体制机制改革，持续铁前降本，实现效益提升的主要思路和做法，统一思想认识，进一步健全管控体系，提升管理能力，确保今年钢铁板块更大盈利，向全集团交出高质量、高水平的效益增长账、能力提升账。

首钢集团副总经理赵民革，集团财务总监王洪军与会并讲话；办公厅、战略规划部、经营财务部、系统优化部、发展研究院、技术研究院、总工室、企业文化部（宣传部）等专业部门；股份公司（供应公司）、京唐公司、首秦公司、矿业公司、中首公司、通钢公司、水钢公司、长钢公司、伊钢公司等钢铁板块各单位相关负责人参加会议；首钢集团总经理助理、股份公司总经理刘建辉主持会议。

赵民革副总对到底什么是长钢经验进行了高度概括：一是深化体制改革，加强管理创新；二是加强基础管理；三是长钢把集团公司的要求和自身实际紧密结合了起来，是集团公司的一个典范。

长钢公司董事长、总经理贾向刚围绕《以深化机制改革为基础、以铁前管理创新为突破，打造长钢公司经营管理新格局》作经验介绍，分别从铁前“三个一体化”实施背景；“铁前一体化”做法；铁前一体化保障机制；企业管理能力全面增强；企业经营状况显著改善；对构建经营管理新格局的认识不断提升；确保全面完成各项工作任务 7 个部分，作了全面详尽的阐述。

此举，标志着长钢“三个一体化”的经验受到了首钢集团领导的重视，长钢公司成为全集团学习的一个榜样。

贾向刚的经验报告的精华部分，是关于“三个一体化”的具体做法，这是长钢在极其困难的时刻，长钢领导班子智慧火花的闪烁，是全体长钢人心血和汗水的凝结，是长钢人在最为困难的时刻开辟出的一条具有长钢特色的生存发展之路，值得我们永远深刻铭记！

铁前“三个一体化”做法。

一是实行“矿铁一体化”，破解采购、生产“两张皮”的难题。2015 年以前，长钢公司外矿采购是由公司下达标准进行采购，往往是符合标准的价格很贵，便宜的价格又不符合标准。2015 年开始，长钢将“厂内配矿”前移至“港口配矿”，建了“矿铁一体化”机制，建立“港口配料预测算—按需采购发运—生产消耗”精细化预警管理机制。在具体操作中，由炼铁厂和采购中心协同，共同深入港口实时了解矿粉存量、价格、种类、质量等信息，综合考虑厂内库存量、库存结构、在途量，矿种选择兼顾高炉生产和降本需要，有效解决了“两张皮”的问题。在决策过程中，对性价比好的品种从船舶到港就紧密跟踪，经专业人员快速测算形成一致意见后办理采购手续，如两单位意见不统一则由使用单位炼铁厂最终确定采购矿种。外矿采购基本实现了当天决策，时间最短仅为两三个小时。

二是实行“煤焦一体化”，破解焦炭成本高的难题。2016 年 12 月前，长钢公司炼焦煤新品种的引入流程为：采购中心寻找到新的焦煤资源后提供给焦化厂，由焦化厂测算确定有使用价值的品种，两单位共同进行市场考察确定后，由采购中心向公司申请采购，同时向生产技术处申请技术标准。该流程弊端是耗时长，选择范围窄，焦煤采购成本不能有效体现在焦炭成本上。如长钢 2016 年炼焦煤采购成本行业排名第 2，而焦炭成本却排名第 27，比新兴铸管差 141 元/吨。

为有效将区域焦煤采购优势转化为焦炭成本优势，长钢公司于 2016 年 12 月开始推行“煤焦一体化”运作机制。在具体操作中，由采购中心和焦化厂共同考察市场、测算性价比、现场决策，新品种引入更加快捷。焦煤采购坚持“一单一议”，商务合同由采购中心和焦化厂共同与供户约定，扣罚标准执行商务合同并和市场价格挂钩。

三是实行“铁焦一体化”，破解“铁—焦”界面衔接的难题。2017 年 2

月，焦化项目全面建成投产，长钢 3 月开始停止外购焦炭，开始实行“铁焦一体化”管控机制。在操作过程中，对“铁—焦”界面配煤结构优化、用料计划、焦炭质量管理、生产组织运行实行全过程管控与信息共享、信息预警，焦化将配煤结构调整情况，实时向炼铁预警；炼铁厂对焦炭实物质量和高炉实际使用效果实时跟踪并向焦化厂反馈，焦化厂及时对存在问题进行整改，确保高炉的稳定顺行。干熄焦投产后，焦化厂、炼铁厂共同就可能伴随出现的高炉炉况变化、干熄焦温度对皮带的影响等问题，共同制定了干熄焦投产过渡方案，生产组织上对干湿熄焦进行分仓分比例入炉，有效消除干湿熄焦水分偏差、质量差异对高炉造成的影响，既保证了干熄焦的顺利应用及高炉炉况的平稳过渡，同时有效改善了高炉整体运行状态，实现了“铁—焦”工序的高效联动。

建立铁前一体化保障机制。

一是实行总结分析、挂钩考核机制。

（1）周分析、月总结机制。每周五由生产技术处组织“一体化”例会，对上周原燃料市场情况、采购得失、铁前运行情况进行专题分析，对下一步工作重点进行安排；月度经营分析会上，重点对采购跑赢市场、铁前工序成本进行总结，通过纵向、横向对比找差，形成了持续改进提高的良性循环机制。

（2）挂钩考核机制。对铁前单位实行挂钩考核，综合铁前各部门对生铁焦炭成本贡献大小，采购部门挂钩生铁成本考核分的 8%、挂钩冶金焦成本考核分的 2%；焦化厂、熔剂厂挂钩炼焦煤跑赢市场考核指标。由此，将铁前各工序的落脚点统一到“铁成本降低”这一共同目标，实现了采购部门和生产单位同频共振，统一了思想，统一了目标，统一了行动，促进了各单位算大账和系统效益最大化的思想，真正实现了铁前“一盘棋”。

二是优化现货采购机制。

2015 年的供应处有 152 人，到了 2018 年减到 44 人，在整合了废旧物资之后，又增加了 5 人。原来的那一帮人几乎都走光了，都是主动辞职走的。为什么？不适应现在的工作节奏。现在的科长都是新提拔的。2016 年公开招聘了10个人，竟然没有一个人来走后门或打招呼，这在长钢的历史上绝无仅有。在过去，供应处是尽人皆知的肥缺，没有关系的人要到这个部门工作，做梦也不敢想。

王宏斌来到这个单位之后，正是钢铁行业的严冬，知道了工作的被动，也领教了日子的艰难。当时长钢的矿粉基本上是期货，只对着一个港口，也基本上都是铁路运输。他让工作人员去了解周边的民营钢铁厂吃的是哪里的矿、用什么样的运输方式。经过调查后得知，他们都用的也是外矿，而全部是汽车运输。而汽车运输与火车相比，一吨要差40多元。听到是这样的情况，王宏兵大吃一惊，仅运费一项，以300万吨矿粉计算，长钢一年就要多花一个多亿。难道长钢就不能用汽车运输吗？经过与领导汇报，派人去港口做工作，把常年依靠火车一种方式运矿的老模式给打破了。后来，长钢在铁运与汽运之间机动选择，汽车的运量大幅度上升，费用也大幅度地降了下来，为公司渡过生存难关做出了重要贡献。

采购中心经过几年的探索与改革，不断减少与优化程序，一切以效益为中心，在公司三个一体化的推动下，开辟了多个港口采购现货，开辟了多个煤矿采购焦煤，打破了原有的一些烦琐的审批程序和不切合实际的矿粉标准与焦煤标准，或者说一切以市场和生产需要为标准，大大简化了工作效率，提高了工作节奏，力争跑在市场的前面，取得的效益也非常可观。

过去，采购一宗货物报告打上去，十天半个月还确定不下来。现在干同样的事情，不用半天时间，有关科长和业务人员，与生产单位沟通后，用手机短信很快就搞定了。有兄弟单位的人员来长钢取经，当他们听说长钢的采购没有标准时，不由得大吃一惊。是的，长钢在采购原料时，取消了原来书本上的标准和闭门造车拟定出的标准，而一切以市场和效益为标准，且是唯一的标准。

（1）推行低库存生产组织模式。2014年长钢冬储矿粉达3个月的库存，随着市场价格下跌，造成了较大损失。2015年开始，变“高库存”为“低库存”，建立原燃料、中间产品、产成品库存全过程预警和保障机制，加强原燃料采购、运输、生产环节的沟通与协作，确保生产安全经济运行。2017年又将“低库存”优化为“低库存+经营库存”，根据后续价格趋势预判，动态调整、灵活把控采购量和库存量，以规避市场大幅波动的风险。

经过努力，长钢公司的矿粉平均库存由2014年的40万吨降至2016年的20万吨，降低50%。在2016年6月市场持续下行时，以生产不断料为原则，坚持小批量、延迟采购，库存最低仅5天。

（2）实行多频次、小批量现货采购策略。针对绝大多数时间期货价格高于港口现货价30元/吨的情况，为降低成本，同时支撑“快进快出、低库存运作”的思路，学习新兴铸管和武安地区民营钢企采购经验，从2014年主要依靠采购期货，逐步向多频次小批量的现货采购调整，现货采购比例逐年提高，由2014年的18%，提升至2015年的35%，再提升至2016年的70%，2017年1~7月达到83%，有效解决了期货采购“买时便宜用时贵”的问题。

三是实行采购价格、物流运费联动机制。

（1）以“矿价+运费”到厂价格最低为原则，多港口多品种选购港口现货。2015年以前，长钢公司的外矿发运是以日照为主、连云港为辅的单港口布局，矿种和运输方式可选择余地小，无法满足以现货为主的配矿结构需求。2015年开始，积极开发并实现了从日照、青岛、曹妃甸等10个港口采购外矿。紧密跟踪各港口汽运市场，动态测算选择到厂成本最低港口发运，实现了以“矿价+运费”到厂价格最低、多港口择优选购。

（2）铁运、汽运相互撬动，动态优化矿粉运输方式，物流成本大幅降低。长钢在港口采购的矿粉，长期以来主要依靠铁路运输，2015年4月底逐步启动汽车运输，9~12月达到100%汽运。同时充分利用铁运汽运价格差，相互撬动降低运费。

王宏斌永远不会忘记2015年的那个冬天。由于长钢取消了铁路运输的老模式，铁路部门的有关人员气哼哼地找上了门来，要求长钢恢复铁路运矿。王宏斌看着天空的飞雪，想着长钢的艰难处境，言辞恳切地讲述长钢的困难，坚持要求对方降低铁路运费。直到2016年，与铁路部门经过两次艰难谈判，铁路部门终于答应给长钢优惠，最终铁路运费比基准价降低47.33%，同比降低39.84%，全年降低铁路运费1.4亿元。2016月国家出台治超政策后，汽车运价大幅上涨，铁路总公司从2017年1月1日起，取消全部跨路局铁路优惠政策。若执行基准价，仅矿粉一项长钢年物流费用将升高2.8亿元。经积极攻关，争取到2017年下浮30%的运价优惠政策，累计比基准价降低50.98元/吨，比汽运价格低20元/吨。

四是优化焦煤采购机制。

2016年长钢国内采购以地方民营矿和洗煤厂为主，抗风险能力差。当年国有矿采购量占比24%，地方坑口直采量占比28%，地方洗煤厂及贸易煤占比48%。在煤价大幅上涨的情况下，5~11月连续跑输行业，最高跑输幅度28.85%，全年跑输行业6.96%。

2017年初，长钢公司焦煤采购取消中间商向国有大矿倾斜，通过集团公司平台将山西焦煤集团各煤种的采购纳入集团公司协同采购，增强了资源保障能力，减少了价格波动带来的冲击。全部取消了炼焦煤、喷煤的贸易商，炼焦煤国有矿和坑口直采占比75%。2017年1~7月，国内采购跑赢行业14.50%，其中炼焦煤跑赢18.38%，喷吹煤跑赢2.68%，炼焦煤采购成本排名行业第6名，比上年前进4名。

三、走出“炮楼”卖钢材，跑赢市场

从王宏兵脸上洋溢的笑容、神色上的从容与自信可以看出，他现在的日子好过多了。与他相比，销售中心经理程向前的心情依然轻松不起来。在钢铁市场产能依旧过剩而同质化竞争日趋激烈的情况下，销售中心的工作，一刻也不敢放松，永远紧绷着一根弦，永远在为跑赢市场而辛勤工作的路上。

在2015年初那个极为困难的日子，程向前曾经有过跳楼的心思。没有跳楼，就得一天一天艰难地活下去。

由于更为久远而复杂的原因，长钢有几个部门长期以来被职工们私下议论为最为实惠、最有油水的单位，销售公司就是其中的一个。总公司领导靳伟对长钢销售公司进行过严厉的批评，说长钢销售公司是钻在“炮楼”里边卖钢材。实质上是说长钢的销售手段落后，不与市场接轨，显得十分被动。

长期以来，长钢的销售方式主要以中间商和协议户为主要渠道，长钢的直销直供比例只占很少一部分。由于长钢寅吃卯粮，本月就收了协议户的货款而下月才供货，在钢材价格上给他们的让度很大，且越是大的协议户，价格越是优惠，使得长钢钢材的挂牌价格，失去了意义。因为如果不是协议户的话，直接来长钢买钢材价格就比给协议户的高，最终使得没有人直接来长钢购买钢材而都跑到了协议户哪里。这样下来，长钢的钢材定价权就失去了主动性，也偏离了市场的实际，长钢对协议户的依赖也越来越严重。在长钢失血已经很严重的时候，协议户仍然有丰厚的利润可赚。加之大小协议户的价格优惠不同，还存在着大鱼吃小鱼的情况，小的户头要购买钢材，就不得不把单子转移到大协议户那里。相当长的一段时间里，在销售公司门前，跑单子的人成了一种风景，看上去非常热闹，也让人感觉到其中的诡异与失常。但凡关心长钢前途与命运的人，不能不产生出某种忧患。因为，就连销售公司的一些职工也看到了其中的利益，近水楼台先得月又身在曹营心在汉，倒腾货单，提供信息，半暗半明地从事“第二职业”。

曾经在销售处担任过两年书记的王晓华回忆起在销售处工作的经历，仍然满怀感慨。他在上任前，公司领导就告诉他，党的书记首先要做好保障和监督工作，具体的业务尽量少插手。可是他上任之后发现事情远远不是他想象的那样简单。原先的正处长因事离职，一个管销售的副处长又外出学习，业务工作正处于群龙无首的状态，又赶上钢材销售的淡季，库房的成品积压严重，公司主管销售的领导一天好几个电话催他到太原的销售点推动工作。

王晓华回忆道，贾向刚上任之后到销售处调研，详细地了解了长钢销售工作的情况，发现长钢现行的销售政策有很多的弊端。比如说钢材售价的地区差问题，你把钢材卖到省内省外，郑州和西安公司给的价格就不一样，省内的价格就要比省外的高，可有的经销商利用这个空子，说是卖到陕西的钢材，拉出去没有十公里就把货卖掉了。你虽然有查验货票和运输单据等一些措施，但还是难以禁绝此类事件的发生。贾向刚及时指出要求立即纠正。只要是长钢的钢材，卖到哪里都是一个价。对这个观点有些同志想不通。贾向刚就说：如果你的这个政策有一个好处九个弊端，必须立即纠正。事实证明，这个政策的变化，并没有影响钢材的销售，反而规范了钢材的销售行为。

王晓华还谈到钢材的定价问题，有时候是周定价，有时候是旬定价。销售处没有独家定价的权利，钢材的价格要有公司主管领导召开价格委员会的专题会议确定。钢材先由经销商去卖，一定时期之后，根据市场综合价格和经销商的实际卖价，确定一个与经销商的结算价格。但这样定价的弊端在于，如果经销商卖的价格不好，他就返回来找公司的麻烦，说是长钢的出厂价高了，要求公司进一步让价，这就使得公司的销售工作十分被动。贾向刚调研之后与大家在会议上充分讨论，改变了这种烦琐而又制约销售工作的定价方式。现在长钢的钢材定价是紧紧盯着市场和同行，再结合自身的实际情况，一天一定价，随涨随落，十分机动灵活。

王晓华谈道：还有钢材的合理库存问题。长钢为了保持钢材品种的齐全满足用户的需求，长期以来采用的是一种高库存的政策。最高的时候，库房积压的钢材要到了十几万吨。而积压的钢材就等于是积压着资金，对公司提高资金周转率、盘活资金非常不利。贾向刚发现这个问题之后果断地提出，销售公司要把降库存作为一项非常重要的工作，采取灵活的价格政策和销售策略，尽快把库存降到一个较低的水平上。现在，公司各个品种钢材的库存总额，几年一直控制在五万吨以下的限度。《首钢日报》为此做了专题报道，宣传推介长钢低库存模式的经验。

贾向刚在销售公司调研时，一眼就发现协议户“绑架”是一个严重问题，而苦于长钢资金紧张，不得不暂时忍气吞声。时过不久，贾向刚在公司资金宽裕之际，手里有如握住了一张王牌，立即对协议户出手，取消了对他们较大的价格优惠，也一并改变了长钢长期以来先提货后定价的价格政策。贾向刚在客户座谈会上斩钉截铁地讲：你们开着奔驰宝马来开会，而我们连裤衩也快穿不起了。有人担心协议户会串通起来抵制长钢价格政策的改变，事实上这次改革非常顺利，并没有因此而使得钢材销售受到任何影响。

为了改变主要依赖中间商和协议户销售钢材的被动局面，长钢要求竭尽全力自己开拓市场，加大直销直供力度，争取钢材销售的主动权，全面跑赢市场。

销售公司在2015年以前有职工220人，除了库房管理人员外，属于销售的人员有130多人，而直接从事销售的人员只有20人；现在的销售公司人员减少到41人，而从事销售的人员还是20人。这41个人除了跑市场以外，还要收款，做合同，进行市场调研，配送钢材，结算，处理质量异议，调运汽车火车等。

在人员减少的情况下，钢材的直销直供却大幅度提升。2015年不到9%，2016年达到36%，2017年提升到49%，2018年提升到了61%。

刚开始的时候，一个职工出去跑市场，一个月连200吨的钢材也卖不了。随后逐渐追加任务，300吨，500吨，1200吨，直到现在的每月任务3000吨。

为了开辟扩大一个直供户，有的要跟踪一年以上的时间，不断地与对方接触，提供我们的详细资料，邀请客户来公司考察，想尽各种办法取得客户的信任，最终签约合同，拿下订单。河曲的晋蒙黄河大桥，原来用的是省内一家钢厂的钢材，人家是先把货送到工地，随后才结算。中间由于我们持续洽谈，最终把我们的钢材打进了这个工程，还与这个项目的施工单位四川路桥签订了长期的战略合作协议。

几年来，长钢公司在直销直供中持续发力，把钢材销售到了省内的许多重点工程中。有时候公司领导亲自到项目工地参与开辟市场，起到了很好的示范和推动作用。

2016年3月25日，在省城太原经过长达数小时的钢材竞争性谈判采购，长钢公司从多家竞标单位脱颖而出，以分数最高、价格最高中标太原市政工程20万余吨钢材。从2013年起到2018年，长钢公司连续六年成为太原市政工程的钢材供应商。

2019年2月4日零时起，长临高速公路进入试运营期。长治至临汾高速公路项目是国家高速公路网青岛至兰州高速公路在我省的重要组成部分，同时也是全省高速公路网“三纵十二横十二环”公路主骨架中的第十横。这条高速公路就在自家门口，拿下这个项目的订单，对长钢意义重大。经过公司领导和销售人员的共同努力，凭着长钢钢材过硬的质量和周到的服务，最终成为此工程项目唯一建筑钢材供应商，所有建筑用钢全部为长钢的钢材，共计使用钢材15余万吨，涉及3个品种、14个规格。

长钢的钢材产品以其优良的品质和良好的信誉得到广大消费者认可，销售范围覆盖全国绝大多数省份，并出口到美国、白俄罗斯、玻利维亚等多个国家和地区，是国家重点工程和重大项目的首选产品。早在60多年前，就用于人民大会堂的建设。在几十年间，包括毛主席纪念堂、北京奥运会场馆、三峡工程、上海杨浦大桥、秦山核电站等在内，有难以计数的重点工程和项目选用了长钢的钢材产品。

四、“三个跑赢”结硕果

“五把尺子”和“三个跑赢”是总公司基于“唯一不变的是市场的‘冷酷变化’”的判断，在2015年的“两会”上对钢铁板块提出的评价标准，并连续两次对“五把尺子”的标尺和评价标准进行了规范。

“五把尺子”分别从钢材销售价格、国内采购价格、进口矿采购价格、内部工作增效、产品结构调整评价标准五方面，提出供销两头要“跑赢市场”，内部工序要“跑赢同行”的具体要求，进一步明确了各单位的工作目标。

钢材销售价格以中国钢铁工业协会按月发布的“国内钢材指数价格”为标尺。长钢采用其中的长材价格指数作为标尺。当市场处于下行趋势时，长钢的价格变化幅度低于行业水平为“跑赢市场”，高于行业水平为“跑输市场”；当市场处于上行趋势时，长钢的价格变化幅度高于行业水平为“跑赢市场”，低于行业水平为“跑输市场”。

国内采购价格以中钢协发布的“大中型钢铁企业对标挖潜指标汇总资料”和“行业网站”统计的平均采购价格为标尺。从“大中型钢铁企业对标挖潜指标汇总资料”选取炼焦煤、喷吹煤、动力煤、焦炭、废钢5个品种；从“行业网站”中选取硅铁和硅锰2个品种，共7个品种进行评价。当市场处于下行趋势时，长钢的价格变化幅度高于行业水平为“跑赢市场”，长钢的价格变化幅度低于行业水平为“跑输市场”；当市场处于上行趋势时，长钢的价格变化幅度低于行业水平为“跑赢市场”，长钢的价格变化幅度高于行业水平为“跑输市场”。同时，针对国内采购价格是按品种建立的情况，进行统计计算，实现对采购部门的整体评价。

进口矿采购评价标准以市场通用的普氏62%品位粉矿平均指数为标尺。当期采购价格低于普氏指数为“跑赢市场”，高于普氏指数为“跑输市场”。

内部工作增效评价标准通过内部工作，以体现在财务上的效益比上年效益进步额为标尺，将两年效益差扣除市场变化、新增折旧、财务费为当月内部工作增效的部分。

产品结构调整评价标准以上年水平和当年预算安排为标尺，评价对象包括高端领先产品产量、重点产品产量、产品质量异议受理情况等多项指标。评价法是将完成情况与上年水平和年度计划进行对比，一看进步幅度，二看是否达到目标要求。

长钢公司按照总公司的要求，从自己的生产经营实际出发，对“五把尺子”和“三个跑赢”添加了“长钢元素”，使得更具挑战性和激励性。使之成为一个简明、严密而科学的考核评价体系，减少了过去在考核评价中华而不实的繁文缛节，事先安排、事中监督为事后评价，给了各生产单位和管理部门足够的自由度和随机应变的权力，使得决策更为机动，变化更为灵活，反应更为迅速。

“三个跑赢”，重在跑赢自己；重在自我加压，自我激励。

采购中心主任王宏兵始终在告诫自己，也告诫单位的职工。来到这个单位，你就准备着吃苦，不断地吃苦。吃不下苦，你就早点离开，你不离开，我也要你撵你走，让更能吃苦、更能跑的人进来。

采购中心合金部在一岗多能的新常态下，以安全保供为中心，以跑赢市场为衡量标准，聚焦降本增效，2018年合金部废钢跑赢市场8.81%。

2017年以前，供应合金的贸易商占比较大，在市场波动大的时候，供货力度和质量都会不同程度地受到影响。为了扭转被动局面，找到符合公司使用条件的废钢，采购中心全体职工主动作为，克服困难，创新工作方法，不断寻找新的突破口。为了公司的整体利益，在通过多次对宁夏、内蒙古等地的调研考察后，积极与生产厂家进行接触洽谈并引进了多户直供厂家。供货贸易商知道后，非常不理解，职工们耐心地做解释工作，最终得到了贸易商的认同。终于，在2018年1月份开始陆续引入直供硅铁、锰硅合金的生产厂家，直供比例逐月提高。

2017年后半年，公司为提高钢产量，提出降低铁水比、增加废钢使用量的攻关，废钢月使用量从开始的2万吨增加至3万吨。面对突然增加的采购量，废钢采购员感受到了巨大的压力。然而，他们的心里抱定一个信念：越是关键时候就越要顶得上去、豁得出去，越是在困难的时候，越是要迎难而上，只要敢于担当、敢于创新，就没有过不去的火焰山。

合金部部长成保华对国内所有的废钢生产企业进行了网上了解、实地考察、电话询问，为了调研供户情况，经常出差在外，而且回来还要撰写调研报告。时间一长，家里人对他如此“拼”的工作状态有了不理解，认为他年龄也不小了，应该找个轻松的活儿干。还有些亲戚朋友不理解他“何必非要吃这苦?”每当遇到这些不理解的眼神，他都笑着答道：“累是累点，忙是忙点，但只要能够为公司安全保供、降低采购成本做出些贡献，就觉得非常满足，觉得非常值得。”为了弥补自己的“短板”，他一方面向经验丰富的采购员请教，一方面从网络和书本学习掌握有关专业知识。几年来，他单是物品名称、生产厂家、供货能力、企业资质等就记了好几本。寒来暑往，经过勤学苦钻，他对如何掌控好废钢质量练就了过硬本领。他从供应商的引入、质量的把控、卸车的协调等环节，积极想办法、定对策；他通过电话咨询、网上了解，先后参加大型网站咨询会，从一次次谈判到一次次考察再到一次次引入，经历了碰壁、回绝、理解、供应等过程，最终引入了十余家废钢供应厂家，增强了废钢保供能力，为炼钢增加钢产量提供了强有力的保障。2018年硅铁全年直供比例54.89%，较2017年提高43.81%；硅锰全年直供比例54.50%，较2017年提高27.92%。

采购中心的职工无时无刻不在保持着准备出击的精神状态，每到废钢供应量不足的时候，他们都急在心上，如坐针毡。采购员天天跑现场蹲点观察，一项一项地对比分析废钢指标，跟炼钢厂领导和技术人员共同研究制定方案，最后采取“常规品种通过招标采购稳定供应，与炼钢厂共同落实一单一议优质废钢资源进行锁量锁价采购，两种模式并举、多种料型结合”的保供方案。作为方案的具体执行者，采购中心合金部的每一名职工感到身上担子沉重，在此后将近一年的时间里，几乎天天有职工蹲在现场，随时关注废钢量变化。从 2017 年 8 月份开始与炼钢厂协同，采取招标与一单一议两种采购模式，在满足了炼钢厂装斗率需求的同时，为优化结构降成本提供了强有力的支撑。

跑赢就是成果，跑赢就是效益。

长钢的生铁成本从 2015 年的全国同行业排名第 45 位，到 2018 年一跃而上升为全国第 3 名，一举成名天下知。

2009~2019 长钢公司生铁制造成本在行业排名：

年　份	生铁制造成本/元·吨$^{-1}$	行业排名
2009	2203.58	45
2010	2756.46	51
2011	3173.61	47
2012	2642.84	33
2013	2328.90	49
2014	1984.27	47
2015	1516.12	40
2016	1477.78	39
2017	1896.74	8
2018	1954.39	3
2019 年 1~9 月	2186.97	5（主要受 9 号高炉大修影响）

第七章

“三清晰三到位”和“TPM”：细微之处见真功

长钢在铁成本上取得了集团内部第一、全国同行业第三的优异成绩，有人怀疑长钢的数字不真实。贾向刚在总公司的会议上讲的第一句话就是：我姓贾，但长钢的报表不假。

首钢总公司在长钢召开钢铁板块降本增效的经验交流会，有的代表问长钢的领导，怎么能学到长钢经验。长钢领导直截了当地讲，长钢的经验不好学。为什么？长钢的经验就是动真的，碰硬的，说了就要做，做就要认真，有时限，有目标，有标准，没有豪言壮语，没有远大理想。完不成任务就要考核，就要通报，只考虑长钢的大利益，不顾及个人的小面子。

图难于其易，为大于其细。

天下难事必作于易，天下大事必作于易。

企业的日常经营活动，没有可歌可泣的传奇，没有惊天动地的壮举，而是数也数不清的小事琐事的集成。把每一件小事作精作细，长此以往的积累，就是了不起的一件大事。

“三清晰三到位”的管理经验获得了一个全国性的奖励。长钢人没有满足，没有骄傲，对自己的成绩和处境有更为清醒的认识。从去年开始，又把师傅请进了自己的家门，虚心学习请教，从“0”开始，在长钢铺开了TPM工作。

不用怀疑，长钢经过几年艰苦卓绝的努力，攀登上了一座新的高峰，但还有更高的山峰挡在前面，实现打造“百年长钢”的目标，任重而道远。

莫言下岭便无难，赚得行人空喜欢。

正入万山圈子里，一山放过一山拦。

……

一、批评的通报多了起来

2015年2月16日的早调会早晨7点30分准时召开。会议开始时，人们并没有觉得有什么异常，唯一不同的是主席台上多出了一个人。他与大家身着一样的工装，端庄而严肃地倾听着会议的内容——大概这是他第一次参加早调会，因为按照一般企业的惯例，这个会就是安排日常的工作，由主管生产的副经理主持就可以了，而长钢长期以来也就是这样做的。有些人把开这种不痛不痒的会议，比喻为和尚撞钟，不解决任何问题，可你身在其位，又不得不来。

然而，今天这个早调会，由于他——党委书记董事长贾向刚的第一次出席而显得有些气氛不同。事实上，也就是今天这个看似无比寻常的早调会，果然在沉闷中响起了一声炸雷，成为长钢走向新生之路的一个拐点。

会议上，高雪生副总讲了二轧库区行车安全隐患久拖未处理的问题，说这个事情由于三家推磨，从2014年7月29日发现问题到现在，仍然没有一个明确的处理办法，涉及的三个单位，仍然在互相推诿扯皮。

高雪生说到这里，贾向刚突然插话，他说：这是典型的不负责任、推诿扯皮、遇到问题绕着走，是缺乏担当精神和责任意识的突出表现。隐患从2014年7月29日隐患发现到现在，拖这样久还没解决，凡相关单位中有一个单位、一个领导负点责任、有点担当，就不至于拖到现在。这个问题久拖不决，并不是因为大家认识不到这是问题。相反，大家都知道这是问题，都认为应该解决，但都觉得应该由别人解决而不是自己。不是想办法解决问题，而是相互推来推去，想办法把问题推给别人、推给领导。还把打报告、相互致函、向公司汇报作为推卸责任的手段。这种现象在我们工作中普遍存在，是典型的不担当、不作为的表现。纪委要立即介入调查，拿出处理意见。

会议之后，纪委按照贾向刚的安排立即开展工作，春节期间有关领导和人员还在加班。3月4日的早调会上，纪委、监察处负责人宣读了《关于对轧钢厂行车安全隐患久拖未处理相关责任单位领导处理的通报》，次日，《长钢》刊登了通栏消息，还链接了隐患处理过程的情况介绍，同时配发了“以通报为镜反思问题改进作风”的评论文章。

《通报》对所涉及到的单位进行KPI考核，分别是：轧钢厂、装备处扣除2分；安全处、销售处、设备检修部扣除1分。按照《首钢长治钢铁有限公司职工违规行为处理办法》的相关规定，给予了有关人员扣减绩效工资处理：

轧钢厂厂长扣减1个月绩效工资；

轧钢厂副厂长扣减2个月绩效工资；

装备处处长扣减1个月绩效工资；

装备处支部书记扣减1个月绩效工资；

装备处副处长扣减2个月绩效工资；

安全处处长扣减1个月绩效工资的50%；

销售处仓储科科长扣减1个月绩效工资的50%；

设备检修部负责人扣减1月绩效工资的50%；

要求所涉及的单位要对本单位的其他相关责任人提出考核处理意见，并上报公司。

这次通报之后，有人认为这是贾向刚来到长钢之后烧的三把火之一，时过境迁之后，一切又回归如常；也有人认为，这只是个开始，长钢要从此走上一条与往常不一样的道路。

果然，后来的事实证明，考核加通报的做法，并不是一时兴起偶尔为之，而是长钢经营管理中的一个常规的方法和手段。

生产经营单位每月有明确的指标、任务，完成与完不成数字在那里摆着，完不成任务的单位和领导只好在那里撅起屁股等着挨板子。

对于没有硬指标的单位，工作是不是就可以随便一点了呢？贾向刚的回答是：不可以。

2018年9月28日，TPM管理月度例会上，贾向刚作总结讲话。令人意想不到的是，他从座位上站了起来，对着台下的人员深深地鞠了一躬。他说，由于他的疏忽，本应该在15日前发放的工资，直到过了中秋节才发。当场表态，一定要对工资延后发放的事情严查，对相关责任人按规定处理，并希望与会人员将他的歉意转告全体职工。事后查明，这个月的工资延迟发放是有关部门的工作人员核对“五险一金”和审批个人所得税而耽误了时间。

贾向刚说：工资是职工最关切的事情，在不请示不汇报的情况下就拖延发放工资，无论什么理由都不可以原谅，必须严格考核。

由于多种原因，长钢已经连续三四年没有招收新毕业的大学生进厂了。2018年公司决定招收40名大学生，由人力资源处负责。到了2019年，当贾向刚询问招收情况时，人力资源处领导说，没有招够，差十几个。贾向刚当即就对该负责人进行了严格的批评，并要求按公司规定予以通报和考核。

贾向刚说：如果你是采购中心，你就可以少采购五万十万吨矿粉而不了了之吗？只要是公司安排的工作，就都是硬指标，怎么可以说不完成就不完成了呢！

2015年的职代会文件中写着完不成目标要严格考核的字样，但这一年并没有严格按文件的规定考核。在2016年职代会工作报告里，同样的话语又写在了文件里。贾向刚说，这样的话要么不写，要么写了就执行。参加讨论会的其他领导说，要写。贾向刚说，写了就执行，不能只说不做。

会议之后的第一个月，严格的考核就开始兑现。长期以来，人们习惯地认为长钢的制度是“墙上画虎不吃人”，而今天这只“老虎”却一反往常地显露出了凛凛威风。

1月份，有7家单位未完成任务，公司党委和行政发文件进行了问责通报。2月份，有3家单位未完成任务，公司党政照旧发文件予以通报。扣发绩效工资加行政警告。3月份，有一家单位连续3个月没有完成任务，按照规定对主要负责人予以降职处理，没有讲任何的客观原因。

2019年5月18日《长钢》报一版有一则通报、一则消息。

通报的题目是“中层领导班子及领导人员2018年度考核和基层党建工作评议情况情况通报”。消息是“公司领导约谈两单位领导班子成员”。

主持约谈的是长钢公司党委书记、董事长贾向刚，总经理李怀林。被约谈的是运输部负责人和锻压公司负责人。运输部负责人哽咽地说：没有把公司交办的任务完成好，拖了公司的后腿，我有责任，很惭愧。锻压公司负责人说：这次被约谈，我感到如坐针毡，压力巨大啊。

迄今为止，长钢的考核加通报加约谈早已常态化。开始，还有些中层领导去求情，说是把工资奖金扣了就算了，不要再通报了，那样面子上过不去。现在他们已经习惯了，只要完不成目标任务，就在那里等着处罚，没有任何怨言，只是想更多的办法，把今后的工作做好，不要再被通报。

一次，首钢一位客人跟贾向刚交谈，他说长钢做的这一套就是当年周冠五在首钢的做法呀。贾向刚直言不讳地说：是啊，这个做法一百年都不会落后。经验只要被公开就不是秘密，重要的是严苛而坚持不懈的执行。

周冠五是首钢的老领导，他率领首钢成为我国第一批改革试点企业，积极探索国有企业改革的新路子、新方法。他创造的首钢承包制对国有企业改革提供了重要的示范。1979 年，周冠五提出一种铁腕管理法——“三个百分百”：每个职工都必须百分之百地执行规章制度；出现违规违制，都要百分之百地登记上报；不管是否造成损失，对违规者要百分之百地扣除当月全部奖金。从此，首钢的生产秩序迅速恢复，后三年的净利润年均增长 45%。直到如今，老首钢人每当提到他，都会流露出十分敬重的神情。

二、“三清晰三到位”赢得国家级奖励

2017 年 12 月 9 日，由中国企业管理研究会、中国财政科学研究院和《国企管理》杂志共同主办的“2017 国企管理年会暨国企管理 · 财务管理创新峰会”在北京举行。会议以“新时代、新气象、新作为”为主题，旨在践行国企改革发展新使命，把握当前新形势，担起历史新使命，汇聚国企正能量。

此次会议上，长钢公司的“三清晰三到位岗位责任体系构建与实施”获“全国国企管理创新成果”一等奖。该创新成果奖涵盖了国务院国资委所有领

域，是对央企、国企在改革发展中管理创新工作的表彰，具有很高的权威性和影响力。

“三清晰三到位”岗位责任体系建设，是长钢公司把落脚点放在最基础的岗位管理变革上，力求最全面最有效最彻底地解决基础管理薄弱、岗位人员能力素质不够等问题。

2016年9月，长钢公司选取炼钢厂、生产技术处、党群工作部3个单位先行先试，2017年全面推开“三清晰三到位”岗位责任体系建设工程。

“三清晰”是指“任务、时限、标准”清晰；“三到位”是指“协同、流程、评价”到位。具体衡量标准是：任务无遗漏、时限有保障、标准可衡量；协同不扯皮、流程最简洁、评价明奖惩。

“三清晰三到位”岗位责任体系建设主要分三步。一是梳理制度。按国家级，省市、总公司级（框架性），公司级（程序性），单位级、岗位级（操作性）几层面进行梳理，做到承接无遗漏，条条有落实。对梳理出的制度，逐一排查，根据实际情况废、修，并、建。二是梳理流程。按照完成岗位任务最简洁、成本最低的环节、步骤和程序，对现有流程按规范化构造“端对端”的原则进行梳理。三是构建单位及岗位“三清晰三到位”责任体系。各单位、各岗位结合职能定位和职责划分，结合公司重点任务指标、单位重点工作及职能部门各项考核指标，纵向将任务从上到下层层分解落实到业务科室、作业区班组、岗位，横向在单位与单位之间、业务单元和业务单元之间、岗位和岗位之间厘清职责界限，明晰任务权属，保证任务清晰；对每个岗位涉及的每项任务都清晰完成时限，保证时限清晰；以尽可能量化为原则，要求各单位、各岗位对每一项工作任务、完成时限，衡量标准尽可能用数字量化，保证标准清晰；有关联业务的单位、岗位，在全局、整体目标导向下，瞄准市场，聚焦现场，对单位、岗位的职责权限进行重新梳理和界定，确保协同到位；在明确单位大流程的前提下，细化岗位小流程，以大流程指导小流程，以小流程支撑大流程，实现工作闭环，确保流程到位；对岗位工作好坏、单位工作好坏，制定考核方与被考核方都明晰、认同、可衡量的刚性约束指标，确保评价到位。

“三清晰三到位”是一个打基础的持久性工程，在工作全面实施中，长钢公司探索出了“建、查、学、做、进”五步闭环管理法。“建”，按要求建立完善覆盖所有单位、所有岗位的岗位责任说明书；“查”，检查岗位责任说明书实施情况；“学”，学习掌握岗位责任说明书，形成自学、自查、自考制度；“做”，做好岗位责任说明书的执行落实；“进”，及时总结经验，持续改进提升。

“三清晰三到位”岗位责任体系构建与实施，保证了各项任务、指标在单位、岗位的承接和落地，助推了优化提效工作的平稳过渡，避免了人事调整对工作交接带来的影响，大大激发了企业内生动力，有力助推了企业整体实力的提升。

贾向刚反对说得多做得少，力行多做少说、先做后说、只做不说。长钢实行“三清新三到位”岗位责任体系建设已经取得了一定的成效之后，总公司党委书记、董事长靳伟才从其他渠道知道了这件事情。在北京开会期间，他问贾向刚，我怎么就不知道你们长钢搞的这件事？贾向刚笑了笑说，一个基础管理，没有什么好张扬的。随后，靳伟关于长钢开展的“三清晰三到位”做了专门批示：“系统优化部、党办、宣传部跟踪好，长钢要做实，做出成效。”介绍长钢公司“三清晰三到位”经验的材料“夯基垒台打牢基础，立柱架梁助力发展”被收入首钢集团2017年“三创”会交流材料中。

贾向刚来到长钢之后，总是提前谋划来年的工作，一切从长钢的工作实际出发。比如说召开职代会，别的许多单位都要等到总公司召开了职代会之后，看看总公司的调子、安排、指标和要求，然后才筹备召开自己单位的。而长钢这几年的职代会一般开在12月28号。新年到来日历翻过，一切的工作就要按照职代会的安排，从头再来。

长钢每年七八月份开始，就要召开两三场务虚会。会议没有什么明确的主题，按贾向刚的说法，就是聊天。聊天的过程，是思想碰撞的过程，是思路和眼界开阔的过程，是对本单位本部门工作反思的过程，也是未来的工作思路越来越清晰的过程。几次务虚会之后，再次开会研究，就要拿数据说话，把来年的工作目标和指标一一罗列出来，逐项敲定。

2016年的务虚会，是在长钢公司连续两年推进优化提效后召开的。2015~2016的两年来，钢铁主业人员减幅49.94%、两级机关减幅高达69.41%，企业效率效益均有了大幅提高。但优化提效后，各单位不同程度出现了多岗合并、一岗多职等状况。虽然两年来采取了一些强化管理的措施，但基础管理薄弱的状况并没有得到明显的转变。因此，优化提效后极有可能加重原有的职责不清晰、任务不明确、工作相互扯皮等问题，也极易造成岗位人员能力素质不够的问题。这些都对优化提效后各项工作的平稳过渡带来不利影响。

如何巩固优化提效的成果，公司管理层每个成员都在思考。服务团成员也在思考。借鉴首钢在改革开放初期为完成国家下达的任务而推行的“包(指标体系和技术服务工作)、保（协作关系)、核（严格考核）”办法，首钢派驻长钢的几位同志商议，应该在长钢建立一套切合优化提效现状的管理制度。这个任务，落到了分管制度工作的总会计师张振新的头上。

张振新学财务出身，多年在首钢管财务。后来分管成本，管控的也非常好。2009年10月30日，被首钢长钢公司董事会聘任为长钢总会计师。分管业务，由财务、成本、扩展到制度建设、人力资源管理、薪酬考核等。

经历过周冠五时代的管理，对比过长钢2010~2016年的变化，经过深思熟虑，在2016年的务虚会上，张振新发表了个人的一番见解。

他说2015年以来，长钢取得了巨大进步，但下一步怎么走？怎么更好地发挥职工的积极性？如何加强岗位职责管理？我认为要建立一个长钢纲，实实在在制定一个工作纲领。

张振新讲，我是2009年11月15日来长钢的，已经干了将近7个年头，如何更好地把首钢安排的工作任务、不用催就能自觉主动地落实下去？从现状来看，我们所做的几项大的工作，之所以能完成，都是公司层面自上而下催、压出来的。而个人的积极性发挥得不够。那么，在今后的工作中，怎样发挥每个人的积极性，需要集思广益、尽快推开工作。我们应将所有的岗位职责捋一遍，看一看影响工作的问题的根源到底在哪儿？我的初步分析意见，问题形成的根本原因是：责任不清，标准不明，协作不力，时限没保证。今后，我们必须加强“责任、标准、协作、时限、分析、考核、管理”方面的统筹考虑。

随后，会上，张振新进一步阐述、提出了他心中的强化长钢基础管理“六管理”：

1. 责任。解决工作谁干的问题，责任主体问题；任务是什么（今天、本周、本月、年度），解决责任不清，工作不落实或落实不够问题。

2. 标准。解决工作质量问题。现在的工作达没达到标准不清楚。每个岗位都有明确的标准，职责不一样，标准不一样。

3. 时限。解决工作效率问题，让每个职工知道每个时间段应该完成什么工作。现在有些事情不具体、没保障、推着走。

4. 协作。解决团队合作的问题。工作配合不能靠觉悟、靠约定，协作是双向的，别人为我，我为别人，每个单位、处室、厂矿，上下道工序、岗位，都要形成协作，进行一体化联动考核。

5. 分析。解决工作进步问题。亮点、不足，公司层面分析比较好，往下，一级一级怎么做，厂矿—车间—班组—职工，都管好自己的事。

6. 考核。解决积极性问题。坚持正向激励，奖励结合。公司层面比较公正、民主，一级一级落实到人，自我有个考核，对他人有个考核。

张振新说，对于以上提出的工作思路，责任、分析、考核，做得细一些，标准、时限、协作差一些。今年四季度试行，可先选择一个厂矿、一个处室进行试点，明年再推开。

听了张振新的一番话，对于他的这个思路，贾向刚高度认同。贾向刚要求充分调研，摸清现状，提出更科学、更严谨的方案。会后，长钢公司主要职能部门人员、基层管理技术骨干，对这个方案进行了多次讨论。在大量调研思考、研讨论证基础上，学习借鉴国内先进企业岗位职责管理办法，建议在全公司推进以“任务、时限、标准”清晰，“协同、流程、评价”到位的岗位责任体系，简称“三清晰三到位”岗位责任体系。

首先在炼钢厂、生产技术处和党群工作部三个单位开展试点，利用三个月时间，按照学习动员、制度及业务流程梳理优化、岗位职责及操作规程清理、构建岗位责任体系及编制岗位说明书、循环改进等方法步骤进行。试点取得经验之后，召开了经验交流会，随后把工作全面铺开。提出用3到5年时间在全公司范围内推进，下发了《首钢长钢公司“三清晰三到位”岗位责任体系建设实施方案》。截至2018年12月底，共编制《单位职责说明书》32份，《作业区职责说明书》118份，《岗位责任说明书》1781份。

两年多的实践证明，“三清晰三到位”是一套适用的基础管理体系。以炼钢厂为例：

2018年，降铁耗作为炼钢厂降成本的重要议题提上议事日程。目标为：2018年全年平均铁耗降至870千克/吨，废钢消耗控制在200千克/吨以上。

艰巨的任务面前，“三清晰三到位”再一次发挥了作用。

结合“三清晰三到位”岗位责任体系建设要求，炼钢厂按照职责分工，将降铁耗任务指标层层分解到各相关单位、岗位，合理设置绩效考核权重，成立了攻关小组，明确了任务目标，细化了责任分工。如原料料场管理岗位中的一项重要职责表述为“负责废钢、生铁的出入库管理工作”；转炉作业区炉长岗位《岗位责任说明书》的其中一项任务表述为“根据铁水成分和温度情况控制降低本班铁水消耗，同时增加废钢入炉量”等，真正地做到了人人头上有指标。

在时限保障方面，炼钢厂提出了新的要求，对阶段性目标任务的完成进行了时间段划定，明确降铁耗目标任务的完成时间。与此同时，各车间、班组、岗位也相应列出“月、当班、炉”的时限要求，以确保各自任务的完成。

为确保降铁耗工作的有力有序推进，炼钢厂制定了2018年《降铁耗攻关方案》，对降铁耗的阶段性要求作了进一步明确，第一阶段铁耗降至880千克/吨以下，废钢消耗控制在190千克/吨以上；第二阶段铁耗降至860千克/吨以下，废钢消耗控制在210千克/吨以上；全年平均铁耗降至870千克/吨以下，废钢消耗控制在200千克/吨以上。

降铁耗必须要凝聚团队的力量，形成攻坚合力，因此协同作用的发挥显得尤为重要。炼钢厂在降铁耗相关责任岗位的岗位责任说明书中对协同人员、协同事项进行了统筹考虑，如转炉作业区炉长岗位《岗位责任说明书》中针对降铁耗任务的协同表述为“混铁炉操纵、废钢配料及一助手岗位”。

作为“三清晰三到位”岗位责任体系建设的一个关键要素，流程的优化对于降铁耗来说更具经济价值。流程的简洁程度成为决定管理成本和作业效率的一个大项。本着流程最简洁、向管理要效益的原则，炼钢厂在“两个说明书”中关于降铁耗任务的流程中做了多次修改。

炼钢厂本着客观、公平、公正、公开的原则，一切尊重客观事实，实事求是，制定了降铁耗相关考核办法，定期对责任单位和相关岗位人员降铁耗等任务的完成情况进行考核。如行车作业区行车岗位（11 号、12 号行车）《岗位责任说明书》中评价为：（1）废钢搭配不合理，造成加入困难考核 0.5~2 分/每次；（2）废钢装斗不符合要求，考核 1 分/斗；（3）影响时间按生产组织考核 5 元/分钟。（4）违章违制每次扣 2 分、违反“四条禁令”一人次扣 5 分。（5）造成事故执行通报。从而使评价成为检验职工付出和成果的客观标尺。

2018 年全年炼钢厂铁耗 869.92 千克/吨，同比降低 63.42 千克/吨。

还有采购中心。

贾向刚在首钢长钢公司第二十届职工代表大会第四次会议上提出，“探索实施国内高品矿、低品外矿采购，动态优化现货和期货采购关系，优化物流方式和港口布局，适时引入性价比高的国内矿资源，矿粉采购跑赢普指 5 美元/吨。”

采购中心主动承接“外矿跑赢普指 5 美元”工作任务。硬性的数字后，更是一个确定的目标。

依据“三清晰三到位”岗位责任体系，把任务逐一打开，从任务梳理、时限调整、标准修订三方面入手，一条龙式分解、修改、审定。

从单位到岗位职工，从上至下，逐个逐层，层层梳理，分解任务，将涉及相关负责人、国内矿采购、外矿期货采购、外矿现货采购、物流发运、质检等 10 个岗位的《岗位责任说明书》增加“跑赢普指 5 美元”这一职责任务。

根据每个岗位负责的职责，针对采购业务的月度采购计划，对办理货物海运险、进口许可证、报检、报关、缴税、ERP 系统中录入相关信息等不同业务，规定了不同的完成时限，确保期货的通关、报税，现货的市场信息收集、采购、发运等环节均按时限完成。

为降低运输过程的风险，适时增加了三项新的标准。一是将运输过程控制纳入质量工作重点。二是新增对运输车辆的规范、检查力度的标准。三是针对发运量制定新标准，降低物流费用。

两个说明书中标明了协同事项、协同时间和协同人员，并细分到对内协同到哪些人、哪些单位、哪些岗位，对外协同到哪个单位、哪些部门。

将原先的矿石采购由生产技术处、计财处、采购中心、炼铁厂四单位共同讨论，形成统一意见后报公司批准执行，一般一单一个采购报告，各单位签署会知意见就需要3~5天的流程才能完成，经过优化修改为由采购中心、炼铁厂两单位共同面对市场，快速测算议定。仅决策时间就由原先的几天缩短为几个小时。

针对外矿跑赢普指5美元，这一职责任务设置了具体的奖扣分值和考核权重，2018年1~12月份，矿石部绩效考核得分月均111.23分，较基础考核分108.08分高3.15分。矿石部绩效工资收入与系数1.0的部室相比，矿石部长月均高约2693元，矿石部职工高约2602元。

采购中心将协同作业、流程设计、评价奖惩落实到位，形成了协同到位，流程到位、评价到位的合力机制。在这种合力机制下，通过不懈努力，最终完成了工作目标。2018年，外矿采购跑赢普指9.27美元，比计划跑赢普指5美元好4.27美元。

5美元的攻关，只是长钢很多具体工作中实践应用“三清晰三到位”的一个普通例子，从此可以窥见对长钢公司整体工作的全面提升和推动作用之一斑。

三、用好考核的激励机制

绩效考核是企业管理的重要手段，对组织既定目标的实现，起着重要的督促、激励和推动作用。要发挥好它的作用，一是标准的制定，要紧密结合实际且科学合理，让被考核单位和责任人时常处于大步快走或跳起来摘果子的状态。二是要严格考核，不能犯或松或紧冷热病，而且要根据形势的变化及时修订目标值和考核标准，不可以刻舟求剑。

2015 年，长钢开始探索如何用好用活考核激励这把尺子，并在实际工作中不断地研究、改进、完善，最终在企业求生存谋发展的道路上，发挥了十分重要的作用。这是长钢改革发展进程中的一个闪光点。闪光点的背后，凝聚着公司领导班子的智慧，凝聚着广大干部职工的汗水。

挂钩考核。挂钩考核作为长钢考核工作的核心手段，走了一段不同寻常的路。2015 年，长钢公司绩效考核办法是根据每年年度预算情况，设定具体考核办法，其中包括成本指标、采购价格指标、经济技术指标等。由于机制的不健全，导致了“各自为战”的生产局面。当一些指标完不成时，单位间就出现了互相扯皮的状况，上下工序协调衔接工作做起来非常困难。在这样的背景下，挂钩考核应运而生。

挂钩考核系统划分为五部分：挂钩公司利润考核、职能处室挂钩铁钢轧成本考核、铁前一体化挂钩考核、煤焦一体化挂钩考核、钢后挂钩考核。

挂钩公司利润考核。指长钢公司各二级单位全部挂钩公司当期利润进行考核的办法。其主要目的是为了将市场压力有效传导至每个单位每名职工，增强全体干部职工的责任意识、强化领导干部的管理能力，使效益效率同步提高。

挂钩铁钢轧成本考核。指对职能处室实行挂钩铁钢轧成本考核。其主要目的是提升职能部门和辅助单位的指导经营生产和服务经营生产意识，使职能部门主动为基层单位解决经营生产中存在的问题，加强业务指导，提供生产、技术及设备服务。

挂钩铁成本考核。指以铁成本为核心，对铁前单位实行一体化考核。其主要目的是发挥铁前系统的整体合力，实现系统效益最大化，降低生铁成本，彻底扭转铁前单位各自为战的局面。

煤焦一体化挂钩考核。指以焦炭成本为考核核心，对焦化厂增加挂钩炼焦煤考核指标，对采购中心增加挂钩冶金焦成本考核指标。其主要目的是实现采购与焦化同步，将煤的成本优势转化为焦炭成本优势，实现焦炭成本降低。

钢后挂钩考核。指以轧钢成本、钢材价格为考核核心，对钢后销售中心和轧钢厂实行挂钩考核。其主要目的是销售中心挂钩钢材加工成本考核，引导销售在实现钢材综合售价跑赢行业的同时，更加关注对轧钢成本的影响，最终实现以效定销、以销定产；轧钢厂挂钩钢材综合售价跑赢行业考核，以期引导轧钢厂通过调整品种结构，多生产价格高、利润大的品种规格，实现公司整体利益最大化。

这是一套全系统、全方位，展现长钢公司管理智慧的考核模式。其精髓在于，将各单位任务目标捆绑在一起，形成了“互相商量、互相协调、互相监督、互相促进、目标一致”的“一盘棋”经营生产格局。

2015 年开始，长钢逐渐强化对中层领导干部的管理与考核。其中，星级评价考核就是针对中层领导干部管理而出台的考核办法。

长钢于 2016 年 3 月制定出台了《首钢长治钢铁有限公司中层领导人员管理评价办法》，其考核对象为各单位班子所有成员，依据考核结果，班子成员整体升星或降星。

2016 年 4 月 27 日，在长钢公司办公楼一楼大厅，职工们看到了绩效评价考核结果的第一块展板，内容是钢铁主流程单位的星级评价考核公示。该考核以 10 星为绩效星基点。其考核内容为 11 家钢铁主流程单位的成本、利润等关键指标，并以骏马与蜗牛作为图案标识。骏马则表示当月较好地完成了成本、利润等指标，蜗牛则表示未完成。该考核办法开始制定时只针对钢铁主流程部分单位进行，2017 年延伸至对所有单位。

星级评价考核直接将中层干部的担当与作为明白晓畅地展示在了众目睽睽之下，成为一把手的“脸面”、班子成员的“脸面”。职工们经常看到，在公司的大小会议上，不少中层领导被公司领导“当面锣对面鼓”的点名、批评、质问。一些单位因为完成不了任务，被处罚工资，被党委问责、约谈。

据统计，2016 年，考核中层领导干部 66 人次，其中锻压公司因连续 3 个月未完成月度经营计划，领导班子全体让位；2017 年，对未完成月度经营计划的 7 个单位 14 人次的党政一把手进行了考核。2018 年 3 月，销售、采购因未完成月度经营计划，公司党委对其进行了问责与考核。

2016 年以来，在对中层领导干部进行年度考核后，公司党委每次对考核排名前十位的，在公司范围内进行通报表扬；对考核排名后五位的，对其进行约谈提醒。2015 年以来，共考核问责中层干部 300 多人次。

长钢公司一方面严格考核，一方面在激励机制上不断改革，最大限度激活人的潜能。绩效工资与单项奖是长钢公司的主要激励手段。长钢连续搞优化提效工作，职工人数减半，任务重，人员少成为最现实的问题。为最大程度调动职工积极性，长钢公司从实际出发，按照“减人不减资、增人不增资”的原则，将每一年按实际人数来核定绩效工资的旧思路，调整为按核减停产产线后的新编制核定绩效总额，对各单位绩效工资考核基数实行包干制。

除此之外，单项奖是长钢对职工进行奖励的另一个重要途径。单项奖主要用来解决企业经营生产中的重点、难点和瓶颈问题，避免经济损失，及时完成临时性、突发性重点工作，对做出突出贡献的单位和个人进行表彰而设立的奖励。围绕经营生产实际情况，制定了单项奖立项规定制度。要求单项奖的设立要坚持先立项、后奖励和效益挂钩的原则，没有效益的项目不兑现奖励。

四、三个英文字母的长钢内涵

英文字母如果印在衣服上，就叫文化衫。这个名字是谁起的，恐怕已经难以追根溯源。至于是不是穿上这种衣服就有了文化，还真难以下这样的结论。有些衣服上印着的洋文字，低俗、下流，甚至有的污浊不堪。而穿着这样的衣服招摇过市者，并不鲜见——从反面印证了没有文化的不幸与可怜。

下面这四句话是关于“什么是文化”的一种解读，这几年流行度很高，据说是作家梁晓声的首创：

植根于内心的修养；

无须提醒的自觉；

以约束为前提的自由；

为别人着想的善良。

长钢公司作为一个企业，从2018年初开始，也穿上了一种印有3个英文字母的文化衫，这3个字母叫TPM。

长钢公司作为一个人格化的组织，穿上这样一件衣服，并不是在盲目跟风，而可以说是一种“根植于内心的修养”“无须提醒的自觉”和“以约束为前提的自由。”

TPM，Total Productive Management的缩写，即“全员生产维修”，20世纪70年代起源于日本，是一种全员参与的生产维修方式，其主要点就在“生产维修”及“全员参与”上。通过建立一个全系统员工参与的生产维修活动，使设备性能达到最优。

自从TPM在日本和世界各国企业中推行以来，给企业创造了可观的经济效益，同时也增加了企业的无形资产。

日本的西尾泵厂在实施TPM之前，每月故障停机700多次。在TPM推行之后的1982年，已经做到无故障停机，产品质量也提高到100万件产品仅有11件次品，西尾泵厂被誉为“客厅工厂”。

日本尼桑汽车公司从1990年到1993年推行TPM的几年里，劳动生产率提高50%，设备综合效率从TPM前的64.7%提高到82.4%，设备故障率从1990年的4740次减少到1993年的1082次，一共减少了70%。

加拿大的WTG汽车公司1988年推行TPM，三年时间，其金属加工线每月故障停机从10小时降到2.5小时，每月计划停机（准备）时间从54小时降到9小时，人员从12人减少到6人。

意大利的一家公司推进TPM三年，生产率增长33.9%，机器故障减少95.8%，局部停机减少78%，润滑油用量减少39%，维修费用减少17.4%，工作环境大大改善，空气粉尘减少90%。

国内一些著名企业，如上海宝山钢铁集团、广东科龙电器集团、上海光明乳业、天津新伟祥工业制品有限公司、辽宁鞍钢集团、青岛海尔集团、山东将军（烟草）集团也引进了TPM管理模式，取得明显成效。

在首钢总公司内部，首秦公司、通钢公司都成功引入了TPM管理。

2017年11月22日，长钢公司在紫藤楼百合厅召开首秦公司TPM经验交流会。首秦公司组织人事部部长助理赵丹对TPM作了介绍和指导。首秦公司是总公司较早引入TPM管理的一家，TPM从“空中”降到“地面”，活性化地在该公司得到了巧妙应用。推行TPM管理，可做到事先预防并消除隐患和故障，以最少的投入获得最佳的经济效果，保证成本最低、设备故障最少、生产安全连续稳定运行，实现生产效益的最大化，最终达到灾害“0”化、故障“0”化、不良“0”化、浪费“0”化的目标。

长钢公司把“老师”请进家门，就是在清醒地认识到自身的地位和急需改进的“瓶颈”后，下出的第一步棋。

贾向刚直言不讳地在动员会上说：对于长钢而言，TPM确实是个新事物。要发展要前进就要勇于接受新鲜事物，敢于打破惯性思维，以积极的心态，认真学习掌握TPM管理的思想精髓，解决实际工作中的难题。一要统一思想，凝聚共识，正确认识长钢公司推行TPM管理的重要意义。二要转变观念，广泛发动，营造全员开展TPM活动的浓厚氛围。三要系统推进，创新实践，实现TPM管理工作的良性运行。四要全员参与，高效协同，全面提升公司设备管理水平。

党委书记崔永康在会上做了强调：要求两个试点单位要不负公司的重托，勇挑重担，主动作为，切实将试点做成示范和样板，真正起到抛砖引玉、以点带面的作用。

随后，推行TPM工作在长钢全公司全面铺开。

海纳管理咨询团导师对单位当期TPM管理推进工作进行总结。为了加大TPM管理推进工作的组织力度，长钢成立了三级组织机构，分别是公司TPM管理推进领导小组、各生产单位TPM管理推进领导小组和作业区TPM管理推进小组。3个层级的小组各司其职，各单位明确职责，落实措施，严格考核。

TPM推进工作安排了3年。

第一年（2018年3月至2019年2月），为推行TPM的“0”阶段，主要工作是开展现场“6S”管理提升活动，引入定置化、可视化管理，操作、点巡检标准化，润滑标准化，看板管理提升，开展“亮点”项目。

第二年（2019年3月至2020年2月），前期为推行TPM的“1”阶段，后期进入TPM“2”阶段，主要工作是设备初期清扫（微劣化治理），现状把握和故障分析（故障统计和分析改善），劣化复原和弱点改善（设计弱点分析），引入“焦点课题”项目。

第三年（2020年3月至2021年2月），完成TPM“2”阶段的剩余任务，重点做好TPM“3”阶段的工作。

与此同时，长钢公司将TPM管理工作作为党政一把手工程，定期召开TPM管理月度例会，长钢公司主要领导现场指导，并部署下期工作重点；对推进好的单位颁发“金牛”奖牌，对推进不力的单位发“蜗牛”奖牌，通过总结进行改进。

长钢轧钢厂党委书记马河平时刻监督各评价单元推进情况。他说，只有自己身先士卒，才会带动更多的职工参与到TPM管理中，推动基础管理工作逐步提升。

领导干部的率先垂范给各单位TPM管理工作的深入开展注入了源源不断的动力，广大职工积极参与的热情空前高涨。

为了能真正从源头上转变思想认识，提升工作质量，每月辅导老师还组织各单位专（兼）职推进员及部分作业区作业长进行TPM管理知识培训，就本阶段推进过程中各单位遇到的共性问题、改善措施及下步工作进行针对性讲解。

“我的岗位我负责，我的工作请放心。”进入长钢公司炼钢厂6号连铸机拉钢平台，一块标识牌格外显眼，这里就是炼钢厂TPM“亮点之旅”的一个缩影。

炼钢厂连铸作业区原来的现场管理基础薄弱、库房货物堆放混乱，二冷、三冷区域电缆、油管纵横交错。自从推行TPM以来，职工们一起动手，全力改善现场。如今，南、北翻包区域发生了天翻地覆的变化，更重要的是职工的自主改善意识明显增强，人人争着进行改善、发掘亮点，尤其是浇钢平台的亮点，构思巧妙，制作精细，变废为宝且实用性强。

“8 点班交接班时间停车两小时换工艺，各区域要做好在线设备的检修，确保检修质量”，轧钢厂棒线作业区精整组负责人话音刚落，维修工就全部待命现场。9 点开始检修。职工们打开防护门进入冷剪的后方，飞轮周围的防护网上全是油，眼前的场景让大家无从下手，用小铲子一点一点刮，费时费力，怎么办？必须快速解决。

“能不能把油收集起来，做个收集槽将它圈起来，将其收集到容器内。”有了想法，大家立刻动手实施。他们在飞轮的外围加装了一个宽大的正方形槽，在左右两边底部放置收集容器。经过运行，维修工进入飞轮区时发现，防护网上的油污减少了，集油槽效果明显。

炼钢厂连铸液压站设备曾一度被油污“覆盖”。为了从根本上改变这一状况，给职工创造更好的设备维护条件，提高设备运转率，区域职工将此作为改善、创新的一个主攻点，下功夫去治理。在大家的努力下，清理油污效果显著，设备恢复了本色，作业环境发生了根本改变。职工们从不情愿完成作业到主动工作，并就问题各抒已见、献计献策，大家的获得感、成就感、自豪感进一步增强，人人都有创新责任、都有创新动力、都是创新主体的氛围日渐浓厚，创新创造的活力和动力竞相迸发。

质量监督站原燃料检验作业区党支部，将自身发展建设置身于 TPM 管理的具体工作之中，以打造一流环境，建设“卫士先锋”为目标，认真学习先进 TPM 工作经验，科学规划、合理布局，大力实施作业区环境治理工作。他们为全体检验员开展 TPM 专项培训。首先从基层党员和班组长开始，主要围绕 TPM 概念、核心内涵、实施意义等展开。第二轮主要针对各采制样的检验人员，重点为 TPM 实施的步骤、方案、组织制度保障等，实现全员培训全覆盖。各小组分别通过动员会、开展形式多样的宣传活动，开辟 TPM 展版专栏，并以微信为载体把具体工作布置给每一个检验员，有效激发岗位职工提高工作技能、改善操作环境的积极性和创造性。该作业区的煤焦制样室是煤尘飞扬最难清理的一个区域。每制作完成一个样，空气中、操作台、地面、甚至墙面上都会铺满一层厚厚的煤灰，检验员必须佩带防尘口罩才能工作，煤尘往往是刚刚被清扫干净，很快就又被堆积；日积月累，5 米高的墙面早已是黑乎乎的，连天花板上都积有煤尘。推行TPM之后，将煤焦制样室作为TPM的一个评价单元，为保证在正常检验情况下完成TPM工作，利用双休日，进行了大量的死角死面的清理工作。为了降成本，该作业区没有等、要、靠，而是自己买上喷漆，借上喷枪，搬上梯子，动手将墙面油漆一新，全部涂成天蓝色，乃至所有设备的护角也变成了天蓝色，最后还淘汰了混凝土地面，铺设了水磨石地板，实现上到天、下到地、左到边、右到底的全范围覆盖。仅仅几周后，这里就发生了翻天覆地的变化。分工明确、秩序井然，各类物品、工具柜、货架、工作台等定置标识、定点存放，在天蓝色的墙壁映衬下，构成一幅有光影、有构图、有色彩的“作品”。焕然一新的制样现场、穿着蓝色工服的检验员、紧张有序的劳动，一幅幅熠熠生辉的画面，让现场环境变得鲜活而灵动。

TPM管理带来的不仅是生产现场整洁卫生，工作环境明显改善，职工小改小革动力充分挖掘和良好行为习惯逐步养成，关键是职工的思想观念得到了明显转变。以前很多不敢想，不敢干的事情，现在变成了大家主动去想、主动去干，干则干出成效。

截至2019年5月中旬，首钢长钢公司通过推行全员生产维修TPM管理体系，已累计发现并整改问题点47500余项；同时基层一线职工集思广益，积极主动发掘“亮点”项目3985项，累计盘活闲置物资价值约1625万元。

2019年4月3日，长钢公司召开TPM“0”阶段总结暨“1”阶段动员大会，贾向刚讲话，要求大家更加增添信心，超越自我，用行动诠释长钢人“世上无难事、只要肯登攀”的精神。

过去，长钢的生产现场杂乱不堪，有上级领导或来宾来指导工作或参观，长钢的领导和接待人员就犯愁，要精心挑选一条路线引导着客人前行，还要事前打招呼让下面清理整顿扫除，只怕露了家丑。靳伟书记就在生产车间严厉地批评过：“你们领导的皮鞋油光铮亮，衣服整整齐齐，就是不敢到现场的死角上去看看。你们走不通的道路，肯定是存在问题最多的地方。”经过短短一年时间的推行TPM管理，贾向刚坦然地说：随便领导转到哪里，咱都不发虚，心里有底。

五、公交车上的“长钢之声”

2019年的暮春，所有的花都开过了，由于一场骤雨的缘故，天气还是显得有些冷。从长钢开往市区的公交车上的乘客，近一半是下班回家的长钢职工，他们大都工装未换，显得风尘仆仆。随风飞扬的各色花瓣儿和杨花柳絮纷纷扑向车窗。车行间，有两个站着的年轻乘客向一位坐着的乘客打听长钢的情况，问长钢的工资高不高，有没有轻松体面的工作，提拔得快不快。坐着的这位乘客耐心而真诚地做了解答。另有一个乘车人也趁机回过头，插进来问话，你觉得长钢这几年变化最大的是什么？他说，变化最大的是人们的思想。以前人们说中国是一头睡狮，我觉得长钢才是呢，现在这头睡狮醒过来了。过去在厂里干活，干多干少一个样，干与不干一个样，即使干活，也要人催着干。现在不一样了，没有人催你。干多干少都有严格的标准和考核。工作一天我得了十二分你得了八分，一个月下来就不是一个小数，体现在工资上就会有很大的差别。有人羡慕班组长、领导挣钱多，你就不知道人家操心也多。你已经坐上车了，他还在厂里忙这忙那呢，你还闭着眼睡觉呢，他就早已醒来忙活厂里的事儿了。他又说，我是一名长钢子弟，长钢人共同坐在一条船上。难道你退休了，就不关心长钢了，长钢里就没有你的子女和亲戚朋友了？我们都靠着长钢活，也盼着长钢好。作为普通职工，就是实实在在把本职工作做好……

这位师傅句句都说的是实话。他说不仅是我这样考虑，比我年轻的，30多岁的，说的话想的事儿也都是正能量。过去可不是这样，基本就没有什么思想，随波逐流，靠混日子挣工资，浑浑噩噩的。他说他姓武，武装的武，父亲退休前是老焦化厂的职工。他自己在长钢动力厂工作，配电室的电工。

同样是在长钢通往市区的公交车上，这天下午5点多，从东厂区门口上来四五个身着长钢工装的人。上车之后，车里已经没有了座位，他们就站在了车厢的中间部位。车辆的摇晃和颠簸，丝毫也没有减少他们讨论工作的热情，他们完全忘记了这里是一个公共领域，而不是单位的会议室。他们讨论下午开会的内容，讨论公司正在开展的 TPM 的进展，讨论这个月的考核结果。讨论的所有话题，都没有离开工作，没有离开明天为之忙碌和奔波的哪些事情！众所周知，在公共场合旁若无人地大声喧哗是一种不文明的行为，但这一群已经下了班还思考着工作的、还沉浸在工作中的长钢职工，又有让人可敬和可爱之处。

在公交车上的长钢职工，下班之后的心思仍然在单位，在车间，在工作岗位。他们坦陈长钢的变化，毫不掩饰对长钢的热爱，热烈讨论工作中的问题，在无形之中表露出他们作为长钢职工的责任心和自豪感，也让乘车的所有乘客领略到了长钢职工热爱企业的一片赤诚之心和积极向上的精神风貌。

第八章

项目建设的首钢情怀：为有源头活水来

焦炭是钢铁工业的粮食，从煤炭在炼焦炉中转变而来，是采集于地下深处的火种。

焦炭的精粗贵贱，不仅关系着高炉的稳定顺行，也关系着生铁的成本和企业的效益。所以，谋钢铁者，必先谋焦炭。

贾向刚是个老焦化人，对此必了然于心。

过去，长钢每年的焦炭使用量在100万吨，而外购焦炭在40万吨左右。高炉吃百家饭，等于有将近一半的命运掌握在别人手里。现在，由于长钢人以逆水行舟的勇气，建设成功了200万吨焦炉的一期工程，焦炭的生产量达到了135万吨。除了完全满足自身生产需要，还要外销三四十万吨，每吨焦炭里都蕴含着不菲的效益。

长钢200万吨焦炭一期工程，总投资在11亿元左右，是长钢有史以来最大的单体项目。这个工程的上马，正逢钢铁行业的冰川期，也是长钢生产经营在困难中苦苦前行的时候。个中的坎坷和曲折，难以一言以尽之。

总公司党委书记董事长靳伟在长钢干部会议上意味深长地讲到：你们骑上自行车在山西转一转，看看哪里还在上项目，还在上这么大的项目？言外之意，你们太幸运了，万万不可掉以轻心，一定要把这个项目做成精品工程，无愧于总公司的支持与关怀，无愧于长钢广大职工群众的期盼！

情怀，简单的两个字，长钢人从首钢总公司领导的言行举止中越来越感到了其中的力量与温暖。

可以说，自从长钢加入到首钢大家庭里，首钢总公司领导和各有关部门就对长钢倾注了大量的心血。首钢的主要领导不止一次地亲临长钢调查了解实际情况和存在的问题，现场察看并具体研究工作，有的领导甚至多次来过长钢。

十年过去，首钢总公司给予了长钢大量的人力物力和财力的支持，有宏观的引领，“中观”的引导，微观的指点，更有精神上的鼓舞与激励。——这也是长钢能够生存下来，并在发展的道路上越走越远的巨大支撑！

一、感动长钢的“半日行”

2015 年，长钢新焦化工程建设如火如荼推进。8 月 25 日，时任首钢总经理张功焰长钢半日行，让长钢人至今温暖在心。

为借山西省主要领导长钢调研之际，就长钢发展问题，和省政府主要领导深度沟通，赢得省市政府对长钢发展的更大支持，张功焰 25 日 23 时抵达长钢宾馆，26 日 14 时返回北京。除去吃饭和休息，可以说，每一秒都在谋求长钢发展。这份情怀，被当时的《长钢》报载入历史。

SHOUGANG CHANGGANG SHOUGANG CHANGGANG SHOUGANG CHANGGANG

2015/9 1 星期二

农历乙未年七月十九 第2976期

首钢长治钢铁有限公司

长钢

自觉践行“严以修身、严以用权、严以律己，谋事要实、创业要实、做人要实”的“三严三实”精神。

总公司领导张功焰长钢半日行

总公司领导张功焰长钢半日行

张　睿

8月25日22时20分下飞机，23时抵达长钢宾馆。首钢总公司党委副书记、总经理张功焰未作停顿，就把长钢董事长、总经理贾向刚，总会计师张振新召集到他的房间。一同座谈的还有首钢总公司规划发展部部长朱启建，首钢国际工程技术有限公司副总经理侯俊达。

此时，褪去喧闹的长钢，早已进入静谧之中。但张功焰长钢调研却刚刚开始。张总认真听取了长钢经营生产、资金使用、银行授信以及焦化项目建设等的简要介绍，对相关情况尽可能多地予以了解和掌握。交流讨论持续到次日凌晨。

8月26日7时45分，长钢公司例行早调会。参加早调会的人们意想不到的是，总公司领导张功焰的身影出现在早调会上。15分钟的会议，各项议程有条不紊地进行着。尽管未发一言，但随着眉宇和笔端的起伏，长钢的生产运行情况、废钢采购、原燃料库存管控、环保等工作，被他一一记在心里。早会后，张功焰和长钢主要领导交流了日常生产经营管控情况。

贾向刚（左）陪同张功焰参观长钢厂史展览馆

厂史展览馆是长钢历史的凝结，她用静静流淌的形式，让人体悟着长钢历史上的辉煌与拼搏。早调会一结束，张功焰就来到这里，感受历史云烟中，太行山根据地的创建背景；感受一个叫做“故县”的小山村，有幸成为共产党独立办钢铁的历程。在厂史展览馆的半个小时，张功焰一边听，一边问，一边认真思考，在感受长钢厚重历史的同时，他更多思考的是怎样谋划这个红色企业的未来。

从厂史展览馆出来，张功焰匆匆赶到瑞达工业园区焦化项目一期工程建设现场。那里，是山西省省长李小鹏带着省政府秘书长廉毅敏及省住建、国土、环保等部门，就长治市经济社会发展情况调研的一个点。在听取了长钢董事长、总经理贾向刚就长钢整体情况及瑞达工业园区焦化项目一期工程的简要介绍后，就长钢拟建高炉的容积问题，张功焰和山西省省长李小鹏，就工序匹配、高炉用料、对操作水平的要求等，从市场容量、项目审批、环境保护、经济效益等方面进行了沟通交流、解释说明。李小鹏省长表示，省里、市里、区里将对红色长钢给予一如既往的支持。

10 时 30 分，李小鹏省长离开长钢。张功焰在长钢领导贾向刚、崔永康、李怀林、李明的陪同下，到焦化一期工程 2 号焦炉工地、烧结环冷机余热发电工程施工现场和旧区高炉拆除现场巡视调研。在现场，张功焰不停地对节能减排项目提出指导意见，嘱咐工作人员要抓住时机，早日把节能减排项目搞上去。

时间已近中午 12 时，正是午餐的时间。张功焰临时决定放弃午餐和午休，紧急赶往长治市，争取在李小鹏省长和市委市政府的座谈会开始之前，就长钢发展问题，与市委书记马天荣和市长席小军，面对面再次沟通交流，以争取省市政府对长钢更大的支持。短短 20 分钟的“见缝插针”，牺牲午餐、午休时间换来的“见缝插针”，让长钢职工感受到的，是总公司领导想方设法为长钢创优外部发展环境的无声关爱，是总公司领导千方百计助力长钢摆脱生存困境、图谋未来发展的真情鼓励。

16 时，是张功焰此行离开长钢返回北京的时间。从长治市里赶回长钢已经是 14 时，张功焰利用倒推出来的 2 个小时时间，与长钢公司领导班子在宾馆二楼会议室进行座谈。在听取了 1~7 月工作情况汇报后，他结合班子成员的汇报，逐项作点评、逐条提要求。他说，从长钢干部职工身上，能够感觉到一种“士气”。他希望干部职工能以高度的紧张感、憋足劲儿看好自己的一

张功焰与长治市委书记席小军进行座谈

亩三分地。对下半年工作，他要求，长钢要有清醒的认识，要正视成绩，要抓管理、真做功，继续在经营上下功夫；对于钢铁业“严寒期”，要做好充分的思想准备，咬牙坚持，与首钢集团各兄弟单位抱团取暖，熬过寒冬。同时，他还对管业务与管成本有机结合、优化销售半径、管控现金流、产品结构调整、市场定位、提高劳产率及拟建高炉、辅业改制、资产盘活等工作作了要求。他希望长钢的干部职工树立坚定的发展信心，把工作做细、做实、做出成绩，争取把下半年调整后的预算安排完成。他认为，长钢很有希望完成。

从8月25日23时抵达长钢，到8月26日16时离开长钢，除去7个多小时的休息和吃饭时间，剩下不足十个小时。在短短不到10个小时的时间里，张功焰的足迹走遍了长钢生产新区、旧区现场，长治市政府会议室、长钢宾馆会议室、早调会会议室、厂史展览馆，可谓“马不停蹄”，可谓“惜秒如金”。

张功焰此行，给长钢人留下了深深的感动。长钢职工说：总公司领导的这种敬业精神、过硬作风，这种率先垂范、无声关爱，成为一种激励我们坚定发展信心、走出生存困境的力量，一种鞭策我们心无旁骛抓降本、自我加压增效益的力量。这力量是一面镜子，让我们没有理由不为长钢发展而尽心，没有理由不为岗位尽责而努力，没有理由不为扭亏增盈而拼搏，没有理由不为逐月向好的经营态势再立新功，再创佳绩。

此前此后，张功焰几乎每年都来长钢，看长钢发展到哪个地步，发展的怎么样。每一次都给长钢人带来了满满的正能量。

2010 年 8 月 18 日，时任首钢总公司总工程师的张功焰陪同时任首钢总公司党委书记、董事长朱继民到长钢调研指导工作。座谈会上，张功焰从企业发展定位和发展规划两上方面谈了自己的意见。希望长钢公司超前谋划、将当前问题和长远规划有机结合，切实推进长钢又好又快发展。

2013 年 11 月 26 日，张功焰与赵民革来长钢，先后深入烧结机烟气脱硫工程施工现场、8 号高炉、5 号连铸机和棒材生产线，每到一处，都详细询问技术、工艺指标及设备运行等情况，在保证生产稳顺的情况下，今后重点是克服市场不利带来的影响。

2014 年 11 月 14 日一大早，总公司党委常委、副总经理张功焰，副总经理赵民革再次来到长钢调研，针对长钢经营生产、当年决算、下年预算等工作给出了重要指导意见，强调要树立算账意识，紧跟市场变化，做好信息研判，做细做实各项工作，以大手笔打组合拳、出实招、使真劲。在持续推进对标挖潜降本增效的同时，要进一步提升精细化管理和标准化操作水平。

2016 年 7 月 1 日，张功焰、赵民革在到访长治市委市政府、听取长钢公司上半年工作汇报，与长钢公司基层代表进行座谈。

在与长治市委市政府座谈中，双方达成一致意向，全力以赴支持长钢推进改革、转型发展，早日实现垃圾发电等项目在长钢落地。张功焰指出，长钢近年来的工作持续进步，在几个外埠企业中工作做得最扎实。最让人欣慰的是，长钢从干部到职工都保持着积极向上的心态，团结一致，干劲十足，瞄准问题补短板，首钢从中看到希望，将一如既往全力支持长钢的发展。

在听取长钢公司上半年工作汇报时，张功焰指出，长钢跟自己比，特别是跟去年比，进步相当大，职工精神状态相当好。目前，钢铁行业面临以下问题：一是产能过剩。国家在推动钢铁行业“去产能”，这是大的现实。二是钢铁市场变化不是一个简单的供需关系。上游产品指数都在各个平台上，下游钢材也都是期货，都放在期货市场上，现在钢材期货市场不是钢厂能左右得了的，金属属性已经相当强。三是新新态，“去产能”成为新常态，钢材价格上不可能有大的高位。钢铁产品跟投资直接相关联，投资一控制下来，钢铁需求必定减弱。

七月的长钢，绿意盎然，人心激奋，到处传递着求生图存满满的正能量。在炼铁厂会议室，与前来参加座谈的 12 名基层职工代表座谈时，针对面对的生存压力，张功焰说，长钢有红色传统和不服输的精神，当年建厂时的难度比现在要大得多，我们必须把红色长钢精神一代一代地继承下来，传承下去。我们所有的工作都有潜力可挖，要自己和自己较劲，在各自的岗位上千方百计把成本控制下来。针对上半年经营结果，张功焰讲，作为一个企业，生存的最基本条件是不失血。长钢要自己设计一个经营目标，给自己加个码，力争实现不失血。如果能做到不失血，就等于越过了生存坎儿，自己给自己创造了机会。针对近年来的对标进步，张功焰指出，有目标代表有希望、有空间。下一步，还是要多走出去看看我们的差距在哪儿，对标找差，努力缩差的动力就有了。针对下一步的发展，张功焰说，长钢一定要在降低成本上继续下工夫，参照中国台湾地区中钢经验做精做深，实现更大效益。张功焰希望，长钢靠自己解决长钢的问题，如果每个人都动起来，把每个人的积极性挖掘出来，长钢一定会更好。

赞美爱情的坚贞，人们往往用“执子之手，与子偕老”比喻。长钢加盟首钢，其实一直心怀感恩，从未敢奢望首钢给长钢多少承诺。但长钢职工真的能从首钢高层对长钢的关心中、政策的扶持中，感受到首钢的包容、厚德、诚挚、无我。品质的力量、人格的力量，转化为长钢人“一年三百六十日，甘愿横戈马上行”的拼搏和斗志。

二、逆势而上的焦化项目

2016 年 7 月 21 日 23 时 36 分，2 号焦炉第一炉焦炭顺利推出！现场的人们欣喜而又激动，爆发出雷鸣般的掌声。

首钢长治钢铁有限公司新建的焦化项目

流光容易把人抛，红了樱桃，绿了芭蕉……

从长钢的炼焦史上看，这是长钢七十年历史上的第三代炼焦厂了。长钢的第一座焦化厂从1947年开始建设，当时全国还没有解放。厂址选在离故县铁厂15公里之遥的潞城西北部的店上镇枣臻村。1949年9月12日第一炉焦炭被推出。焦炭开始是使用畜力车运输，解放后建设了专用的铁路。几十年来长钢使用的焦炭绝大多数都产自这里，直到2004年长钢在现在的厂区建成60万吨捣固焦炉。

长钢瑞达焦业有限公司的60万吨干熄法捣固焦炉，在当时来说还是比较先进的，也给了长钢人很多的鼓舞。但时光才过去短短的十数年，就要接近寿终正寝了。在飞速流淌的时光之河中，任何的先进和一流都是暂时的、相对的。历史和市场竞争的残酷与无情在于，如果你不去超越别人，你就会被别人超越。

2009年，中国的钢铁年产量首次突破1亿吨，2018年就达到了10亿吨。中国还不是钢铁强国，但绝对是当今的钢铁大国。现代钢铁生产，焦炭是必不可少的重要原料。山西作为我国最大的产煤省份，焦炭的生产量也是最大的，然而焦炭产业的集中度不够，各种各样的小焦厂遍地皆是，对环境的污染、对资源的浪费成为治理和改变的当务之急。

2012年5月24日山西省人民政府印发了《山西省焦化行业兼并重组实施方案》，标志着山西省的焦化行业兼并重组和转型升级发展的开始。

《方案》规定到2015年底，山西省焦化产业初步形成“焦化并举、上下联产”的格局，奠定新型煤化工产业跨越发展的基础：

产业集中度大幅度提升。打造4个1000万吨级的焦化园区（或集中区），3个1000万吨级和10个500万吨级特大型企业。

企业装备水平显著提高。全省形成炭化室6米（5.5米捣固）以上焦炉焦炭产能达到5600万吨以上。钢铁联合企业和有条件的大型焦化园区新建焦炉全部配套干熄焦装置。2012~2015年淘汰落后产能4000万吨以上，总产能不再增加。

……

长钢作为钢铁企业，按照这个《方案》的要求，可以建设配套的焦厂，但规模须在200万吨以上，且不够的产能部分要向将要关停的企业购买。

从长钢当时的情况看，焦炭在眼下就已经不能满足生产的需要，长钢上马3200立方米的高炉更是势在必行。经过请示总公司同意，长钢决定淘汰现在的60万吨焦炉，购买剩下需要的产能，建设200万吨的新焦化生产设置。

长钢规划也得到了省政府的同意。

随后，购买了晋牛焦化厂和长治气源厂的产能，加上自己的60万吨，总数接近200万吨的规模。

随后，长钢以EPC的方式由首钢国际进行项目总承包。项目正式开工前，长钢已经做了地基处理及三通一平等工作。

随后，由于钢铁行业严重的冰川期，企业陷入亏损的局面，举步维艰，焦化建设项目虽然一直在不断推进，但没有实质性的进展。2015年1月18日，贾向刚到任不久就与首钢国际签订了合作协议，但由于缺乏建设资金，协议的签订也仅仅是个仪式，没有人知道真正开工建设要等到什么时候。

2015年3月的一天，贾向刚从长治飞回北京，突然就陷入了百花盛开暖意浓浓的漩涡之中。春天浓烈的氛围让他感到有些眩目和发晕——太行山上的春天，每年都来得要晚一些。

首钢总公司党委书记、董事长靳伟的办公室里，贾向刚正在汇报工作。靳伟打断了他的话，问他焦化建设的情况怎么样了。贾向刚无奈的眼神望了望靳伟，伸出两个指头捻了捻，意思是没钱。靳伟立马就明白了他的意思，干脆地回应他：钱的事不用你管。

贾向刚听到这句话，只觉得一股热血涌上了心头。他顿时就兴奋了起来，汇报完工作就跑到了首钢国际，告诉他们有钱啦，长钢的焦化项目可以开工了；接着就给长钢的总会计师张振新和计财处负责人打电话，让他们赶紧准备资料来北京“弄钱”。

经过 3 年的延宕和沉寂，长钢的焦化项目从此一路高歌，激越奔腾。

焦化项目一期工程，是长钢有史以来最大的单体工程，项目总预算 12.83 亿元，还不包括购买产能的 1.88 亿元和购买土地的费用 1.65 亿元。

工程建设当中，靳伟来长钢调研指导工作，就焦化建设工程明确指出，在钢铁市场的低迷期，有的原材料价格降了，预算也要重新核减，特别是一些不必要的配套项目，该压缩的要压缩，该取消的要坚决取消，比如办公楼、装修用地板和外墙涂料、油漆等。按照靳伟的要求，第一期工程项目又压减了一个多亿的预算。

三、焦炉建设工地的热潮

长钢公司副总经理、焦化建设项目一期工程指挥部副总指挥李明说：焦化投产前，长钢要外购 40 万吨的焦炭；焦化投产后，长钢要外销将近 40 万吨。一吨焦炭的利润差不多在一千块钱，这对于长钢来讲，贡献很大。工程建设时，市场不好，工程建成了，市场也转暖了。可以说长钢逆势而上的这个项目抓住了机会，对铁成本的显著降低，是一个很大的支撑。

长钢焦化项目一期工程为 2×65 孔 6 米固焦炉，设计年产干熄焦 140 万吨，焦炉煤气发生量 71610 立方米/时，5 万吨焦油，2 万吨粗苯生产规模，正常年发电量达 2.19×10 千瓦·小时。

一期工程采用了许多先进的环保工艺技术：例如焦炉热工采用了分格下调、分段加热工艺、烟道气余热回收工艺，熄焦采用干熄焦技术，负压蒸氮工艺等。其工艺特点之一是蓄热室采用分格结构，沿蓄热室长度设15道60毫米厚的隔墙，将蓄热室分为16格。这种分格结构使炭化室底部受力更加合理，大大增强了炉体稳固性。二是该工艺可以减排烟气中的烟尘等，创造巨大的环保效益，同时能够创造可观的节能效益和经济效益。

2015年5月15日，长钢召开了焦化项目一期工程会议。会议由李虎山主持，熊万平在会议上做了重点强调。北京首钢国际工程技术有限公司、中国一冶集团有限公司负责人，焦化厂外聘专家和山西首钢国际工程技术有限公司负责人参加了会议。

这次会议是焦化项目正式启动的一个动员会。贾向刚代表长钢公司，代表几万职工家属，对所有参战单位同志付出的艰辛努力表示衷心感谢和诚挚慰问。他说，该项目是长钢淘汰落后产能配套的重点项目之一，也是长钢全体职工家属的希望工程和信心工程，对长钢求生存、谋发展具有重要意义。工程受到了各级政府及首钢总公司的高度重视，也获得了长钢职工家属的热切支持。他希望，各参战单位要本着协同高效的原则，互相理解、密切配合、通力合作，将工程真正打造成示范工程、样板工程。他表示，长钢公司将急施工单位所急、想施工单位所想，不遗余力，积极配合，创造条件，提供便利，为该工程圆满完成做出业主单位应有的贡献。

焦化项目的推进实施得到了省政府、市政府以及首钢集团领导的高度认可与大力支持，被省、市政府要求将此作为山西省样板工程予以重点支持。省、市政府，首钢集团等领导多次到长钢现场调研，指出这项工程意义重大，并将长钢列入传统产业提档升级规划，加快企业转型升级。

2号焦炉建设过程中，长钢公司主要领导每晚都要坐镇项目指挥部，与工程建设人员一起总结当天的进度、研究当天的问题、了解当天工程的总体情况，当场协调安排并快速解决施工中的所有问题，这样的会议常常持续多个小时，最晚的时候到凌晨1点。

受到长钢领导热情的鼓舞，参战单位干劲越来越大，饿了吃口泡面，困了就地打个盹儿，病了还坚持在工地。2016年春节，李明要求长钢参战的全体人员春节期间不休息，除夕休息一下午，大年初一休息一上午，下午就要全体出现在工地。如果新、旧焦化同时开产，约需960人，然而恰逢长钢公司优化提效，焦化厂果断决定在不增加一个编制的前提下，合理调配当时仅有的580余名职工，从旧区抽调250名骨干充实到新焦化的生产中，旧区则由四班三倒改为三班两倒，管理人员同时兼顾新、旧区生产，硬是咬着牙做到了新、旧焦化两头跑，逐步渡过了人手极其紧张的时期，确保了生产建设两不误。

在2号焦炉点火烘炉仪式上崔永康说，刚刚举行的千人誓师大会选择在焦化项目工地召开，别有深意。希望这次点火仪式能够进一步点燃全体长钢人肩负历史使命投身“二次创业”的激情。同时，焦化厂要不辜负公司重托，做好新旧焦炉的衔接，确保投产后快速达产达效，为公司生存发展、为长治地方经济发展做出更大贡献。

时序回到2015年的冬天，生活区已经开始供暖，西北风吹来，走在街上的人们不由地就要裹紧棉衣，而在焦化一期项目建设工地，依然是一派热火朝天的景象。

焦化项目一期工程工地的建筑物一天天长高，一天天变得丰满。搅拌车、卷扬机轰隆隆地合奏着交响曲，脚手架上下都是身着工装在紧张有序地忙碌着的技术人员和工人。

中国一冶公司工程部部长王进林说，我们项目建设工地一直处于加班工作的状态，所有工人坚守岗位。因为工期很紧，很多工作不抓紧完成就会影响到整个项目的建设进度。因此，施工队的工人都在争分夺秒抢时间赶进度。

“每天早上6点建筑工人们就到现场开工，晚上连晚饭都顾不上吃就直接工作到了21点。还组成突击队，重点对1号焦炉顶板进了砌筑，这是很重要的工序，也是最难的工序，这个工序完成了，后面的1号炉本体砌筑等工序就容易完成了。1号焦炉集合烟道的工作提前完成，为下道工序节省了大量的时间。”

现场好几处都悬挂着红色的条幅：“安全第一预防为主”“抓安全、赶工期”。一面墙上还挂着项目总体统筹控制进度计划表、项目工程建设任务分工表，都像在提醒着人们：任务紧迫，责任重大。

贾向刚在焦炉建设的冲刺阶段，每天晚上8点都要来到工程建设现场参加例会，与参战的相关单位围绕建设中遇到的实际问题展开讨论，并共同寻找解决的办法。2 号焦炉烘炉完成之后，贾向刚在例会上说，焦化一期工程的冲锋号已经吹响，工程在施工单位的努力下正紧张推进，我公司各单位要积极跟进，认真解决工程建设中遇到的实际困难，焦化厂每天派工段长以上技术人员盯死工程安装质量，进度缓慢的单位进行严厉制裁，安全环保部门提前进入到施工工地解决施工中的安全隐患。针对会议上提出的问题，各单位要无条件一项一项地整改落实，为施工提供一切方便条件，坚决完成 6 月 30 号 2 号焦炉装煤出炉投产目标。

7 月 5 日，党委书记崔永康代表公司党政工团，向冒着高温酷暑夜以继日辛勤施工的建设者们表示慰问，为他们送去了防暑药品、西瓜、凉茶、方便面等物品。当天，2 号焦炉施工现场一片繁忙，虽然室外热浪逼人，但各工程项目仍如火如荼按计划有序推进。崔永康说，焦化项目工程是长钢的希望工程、生命工程，通过一年来各施工单位的辛勤努力，现在已经到了关键阶段，即将投产，公司对在炎热的夏天赶进度、保质量的工程建设者们表示慰问和感谢。工程即将竣工投产，今年是长钢的求生年。严峻的形势下，焦化工程若能保质保量按时竣工达产，长钢就有希望走出困局，就有希望求得一条生路。在这个关键时刻，希望大家再加一把劲，再努把力，保质量、保工期，确保焦化工程如期投产。同时也希望建设者们扶上马再送一程，积极协助业主单位处理好设备运行中遇到的问题，从长钢求生存、尽快实现全年目标任务的角度出发，做出建设者的贡献，保证焦化工程尽快达产达效。

6 月 17 日上午，副总经理李怀林以一名普通党员的身份，参加了焦化厂炼焦车间党支部开展的“对党忠诚，做合格党员”为主题的研讨会，他强调指出，要把焦化项目一期工程管好用好。在钢铁行业形势极其严峻的当下，企业和职工是命运共同体，企业兴则职工兴，企业如果持续不能走出困境，职工也将被逼入绝境。大家一定要珍惜岗位，干好本职。尤其是党员领导干部，要遵章守纪，以上率下，不搞特权。二是要把对党忠诚体现在行动上。60 万吨复热式捣固焦炉是从一片玉米地上建设起来的，刚投产时，焦炭质量、厂区环境和绿化都走在了全国的前列。但客观地讲，我们并没有将这两个焦炉管理好。公司新建的 200 万吨焦化项目，是焦化厂一次脱胎换骨的机会，大家一定要借此机会、提振信心，把新焦化管好、用好。

焦化建设项目，深深地牵动着长钢广大职工群众、离退休职工和家属的心。他们通过各种渠道获取工程进展的消息，并用自己力所能及的方式表达对工程建设的关心。

7月29日下午，气温高达32℃。一群敲锣打鼓，高高举着“技改一线拼生存，退休职工慰亲人”横幅的耄耋老人，抱着西瓜，搬着方便面，扛着装有藿香正气水等药品的箱子，精神矍铄地走向项目建设工地。他们是长钢公司的离退休干部职工，为了表达对高温下依然奋战在技改一线的建设者的感谢，自发捐款五千余元来到技改工地“送清凉”，为长钢的二次创业贡献他们的绵薄之力。

公司领导被他们的善举感动，陪同大家一起走向工地……

在长钢开展“倒下还是生存”的大讨论中，这些已经退休在家的老人们倾注了很大的热情。有的老同志在发言中说，长钢是我们祖祖辈辈赖以生存的家园，我们决不能让长钢倒下，作为大家庭中的一员，我们能为这个大家庭做点什么？要不，我们捐一些钱去慰问一下技改工地的职工吧！这边话音刚落，那边群起响应。这个主意好，我同意，我也赞成。瞬间，大家形成了共识，你300元，我200元，他100元、50元、30元、20元、10元，交给了工作人员。在钢城的各个社区，闻讯而来的职工家属也纷纷慷慨解囊。

兵南小区的一位退休职工捐款300元后却执意不肯留下姓名，她说我是土生土长的长钢人，在长钢工作生活了大半辈子，现在虽然退休，但对生我养我的大家庭有着深厚的感情。现在企业有困难，我们做一些力所能及的事情是应该的。说完默默地转身离开了。

复兴小区的老党员王德根夫妇都已经80多岁了，当他们听说要去慰问技改一线职工，顾不得人老年迈，亲自到小区办公室送上了一份自己的心意。住在钢城小区的退休干部张占福第一个跑到社区捐款200元。南岭小区在长钢来说是一个相对困难的小区，这里居住的大都是单职工，但社区的捐款现场却排起了长长的队伍。

校园小区前来捐款的退休职工闫彩兰说，从今年5月离退休管理中心组织我们召开了三次关于长钢生存还是倒下的大讨论。通过讨论我们一致认为，长钢决不能倒下！虽然我们退休了，但对长钢的感情却丝毫未减，再说我们的子女、亲属都工作、生活在长钢，我们都非常乐意为公司尽一点微薄之力，期盼长钢能早日走出困境，期待长钢的明天会更好。

从工程项目召开第一次推进会议，到项目施工的每一天，再到焦炉推出第一炉红焦、焦炉顺利投产的那个动人时刻，直到焦炉生产一周年之后，全面回首焦炉建设的每一个环节和重要节点，归纳焦化一期工程对于长钢公司在脱困中所起到的重要作用，准能看到几个认真倾听、仔细询问并飞快记录的身影，——他们就是与工程建设人员一起，常年奋战在工程一线的新闻媒体人员。

他们用纸笔和镜头忠实记录了工程进展的每一个细节，传递到了钢城的每一个角落，给长钢所有的职工带去了信心和鼓舞。据不完全统计，在一年多一点的时间里，《长钢》报报道焦化一期项目的稿件多达50多篇，几乎每周都有，甚至在同一期内出现两篇不同角度的报道。在长钢优化提效后，从事新闻报道的人员减少了一半，每个人的工作量增加了一倍。他们和工程建设人员一起工作一天之后，还要回到办公室写稿件、编版面，校对、排版、付印。工作到夜阑人静才能拖着疲惫的身躯回到家中，而第二天一大早，还要按时上班，还要去工地采写消息。

《长钢》报记者们深有感触地说："这些年，我们特别像一个骑自行车的人，为了不倒下，不停地踩着踏板向前，让那个车轮一直保持前进下去的状态，但这样的前行，并不是比赛，不是为了超过别人，只是为了不让自己倒下。"

2016年7月21日夜，碧空万里，月朗星稀。焦化项目一期工程建设工地，工程建设者、管理者、操作者，都在翘首以盼2号焦炉顺利产出第一炉焦的时刻的到来。23时36分，装煤车、推焦车、拦焦车、熄焦车工作人员沟通确认完毕，项目总指挥、长钢公司董事长、总经理贾向刚一声令下：出焦。2号焦炉129号炉门随即被徐徐打开，20余吨，温度高达1000℃，燃烧着红红火苗的焦炭，在推焦杆有节奏的推动下，一堆堆落到熄焦车内，瞬时火花四溅，场面蔚为壮观。

同样的情景，在2017年2月28日晚上8时许重复上演。贾向刚一声令下，推焦车司机启动推焦主令开关，推焦杆伸向焦饼，炙热的焦炭缓缓通过导焦栅，跳跃着奔向熄焦车，1号焦炉第一孔焦炭顺利推出。

在此之前，2016年8月16日，焦化旧区4.3米焦炉停炉退役。焦化厂旧区4.3米焦炉（分为1号、2号），均为TJL4350F型4.3米焦炉，每座焦炉炭化室50孔、年产全焦63万吨。自2003年投产，已连续生产13年。其间，累计生产焦炭804万吨，各类化工产品近30万吨，产出焦炉煤气23亿立方米。该焦炉作为当时全国第一座复热式捣固焦炉，其焦炭质量和工艺都曾走在全国前列。不仅为公司的经营生产提供了良好的原燃料保障，同时也有力地支撑了公司的经营生产。随着国家环保工作的逐步收紧，依据《山西省浊漳河流域焦化化工等企业整顿治理分类处置意见工作方案》，长钢公司4.3米焦炉被列入淘汰序列。

2号和1号焦炉的相继出焦，旧焦炉的即时退役，标志着焦化项目一期工程胜利建成，产能置换取得了重要成果。这是长钢数万职工家属高度关注的希望工程、省市政府及总公司领导深度牵挂的发展工程。在国家“环保门槛”越来越高的背景下，套在长钢脖子上的“枷锁”得以解开；在当前钢铁市场环境日趋恶化的大背景下，长钢公司调节成本的手段进一步增多，参与市场的竞争能力进一步提升；在竭尽全力谋生存求发展的道路上，迈出了十分重要的一步。

四、烧结环冷发电创效明显

2015年2月13日，长钢烧结环冷机烟气余热发电工程签约仪式在烧结会议室举行，长钢公司相关单位负责人与济钢集团国际工程技术有限公司签订了总承包合同，项目投资6138万元，工期一年。

长钢公司副总经理李虎山参会。

钢铁生产中，烧结工序能耗占吨钢能耗的10%左右，仅次于炼铁工序。其中，烧结矿生产过程中排入大气的热约占烧结总能耗的50%，而被环冷机冷却的热量占比达30%。2015年，长钢公司共有4号（200平方米）、5号

（200 平方米）2 台烧结机，配套两台 228 平方米环冷式鼓风冷却机（环冷），高达 700~800℃的烧结矿在环冷机上冷却过程中会产生大量 280~400℃的低温烟气，如果不能加以回收利用，不仅浪费能源，而且污染环境。

在此之前，长钢公司采用的是在环冷机高温段安装余热锅炉生产蒸汽，产生的蒸汽一部分用于烧结机混合料预热，剩余部分并入公司蒸汽管网。运行 7 年来，锅炉换热器设备老化、内部结垢严重、换热效果差，每小时余热蒸汽产量仅为 4~5 吨，不足设计产量的 30%，蒸汽回收量与同行业蒸汽回收指标相比差距较大。

因此，长钢公司决定在不改变现有烧结工艺的前提下，对环冷机进行余热回收改造，拆除原有环冷机上安装的余热锅炉，建设两台新的余热锅炉和一套 12 兆瓦补气凝汽式汽轮发电机组，将烧结环冷机高中温段排放的烟气热能通过余热锅炉转化为一定温度和压力的蒸汽，通过汽轮机做功带动发电机发电。按照吨烧结矿发电 17 千瓦·小时测算，项目实施后，年发电量可达到 7300 余万千瓦·小时，年净发电量 5000 余万千瓦·小时，使得长钢公司自发电率可提高约 6%。

长钢公司副总经理李明说：烧结环冷烟气余热发电项目进展的并不顺利，是总公司领导从战略高度出发，倾情支持长钢的发展，才最终促成了项目的实施。长钢公司申报的该项目要在总公司的董事会上讨论表决，有两位董事提出反对意见，明确表态不同意长钢上这个项目。总公司主要领导在会议上反复讲述该项目对于长钢的重要意义，讲到了长钢所面临的困难，并要求各位董事从总公司总体发展和长远目标考虑，关心和支持长钢的项目建设。

最终，总公司董事会批准长钢上马烧结环冷余热发电项目。

经过前期调研、立项、审核、招标等工作，最终确定了济钢国际作为长钢公司烧结环冷机烟气余热发电项目 EPC 总承包单位。

2015 年 3 月，在长钢生产经营极为困难的时期，长钢的重点节能项目之一的烧结环冷机烟气余热发电工程开工建设，打下了第一根桩。

在全体施工人员的共同努力下，经过一年的施工建设，工程顺利完工，在 2016 年 3 月初与 12 兆瓦汽轮发电机组实现成功并网。

并网发电初期，发电系统停机率高、发不出电，迫使余热锅炉单台运行。

董事长、总经理贾向刚对项目非常关注，经常去现场了解项目运行状况，坐镇指挥，要求尽快找到发不出电的症结，确保项目正常发电。

当时负责生产组织协调的副总经理李怀林，多次协调指挥炼铁厂不断调整操作、工艺，稳定工况，最大限度满足余热发电需求。

当时该项目总指挥、总经理助理李明，在并网发电后的一个月内，每天下午组织召开项目攻关会，有关单位上至一把手，下至技术员全部参加，一个个制约发电量提升的“拦路虎”被接连攻克。

为进一步促进项目尽快达产达效并实现效益最大化，6月份，生产技术处牵头制定了《烧结环冷机烟气余热发电项目运行管理规定（试行）》，以日发电量10万度为保底指标，在实现不同台阶攻关目标后，对动力厂和炼铁厂兑现挂钩考核。正激励制度在调动职工的积极性、提高发电量上起到了促进作用。截至9月底，炼铁厂、动力厂共获得奖励41.69万元。经过各部门、各工序的不断努力，发电量由4月份的136.9万千瓦·小时上升到9月份的394万千瓦·小时。其中，8月份发电426.2万千瓦·小时，基本实现达产达效水平。8月24日发电量达20余万千瓦·小时，吨矿发电量16.7千瓦·小时，创投产后的单日最好水平。

项目上马时，动力厂选派既有20多年蒸汽锅炉操作经验又有6年煤气发电经验的李鹏毅担任烧结环冷余热发电作业区作业长。2015年11月，李鹏毅便介入设备监装工作，投运阶段更是昼夜坚守，困了就在办公室地下铺上硬纸板眯一会儿。

整个作业区22余名女工均由水泵工、化验工等转岗而来，经验不足。通过厂家技术人员、作业长的培训讲解以及半年来的实际操作，她们的理论和操作水平不断提高。操作工岳巧风说：“记得5月份我第一次独立操作时，由于烟温降低，造成汽轮机停机，当时大脑一片空白，心中不免慌乱，在作业长的指挥下才顺利启机。现在遇到这种情况我心里比较有底，看好锅炉的水位、压力，降低循环风机频率，降低汽轮机负荷，等待烟温升高随时启机”。

第九章

环保节能，科技创新：小荷才露尖尖角

现在你走到长钢的每一个角落，无论是机关的办公室，还是生产车间，第一感觉是人员比过去少了许多——这当然是优化提效的结果。减少冗员，提高劳动生产率是企业永恒的追求。这也与长钢引入新兴技术、大力实施信息化建设项目分不开。

企业人员只能精简到工艺技术允许的范围之内。工艺技术的改进，生产流程的优化，先进设备的投入，“两化”融合为企业的优化提效起到了重要的支撑作用。

除此之外，环保的投入，先进技术设备的投入，是节能增效的需要和环境友好与绿色发展的需要，也是长钢人的自觉追求。长钢向科学技术要速度，要效益，仅仅是个开始，所做的事情还有很多。这条道路越走越宽广，永远无止境，永远在路上……

一、蓝蓝的天上白云飘

也许，从外面的大千世界初到长钢的人，会对这里的环境不是十分满意，但每一个老长钢人稍微回忆一下，就能够感受到这里发生的巨大变化。过去的长钢，天上红烟滚滚，十几里地外都能够看得见，空气中弥漫着粉尘和难闻的气味，尽管你十分小心还是不知道什么时候就会有小颗粒钻进眼睛里。长钢人都不敢穿白色的衣服，它早晨出门时是雪白的，中午成了花的，晚上

就是黑的。别的地方是下雨，这个地方是下燃料。下雨时你从任何一棵树下经过，你的身上立马就会落满黑污的点子。而现在的长钢，时常见到的是绿绿的草地上百花开、蓝蓝的天上白云飘。公司办公楼、营销楼和紫藤楼前，栽种了许多的花木，什么紫藤、银杏、碧桃、丁香、樱花、雪松等，品种多的让你数不清。休闲广场上和小公园里，从早到晚都能够看到惬意地散步、聊天、跳舞和休憩的人们。近年来，长钢公司在国家政策的引导下，自我加压，主动作为，在企业困难的情况下，不断加大对环保的投入，从生产工艺的改进入手，实行了水、汽和废物的零排放，不仅使得环境得到了改善，而且增加了经济效益，增加了职工的幸福感和自豪感。

长钢公司认真贯彻落实党的十九大及总公司关于环境保护工作的部署及要求，站在讲政治、讲大局的高度，加大环保建设投入，以实际行动树立长钢公司安全发展、绿色发展的良好形象。

近几年来，长钢公司积极适应国家去产能政策，淘汰了3座400立方米级高炉和2座4.3米捣固焦炉；在钢铁行业普遍收缩技改投资的大背景下，长钢公司共投资35.11亿元大力实施环保项目。其中，投资12.88亿元，立项实施92项超低排放环保设施升级改造及污染治理项目，极大地改善了公司环境面貌；投资15.33亿元，于2017年2月建成投运焦化项目一期工程，焦炭成本全行业排名第2位；投资6.9亿元推进实施长治市主城区生活垃圾无害化处理项目。充分利用国家关于鼓励企业通过先进技术减少污染物排放的有关政策，2018年以来共计减免环保税金407.08万元。

在节能方面，建立能源管理体系，进一步规范和加强了能源管理。2018年1月建成投运能源管控中心项目，6月富余煤气发电项目投运并网，7月快速实现达产。

说到富余煤气发电项目，这是长钢公司在能源综合利用方面的一个重点节能环保项目。这里还有一个小故事。

2016年10月27日，集团公司领导批示“该项目按照全部利旧首秦发电设施的方案组织实施”。接到项目立项批复后，设备处积极行动，迅速组织土建作业，于2017年8月底完成了全部土建主体工程，具备了设备安装条件。

因首秦公司停产时间延后，为尽快创造经济效益，经长钢公司请示，集团公司批准，项目成套设备全部按新购进行组织。接到任务后，设备处积极组织采购，对制造周期长的汽轮机组设备，多次与南汽洽商，将汽轮机组制造周期从正常制造周期9个月压缩至6个月到货，设备订货后采购人员主动跟踪督促设备制造进度，确保了汽轮机组提前到货，为汽轮机组提前投运奠定了基础。工程建设方面，设备处组织施工单位不畏严冬，通过采取防冻措施，不间断组织施工，于2017年底完成了厂房全部主体结构及封闭工作。汽轮机组设备安装阶段，设备处及动力厂职工紧盯施工作业人员，跟踪设备安装进度及安装质量，确保施工人员24小时作业，将汽轮机组正常安装周期90天压缩至45天。最终，富余煤气发电项目于2018年5月5日开始烘炉调试，6月15日23时24分成功并网发电。虽然，富余煤气发电项目建设阶段一波三折，但通过各参战人员共同奋战，最终比原计划提前15天建成投运。

二、余热发电屡创新高

2010年，长钢公司自发电率仅为1%左右。与首钢总公司联合重组以来，首钢长钢公司深入挖掘和回收各生产工序的余热、余能和余压等能源，广泛应用一系列节能减排技术，通过投资5.83亿元，建设高炉TRT、烧结环冷发电、焦化干熄焦、余热蒸汽发电、热电联产和富余煤气发电等设施，将生产过程中余热蒸汽、高炉煤气差压、干熄焦、烧结余热蒸汽和副产煤气等资源的回收利用，能源资源利用率大幅提高，自发电水平提升明显。

2018年，首钢长钢公司实现自发电量60676.6万千瓦·小时，自发电率59.15%，最高时达到70%以上。

目前，长钢公司现有自发电机组8台（套），总装机容量131兆瓦，分别为：2×10兆瓦高炉TRT机组、2×15兆瓦热电机组、1×6兆瓦余热机组、1×10兆瓦烧结余热机组、1×30兆瓦干熄焦发电机组和1×35兆瓦富余煤气发电机组。

（1）75 吨锅炉热电联产项目：建设 2 台 SLG-75/3.82/450-QG 的 75t/h 中温中压燃气锅炉，并配套建设 2 台 5-3.43/0.981 的 15 兆瓦抽凝式汽轮发电机组；非采暖期全部用于发电，采暖期机组抽汽向生活区供暖，取代生活区燃煤锅炉。项目总投资约 12000 万元，2011 年 9 月建成。年发电量 16000 万千瓦·小时，同时采暖期供生活区蒸汽 34 万吨。

（2）饱和蒸汽发电项目：针对非采暖期厂区余热蒸汽大量放散的状况，建设 1 台 HS4592/N6-0.98 的 6 兆瓦饱和蒸汽发电机组，非采暖期利用饱和蒸汽进行发电。项目总投资约 3000 万元，2011 年 7 月建成，年发电量 2000 万千瓦·小时。

（3）9 号高炉 TRT 发电项目：淘汰 9 号高炉 2011 年投运的老旧高炉 TRT 发电装置，建设 1 台 MPG9.9-281.1/170 的 10 兆瓦高炉 TRT 发电装置，利用高炉炉顶压力能驱动透平发电机进行发电。项目总投资 1900 万元，2015 年 1 月份建成，年发电量 4000 万千瓦·小时。

（4）8 号高炉 TRT 发电项目：淘汰 8 号高炉 2009 年投运的老旧高炉 TRT 发电装置，建设 1 台 MPG9.9-281.1/170 的 10 兆瓦高炉 TRT 发电装置，为 8 号高炉增设 MPG9.9-281.1/170 的 10 兆瓦高炉 TRT 发电装置，利用高炉炉顶压力能驱动透平发电机进行发电。项目总投资 3000 万元，2012 年 8 月份建成，项目投运后，年发电量 4000 万千瓦·小时。

（5）烧结环冷机烟气余热发电项目：为利用烧结环冷机烟气余热资源，淘汰原有老旧余热锅炉，增设 2 台 QC216(128)/380(280)-23.6(8)-2.0(0.39)/330(180) 的双压余热锅炉，并配套建设 1 台 BN10-1.9/0.35+QF-W12-210.5kVQ 的 10 兆瓦补汽凝汽式汽轮机组，通过双压余热锅炉产生 2.0MPa、330℃(18.2t/h) 和 0.65MPa、192℃(6t/h) 的过热蒸汽驱动汽轮机进行发电。项目总投资 6500 万元，2016 年 4 月份建成，年发电量 5000 余万千瓦·小时。

（6）焦化干熄焦项目：为回收熄焦过程红焦所带能源，与 2×65 孔 6 米捣固焦炉配套设计 1 套干熄焦装置，一台 Q240/980-96.9-9.8/540 的 170t/h 高温高压余热锅炉，1 台 C30-8.83/0.8 的 30 兆瓦抽凝式汽轮发电机组，项目总投资18000万元，2017年4月份建成，年发电量20000余万千瓦·小时。

（7）富余煤气发电项目：新建焦化项目投运后，经全厂煤气平衡，有13万立方米/时的高炉煤气富余，按照煤气平衡情况，新建发电设施规模为：1台NG-130/9.8-Q的130吨/时高温高压燃气锅炉，配套建设1台N35-8.83-2的35兆瓦纯凝式汽轮发电机组。项目总投资12800万元，2018年6月份建成，年发电量26000万千瓦·小时。

三、无人值守一卡通

近年来，长钢积极响应国家“两化融合”和“智能制造”号召，逐步将信息化融入到采购、销售、财务、人才、安全和计质量等各专业。先后完成了隐患排查与安全预警系统、OA协同办公系统、核心人力资源系统等集团管控类信息化项目；长钢公司自主建设供应链信息化一期项目、财务管理平台、电商平台、炼钢钢水智能快速分析系统等信息化项目12个，满足了产品、物料集中核算和管理的核心需求；实施无人值守管理模式，逐步实现计量无人化、记录无纸化、检验自动化；独立自主开发的能源数据采集系统，大大提高了能源计量数据采集和监测效率；积极推进网络覆盖工程，公司办公区域和生产主干节点网络覆盖面已达到95%。建设轧钢厂智能仓储管理系统、公司门禁考勤一卡通、“一罐到底”铁包跟踪系统等信息化项目。

在过去漫长的时光里，计量系统是最让领导操心的部门之一，因为这些部门是最容易出问题的地方，公司的所有原燃料、半成品和产品出厂，都要通过计量，计量的准确性就显得非常重要。这种单位涉及的点多面广，占用的人员多只是一个方面，监督和管理的难度也非常大。除了一些不法商人在绞尽脑汁钻空子，企业自己也有的人守不住心里的底线，与外人合谋损害企业的利益。

2010年以后，长钢成立了专门督查室，关键岗位安装了许多摄像头，督查室有一个值班室24小时有人守着监视器，只怕眼底下漏过任何可疑的情况。即使是这样，也无法做到高枕无忧、一劳永逸。

2017年底的一天，在位于公司东厂门的一级进出口计量点，一名货车司机驶上秤台，随着“请刷IC卡”提示音响起，司机从车窗伸出手臂进行了刷卡，系统提示“晋D*，重量30.9吨，计量完成，请下磅!”接着车辆缓缓驶入厂区。整个计量过程仅仅用了20秒钟。这一串动作放在以前，司机必须要下车完成单据传递、信息确认、出单计量等步骤，最少得花费两分钟。现在我们所看到的变化是公司全面推行无人值守一卡通“计质量管理系统”带来的结果。

长钢公司在一级进出口秤、二级秤、转序计量等19个点成功实施无人值守，实现了对公司采购、生产、销售的流程集中管理，人工成本和廉洁风险大幅降低，工作效率显著提升，这是公司在管理创新上做出的一次有益尝试，标志着公司在实现智能化管理进程中又迈出了坚实的一步，系统运行稳定且效益初显。

这个项目2017年年初开始立项。项目设计之初，研发团队就全面细致地对公司现有信息化系统和产销两头的设备运行情况、工序流转情况进行了调研分析。对系统平台搭建核心架构、现场设备及网络通讯等实际情况进行整体考虑，决定与现有的兰格电商、用友NC-ERP进行高效整合。经过研究讨论，团队最终确定了“一个中心，一个系统”的设计思路，即：一个集中计量控制中心，一个计质量信息系统。

面对从产到销工序复杂、流程冗长、现有信息化平台不一致等诸多难题，计控室、质量监督站、计财处、采购中心、生产技术处、销售中心、运输部、武保处及各相关生产主流程单位，同项目开发商太原易思公历经过200多日夜的不眠不休、数十次的项目推进会、形式多样的单点培训、一遍又一遍的现场测试、数以千计的节点完善，终于成功实现了不同信息化系统间的数据共享，形成了以计量、质量业务为纽带，利用LC卡流转为中心的闭环计质量管理系统，实现了公司产、供、销业务管理一体化，让系统实现效益最大化。管理系统囊括了无人化、无纸化、自动化、防作弊四大亮点，通过网络视频、语音、数据相结合的方式对整个计量和质量检化验过程进行管控和约束。一方面通过设立集中计量控制中心对各节点设备运行状态、过程、异常处理及调度资源进行实时监测；另一方面，改变传统的管控流程，利用自控技术、T技术、多媒体技术等，实现客户自助计量，减少人为干预，杜绝计量舞弊行为，有效降低廉洁风险。根据对相关工作进行跟踪总结，大宗原料计质量时间由原来的每车2分钟缩短至20秒；质量检验效率由原来的每天200车增至300车；大宗原料由计量到入库的时间差大大缩短；报表的实时查询、快捷统计功能，让原来需要4个人做的统计工作，两个人就能轻松完成。此外，生产组织单位还能利用系统的实时查询功能，提高工作安排的预见性，实现管理的科学高效。

无人值守一卡通系统上线运行，减少了销售、开票门岗、司磅、仓库、料场的岗位设置，同时减少了磅单、销售结算单、流通等纸张消耗。仅此两项每年就可节约费用上万元。

四、盯着电脑卖钢材

电商，是近几年来发展最快的新生事物，从无到有，从小到大，是我国销售形式的一次彻底的革命。谁没有在网上购买过商品，他绝对可以算作是古董级的人物。早几年前，农村里的核桃、红枣、小米、大蒜、萝卜、白菜，就都在电商平台上销售，深山老林里的农家，足不出户就把自家的土特产卖到了天涯海角。

长钢公司顺应时代潮流，积极开发电商平台，由兰格钢铁网与长钢公司合作开发、建设和运营的行业性钢铁电子商务平台，于2017年3月1日正式上线运行。

该电商平台实现了长钢公司全部钢材销售量的在线交易运作，通过提供高效、快捷的销售服务，更精准、更快捷、更经济地提高了品牌影响力，有效拓宽了市场用户受众面和销售渠道，为长钢公司提高市场占有率和品牌知名度、加强销售管理等方面提供了强有力的保障。

长钢公司电商平台的业务模式是由兰格钢铁网提供技术支持，与长钢公司合作创建的钢厂自有电子商务平台。主要模式是把长钢公司的待售钢材资源发布于电商平台，从而帮助钢厂扩大市场，提升销量。该平台是由长钢和客户直接交易，兰格钢铁网只是为交易过程服务，不介入交易之中，能够很好兼容钢厂的自身特点和需要。该平台通过搭建长钢电商平台、长钢物流平台，实现长钢公司全部钢材销售的在线交易、在线支付、在线提货、在线找车等信息化操作，能够使交易数据、资金数据、仓库数据更及时、更准确地呈现；通过客户管理、仓储管理、资金管理等功能提升管理水平，堵塞管理漏洞；同时物流平台的搭建便于钢厂对物流运输的管理、退换货处理、换车处理，为钢材销售线下临时出现的问题提供解决方案，大大提升了长钢公司市场竞争力和品牌影响力。此外，该平台在提高品牌影响力的同时，也有效拓宽了市场用户受众面和销售渠道，该平台最大的优势就是资源和销售渠道的所有权和主动权均由长钢自己掌控。

长钢电商平台的开通运行，使得长钢公司的销售模式有了新转变，管理能力也有了新跨越，特别是销售工作呈现出了持续进步的良好态势，充分证明了电商平台的运行对于提升工作效率、人员优化、加强管控水平起到的积极推动作用，而且通过该电商平台的全面运营，充分吸纳了终端用户直接使用或者销售长钢公司产品，进一步拓宽了销售渠道、提高了直供直销比例。开通电商平台，实现了由“分”资源到“抢”资源的转变；销售以及结算模式更为灵活；价格管理及价格发布更为到位、更为透明；增强了长钢公司的差异化竞争优势；直销用户、直销量稳步提升，市场占有率逐步提高；品牌效应逐步显现；有效加强了销售管理水平；减少了人为操作，实现了公平、公正、公开；减少了工作失误，提高了工作效率；节约了办公成本。

五、质监站有了机器人

“快来看，这个‘小黄人’多灵活啊！”

“‘小黄人’的‘上岗’降低了职工的劳动强度！”

“你们说得都对，但‘小黄人’最重要的意义是提升了咱们公司的自动化、智能化水平，是公司迈步新发展的重要一步。”

……

4 月 30 日，首钢长钢钢水分析化验战线上的职工们一边看“小黄人”“手舞足蹈”地作业，一边热烈地讨论着。他们口中的“小黄人”是公司钢水智能快速分析系统的主体设备，将在今后一段时期，参与到公司的钢水分析工作中。

从人工向智能过渡，不断实现取样自动化、分析仪器化、数据信息化，首钢长钢的智能化工作迈出了坚实的一步。

质量监督站炼钢分析室主要承担铁、钢工序工艺样品光谱分析任务，日均检测样品近 600 个，生产任务体现出检验品种相对固定、样品量大、节奏快、频次高的检验特点。而现阶段主要是采取人工接、制、分析样品，并报出数据信息的方式，人员重复性劳动强度大，检测过程和结果也存在着人为干扰因素，数据传递不准确、响应生产不及时等问题。炼钢分析室现有主要分析设备包括 4 台直读光谱仪分析仪、1 台铣样机、1 台 X 荧光光谱仪。其中，4 台直读光谱仪中有 2 台为 2004 年投运，2 台为 2009 年投运，服役年限最长的已有 14 年，仪器分析精密度和稳定性均出现较大波动，加之炉台化验室环境相对较差，存在高温、粉尘、电磁干扰等干扰因素，已不能满足铁钢工序正常生产检测需求，更不能适应该公司品种开发对检验工作的更高要求。从优化提效工作需求来看，通过开展智能化、信息化升级改造已成为助力优化提效工作的最好选择。在深入调研的基础上，首钢长钢公司质量监督站向智能化迈出了实质性的一步，率先引进了钢水智能快速分析系统。

此次引进的钢水智能快速分析系统作为长钢第一个智能制造项目，是由世界 500 强美国赛默飞世尔科技公司最先进的 SMS3500 自动化光谱仪和国内先进制样机厂家南京和澳公司的双头铣样机集成的 2 对 2 智能分析系统。智能化分析系统的建立对建立钢水检验标准、降低人员劳动强度、提升检化验质量以及优化劳动组织、提高劳动效率都作用明显，也标志着人工智能从此走进了这个传统工厂。

六、垃圾里面的高科技

垃圾是放错地方的资源。

随着城市化的不断发展，随着城乡建设的不断发展和人民生活水平的不断提高，垃圾无害化处理越来越显得迫切和紧要。生活垃圾处理现状已经对城市发展形成较大考验。为解决长治市“垃圾围城无可埋”问题、实现生活垃圾“无害化、减量化、资源化”处理目标，长治首钢生物质能源有限公司于 2017 年取得特许经营权，负责承担实施长治市主城区生活垃圾无害化处理项目，旨在改善城市生态环境，提升民众生活质量建设内容。

长治市主城区生活垃圾无害化处理项目拟建设规模为 1500 吨/日的焚烧发电厂及配套的填埋场。

焚烧发电厂（BOO 模式）位于首钢长钢公司棒材车间南侧，占地面积 100 亩，分两期建设。一期规模为 1000 吨/日，包括：2×500 吨/日机械炉排型焚烧炉、2×42.5 吨/小时 4.0MPa/400℃余热锅炉、1×18 兆瓦汽轮发电机组及 400 吨/日处理能力的渗沥液处理设施。

二期规模为 500 吨/日，包括：1×500 吨/日机械炉排型焚烧炉、1×42.5 吨/小时 4.0MPa/400℃余热锅炉、1×9 兆瓦汽轮发电机组及 100 吨/日处理能力的渗沥液处理设施。

焚烧发电厂一期工程总投资约 4.57 亿元，拟于 2019 年年底建成投产，年处理生活垃圾 365 万吨，年发电量 121 亿千瓦·小时，具有良好的经济效益、环境效益和社会效益。

长治市主城区生活垃圾无害化处理项目 2018 年 9 月底完成桩基施工，10 月 15 日完成土方工程，11 月底主厂房柱基础全部完成。2019 年 2~8 月份进行主体设备安装，9~11 月份进入设备调试阶段，2019 年年底焚烧炉点火投产。

该项目总承包方为北京首钢建设集团有限公司。该公司为首批中国工程建设社会信用AAA级企业，连续11年获得全国优秀施工企业称号。公司拥有冶金工程施工总承包特级资质；建筑工程、市政公用工程、机电工程施工总承包一级资质。拥有冶金行业甲级、建筑行业建筑工程乙级和建筑装饰专项甲级设计资质。

按照施工计划安排，在总包方的组织下，目前现场施工人员约450余人，24小时不间断进行施工作业。

建设垃圾焚烧发电厂，是首钢长钢公司转型发展的需要，也是国有企业社会责任的职责和使命所在。项目建成之后，除了为长治市的城市文明清洁发展做了贡献，还可以创造一定的经济效益，并且可以吸纳一部分长钢的富余劳动力，可以说是利在当代、功在千秋、一举多得。

第十章

文化对接与创新：万木霜天红烂漫

历史是一条河，文化也是一条河。在历史的长河中，一些东西产生了，一些东西消失了，也有一些东西被保留下来。在保留下来的东西中，有一部分就是文化。所以，文化是历史的积累，带着历史的厚重，充满着历史的睿智。

面对文化，人们常常会有一种置身在深山云雾当中的感觉，那种云水雾气，弥弥漫漫，缥缥渺渺，把你紧紧地围裹在它的怀抱里面。你可以听到身边潺潺流水的声音，偶或还可以看到刹那间云开雾散突然显露出来的蓝天、山峦、树木，你会欢呼，你会呐喊。但你伸手想要触摸它的时候，你却触摸不到它，你深深的呼吸一口，也不会有什么异样的感觉，可你又无时无刻不被其滋润，不被其浸染。

文化与我们如影随形，水乳交融，分不开，离不得。

文化是一种社会现象，是人们长期创造形成的产物。同时又是一种历史现象，是社会历史的积淀物。确切地说，文化是指一个国家或民族的历史、地理、风土人情、传统习俗、生活方式、文学艺术、行为规范、思维方式、价值观念等。

按照我国《现代汉语词典》（1996 年版）的说法，文化是指“人类在社会历史发展过程中创造的物质财富和精神财富的总和，更特指精神财富，如文学、艺术、教育、科学等”。而《辞海》（1999 年版）说是“广义指人类在社会实践过程中所获得的物质、精神的生产能力和创造的物质、精神财富的总和。狭义指精神生产能力和精神产品，包括一切自然科学、技术科学、社会意识形态。有时又专指教育、科学、文学、艺术、卫生、体育等方面的知识与设施”。

从社会功用上，文化分为礼仪文化、制度文化、服饰文化、校园文化、企业文化等等；从文化的内在逻辑层次上，又可分为物态文化、心态文化、行为文化、制度文化几个层次。

企业文化是企业的灵魂，其核心是企业的精神和价值观。企业文化是企业在生产经营实践中逐步形成的，为全体员工所认同并遵守的、带有本组织特点的使命、愿景、宗旨、精神、价值观和经营理念以及这些理念在生产经营实践、管理制度、员工行为方式与企业对外形象中的体现的总和。

朱继民先生关于企业文化有独到的见解：“企业文化如水。首先是企业文化柔情似水。企业文化对于管理制度而言它是软的，它是非制度性的，它是柔性物质；第二企业文化是水滴石穿。长期不懈地努力，才能形成先进而活跃的思维习惯，价值规律，共同追求；第三是企业文化如鱼得水。企业文化就像水跟鱼的关系一样，水好了，鱼在水里就能健康生活。如果企业没有做事的氛围和环境，就留不住人才；第四是企业文化是滴水之恩涌泉相报，其意思是企业文化建设投入多大，所取得的回报就有多大；第五叫水到渠成，其意思是企业文化建设不能急于求成，是潜移默化、自然而然的结果。”

一、加盟首钢的文化对接

2009 年长钢加盟首钢以来，把与首钢总公司文化的深度融合放在了突出的位置。按照首钢集团“总部统领、整体协同、分层定位、各具特色”的企业文化建设总要求，在继承中融合，在融合中发展，一手传承和弘扬红色长钢文化，一手依托首钢大文化的品牌优势，围绕创新加强学习、开拓视野，围绕创优精细管理、赢在执行，围绕创业攻关破难、积聚资源，很快实现了文化、管理、技术、营销、服务等方面的积极对接与融合，企业文化呈现出更加强大的生机和活力，企业进入了一个崭新的发展时代。

一年企业靠打拼，十年企业靠经营，百年企业靠文化。这种理念，根植于长钢领导的脑海之中。核心价值观、共同的追求、共同的目标，是长钢、首钢文化融合的前提。

首钢长钢重组后，有着90年文化底蕴，特别是在承包经营和搬迁调整中体现出来的首钢优秀文化，给长钢注入新的生命力。在企业文化建设过程中，长钢在价值体系、行为体系、制度体系、识别体系各个方面积极主动与首钢总公司企业文化实现全方位对接。

首先是理念文化对接。重组协议签订后，长钢派专人到总公司学习交流企业文化方面的内容，在重组第一时间受到总公司先进理念和品牌文化的影响与规导。他们充分吸收总公司“文化是企业的灵魂，没什么不能没魂”的文化理念；“学习、工作、生活一体化”的学习理念；“人人是创新主体，处处有创新课题”的创新理念等，并把这些内容融入长钢企业文化建设中。

二是视觉文化对接。重组后，首钢下发了《首钢长钢公司过渡期管理意见》，长钢积极贯彻落实，与总公司各对口单位交流对接。在企业文化品牌建设方面，双方进行了积极交流。融合，标志必须统一。为充分吸收总公司的视觉元素，长钢将总公司的企业标志、企业标牌、企业旗帜、企业名片、产品商标、产品挂牌、报告请示上呈格式、企业着色要求等，纳入企业文化视觉系统。在一年多时间里，从办公区到家属区，从办公用品招待用品到幼儿园墙壁，随处可见首钢标识。强大的视觉效果，将首钢长钢是一家观念的传递到千家万户。接着，循序渐进更换了新工装，做到了统一式样、统一标识、统一颜色、统一布料的“四个统一”。现在，长钢从生厂区到办公区，小到报表，大到广告牌，都执行首钢的视觉系统。

三是行为文化对接，增强职工群众的行为自觉。重组后，长钢宣传部门立刻订阅《首钢日报》，发至公司领导和各单位，同时在《长钢》报、长钢电视开辟了“来自总公司的报道”“首钢大家庭”等栏目，及时将总公司及兄弟单位的信息动态传达至各个单位，并在长钢网上设立了链接系统，让大家随时可以看到总公司的大政方针和管理等各种信息。基本做到了《首钢日报》期期有长钢动态，首钢电视台周周有长钢影像。

2012年8月，长钢电视台与首钢电视台实现了异地同步播出对接。通过媒介互动提高长钢职工对首钢的认同度。积极开展文明就餐，文明乘车，文明沟通，文明窗口服务等诸多主题活动，加快行为文化的对接。

四是通过人的思想行为传播优秀企业文化，促进融合发展。首钢总公司领导多次到长钢指导工作，给长钢以全方位支持。派驻长钢的领导干部和技术服务团始终以尊重对方、帮助发展为前提，工作高效、严谨求实，不但将首钢的技术、管理理念带到长钢，更将首钢“创新、创优、创业”的发展理念及雷厉风行的工作作风，潜移默化地传递给长钢职工。在技术、管理、人才、培训等方面，首钢总公司让长钢人时时感受到毫无保留以及高效率，感受到“手把手、口对口，教不会，我不走”的真诚与热情。长钢先后派出近百批计上千人次干部职工赴首钢旗下的迁钢、京唐等钢厂对口学习、培训、参观。通过多种方式的交流，干部职工的思想意识得到很大提高和转化。

长钢积极主动实现融合的做法，使人深切地感受到，一进长钢的大院，就有首钢的感觉；一踏进长钢，就感觉到了首钢大家庭的温暖。长钢职工反映，过去我们企业是要关门了，加入首钢后，底气足了，说话硬了，人才引进容易了，政治地位提高了。

五是对接中有所坚守，融合中有所创新，从自己的实际情况出发，满足职工思想文化及感情上的需要，保证融合质量。长钢积极吸收和应用总公司的品牌文化，同时根据企业历史渊源和文化特色，保留和创新了一些行之有效的品牌文化。敬畏先人，尊重历史，将太行精神、抗大精神与红色长钢的创业精神融为一体，使之成为提升干部职工整体素质的教科书。与此同时，长钢公司注重做好三篇大文章。一是“民主管理文化”大文章。职工代表民主评价制度，是长钢管理模式的有益探索，得到了全国总工会的高度赞誉，“长钢经验”在全国各级工会组织中得到积极推广。二是“主题活动文化”大文章，积极践行社会主义核心价值观，把“中国梦”“首钢梦”“长钢梦”融入各项工作中，以活动凝聚人心、鼓舞士气。三是“和谐共赢”大文章，寻找改革最大公约数，凝聚发展强大推动力。

经过几年的融合实践，长钢公司在管理文化上发生了质的飞跃。“敢闯、敢坚持，敢于苦干硬干”“敢担当、敢创新、敢为天下先”的首钢精神，“三创”“三个首钢”“三个一分钱”“一级带着一级干”等许多文化元素被长钢人认同和接受。长钢推行“全面预算管理制度”“二维管理和建立KP1考核体系”。“三清晰三到位”精细管理文化与“铁前三个一体化”创新管理文化等日渐成形，成为长钢企业文化传续和扩展日渐丰富日渐完善的重要标志。

2011年3月27日，首钢党委在长钢召开企业文化建设研讨会，征求首钢各下属单位在《关于加强企业文化建设的指导意见》下发前的意见。时任首钢党委副书记姜兴宏就企业文化问题讲话：第一，首钢集团6个新加盟的成员单位——长钢、水钢、贵钢、首黔、伊钢、通钢，文化都是红色文化，这是文化融合的基础。都有共同的红色文化，都是在共产党领导之下、有国有企业改革开放的历程，同根同宗同源。正是因为有这样一个基础，在一起很容易合作；第二，企业文化融合以核心价值观为前提，我们都有共同的战略目标规划，核心价值观、共同的追求、共同的目标，是我们融合的一个前提。因此，集团总部应该起到一个统领和协调作用；第三，要真正进行企业融合，学习和交流是不可缺少的一个途径和方法。企业有大小，但企业文化没有大小。来到长钢，看到了红色的文化，就要恭恭敬敬地学习，到水钢，看到环境那么恶劣，工作条件那么差，但是职工文化那么好，我们肃然起敬。

2014年5月15日，总公司党委副书记姜兴宏再次来长钢公司检查指导企业文化建设，指出企业文化在企业发展中发挥着重要作用，是一种无形资产、人心工程、领导方法、价值追求，是企业发展的正能量，首钢的企业文化与长钢的红色文化同根同源，一脉相承，都同国家的命运息息相关，所以两个企业走在一起是自然而然的。他从首钢的建厂谈起，回顾了首钢在解放前，中华人民共和国建立后，改革开放直至搬迁调整阶段的整个历程以及贯穿在整个过程中逐渐形成并成熟的首钢企业文化。他说，首钢走过95年的历史，其文化总结起来有五个特点：一是艰苦奋斗，自强不息。二是自主创新，永争第一，敢为人先。三是开放合作，兼收并蓄。四是以人为本，报效祖国。五是永不满足，追求卓越。企业文化在企业发展中发挥着重要作用，回顾历史可以看到企业发展的方向，回顾企业文化可以获得前进的动力，成为企业前进的正能量。企业文化建设应该细心打造、精心培育，让这种无形资产、软实力、传家宝不断发扬光大，为企业转型跨越发展做出贡献。

重组以来，长钢不断在文化对接融合上进行积极的探讨与研究，让对接与融合在实践中得到更为理性的调整与健康发展。2011 年 5 月 24 日《长钢》报发表首钢长钢企业文化调研组撰写的“积极对接，健康起步——首钢长钢企业文化建设调研报告”，从企业现状、主要做法，成功原因、几点启示 4 个方面，对长钢企业文化建设和首钢企业文化的对接融合进行了深入的分析。2011 年 8 月 8 日，长钢党委下发《关于贯彻首钢党委加强企业文化建设指导意见精神全力推进企业文化建设的实施方案》。《长钢》报还先后发表了“联合重组对长钢的重要意义”和“文化融合的实践与思考”等总结与首钢进行文化融合的做法与经验的文章。

2012 年 11 月 24 日，“中外企业文化 2012 年峰会”在珠海召开。中央、国家有关部委领导、中外企业文化专家学者、国内外知名企业、行业和地方相关协会、相关研究机构的代表共 700 余人齐聚这里，共同探讨“新形势下企业文化深化与根植”问题。

首钢长钢公司纪委书记崔永康代表公司出席大会，并作了长钢以“多走动，多汇报，多参与”的方式，与首钢思想文化、管理文化、机制文化进行大融合的交流访谈，不时赢得全场热烈的掌声。

两家企业同根同宗同思变。两家企业都有着强烈鲜明的红色文化，都是国有企业，都有着求生求变的强烈意识。首钢在搬迁调整中寻求突围、做强做大；长钢在国家产业布局中求生存、谋发展。首钢对长钢精品长材基地的定位，既能够保留首钢的长材优势，又给长钢注入了强大的生命力。共同的传统、文化追求，使两家企业形成了一个利益共同体。

这次会议，传递出长钢与首钢文化融合的自觉和自信，传递给世界一个老国企抗击市场、昂然前行的“文化强企”姿态。

会上，长钢荣获“2012 年度全国企业文化建设优秀单位”称号。

在传承中融合，在融合中发展，在发展中探索，是长钢企业文化建设走出的和合之道。面对严峻的钢铁行业形势，钢铁企业正在全面深化改革，长钢企业文化建设工作正在积极适应深化改革新常态，积极探索新的建设途径，不断推陈出新，让红色文化不断在传承中发扬光大。

二、红色基因的认定与张扬

在钢铁行业特殊困难时期，长钢对于自身红色文化的认定与张扬，彰显出文化强企的战略目光。

红色文化是长钢企业文化中历史悠久、内涵独特、积极向上、华采灼然的主流文化。七十多年前，长钢身披战火硝烟，为中国人民的解放战争做出突出贡献。七十多年来，长钢的红色基因一直在全厂干部职工政治生活、生产生活、社会生活中起着至关重要的作用。作为长钢人的精神支柱、力量源泉，她伴随着长钢人在迷茫中清醒，在停滞中穿越，在困顿中坚守，在疏离中聚合，在疲软中坚挺。

当年太行老一代军工人继承延安精神和抗大精神，在建设故县铁厂和生产实践中八次受到八路军总部表彰，“一高炉”被誉为“功勋高炉”。它展现出来的红色文化精神内涵至少包括以下6个方面：

艰苦奋斗，自力更生；百折不挠，无私奉献；人民利益，至高无上；科学严谨，实事求是；尊重知识，开放包容；开拓创新，不断进取。

红色长钢精神和太行精神是一脉相承的。“在国家和民族处于危亡的关键时刻，中国共产党领导太行儿女展现的不怕牺牲、不畏艰险的革命英雄主义精神，是在极其艰苦的条件下展现的百折不挠、艰苦奋斗的精神，是为民族的解放展现的万众一心、敢于胜利的精神，是为人民利益展现的英勇奋斗、无私奉献的精神。”这既是对太行精神的高度概括，也是对红色长钢精神的深刻总结。

红色长钢精神是宝贵的精神财富，是长钢文化的底色，是支撑长钢人克难制胜、不断取得新的、更大胜利的文化根基和精神力量，也是支撑长钢发展壮大的深厚文化根基。

过去，由于忽视了对这种精神和文化的发掘、弘扬，长钢的红色文化历史不仅少为社会所知晓，即便是长钢的职工，尤其是年轻职工，对这段历史也不甚了解。

在长钢公司党委一班人看来，文化是企业的灵魂，一个企业要想具有长久而旺盛的生命力和持久的竞争力，没有先进的文化做支撑是难以想象的。红色是长钢与生俱来的色彩，具有无法复制的独特性。正是这种流淌在血脉里的红色基因，支撑长钢人历经无数风雨坎坷始终自强不息、勇往直前。在历史的沉淀中，革命年代里保存下来的优秀精神不应当只化作红色记忆，而要成为我们面向“新时代”的火种。

历史的记录和精神的传承都需要借助有形的载体和平台。基于这一点，2009 年 9 月，长钢公司提出打造红色长钢、建设厂史展览馆的计划，系统地挖掘、整理长钢在党的领导下艰苦创业的历程和锻造的红色精神，认祖归宗，教育后人，使红色钢铁火种生生不息，使红色钢铁精神代代传承。

在挖掘红色文化、建设厂史馆过程中，长钢公司为自己确立了明确的方向：一是从文化的层面传承和弘扬红色长钢精神。深入挖掘长钢的红色历史，深刻领悟和解读红色长钢精神的内涵与实质，使其深入人心，代代传承，成为长钢深厚的文化根基和全体长钢人的价值取向；二是从实践的角度传承和弘扬红色长钢精神。以高度的历史责任感和使命感，努力推进企业的转型跨越发展，通过企业的做大做强，使红色钢铁火种生生不息，使红色钢铁旗帜永远高高飘扬；三是用发展的思维传承和弘扬红色长钢精神。在企业发展进程中，不断赋予新的内涵和时代特征，使红色长钢精神与时俱进、历久弥新。

厂史展览馆从筹建开始便得到了长钢职工、在长钢工作生活过的老兵工们的积极响应。老兵工及其家属们对厂史展览馆文字、实物资料的收集鼎力相助，无私地把自己珍藏多年的宝贵史料捐赠出来。

首钢总公司领导、长治市委、市政府领导多次到厂史展览馆参观指导；社会各界对长钢厂史展览馆的建设积极建言献策，提出了宝贵的意见和建议。

中央军委副主席张万年同志了解了长钢的红色历史后，亲笔为长钢厂史展览馆题词：“红色长钢　鼎立太行”。

2011年是中国共产党建党九十周年。3月11日，长钢党委对开展纪念建党九十周年系列活动进行了具体安排，安排大大小小18项活动，并决定推出一批红色成果。其中两项重点工作：一是厂史展馆揭牌；二是红色系列丛书出版发行。

厂史展览馆从2009年11月开始筹建，2011年5月完工，历时一年半。经过审慎研究，厂史展馆布展内容分为九大板块：

第一板块：红色序曲。反映抗日战争爆发后八路军总部和抗大一分校1938年8月至1939年7月进驻故县这段历史。它是后来的故县铁厂最终选址于此的前提条件之一，是红色长钢之渊源。

第二板块：艰苦创业。着重反映从1938年八路军初创军事工业到创建故县铁厂那段从无到有的艰苦卓绝的奋斗史。

第三板块：风雨历程。长钢从20世纪50年代初下放地方到70年代末，先后经历了大跃进、三年自然灾害、三年调整和文化大革命，道路坎坷，艰难发展，此间上马了炼钢、轧钢、轧管、电炉，后又改为特殊钢厂，风雨历程，名副其实。

第四板块：自强不息。1979年，党的工作重心转移到经济建设上来。长钢是适应战争需要建立的军工厂，布局分散，设备简陋，技术落后，进入和平建设时期，原先的地理优势成为劣势。为了求生存，谋发展，从80年代开始，坚持不懈自筹资金进行技术改造，经过30年的奋斗，钢的生产规模从1978年的10万吨增加到2008年的231万吨，装备水平不断升级换代。

第五板块：浴火重生。2005年，长钢的体制改革遭遇挫折，生产经营受到严重影响，加上金融危机的影响，陷入困境。2008年，新一届领导班子上任后，积极寻求企业日后的出路，在省、市两级领导的大力支持下，最后和首钢成功实现联合重组，浴火重生，获得发展后劲，年钢铁生产规模提高到360万吨。

第六板块：和谐家园。重点展示新中国成立以来长钢在精神文明建设和后勤服务诸方面取得的进步。

第七板块：领导关怀。历年上级领导来长钢的视察指导情况。

第八板块：前景展望。展示企业未来的发展前景。

第九板块：长钢发展规划沙盘。用微缩景观，借助声光电，形象直观地反映长钢未来发展规划。

厂史展览馆面积600平方米，共搜集珍贵图片800余幅，历史实物240余件，仿制实景6处，设电子触摸屏和电子翻书两处。内设3D影院、光控展板、立体展柜等。以时间为经，事件为纬，概略地反映了长钢从无到有，从小到大的发展历程。

搜集图片和实物资料，是一个艰苦的挖掘过程。工作人员们把希望寄托在老一代长钢人身上，一次次登门求助、拜访知情者和当事人。让人倍感欣慰的是，作为长钢重要的历史阶段，建厂初期老厂长陆达同志用他手中的相机，为后人留下了许多珍贵的照片。新中国成立初期的照片，多来自厂档案室。1958年大跃进时期，长钢再度成为全国关注的焦点，《工人日报》等媒体又为长钢留下许多珍贵资料，使得20世纪50年代故县铁厂的许多生产、生活场景历历在现。国家建设“小三线”“文革”期间，大批历史资料被毁。工作人员仔细寻找，发现点滴线索和资料，就千方百计扫描复制下来，征集实物，历经千辛万苦。搜集中，也常有意外的惊喜。对于搜集来的资料，经过认真谨慎的求证，力求还原历史的真实。

2011年6月18日，厂史展览馆揭牌开馆。

首钢长治钢铁有限公司厂史展览馆揭牌仪式现场

这一天，紫藤楼披上了节日的盛装，一大批老领导、老兵工不远千里，有的甚至越洋过海，来追寻长钢的红色足迹，见证60多年的历史变迁。

中国钢铁工业协会名誉会长、原冶金工业部副部长、原中钢协党委书记吴建常，长治市委书记田喜荣，首钢总公司党委副书记姜兴宏，原冶金工业部钢铁研究总院副总工程师兼功能材料部主任柯成共同为厂史展览馆揭牌。

原冶金部工业副部长、总工程师、故县铁厂创始人陆达的女儿陆忆兰、陆岩；中国钢研科技集团有限公司原副总工程师、中国金属学会精密合金与电工钢学委会主任柯成及儿子柯钢；中国钢协粉末冶金协会名誉理事长、中国钢研科技集团有限公司原中国粉末冶金协会会长、粉末冶金研究室主任、教授李献璐；国家发改委原高级工程师郭廷杰及儿子郭刚；原冶金工业部钢铁研究总院副院长、总工程师李世英及儿子李剑；原西沟耐火材料厂创建者宋忠恕的女儿宋彩新；原枣臻焦化厂创建者宋宗理的女儿宋平；原长钢老领导李浮之的夫人金英子；老领导李宝庆的儿子李联武、女婿李艺；老领导郝玉明的儿子郝天智；老领导谭秉礼的儿子谭并科以及长钢离退休老领导出席了揭牌仪式。

央视网《先锋中国》栏目播发了长钢红色历程电视片。

厂史展览馆试展期间，应邀前来参观的公司老兵工、老领导在馆内久久徘徊，抚今追昔，激动不已。厂史展览馆开馆时，老兵工老领导、兵工子弟在展览馆里指着一张张照片回忆往昔，把当年的艰苦创业生活讲述给今人，他们一起相拥而泣，合影留念，寄托他们的美好祝愿。

厂史馆开馆后，公司各单位职工相继到厂史馆学习，社会各界参观人员也络绎不绝来这里参观。

2014年8月21日《长钢》报刊登名为“追寻——八路军兵工后代参观厂史馆侧记”的文章，读来，让人热血沸腾，热泪盈眶：

厂史展览馆自开馆至今，已接待参观者14000余人次。其中，不乏国家、省、市级领导，不乏对长钢历史了然于胸的人，不乏与长钢有着千丝万缕不解之缘的人。但是，这次，是最感人、最激动人心，也是最真情流露、引发共鸣的。因为，这次的参观者大都是故县铁厂创建者的后代，还有太行山老

老兵工及其子女参观长钢厂史展览馆

兵工的后人。

这些人当中年纪最大的已有72岁，最小的20多岁，他们自发组织，从北京出发，不远千里，自驾来到长治，展开为期3天的太行兵工遗址参观，为的是“追寻父辈光辉足迹，缅怀父辈丰功伟绩，继承父辈革命精神，弘扬父辈光荣传统”。

原八路军军工部部长刘鼎之子刘文山、刘文石，原八路军军工部政委赖际发之子赖晓炜，原八路军军工部工程处处长郑汉涛之子郑云荪，原国防科委副主任韦统泰之女韦丽朝，原军工部枪弹厂厂长沈丁祥之子沈白路，原军工部三四二厂厂长、八一马步枪设计师刘贵福之子刘建国，原军工部化学厂厂长张浩之子张建国，原军工部化学厂政委冯义彬之子冯小平……他们当中大多是已经退休的老人。他们说：“父辈们都是在太行山上一起干革命的，虽然我们年轻时因为工作的原因，彼此少了联系，但谁也没有丢掉这份父辈们一起革命一起战斗留下的情分。如今退休了，有时间了，就想着到父亲战斗过的地方看看，了解了解父辈们创建新中国的事迹，在有生之年把父辈们舍生忘死、不畏艰难的革命精神传承、发扬下去！”

在展厅中“部分参加故县铁厂建设的老八路和抗大人员”的照片前，原八路军军工部政委赖际发之子赖晓炜、原八路军军工部工程处处长郑汉涛之子郑云荪和原军工部三四二厂厂长、八一马步枪设计师刘贵福之子刘建国在自己父亲的旧照前驻足，留下了一张张合影。

在展柜中，看到当年陆达和郑汉涛将军在职工大会上的手书发言稿，郑云荪细细地隔着玻璃辨认着，老人的两眼有些湿润了，他激动地说："真的是父亲的亲笔！"他拉着工作人员的手说："谢谢你们，能保留到现在。"

刘文山、刘文石兄弟俩看到很多他们也没有见过的照片和实物后说，这证明长钢的史料挖掘工作做得很好，领导很重视。"其他厂也有类似的展馆，但长钢做得最好。感谢你们记录下了这段历史，我们感到欣慰。没想到长钢能办这件事，确实很好，一路走来，长钢是最全面、最整齐的展馆。"兄弟俩特意将《刘鼎传》和《刘鼎纪念文集》送给长钢党委书记、董事长郭士强，说："这是父亲一生的财富，送给长钢，我们一起共勉！"冯小平指着一张印有"工程技术研究室全体同仁留别纪念"字样的照片说："这是一张珍贵的照片，当时军工部的领导层有一半在里面。他指着其中的张浩说，这位是化学厂厂长张浩，当时和我父亲搭班子，我第一次见到他的照片。"刘建国在诸多照片中辨认出他参军时的司令员张贻祥将军，他向着老将军的照片立正，敬礼，以标准的军姿表达他的怀念。

马强依稀还记得当年妈妈背着他在兵工厂手工制作子弹壳的情景，他时而独自一张照片一张照片细细地端详，时而拉住同行的人讲述自己知道的那个年代的故事。他说，这里让他们找到很多回忆，很珍贵，很感人。老人们手中的相机和DV也随着自己的眼睛，和他们的心灵一起在展览馆的图片中、实物中搜寻着，发现了和自己的父辈有关联的，便记录下来。对他们来说，能够找到父辈年轻时留下的宝贵资料，这是一次难得的机会。赖际发的儿子赖晓炜看到父亲的多幅照片展于馆内，催促着手拿相机的爱人快拍下来，留做纪念。他感慨地说："父亲是个不爱表达的人，这些照片我们家里都没有，他在这里的事情，也从不讲给我们听。"

看到展柜里当时送给郑汉涛将军的盘子时，刘贵福的儿子刘建国显得很高兴，他说："我们家也有一套一样的，有一个盘子比这个还大些，只是上面的字已经模糊了。我回去要好好找找，把它们收集到一起。"

参观徐徐进行，老人们心潮起伏感慨万千。赖晓炜的话语有些哽咽，他说："父辈打下的江山不容易，我们这些后辈要把他们的精神发扬光大，要把我们的国家建设得更加富强，这是我们的责任！父亲在临去世前拉着我的手说，我们共产党干革命给老百姓许了很多愿，我们欠老百姓的，我们进了北京不是完成任务了，而是有了更好的条件把老百姓的愿望变成现实，你们要'父债子还'，要还愿啊！"

郑汉涛之子郑云荪的话语不多，他更多的时候是认真地听讲解，认真地看实物，认真地读文字，但自始至终，他的眼中都含着热泪。他说，他第一次来长治，过去听父亲说过故县铁厂的事情，一直以来特别向往这里，这次听说组织来这里，马上就报了名。他很感谢长钢能接待他们参观，说这次看到很多图片和实物，对他的教育很大，作为兵工后代，自己有责任有义务继承和发扬老兵工精神，为国家建设、军工事业做出力所能及的贡献。

刘鼎之子刘文石说："过去的事情有很多我们不知道，在参观中，我们了解了当年父母为了抗日战争、解放战争付出的努力，感慨万分。我们要继承父辈的遗志，把祖国建设得更好。"

刘贵福之子刘建国是个健谈的人，他说对父亲的事情知道些，这次来长钢是重温历史，对父亲去的事情有了更清楚的了解，父辈对中国革命事业做出贡献，作为后辈，感到非常自豪。今后，要把父辈的精神宣传弘扬、光大。这次来，看到长钢的厂史展览馆搞得这么好，他很受感动，他表示一定要把父辈的光荣传统和优良精神传承下去。原军工部化学厂政委冯义彬之子冯小平说："这个展览馆办得好，真实地再现了历史。历史是需要延续和传承的，教育我们这代人，再传递给下一代，这个展览馆对共产党兵工发展历史的脉络展示得很清晰，有很多珍贵的照片，很不容易，对我们传承老一辈的精神具有很好的教育意义。"

沈白路出生于长治，因为很小就离开，没有什么印象，但是这次活动是他牵头发起的。他说："老太行兵工的子弟应该回去看看，了解了解老一辈人的事！这次能重回出生地，很有收获。当年我们的父辈都在这里工作、战斗、生活，看着我们的兵工事业一点一点地发展起来。了解了这段历史，自己的心情很激动。现在看当时的条件简直不可想象，所以我认为是一种精神的力量，要把这种精神传承下去，只要有了这股劲，什么困难都能克服。”他还说：“我们有一个共同的愿望，就是对些珍贵的资料进行收集、整理，保存下来，抢救一些历史资料。我们要多宣传和弘扬父辈们的老兵工精神，通过宣传，对我们的老区建设和国防工业的发展做出努力。”

思潮汹涌，感慨良多。一个小时的参观，不仅仅在16位老兵工后代的心中激起千层浪，同样也在长钢人的心中激起千层浪。社会发展得再快，优良的传统也不能丢。挥挥手，目送着老兵工后代的自驾车队渐渐远离。他们匆匆的行程结束了，却给所有人留下了追寻老兵工足迹，缅怀老兵工伟绩，传承老兵工精神，弘扬老兵工传统的坚定信念。北京、长治，千里的距离，红色的太行兵工精神将我们串联……

长钢厂史展览馆的建设，证明了“红色长钢”这个品牌的凝聚力与影响力。

接着，长钢厂史馆被长治市人民政府确定为“爱国主义教育基地”。

2011年7月12日上午，“红色长钢”系列丛书首发式暨座谈会在紫藤楼凌霄厅举行。这套系列丛书包括刘潞生与宋国庆合作完成的《炉火映太行》、原长钢老厂长李浮之的《长钢三十三年——李浮之回忆录》、王进兴的纪实文学《丰碑》、孟跃平的长篇纪实小说《铸魂》和常瑞兴的文学剧本《铁流》。

2010年下半年，公司提出了打造红色长钢、低碳长钢、科技长钢、实力长钢、和谐长钢的发展理念。拟定出版一批能反映长钢红色历史、具有一定社会影响力的文化书籍，以宣传和弘扬长钢的红色精神。同年，公司党委成立了以党委书记、董事长郭士强为主任的“红色长钢”系列丛书编撰委员会，正式启动“红色长钢”系列丛书的编撰出版工作。

2011年，公司党委将丛书出版列入了年度工作重点，作为向党的90华诞献礼的礼物。其中《炉火映太行——寻踪红色长钢》一书是刻意打造的一部完整全面反映红色长钢历史和诠释红色长钢精神内涵的作品。

这套红色图书的出版，体现了首钢长钢公司党政领导学习实践科学发展观，用先进的文化引领人的决心，为弘扬红色钢铁精神提供了多样化的教材。

丛书出版周期短、数量大、质量高，在长钢的历史上是空前的，同时创造了新中国第一套红色钢铁系列丛书、第一套钢铁企业文化系列丛书、冶金工业出版社成立近70年来第一套文学类丛书三个第一。

2014年12月18日，是中国红色钢铁的缔造者、故县铁厂创始人陆达同志诞辰一百周年纪念日，首钢长钢公司举办纪念座谈会、陆达事迹图片展、《百年陆达》图书首发、制作"百年陆达"专题片系列活动，深切缅怀陆达同志光辉一生，隆重纪念陆达同志为中国钢铁工业和军工事业做出的丰功伟绩，追思和学习他为国家富强和民族振兴不懈奋斗的崇高风范，激励公司全体干部职工进一步弘扬红色长钢精神，以奋发有为、进取拼搏的精神，为公司打赢生存发展攻坚战努力奋斗。

当我们面对长钢建厂初期孕育、形成之后70年来逐步发展、丰富的革命精神的时候，我们把这种精神以"长钢精神"命名。

长钢精神，是太行精神的重要组成部分，是解放战争时期太行精神在兵工战线谱写的壮丽乐章。

长钢精神与太行精神具有共同的传统历史背景和地理文化积淀。中国共产党和中国共产党领导下的八路军总部、抗日军政大学一分校、晋冀鲁豫边区的北方大学以及八路军总部军工部领导下的太行军工事业，上党老区人民的积极参与，都为"长钢精神"注入了鲜明的红色血脉和基因，对"长钢精神"的根本属性进行了界定。

新中国成立以后，特别是在改革开放时期，在中国共产党和人民政府的领导下，长钢人又用自己的勤劳和智慧，不断地发扬和丰富了长钢精神，让长钢精神永放光芒，不断传承，始终是长钢企业文化的灵魂。

三、与时俱进的科学总结

《首钢长钢企业文化手册》正式印发全公司，标志着长钢企业文化建设进入了一个崭新阶段。

企业文化是推进企业转型发展更基本、更深沉、更持久的力量。打造百年企业，需要强大的文化软实力，而强大的文化软实力，来自于强大的文化自信，来自于发掘和利用自己红色文化独特的价值功能，并以宽广的胸怀兼收并蓄、扬长避短、叠加先进文化，形成自己独具企业特色的新文化。

创始于1946年的长钢公司承载光荣与梦想，在艰难曲折的生存发展道路上，经受住了各种严峻挑战，历经70年风雨昂然挺立，阔步向前。特别是加盟首钢以来，在继承中融合，在融合中发展，长钢企业文化呈现出更加强大的生机和活力。不仅建成了厂史展览馆，出版了系列红色文化丛书，举办了纪念陆达同志诞辰一百周年座谈会，重新提炼了长钢员工誓词。同时，从理念、行为、视觉识别系统，全方位贯彻首钢集团文化战略，落实首钢集团各项管理制度，参加首钢集团“创新创优创业”经验交流会，在重点场所布置“首钢精神”表述语；围绕首钢集团“担当创新争先”主题，开展“长钢人的故事”宣讲，评选“长钢之星”“长钢工匠”，推荐“首钢之星”，长钢职工“艰苦奋斗、勤俭办企”的红色基因中，融入了“敢闯、敢坚持、敢于苦干硬干，敢担当、敢创新、敢为天下先”的首钢文化特质。

长钢公司在新一届领导班子带领下，坚持问题导向、务实担当，新思想、新姿态、新作为，短短三年间，企业盈利能力明显增强，整体实力显著提升，企业发展环境大大改善，全体干部职工正以昂扬向上的新姿态积极投入“二次创业”的新征程。

结合首钢集团新颁发的《首钢集团品牌形象手册》，2017年，长钢实施了一项具有历史意义的重点“文化工程”——《首钢长钢公司企业文化手册》的系统修订编写。

此前，长钢一直运用的是2007年编撰的《长钢企业文化手册》。原有的理念、行为和视觉识别系统已经远远不能适应企业发展的形势要求。这次修订的《首钢长钢公司企业文化手册》，本着“与时俱进、吸纳先进、引领发展、务实管用”的原则，通过多次在全公司范围内征求意见和建议，从文化的视角，不断修改完善，认真研究、概括、总结加盟首钢以后，特别是2015年以来长钢发展变化的最新成果，在原手册大的结构未改变的情况之下，新增了“发展篇”“案例篇”“形象篇”三大部分，以图文并茂的形式介绍了企业视觉形象规范，充分体现了首钢集团文化的新元素、新要求，构建起了更为系统、更为科学的长钢特色文化体系。

作为企业文化核心理念的“企业精神”是修订的重点。原来的长钢精神表述语为“艰苦奋斗、勤俭办企”。在这次修订中，将长钢精神重新表述为“艰苦奋斗、勤俭办企，敢于担当、改革创新”。这是长钢广大干部职工的共同意愿，也是红色长钢文化与首钢集团文化融合发展的鲜明体现。

《首钢长钢企业文化手册》进一步提炼了企业使命、企业价值观等核心理念，完善了企业战略目标、企业愿景以及管理、团队、发展、工作、效益、安全、营销、成本、环保、人才、质量、学习、品牌、廉洁、文化、形象等理念构建，形成了新时期企业文化理念系统，构建起了企业文化建设新格局。

“手册”分为序言、领导寄语、发展篇、体系篇、案例篇、形象篇、后记7个部分。

“发展篇”中，对长钢70多年的发展过程作了实事求是、客观科学的宏观描述与总结。

长钢在70多年的发展中，经受住了各种严峻考验，也培育和形成了独具特色的企业文化。

“手册”把长钢企业文化不断培育、继承、丰富和发展的过程，大致分为6个时期：

（1）1946~1952年，艰苦创业期。

这一时期的关键词是：艰苦奋斗，自力更生，百折不挠，敬业奉献，科学严谨，实事求是，尊重知识，开放包容，开拓创新，不断进取。

抗日战争胜利后，根据八路军总部和晋冀鲁豫边区政府“在太行山腹地建设新型军事工业基地”的战略指导思想，1946年2月26日军工部派出的勘察小组选址屯留故县村东头，确定在此建设上党钢铁工业基地的核心——炼铁厂。1947年3月，围绕建设日产5吨高炉基建工作全面铺开；5月，工业重镇阳泉解放，军工部将阳泉铁厂日产20吨的高炉整体搬迁到故县，不仅加快了上党钢铁工业的建设步伐，还提升了故县铁厂的装备水平，扩大了炼铁生产规模。

建设初期，外线战事正急，各种物资、器材极度匮乏，创业者们白手起家，充分发扬了自力更生、艰苦奋斗的优良传统：打地基没有钢筋水泥，就用坩土、石灰、红土组成三合土层层夯实，用铁路道轨代替钢筋，做出符合承重要求的高炉地基；从阳泉搬运高炉没有交通工具，他们就用汽车轱辘和梁架组成平板车，将木杆辕绑扎在车轴上作为方向舵，前后系上大麻绳，二百多人前拉后拽，翻山越岭、往返三次，才将高炉搬至故县。

没有耐火砖，他们将古庙的大殿改作烘烤房，用旧道轨打制铁、木锉刀，用石碾或中药粉碎槽代替粉碎机，用农家马尾筛筛料，用嘴尝辨别耐火材料的性质；安装焦炉侧柱没有工字钢和槽钢，他们用旧桥梁和道轨拼成型钢代替；切割钢板没有氧气，他们靠人工硬碰硬剁，几个人汗流浃背干一天，仅能切开一米多，就这样以蚂蚁啃骨头的精神，一寸一寸向前挪……无论遭遇了多少困难和挫折，他们总是想尽一切办法迎难而上，战斗不息。

在故县铁厂精神的指引鼓舞下，长钢第一代建设者凭借着百折不挠的韧性和敢于抗争的血性，苦战一年多，终于 1948 年 1 月 10 日流出第一炉铁水，结束了根据地不能生产灰生铁的历史，生产的五零、八二、一二零、一五零等各种规格型号的迫击炮弹有力地支援了各个解放战场，战争年代 8 次受到表彰，在中国冶金军工史上写下了光辉灿烂的篇章。不仅为国家冶金工业部、兵器部及周边的太钢、安钢、邯钢等新中国创建的钢铁骨干企业培养和输送了大批技术管理人才，也为带动地方经济社会的发展做出不朽的贡献。

1956 年，周恩来总理在视察太钢时指出：“故县铁厂是我党在根据地第一个正式建设的厂，是自力更生，勤俭办企业建成的”。这是对故县铁厂红色企业精神的高度概括。

故县铁厂的创建者和领导骨干是由老红军、老八路和抗大学员组成的英雄群体，他们来自延安，来自抗战期间我军在太行山根据地建立的各个兵工厂，许多人是久经考验的共产党人。老一辈人“艰苦奋斗，勤俭办企”的精神是我党我军优良作风的光辉结晶，和太行精神同根同源，是延安精神在上党革命根据地的延续，是几代长钢人薪火传承的一笔宝贵的精神财富，是长钢文化的红色基因。

（2）1953~1978 年，曲折前进期。

这个时期的关键词是爱党爱国，无私奉献，发愤图强，荣辱与共。

20 世纪 50 年代初，故县铁厂由军工系统下放地方，停产炮弹后生铁无销路，企业第一次出现生存危机，职工们主动谋求发展，酝酿上马炼钢工艺。没有厂房，就将 1947 年建造的木结构铸造厂房改作炼钢厂房，将木柱子全部涂上红泥覆盖防止失火；没有炉子，就将当年试验搅拌炼钢的试验炉改造后使用。接着又改造 300 毫米小型轧铝设备上马轧钢生产线，开建 4 号、5 号两座 100 立方米高炉，建成 9 吨转炉、3 吨电炉、无缝钢管生产线，使企业完成了军工到地方的角色转换。

60 年代初，经历了两年大跃进高烧的长钢元气大伤，一蹶不振，全线停产。但职工们不甘心长钢就这样倒下，坚信“再困难也比不上战争年代困难，再苦也没有战争年代苦”，凭着这样一种坚定信念，奔走呼号，重整旗鼓，咬紧牙关将大跃进期间上马的两座 6 吨空气侧吹转炉建成，使生产得以重新恢复，规模进一步扩大，企业终于柳暗花明。1963 年，钢、铁、焦等产品技术指标进入全国先进行列，实现“地球转一圈，日盈 2 万元”，炼钢车间创造了“百分赛”经验，吨钢成本比国家计划降低 61 元，长钢成为山西省乃至华北地区骨干钢铁企业之一。

1965 年，国家出于战备需要，提出了建设“小三线”的战略决策，长钢因曾是军工厂和靠山隐蔽的地理环境，被列为全国首批小三线企业之一。据此，冶金部对长钢进行了整体规划，投资 120 万元（占长钢当时固定资产的 25%），在原来基础上，进行九大骨干工程项目建设，对现有生产工艺进行改建和扩建，由普通钢厂改为特殊钢厂，既生产民用产品，又生产军工产品，生产出了普碳钢、合金钢、螺纹钢、工具钢、锻材、无缝钢管等 21 个规格品种的产品。

1978 年，长钢完成了“小三线”建设的继续扩展和完善，具备了年产钢铁各 20 万吨、材 18 万吨的综合生产能力，形成了很好的发展势头。

（3）1979~2000 年，经济转轨期。

这一时期的关键词是：艰苦奋斗严管理，科教兴厂创一流。

1979年，改革开放的春风吹遍神州大地，长钢也打破多年来“全厂一本账、万人一口锅”的大锅饭管理体制。1980年7月1日，长钢被省政府列为扩大企业自主权试点单位，实行利润递增包干分成，极大地调动了企业的积极性，当年长钢结束连续12年亏损的局面，开始扭亏为盈。1981年，冶金工业部在长钢召开全国中型企业标杆厂现场会议，长钢作为标杆厂向与会者介绍了经验。

改革开放以后，商品经济逐步取代计划经济，长钢努力在提高产品质量、增加品种上下工夫。1989年底，先后开发和试制了轻轨、周期扁钢、锚杆钢、管坯钢、焊条钢等新品种，生产的焊条钢质量稳定、性能可靠，深得广大用户好评，产品覆盖全国近三分之一的焊条市场，并打入美国市场。

1995年，长钢党委成立了企业文化建设领导组，在全体职工中征集、提炼、塑造新的企业文化精神，征集长钢精神用语二百余条，在此基础上提炼形成了“艰苦奋斗严管理，科教兴厂创一流”的长钢精神。

（4）2001~2008年，发展壮大期。

这一时期的关键词是：自力更生，艰苦奋斗，实事求是，开拓创新。

这一时期，长钢掀起了有史以来最大规模的技改建设高潮，共完成骨干技改项目百余个，对旧区实施填平补齐，在新区建设了以H型钢为终端产品的第二条钢铁生产线，技术装备实现更新换代，企业面貌发生翻天覆地的变化。

非钢产业基本形成了从资源、产品到废物综合利用的循环经济模式：建设百万吨矿渣超细粉水泥生产线，利用矿渣生产环保路面砖和墙体材料：长钢奶牛场成为长治市第三大奶业基地：“上党”牌冷饮产品在市场叫响；“漳泽湖”牌纯天然饮品行销全省；组建太原工贸公司、工程建设公司、机械运输公司、房地产开发公司向社会开放、参与市场竞争。

同时，针对老牌国有企业在管理上存在的机构重叠、人浮于事、政出多门、推诿扯皮、效率低下的痼疾，从2001年底开始，长钢实施了业务流程再造、人力资源结构优化、淘汰考核制度等改革，初步建立起了与建设现代化企业和现代化企业集团相适应的管理体制。

2001年底，长钢成立了企业文化部，同时成立了企业文化建设委员会，对企业文化的视觉、理念、行为等三个识别系统重新进行归纳整理，制订长钢职工行为规范，创作厂歌，统一着装，统一企业标识，统一制作厂徽，在总结历史经验的基础上，形成了“自力更生、艰苦奋斗、实事求是、开拓创新”的长钢精神，并于2007年编写了《长钢企业文化手册》。

（5）2009~2014年，重组融合期。

这一时期的关键词是：开放，包容，务实，创新。

2008年，长钢总结改制失败教训，于2009年提出了“开放、包容、务实、创新”的长钢精神新内涵。

2009年8月8日，长钢与首钢集团公司联合重组成功签约，成为国家《钢铁产业调整和振兴规划》颁布后第一例真正意义上的跨地区企业重组。在集团公司“以开放的视野实现首钢伟大转型”的旗帜下，长钢从统筹谋划企业生存发展大局出发，主动适应市场，坚持不懈深化企业改革，推进企业转型提效，完成了八大填平补齐项目，上马100万吨/年棒材和110万吨/年高速线材，及其配套的5号连铸机改造、5号变电站建设等多项技改建设项目。

与首钢集团联合重组后，文化融合大幕也随之开启。一方面，长钢主动从思想上、制度管理上、视觉管理上融入首钢文化，提出了“五五三一”发展构想，推行“全面预算管理制度”“二维管理和建立KP考核体系”，规范了企业标志的运用和管理，循序渐进更换了新工装，做到了统一式样、统一标识、统一颜色、统一布料“四个统一”；另一方面，长钢也致力于充分挖掘红色历史文化，建成了600平方米的厂史展览馆，出版了红色长钢系列丛书，开展“纪念陆达同志诞辰100周年系列活动”。

（6）2015年起至今，转型升级期。

2015年以来，长钢在新班子的团结带领下，认真落实国家政策，按照首钢集团部署要求，深化内部体制机制改革、优化劳动组织、提高劳动效率，创造性地构建“三清晰三到位”岗位责任体系，实施“铁前三个一体化”的管控模式，经营生产、技改建设、安全环保、能源利用、提质增效等各方面工作均取得了重大进步，创造了历史性的突破。

2017 年，长钢全面完成首钢集团计划任务，盈利能力创 2003 年以来最好水平：瑞达工业园区焦化项目一期工程建成投产，结束了长钢焦炭吃“百家饭”的历史，焦炭出售成为新的利润增长点；供销两头“跑赢”市场，生铁成本降低在首钢集团钢铁板块中排名第一。2018 年，生铁成本在全国同行业中排名第三，实现利润创长钢建厂以来的新高。

2015 年 11 月，首钢集团公司领导来长钢调研，提出要大力传承“艰苦奋斗，勤俭办企”的传家宝，融入“敢于担当，改革创新”的时代元素，长钢精神有了新的表述，为长钢打赢求生存硬仗、实现脱困增盈起到了巨大的激励作用，推动各项工作取得了立竿见影的新成绩，2016 年开展贯穿全年的“决胜 2016 年，向建厂七十周年献礼”10 项系列活动，征集提炼了员工誓词，将之纳入公司重大活动议程，打造出富有长钢特色的新文化。

这一时期，长钢企业文化建设紧紧围绕经营生产，坚持以文化激励人、鼓舞人，通过“长钢之星”“长钢工匠”评选等系列主题活动，凝聚人心、鼓舞士气，弘扬正能量，其中，“长钢人的故事”挖掘宣传，经过多年的不断探索和实践，已成为长钢企业文化建设的一个品牌。

在“案例篇”中，《首钢长钢企业文化手册》以坚定的文化自信和丰硕的实践成果，展示了公司在改革发展过程中创造出来的“民主评价制度”“铁前三个一体化”“‘三清晰三到位’岗位责任体系”“创优争先‘夺旗’竞赛”“青年干部培训班”以及“首钢之星·田永集事迹”“首钢之星·张福山事迹”“首钢之星·王晓东事迹”“长钢工匠·牛旭红事迹”“长钢工匠·孙倩事迹”等典型案例。

为确保《首钢长钢企业文化手册》真正落地，着力打造文化长钢，提升企业整体竞争实力，根据集团公司企业文化建设总体要求，2018 年 3 月 7 日，公司党委下发了《〈首钢长钢企业文化手册〉实施方案》。根据方案安排，《首钢长钢企业文化手册》落地工作，整体按集中学习培训阶段（1~3 月）、整改落实阶段（3~6 月）、对标提升阶段（7~9 月）、典型推广阶段（10~12 月）4 个阶段安排，层层压实责任，确保“文化手册”落地生根、开花结果，为公司决胜 2018 年、再铸新辉煌提供坚实的文化支撑。

《实施方案》颁发后，公司各单位快速行动，单位党组织书记为第一责任人，细化工作方案，将宣贯工作融入经营生产，该宣贯的宣贯、该整改的整改，按节点推进各项工作。

同时，长钢还结合企业实际，制定了《企业文化建设指标评价测评表》，围绕“企业文化建设管理，企业文化建设体系，企业文化建设成效”3 个方面内容设立评价指标，设定一级指标 10 个，细化分解为 50 个二级指标，每个二级指标对应不同分值，总分为 100 分。评价得分为 4 个等级，评价得分 90 分以上为“优秀”、80 分至 89 分为“良好”、60 分至 79 分为“一般”、59 分及以下为“较差”，对企业内单位的企业文化工作进行测评，以测评推动企业文化体系建设工作的有效开展。

2018 年 3 月 22 日上午，公司党群工作部举办《首钢长钢企业文化手册》系统培训，公司各单位企业文化分管领导、企业文化工作联系人共计 50 余人参加。

作为《首钢长钢企业文化手册》落地工作整体安排第一阶段的重点工作，此次培训标志着贯穿全年的《首钢长钢企业文化手册》落地工作全面启动。

为将《首钢长钢企业文化手册》宣传贯彻工作切实抓好抓实抓出成效，公司要求，一是要层层压实责任，确保“文化手册”落地生根、开花结果。各单位党组织书记为本单位宣贯第一责任人，要提高站位，强化责任，全面抓好部署落实工作，使《首钢长钢企业文化手册》宣贯落实工作融入到经营生产工作之中，真正提升企业管理能力，增强企业竞争实力，实现企业提质增效。二是抓好宣传引导，营造良好的学习宣贯氛围。《长钢》、电视台、网站、微信公众号等自办媒体，开设专版、专栏、专题，全方位、多角度地进行宣传，及时推出新闻报道，注重反映各单位学习宣贯的具体举措、典型做法、实际效果，大家相互借鉴经验、相互学习吸纳，营造出人人学习、人人宣贯的良好氛围。三是抓好检查指导、考核落实工作。党群工作部将各单位贯彻落实《首钢长钢企业文化手册》工作纳入党建检查内容，定期对各单位企业文化建设进行指导、检查，提出整改意见，切实抓好考核评价。四是将

《首钢长钢企业文化手册）纳入工作交接内容。各单位业务主管、作业长、班组长岗位变动进行工作交接时，要将《首钢长钢企业文化手册》纳入交接内容中。

在当天的培训中，党群工作部相关人员分别结合《首钢长钢企业文化手册》编撰背景、重要意义、实施要求，《首钢长钢企业文化手册》中的“体系篇”之行为识别系统、视觉识别系统、企业文化操作文本等，《发展篇》《案例篇》《形象篇》和《体系篇》中的理念识别系统进行了详细解读和培训。

长钢《企业文化手册》的编制和施行，使得长钢的企业文化建设跃升上了一个新的阶段，为助推长钢在新的历史条件下完成新的使命，注入了强大的精神和文化动力，是长钢党委完成的一项十分重要的工作。在编制手册的过程中，党委书记崔永康倾注了很大的心血，不仅亲自布置工作，时常过问进展情况，主动协调和解决编制工作中遇到的困难，而且在最后定稿阶段，逐字逐句审阅、琢磨、修改，确保了手册的规范性和严肃性。

四、一项长钢首创的制度文化

2008 年 9 月 25 日，郭士强受长治市委市政府之命，来到长钢“救火”。

在此之前，他在长治市十数个企业担任过主要领导，但从规模上来讲，与长钢相比都是“小兄弟”。他只知道长钢大，但不知道长钢乱。或者说，知道这个困难的企业肯定存在管理混乱的弊端，但没有想到会乱到这种程度。他在调研中发现，一个生产车间用的照明灯泡，市场价也就几十块钱，但长钢却是用一千多块钱买回来的。至于矿粉掺水，煤里边掺煤灰，过磅计量、质量检验弄虚作假，更是不计其数且防不胜防。

比如说大宗原燃料的矿粉一项。那年，外矿全国平均 1086 元/吨，长钢采购 1571 元/吨；国产矿全国平均 1187 元/吨，长钢 1449 元/吨。地处煤海山西，焦煤全国平均 1385 元/吨，长钢 1476 元/吨。采购一把处理板坯事故枪，长钢采购5356元/把，同期周边钢厂同规格1489元/把；同厂家同规格轨道焊接材料，长钢采购1750元/套，厂家价格400元/套，差价如此之高，触目惊心。

通过全面调查，占企业总成本80%以上的大宗原燃料、辅助材料、备品备件等，有人采购，无人监督，致使采购制度、合同管理形同虚设，执行过程严重走样。

在通过深入调研和研究之后，长钢党政班子决定采取三项措施。

其一，成立市场调研评价处，独立于采购部门之外。对市场的价格进行充分调研，并制定政策，对采购部门进行采购价格和质量的评价。其中，让工会组织职工代表评议团，全过程参与评议，并提出评价意见。

其二，成立督查室，对生产经营的全过程进行全过程监督，对关键岗位增设监督设备，进行24小时全天候监控；对出现问题的事件和人员进行调查，并提出问责意见报公司决定。

其三，筹集资金建设营销中心，一方面让有权利的部门和岗位人员集中办公，尽可能地减少暗箱操作，另外一方面又方便了办事的客户和职工。

这些制度自实施以来，对公司降本增效、增强竞争实力、应对金融危机和钢市“严冬”发挥了重要的作用，得到全总、省总、市总的高度认可。全国总工会副主席、书记处书记陈荣书说，首钢长治钢铁有限公司职工民主评价的经验和做法值得各地学习借鉴。全总民管部部长郭军认为，长钢经验是“鞍钢宪法”基本精神基础上的一种创新，一种创造，把职工的民主权力和企业的管理直接结合了起来。人民网、新华网、工人日报、山西日报等数十家权威主流媒体，从不同角度对长钢公司的职工民主评价监督制度作了报道。

《工人日报》除刊发消息外，专程派记者在长钢公司进行深入采访，撰写了题为“一项制度救活一个大企业”的深度报道，于5月3日在《工人日报》头版头条位置刊发。

为此，全总特意将2013年度全国工会推进企业民主管理工作会议现场观摩会选在长钢公司进行。

2013年9月12日《人民日报》发表题为“首钢长钢公司：创新管理破

解发展难题”的署名文章，再次对这一经验作了报道。

“一项制度‘救活’一个大企业”，记录了一次民主评价会议的现场情况：

虽然早有预感，可首钢长治钢铁有限公司供应处的采购员赵鹏霄还是惊出了一身冷汗。

4月18日，针对他的“过堂”，尖锐、深刻丝毫不留情面。

当天举行的2013年第二次民主评价会议上，职工代表仔细统计了赵鹏霄4个月采购冶金焦的情况，发现价格低时进货量少，价格高时却进货多。

“这到底是怎么回事儿？有没有‘潜规则’？”职工代表当面提问。

这也是从2009年3月至今，该公司的第25场民主评价会。

全国总工会推进企业民主管理工作会议现场观摩会在长钢举行

4月18日的民主评价会上，职工代表的质询，堪称“刀刀见血”。

“价格高时，日均采购量加大，为什么没有做到‘避峰采购’？”

赵鹏霄解释，2012年12月下了两场大雪，导致公路运输中断8天。今年1月初，公司化验来货质量不达标，供货商进行整改又耽误了3天。这些因素导致进货量和库存下降。

“1月13日到2月4日，为什么突击进货那么多，期末库存达到最高？”

赵鹏霄说，虽然冶金焦不是公司的冬储材料，但考虑到春节、元宵节的到来，就多做了些安排。

“为什么只有一个供货商？如此巨额的采购量，为什么不实行招投标制？”这个问题的“火药味”已相当浓烈。

赵鹏霄回答，目前焦炭还是卖方市场，不适合实行招投标制。如果实行，很可能出现断货。

“选择供货商之前，我们进行过市场调研，比如山西焦化的焦炭也适合公司的需求，但对方以铁路运输为主，且要求以供货商化验结果为准，这些都不适合本公司。”

“还有没有其他公司的焦炭可用？你对焦炭的性质了解吗？”“焦炭灰分多少？挥发多少？硫多少？磷多少？”……

问题一个接着一个，赵鹏霄的额头渗出了细细的汗珠。

最后的评价结果是：25 名评委中，22 名满意，3 名不满意，满意率 88%。

这次民主评价会的第二项内容，涉及三名责任人。

“长招办 2012-230 号”项目是一个锅炉辅机备件。按照招标程序，河南一家企业应该中标，可采购件却选择了要价高一些、技术水平却低一些的一家太原公司。职工代表对此意见很大。

经过质询，原因是备件图纸丢失，而最终供货单位有同样规格的图纸。鉴于锅炉不能停运以供测绘，所以选购了太原公司的产品。

这个项目最终的评价是：招标办责任人于洋 25 票满意，满意率 100%；装备处张勇 19 票满意，6 票不满意，满意率 76%；动力厂赵旭红 14 票满意，11 票不满意，满意率 56%。

知道结果后，赵旭红心惊肉跳：“差点砸了自己的饭碗。”

2008 年 11 月 24 日，长钢市场调研评价处成立；2008 年 12 月，《监督评价工作实施方案》出台；随后组建职工代表监督评价团，从 398 名职工代表中遴选出 63 名优秀代表组成监督评价团。

市场调研评价处根据调研、比较、分析、汇总，对价格相差较大、采购合同漏洞较多、技术协议制定执行不严谨、职工反映强烈的事项，确定为进行民主评价质询的内容。民主评价会从监督评价团成员中随机抽取不低于 15

名专业成员代表，与职能部门相关人员共同组成评委，对相关当事人进行当面质询，并当场做出满意或不满意评价。满意票过半数的过关，不到半数的移送纪检监察部门启动责任追究程序。

2009 年 3 月 13 日，长钢第一次民主评价会召开。6 名项目承办人就价格差异问题进行了解释说明，15 名职工代表对项目疑点进行了一针见血、刨根问底的质询，并随即作出了相应处理。

公司电视台进行了现场直播。虽然这只是做了个“局部手术”，但却在长钢产生了全局的震撼。

轧钢厂职工张晋国说，实行民主评价会制度以前，他们厂的轧机在运转过程中经常停机，造成巨大浪费和损坏。多次检验后，发现是轴承出的问题——轴承标明为进口轴承，质量应该有所保证，但换上新轴承没多久又出现停机。

有经验的工人私下议论，这种轴承“不地道”。可轴承是采购员进的货，那可是企业里“最风光”的岗位之一，车间工人根本见不着人家的面，有意见也没处说。

第一次民主评价会上，代表把这个问题当作了重点。很快，问题就查清了，原来是采购系统把低配国产轴承偷梁换柱，顶替进口轴承装配到了车间。

公司严肃处理了有关责任人。

采购员都敢处理，还有谁不敢处理？工人都很振奋。

2013 年 9 月，长钢下发《关于对民主评价会未通过相关人员的处理办法》，对评价未通过人员处理更加严厉。办法规定对暂未查出有违纪违法行为的当事人，将召开民主复议会，二次未通过人员，将被调离原岗位，岗位工资职级原则上不能高于原岗位，三年内不准再回到原岗位工作，三年之内不准提拔或提级提职。未通过人员的领导如果存在安排或授意的行为，也将被评价，直至被追究责任。

截至 2016 年 6 月底，共组织 35 次评价会，评价项目达 379 项，涉及 17 个单位 162 人次，未通过项目 108 项，45 名干部和职工受到党政纪处分或调离岗位处理。

之后，民主评价领域也由最开始的采购价格监督评价，逐步拓展到外购物资性价比、合同规范、招投标管理、产品销售、职工食堂饭菜质量等方面。2018 年，首钢长钢公司工会对公司职工餐厅进行测评的照片在国家博物馆亮相。

“硬对硬”的碰撞，使有外购职能的单位由坐等客户上门变主动深入市场调研，由被动降本变为自我加压。民主评价将所有供应商推上同一个平台。一批实力强、资质优的直供商成为企业的采购对象，中间贸易商占比大幅下降，最大限度地堵塞了过程漏洞。

这带来的效果是企业成本不断降低。2012 年，在钢铁行业整体亏损的严峻形势下，与 2008 年相比，长钢成本降低 40 多亿元。其中，大宗原燃料采购价格降低 25 亿元。由 2008 年的远高于行业平均水平，变为大幅低于行业平均水平。2013 年，面对持续恶化的市场环境，不断深化民主评价工作，通过提高大宗原燃料采购性价比，可比产品成本比 2012 年再降低 5.48 亿元。

原长钢党委书记、董事长郭士强说：监督，不是让干部不干事，而是促其多干事、干好事、干成事，促使各级领导干部勤政、优政、善政。职工监督到位，企业就风清气正；党群同心、干群合力，就没有越不过的火焰山。

长钢职工有不少是祖孙几代人生活工作在这块热土上的，他们对企业有着家一样的感情，希望与企业同呼吸共命运。而民主评价正是给了他们这样一个表达爱厂情怀的舞台。事实上，无论什么性质的企业，做的时间长，说人情、讲情面、走后门，关系采购、高价采购，难以避免。长钢推行民主评价后，“人情采购”“关系采购”少了，阳光操作成了常态化。采购部门原来是“香饽饽”，大家削尖脑袋往里挤，现在却出现采购人员申请调离岗位的现象。

正如首钢长钢党委书记、董事长贾向刚所说：首钢长钢公司的职工代表民主评价制度，最初为解决采购供应领域价格虚高问题而建立，在整个企业管理中发挥了积极作用，是践行党的群众路线的具体实践，也是结合实际，推进企业民主管理的制度创新。

长钢的职工民主评价制度，是在长钢最困难的时候被逼出来，是长钢在生产经营活动中的一个创举，已经取得了很好的经济效益和社会效益。现在，这项制度业已成为这个企业的一项制度文化，一如既往地发挥着它的直接效用和文化功能。

五、庆祝建厂70周年暨千人誓师大会

2015年，钢市的严峻形势，始终沉重地压在长钢人的心头上。在艰难中，长钢展开了“优化提效”改革。

2016年2月4日，国务院发布了《钢铁和煤炭行业化解过剩产能实现脱困发展的意见》，5月18日国务院常务会议提出，要立足以改革促发展，坚持企业主体，促进央企“瘦身健体”、提质增效，抓紧淘汰钢铁、煤炭等行业落后产能加快重组整合和市场退出。

5月16日，在第九届中国国际钢铁大会上，宝钢总经理提出，中国钢铁业已经完成对中国经济快速崛起的战略支撑，未来中国钢铁行业的国有资本、民营资本和外国资本在市场属性方面将一视同仁，缺乏政府的特殊保护，国有钢铁企业原有优势将荡然无存。

党和国家的大政方针，决定了钢铁企业实施优化提效成为必选之策。

在大力推进去产能和清理“僵尸企业”的背景下，为了生存，无论央企还是国企都已纷纷开始推进实施优化提效工作。长钢作为老牌国有企业，存在的问题与央企相似，主业不强、机构庞大、冗员多、社会负担重、效率低，尤其是存在管理人员和管理层级多、子公司失血不止等突出问题。所以，唯有进一步做好优化提效，才能有效降低企业的人工成本费用，提升全要素效率，提升自己的生存竞争力。

和资金、规模、实力雄厚的国有特大型钢厂相比，和机制灵活、负担轻的民营钢企相比，无论装备水平还是竞争实力，包括体制机制方面，长钢几乎没有什么竞争优势。

在这种情况下，无论从国家层面、行业层面还是企业层面，长钢实施优

化提效工作都势在必行。

单纯从情感的角度来考虑，优化提效工作确实非常困难，也很纠结。但感情不能解决企业生存的现实难题，站在理性的角度、站在数万名职工家属赖以生存的角度、站在长钢生存大局的角度，优化提效是企业目前深化内部改革的必由之路。

在这样的严峻背景下，长钢迎来了自己的建厂70周年纪念日。为此，长钢精心安排了“艰苦奋斗、勤俭办企”厂庆座谈会、“二次创业”交流会、“追红色足迹”征文、制作“红色使命”厂庆专题片、“长钢，责任，担当”先进事迹巡回宣讲会、“红色长钢鼎立太行”书画摄影展、钢铁主流程单位领导干部星级劳动竞赛、挖潜增效全员劳动竞赛和“挺起钢铁脊梁建设百年长钢”大型颁奖晚会、千人誓师大会等十项庆典活动。

其中，千人誓师大会是最为让人荡气回肠的一项。

这是凝聚人心、激发士气、提升信心、传递正能量，进军和实现“二次创业”的时代号角，是新的出征的壮行酒，她凝聚与展示的是长钢生存与发展的磅礴力量，是百折不挠勇往直前的英雄气概。

为了做好建厂70周年暨千人誓师大会的组织工作，公司党委下发了《首钢长钢公司建厂70周年暨千人誓师大会工作方案》，为各单位分配人员名额，组织各单位选优选好参加誓师大会人员。结合场地实际情况，绘制了《建厂70周年暨千人誓师大会方阵站位示意图》，明确10支方队的领队、责任人及具体站位。3月9日，公司党委组织部组织召开了建厂70周年暨千人誓师大会方队组领队会议，对此项工作提出了要求，做出了详细安排。下发了《关于千人誓师大会有关事项及方阵演练的通知》，提前对方阵划线定位，组织各方阵代表站位演练。

2016年3月16日上午，长钢瑞达工业园区焦化项目一期工程施工现场，庆祝建厂70周年暨千人誓师大会在这里隆重举行。公司党委组织部工作人员提前到现场组织各方阵人员站位、列队，进行宣誓演练，并做好现场协调工作，确保千人誓师大会的顺利进行。公司数千名干部职工齐聚现场，用砥砺奋进坚决打赢求生存硬仗的豪情壮志许下了铿锵誓言。

总公司党委常委、工会主席梁宗平，党委宣传部部长郭庆，首钢技术服务团副团长李岩；山西省钢铁行业协会常务副会长吴晓程，管理部部长许守荣；长治市副市长陈鹏飞，市政府副秘书长杨鸿斌及市发改委、经信委、人社局、环保局、国土局相关负责人；郊区区委区政府及区发改局、经信局相关负责人；首钢国际工程公司党委副书记、副总经理袁文兵；首钢水钢公司党委副书记袁国雄；黄碾镇政府、故县公安分局、故县办事处、故县派出所、首钢贵钢公司等单位相关负责人；长钢老领导代表刘天林、张少雄、柳寿亭、王创全，老兵工代表刘金龙、李福厚、赵彦生、赵长明、张浩然、刘兆信；来自《中国冶金报》《山西日报》《长治日报》《上党晚报》《首钢日报》首钢电视台等媒体的记者；公司领导贾向刚、崔永康、李怀林、张振新、郭新文、李明、樊建富出席大会。

首钢水钢公司、首钢通钢公司、首钢贵钢公司、首钢伊钢公司等单位向长钢公司发来贺信、贺电。

会议由公司党委书记崔永康主持。

上午10时，70响礼炮响彻云天。

在喜庆热烈的气氛中，千人誓师仪式正式开始——

我是长钢人。我要秉承红色基因，肩负红色使命，艰苦奋斗，勤俭办企，忠诚长钢，顾全大局；我要传承首钢精神，敢担当、敢创新、敢为天下先，为长钢的二次创业贡献力量！

在省五一劳动奖章获得者、一线职工代表牛旭红带领下，数千名职工代表面对厂旗齐声宣誓。

充满壮志豪情的誓言，凝聚起生存与发展的磅礴力量，回荡在长钢上空，传递到太行群山、漳水河畔，也传递到首钢集团的旗下单位。

长钢公司董事长、总经理贾向刚说，今天的大会，是建厂70周年庆典大会，也是“二次创业”的誓师大会。

我们要以千人誓师的形式，向广大干部职工，向省市政府，向首钢总公司，向关心长钢发展的社会各界人士，传递出长钢人的信心和决心。狭路相逢，勇者为胜。市场竞争，快者为王。长钢人有责任有能力，有智慧有担当，让红色长钢高质量地生存下去；担当使命，传承精神，为打赢求生存硬仗砥砺奋进，让依靠长钢生活的职工，过上更加和谐、更加幸福的生活！

党委书记崔永康勉励全体干部职工，一代人有一代人的责任，一代人有一代人的使命。当历史将传承红色长钢的接力棒交到我们手中，我们的责任和使命，就是让她高质量地传承下去，让红色长钢的旗帜永远飘扬！

会前，百余名职工代表参加了环厂接力跑。与会人员在公司领导的陪同下参观了公司厂史展览馆，并在大会现场观看了建厂70周年展板和钢铁产品实物展；公司领导还与部分与会人员在宾馆二楼会议室进行了座谈。

庆祝建厂70周年暨千人誓师大会在长钢企业文化建设和生产发展历史上写下浓墨重彩的一笔。

有人用这样激情四射的诗化语言，唱出了誓师大会带给自己的激动与豪情，信心与决心：20世纪40年代，故县铁厂从荒冢遍布的偏僻山村中走来，克服战争年代极其恶劣的艰苦条件，凝聚万种力量，发扬太行精神，用智慧与汗水生产出中国共产党的第一炉铁，铸造五零、六零、八二、一二零、一五零等迫击炮弹，为临汾、太原、平津、淮海、渡江役，为新中国解放做出了卓越的贡献；20世纪60年代，经历大跃进“高烧”的长钢，全线停产。但长钢人坚信，再难也比不过战争年代的苦和难，他们咬紧牙关，攻坚克难，奇迹般地让停建的两座转炉投产。20世纪90年代，经济低迷，带着顽强的韧劲，长钢载着这片倾注着满满正能量的家园再一次迈出了低谷；“十五”“十一五”“十二五”时期，长钢经受改制的伤痛，经历金融危机的洗礼，走过荆棘丛生的生存环境，发扬红色钢铁精神，以百折不挠的韧性，永不言败的刚性，敢于抗争的血性，坚定地屹立市场竞争的大潮之中。

70年里，长钢经历了万千磨难，没有磨平自己的意志，“退缩”不在自己的字典里，“前行”是自己永远的方向。

过去的五年里，钢铁业上演了世纪更替的让人措手不及的产能、价格之战——价格跌至20世纪90年代水平。产能无序扩张，同质化产品竞争加剧，环保政策收紧，社会消费能力不足……重重矛盾使长钢的生存环境甚为恶劣。

这时的长钢，不愧为太行的骄傲，不愧是红色的传承，70年的积淀，即使难题环绕，也不能让自己止步。红色长钢传承“艰苦奋斗，勤俭办企”这宝贵的企业精神，迈出了坚定的发展之步——“低成本+高效率”“转型再跨越”，有力地打响了“二次创业”的发令枪。

“十三五”的开局，是新篇章，更是新挑战；是新机遇，更是新考验。“创新、协调、绿色、开放、共享”的五大发展新理念，“三去一降一补”等国家政策的深入推进，社会创新创造动力的迸发，市场活力的充分涌流，品种品牌品质的再升级等等，都为我们的发展带来了一系列的好政策和好环境。

今天，长钢人虽然站在“求生存”的关键点，但信心坚定；虽然，市场的面孔始终不好看，但斗志昂扬；虽然，严酷的“冬日”久久不离，但坚信生命会更辉煌！

2015年，中国企业文化研究会召开“中外企业文化峰会”，对全国“十二五”期间企业文化建设成果进行了总结表彰。长钢公司荣获全国“十二五”企业文化建设优秀单位称号。

2016年11月18日，在由中国企业文化研究会主办的“中外企业文化2016年南宁峰会”上，长钢公司获“互联网+时代”企业文化创新优秀单位奖。

这次峰会的主题是“深入推进企业文化创新，迎接第四次工业革命”。

2017年11月17日，长钢公司被中国企业文化研究会评为“2012~2017年度品牌文化建设优秀单位”。

2017年11月11~13日，由中国企业文化研究会主办的“中外企业文化2017年长沙峰会”召开，对“2012~2017年度品牌文化建设和企业文化建设调研活动”进行了总结表彰。长钢公司获得“品牌文化建设优秀单位”奖。

2019年，“以创新文化引领企业高质量发展”成果获山西省首届企业文化发布优秀成果一等奖。

第十一章

共享发展成果：挥写民生大文章

在党的十八大上，习近平同志当选为中国共产党中央委员会总书记，在中央政治局常委中外记者见面会上，他开门见山地讲道：“我们的人民热爱生活，期盼有更好的教育、更稳定的工作、更满意的收入、更可靠的社会保障、更高水平的医疗卫生服务、更舒适的居住条件、更优美的环境，期盼着孩子们能成长得更好、工作得更好、生活得更好。人民对美好生活的向往，就是我们的奋斗目标。”

长钢党政领导班子时刻把关心职工群众的利益当做企业的第一使命，竭尽全力解决职工群众关心的问题，想方设法为职工谋福利。

贾向刚说：做为一个企业的领导，要让自己的职工有自豪感，觉得在你这个厂里上班很骄傲。首钢的职工时常拎着各种各样的福利出现在北京的地铁里和公交车上，让人们羡慕不已。我们也要让长钢职工成为能够吸引周围眼球的人。让人们一听是长钢职工，就能够引来一片赞叹之声。

崔永康说：长钢 70 多年，为国家贡献了不计其数的钢材，也上交了不少利税，但这些远远不够，我们还要时时处处想着职工群众，要维护他们的利益，让职工群众能够享受到国家富强和企业发展所取得的成果。

长钢公司在全心全意为职工谋利益的同时，也丝毫没有忘记一个国有老企业的担当和社会责任。在前些年，尽管长钢自身的日子都过得十分艰难，但在国家扶贫攻坚的大决战中，仍然毫不犹豫地冲锋陷阵在第一线，从人力、物力和财力上给贫困乡村和困难群众以无私的关怀和支援，为 2020 年全面建成小康贡献了自己的力量。

一、职工有了用餐补助卡

一到中午，在职工餐厅和长钢宾馆用餐的职工就蜂拥而至。他们掏出就餐卡片来轻轻一刷，就可以享用到自己喜欢的饭菜。还有的职工用就餐卡买了卤好的鸡和炸好的鱼回家孝敬年迈的父母或者带给家中的儿女。这张就餐卡是长钢公司领导在企业效益有了好转之后，及时为职工办的一件好事。

此外，长钢还从 2018 年开始，发给每位职工一张价值 300 元的生日卡，每个职工在自己的生日之际，都会收到一份甜蜜和感动。公司在讨论生日卡发多少钱时，有人说发 200 元就不少了。贾向刚问国家规定可以发多少，得到的回答是按国家有关规定可以发 300 元。贾向刚说，既然规定可以三百，咱们为什么只发二百？

2014~2016 年，是长钢最为困难的时期，在企业面临生死考验的紧要关头，长钢仍然把保障职工群众的根本利益放在首位，在岗职工人均年收入呈逐年递增趋势。其中，2014 年在岗职工人均年收入同比增长 1.84%；2015 年增长 3.29%，2016 年增长率达到 24.88%。2017 年增长 16.85%，2018 年增长 16.61%。2016 年底至 2017 年初，公司将推迟 3 个月发放的工资逐步补齐，实现了月清月结的工资正常发放。2018 年，长钢职工的平均工资达到了 6 万多元，与全省职工平均工资基本持平。2015 年 1 月至 2017 年 6 月，累计为职工缴纳“五险一金”4.82 亿元，保证了解合、退休等离开企业的职工保险费用的正常缴纳。2015 年至今，累计为在岗、内退、退休、解合女职工补发卫生费 170.8 万元。

2018 年，长钢全额补缴历史欠缴的社保费用，结束了持续 32 年欠缴职工养老保险费的历史。为 766 名职工补缴 2124 万元历史欠缴公积金，并帮助申报公积金住房贷款 4115 万元；职工冬季取暖补贴发放标准与社会发放标准实现接轨；投入 651 万元对居民生活、休闲区域进行了修缮；完成生活区天然气置换送气工作，实施家属区高清电视信号改造，为部分住房困难居民争取到经济适用房87套、公租房27套，首次举办职工子女暑期托管班；时隔5年后恢复职工消夏系列活动，举办职工健身操比赛等活动，丰富“两节”街头文化，组织开展元宵节社火表演、戏曲演出等传统节日活动；开展一次性困难救助、“金秋助学”“暖冬工程”“送温暖”等帮扶救助活动，帮扶1240人次共计118.57万元。职工大病医疗互助活动参保率达到85.20%，再创新高。

长钢与长治市住房公积金管理中心对接，为公司在册职工开通住房公积金贷款购房业务；制定下发了《首钢长治钢铁有限公司新建职工住房内部手续变更实施细则》，逐步实行和完善职工多层次住房需求，为职工家属日后办理房屋所有权证或不动产权证奠定了基础；制定下发了《钢铁主业艰苦岗位津贴实施办法（试行）》，坚持收入分配向生产一线倾斜的原则，凡在生产一线艰苦岗位工作的职工均可享受艰苦岗位津贴；自2017年7月1日起，为内部退养职工每人每月增加50元退养费；坚持“面向全体职工，并向基层线倾斜”的原则，在间隔五年之后，再次启动职工疗休养工作，对职工身心健康投入了更多的关注；大力开展“关爱职工、夏送清凉”活动，公司党政领导深入一线，将防暑降温用品、药品、食品和宣传画册送到职工手中，也有许多关心关注长钢发展的离退休老同志自发捐款，购买防暑降温用品送到生产一线，令人感动……

公司不断将部分老旧房屋年久失修、屋顶漏水、小区道路坑洼、管道老化等影响职工家属正常生活的实际情况提上重要议事日程，坚持投资修缮。2014年以来，对钢城小区等5个小区的停车场进行了改造，新增车位1000余个；硬化道路面积30000平方米，方便职工出行；安装路沿围挡320米，消除了安全隐患；更改和延长了新区通勤车线路，增加了通勤车次，翻修了新区损坏的炼铁路、熔剂路，为职工上下班提供了便利；职工住房防水大修及零星维修35000余平方米；对50余栋住宅楼水暖管网进行了改造；职工入住长兴花园后，公司多次与市民政局、高新区派出所协调沟通，进行了更名，保证了职工子女按时入托和上学，并设立了24小时报修电话；对长钢区域快递公司进行了集中整合，净化了生活区环境。

长钢公司是远离长治市中心30千米的独立的工矿区，职工及周边群众看病首选的就是长钢职工医院。长钢公司党政领导始终关心着职工群众的身体健康和就医问题，即使在企业极为困难的时候，也没有间断对职工医院的投入。2009 年至今，长钢医院新增资产金额 5300 万元，医疗设备 2800 万元。其中 10 万元以上医疗设备增加了 47 台；100 万元以上的医疗设备 3 台，分别为高清腹腔镜手术系统、医用血管造影 X 射线机、东芝 16 排全身螺旋 CT 扫描机。2018 年医院投资 400 余万元建设区域检验中心项目，为检验科增加大型检验设备 7 套，更新了 LIS，使检验项目从 100 余项提升至近 200 余项，检验能力已经超过同级医院，部分项目的开展已达到三甲医院的水平。2009 年，建筑面积约 6000 平方米的医技综合大楼正式投入使用。2014 年 4 月医院门诊楼、医技楼及住院部扩建工程-绿化工程开工，种植有景观五针松、银杏、美人梅、紫薇、木槿、蜀桧、樱花等，真正使医院达到了一个园林式、花园式标准。

职工生活区天然气改造项目于 2016 年 3 月开始筹划，2017 年 3 月签署合作框架协议，4 月正式启动改造工程，12 月改造工程竣工验收，2018 年 3 月开始置换送气，6 月 4 日完成集中送气工作。历经 2 年多时间，该项惠民工程最终圆满安全实施完成，标志着长钢液化气供应工作近 30 年历史的结束。长钢职工甩掉煤火炉而改用液化气在长治地区属于较早的，曾经让职工引以为荣耀。液化气站安全运营了多少年，站里的职工就默默无闻地奉献了多少年。这次的液化站退出运营，职工们明明知道会面临着失去岗位而要重新选择，仍然毫无怨言地坚守在岗位上，眼含热泪把最后一只液化气罐收了回来。

在天然气的安装过程中，炼铁厂职工杨会军因为生病住医院，耽误了天然气管道的安装入户。已经是年底了，再有几天就要过年了，杨会军躺在床上十分着急。有一天董事长贾向刚率队深入困难职工家庭慰问，见此情况后立即进行了安排。并一再强调，绝对不能误了杨会军一家过年吃饺子。

生活上不让困难职工掉队，是长钢多年秉持的原则，并不断加大扶贫济困工作力度。在企业经营形势异常困难的情况下，公司曾一度取消了春节、元宵节活动费用，全部发放给困难职工家属。每年坚持开展“困难职工救济”“困难党员救济”“金秋助学”“节日送温暖”“大病医保互助”等各类帮扶活动。2014 年以来，共计为 490 户低保户发放救济金 333 万元；为 497 人次发放助学救济金 887 万元；为 4147 名困难及特困职工发放救助金 175.24 万元；共组织 34705 人次参加大病医疗互助，为 569 人次发放大病补助金 230.8 万元；累计投入 4406 万元。为 24909 人次进行体检。2017 年 5 月，长钢公司出台了《特困职工救助基金管理办法》《特困职工救助基金使用管理细则》，进一步规范和健全了帮扶救助体系。

“金秋助学”活动是各级工会组织帮助困难职工的一项重要措施，也是长钢公司的民生工程和工会的品牌活动。自 2002 年开展“金秋助学”活动以来，共帮扶救助大学生 1900 多人次，救助总金额达 280 余万元。2015 年 9 月 1 日，长钢党委书记崔永康还用自己的亲身经历与受到帮助的职工子女进行了坦诚而语重心长的交流。崔永康说：“公司的金秋助学工作，得到了广大职工家属的认同和拥护。这是我们进一步做好这项工作的动力。困难职工及其子女也是长钢发展的动力。虽然公司现在经营生产十分困难，但仍然坚持资助困难职工子女，希望同学们懂得感恩，努力学习，回报社会，回报企业，回报家庭。”

为进一步拉近党群、干群关系，公司制定了周密的“大走访”工作方案。公司领导班子成员白天费心尽力操持公司的事，晚上带队登门入户开展“大走访”活动，有的领导甚至要走访到深夜十一二点，希望多听听群众的心声，多了解群众的实际困难。走访过程中有的领导自掏腰包为困难职工购买慰问品，有的直接将随身所带的现金送到群众手中。期间，公司多次召开走访情况研究会议，只要涉及民生问题，公司领导就会立即拍板，要求各级各部门不折不扣地做好各项暖心工程，在条件允许的情况下尽可能地解决群众的合理诉求。

“大走访”活动的深入开展，拉近了干部与群众的距离，公司领导听到了来自于基层最真实的声音。公司对群众反映的问题进行了详细的梳理、分类并安排实施，同步围绕近年来在改善民生方面存在的不足进行了深层次思考。长钢公司在做出每一项重大的决定时，都充分考虑职工群众的合理化建议，在决策上慎之又慎。

长钢公司的领导深深懂得，从70多年风雨坎坷走了过来，如果没有广大职工家属的大力支持和无私奉献，长钢不可能有今天的成就。“艰苦奋斗、勤俭办企”的企业精神不可能代代传承。职工群众对物质生活和精神生活的需求，是长钢公司不懈的追求和奋斗的目标，实现好、维护好、发展好广大职工家属的根本利益是公司一切工作的出发点和落脚点。

二、大山深处有亲人

党的十九大明确把精准脱贫作为全面决胜小康社会的三大攻坚仗之一，作出了新的部署。长钢公司在政治上与党中央保持高度一致，在国家需要的时候挺身而出，勇于承担起一个红色国企的使命和责任。按照长治市委组织部下发的《关于印发〈增派农村第一书记的安排方案〉的通知》，长钢公司经过对公司各基层单位12名推荐人选认真遴选审核后，最终确定委派炼钢厂职工闫建鹏、炼铁厂职工王凯，分别赴武乡县蟠龙镇堙里村、小庄村担任驻村第一书记，帮扶脱贫工作。

长治市总共选派187名第一村书记，闫建鹏、王凯是其中的两名。

为切实做好这项工作，公司要求，第一、两名同志作为派驻农村扶贫攻坚的代表，要充分发挥共产党员的先锋模范作用和个人聪明才智，切实履行第一书记职责，与所驻村扶贫团密切合作、和睦相处、共同帮助派驻村脱贫致富；要严守规矩，多做表率，展示长钢公司对外良好形象；第二、派出单位党委书记要加强日常工作指导，帮助出谋划策，为脱贫攻坚做出应有的贡献；第三、党群工作部要与派驻村及所属乡、县建立日常沟通机制，严格派驻人员日常考勤考核管理，定期反馈考评、考核情况，派驻期满后，要对派驻工作进行整体评价，做到有始有终；第四、由于派驻村生活条件艰苦，党群工作部和派出单位要高度关心关注支持两位同志，定期走访，帮助解决工作、生活及家庭的实际困难。

公司党委派驻武乡县蟠龙镇两位“第一书记”任职以来，公司领导一直牵挂着他们的工作和生活。2018 年 2 月 2 日，春节前夕，迎着刺骨的寒风，公司党委书记、工会主席崔永康带着公司党委的关心支持、殷切期望和“两节”慰问金，来到“第一书记”派驻村，看望慰问在这里任职的“第一书记”，了解他们的工作、生活情况，为他们和村民送上新春问候和祝福。

王凯和闫建鹏作为驻村“第一书记”进行精准扶贫一年多来，很快熟悉了所在村情况，从实际出发，积极开展工作，取得了可喜成绩。武乡县蟠龙镇镇长魏万里和两村“两委”成员以及广大村民对 2017 年两位驻村“第一书记”的工作给予充分肯定，对公司的慰问表示衷心感谢。

2018 年 12 月 26 日，迎着寒风，公司党委书记、工会主席崔永康带着公司党委的关心支持、殷切期望和慰问品再次来看望慰问在这里驻村的“第一书记”，为他们和村民送上问候和祝福。

两年来，两位同志不忘初心跟党走，扎根基层献青春，以坚决的态度、严格的标准、有力的措施全力聚焦，加强基层组织建设、推动脱贫攻坚和乡村振兴等方面工作，着力解决了村里的突出问题，得到了县、镇、村各级领导及当地群众的认可和高度评价。

闫建鹏积极引进旱地辣椒种植产业，实现了农户增产增收；王凯亲自带领村民到县医院办理慢性病卡，连续两年为村里捐款用于元宵节文艺活动演出。两位书记扎根基层，把村里的群众当亲人，把群众反映的问题当“家事”，和群众吃在一起、住在一起，为村民办了很多好事，让老百姓看到了变化、得到了实惠。

长钢公司在选送两名驻村第一书记之后，还对口帮扶壶关县树掌镇南郊村。派出了三人工作队，长期驻村扶贫。

南郊村地处壶关县树掌镇东南方向，距镇政府 7 千米，是典型的偏僻山区，海拔 1340 米，全村在册 98 户 204 人，其中贫困户 55 户，101 人（五保户 2 户 2 人，低保户 26 户 39 人），属深度贫困村。这里住房大多为土坯房，道路一土到底，饮水靠雨，村容破旧，气候寒凉潮湿，村民多腿疾。村子里基本无 50 岁以下人员常住。

工作队里张广明为队长，魏留芳、高运祥为队员。三人在长钢期间的工作各具特色，尤其在党建、矛盾调节、社区活动、创新工作方面颇有经验。然而来到南郊村，还是让他们感到了措手不及。

2018年底，南郊村必须摘掉深度贫困的帽子，这是树掌镇、壶关县向长治市委市政府立下的军令状。军令是军令，可任务何其艰巨，大家心里清楚，也深知自己肩上担子的份量。

如何才能帮助南郊村快速脱贫，驻村工作队陷入了深深的沉思。

三个人商量半天，觉得应该先做村支书的工作，取得村支书与工作队的密切配合，才能充分调动村民脱贫攻坚的积极性。

正是春季，山里的夜还很凉，工作队员们炒了几个菜，准备了一瓶好酒，请贵客一样把支书请了来。支书慢悠悠地喝着酒，听着工作队的讲述，却一声不吭。

酒至半巡，许是来了酒意，支书说：你们也别太费劲了，村里的情况你们也看到了，除了老弱病残，村里根本就没有年轻人，就连平整土地都得我这把老骨头上，上边和你们说的脱贫呀改革呀难度大呀……

没有做通支书的工作，工作队决定先从基层做起，为村民排忧解难办实事。

村里有位86岁的孤寡老人叫王长青，常年独自一人生活。为了尽快改变老人的生活环境，工作队就经常深入家里，与老人谈心，给老人宣传、讲解中央、省委和市委扶贫开发的方针政策，并帮老人料理家务，打扫卫生。今年夏天，老人突然失踪了，工作队员们焦急万分，组织村民漫山遍野寻找，四邻八乡打听，生怕老人出现意外，直到第五天才把老人找了回来。

村民王元明63岁的妻子患有严重的腿疾，需要到医院治疗换膝盖。然而，南郊村交通极不方便，坐公交车也要步行到8华里以外。工作队了解情况后，便开着自己的车，把病人送到了市医院，出院后又安全地把她接回了家。

村民丁小国，是留在村里少有的几个年轻人之一，可他却患有严重的精神病，工作队去看望他时，他手里拿着旱烟袋，一双呆滞无神的眼睛，脸上没有任何表情。他已经40多岁了，仍需要年迈的母亲照料他。看见工作队来了，老母亲受宠若惊地给大家找座。

看着这一切，大家心里酸楚的直想掉泪……

为了帮助这对母子，工作队员们帮老人清理了乱七八糟的院子，往缸里担满了水，把家里院外料理的干干净净才离开。正逢收秋，工作队员们又放弃自己的休息时间，帮助这对母子和缺少劳力的农户收回了地里的庄稼。驻村工作队的满腔热情和对村民无微不至的关怀，逐渐拉近了彼此之间的距离，村民们开始有事没事地与工作队接触、聊天，一来二去中，也摸清了村里每家每户的情况。

经过深入调查了解，工作队制定出初步工作方案，认为南郊村的扶贫工作应当先从修路和饮水开始，以此带动其他各项工作。经过紧锣密鼓的策划运筹，历时 3 个多月，修通了南郊村通往村外的水泥路。饮水工程经壶关县水利局预算需 130 万元，壶关县政府已筹集 60 万元，还有 70 万元的缺口。了解这一情况后，长钢党委立即上会研究，决定拿出 70 万元，尽快让村民们喝上自来水。资金到位后，工程立刻上马，仅用了 3 个月就让村民们喝上了清爽甘甜的自来水。

解决了走路和吃水问题，长钢又投资 25 万元，同长治市公安局一起为村里盖起了一栋集办公、医疗、文化和超市于一体的综合大楼，接通了无线网络。如今，村民们不用出村，就能解决生活中遇到的普通问题。

为了积极帮助、引导南郊村尽快脱贫致富，工作队员们不惜劳苦多次带领村民到平顺县杏城镇、武乡县贾豁乡、晋中太谷县，壶关县石坡乡苇则水村等考察土豆、梅杏、小麻籽种植，猪和鸡等养殖。现已种植油用牡丹 60 亩、梅杏树苗 100 亩。每亩牡丹和梅杏，可产生 1000 元和 2000 元的经济效益。

为了改变村容村貌，他们组织村民砌垒石岸近 3000 米，运输填埋土方近 10000 立方米，拆除破旧民宅近 100 间，拓宽和取直村内道路 1000 米，硬化村民活动广场近 5000 平方米，实施危房改造 6 间，修建村民周转房 100 平方米。

工作队员魏留芳自己花钱买来小鸡送给村民饲养，每天并不间断地喂养照顾，调动了村民的养殖积极性和脱贫热情。

村里 60 岁以上的老人生日，工作队员们都要做两个菜和一碗长寿面，像陪自己的父母一样，陪他们过生日。

与此同时，长钢退休管理中心、长钢组织部、党群工作部、计财处、销售中心、人力资源处、党校、规划发展处、长钢医院等单位先后多次到南郊村开展送温暖、献爱心系列活动。

在扶贫工作队的辛勤工作和长钢各单位的通力帮助下，南郊村现在的路也平了，水也清了，村民脸上的笑容多了，村容村貌发生了很大的变化。

原先对脱贫有很大疑虑的村支书感慨地说：祖祖辈辈贫穷落后的山村，没想到竟会有翻天覆地的变化。这位不善言谈的村主任，每遇工作队有人回家，他都要默默地跟着送出村，然后目送着走出老远老远……

长钢公司领导不是象征性地派出几个人员就了事，而是把扶贫工作始终放在了心上，把大山深处的贫困群众当做了自己的亲人。

2018 年 12 月 19 日，壶关县树掌镇南郊村锣鼓喧天，热闹非凡，长钢帮扶南郊村扶贫资金捐赠仪式暨“帮扶入户献爱心”系列活动在这里举行。长钢公司董事长、总经理贾向刚一行，为南郊村送去了脱贫攻坚基础设施建设资金 107 万元。

贾向刚说，长钢公司作为我党亲手创建的第一个红色钢铁企业，自诞生之日起，就与“社会责任”不可分割。在 73 年的发展历程中，无论是推动当地经济发展、还是造福周边地区群众，长钢公司都义不容辞地履行了国有企业应尽的社会责任。特别是近年来，长钢在搞好经营生产的同时始终牢记社会责任，力所能及回报社会，为地方脱贫致富尽一份自己的微薄之力。

在这笔资金的强力支持下，该村安全饮水工程、村级组织活动场所（医疗室）危房改造及过渡房工程、道路硬化等已全部完成。

长钢扶贫工作队坚持“扶智”与“扶志”相结合，启动了贫困户子女职业技能培训就业项目，开展了技术扶贫工作，帮助当地村民饲养黑土猪，借助公司技术优势，发展村级农产品电商平台，全方位引导村民转变观念、兴办产业、用活资金，合理调配人财物各类资源，激发内生动力，不断加快南郊村脱贫步伐。

捐赠仪式结束后，贾向刚还到三户特困村民家中进行了慰问，为特困村民送去了慰问金、米面等物品。每到一户农民家中，贾向刚都与他们促膝交谈，认真细致了解他们的家庭生活、身体状况、经济收入等情况，特困村民流下了感动的泪水。

2019年5月16日，贾向刚带队深入公司精准扶贫结对帮扶点——壶关县石坡乡苇则水村，对精准扶贫工作进行实地调研考察，了解扶贫产业项目发展情况，与干部群众共商脱贫攻坚、发展致富之策。贾向刚一行现场查看了苇则水村村容村貌、中药材种植园、乡村旅游徒步线路等产业发展规划情况，详细了解村民生产生活状况，力求进一步摸清摸透苇则水村现状，保障精准扶贫相关工作顺利开展，加快帮扶项目实施。

2019年6月13日，贾向刚一行又赴壶关县就精准扶贫工作进行调研。调研组先后来到店上镇北岭上村、桥上乡王家庄村，看望慰问这里的公司驻村第一书记，同时就脱贫攻坚、基层党建等工作进行了指导交流。再次将长钢对贫困村的关爱传递到了大山深处。

三、搭上精准扶贫的“健康快车”

长治市潞州区老顶山镇79岁的老王，一段时间常常把笑容挂在脸上，看着自己活蹦乱跳的重孙子一天天长大，高兴得走路的脚步都轻了很多。

而此前，老王因患白内障长达20多年，这幸福的场景根本看不清楚，连重孙子的模样都看的模模糊糊。由于家境贫寒，白内障多年一直未能医治。当老王得知长钢医院开展的精准健康扶贫系列慈善活动后，立即赶来做了微创手术。手术后，视力明显好转，生活也能自理了，不仅减轻了儿女的负担，而且一分钱没掏。

于是，老王便常常把一句话挂在嘴边，“老啦，老啦！想不到遇上了好政策、好医院、好医生……”

这一幕，正是长钢医院开展精准健康扶贫系列慈善活动后，众多患者中的一个缩影。

2017年，在长钢及周边共有约400位患者，得益于健康扶贫政策帮扶，解决了看病难题，不再因病致贫，搭上精准扶贫的“健康快车”，治愈率实现了100%。

2017年2月28日下午3时，由健康报社、中国医师协会、中国健康促进基金会、首钢长钢医院及广东省卓如医疗慈善救助基金会，共同举办的“健康中国基层行·长治站”百市千县精准健康扶贫系列活动医疗慈善救助感恩晚会，在首钢长钢公司俱乐部隆重举行。

晚会共募集善款150余万元，这些善款将全部用于救助当地康复患者，以帮助他们早日恢复健康。仅晚会当天已为贫困患者发放了200张医疗慈善救助卡。此次活动同期还开展了技术帮扶带教、医学学术交流、医护礼仪培训、医疗义诊巡诊、慈善走访募捐等一系列活动，有效提升了长治地区医疗服务能力，有利于进一步满足当地群众的医疗服务需求，缓解“因病致贫、因病返贫”难题。

从2017年2月份开始，长钢医院先后深入潞州区黄碾镇、潞城区史迴乡等14个乡镇卫生院进行普外科、泌尿科、妇科及眼科等免费义诊活动，全年义诊人数达到近14000人次。最多的时候，一天能义诊100多人。

2017年，长钢医院对沁县故县镇王家庄村进行对口医疗帮扶工作。派出普外科、心内科、妇产科、眼科等医疗专家、护理人员团队深入到王家庄村，对王家庄村居民进行抽血化验、B超、心电图等体格检查。并携带常用药品和医疗设备无偿捐赠给村卫生所，为当地村民创造了良好的医疗条件和优秀的医疗服务。

2018年，在壶关县对全县先进集体和模范个人进行了表彰时，长钢公司荣获驻壶“优秀单位”荣誉称号，长钢派驻村工作队队长张广明同志被授予“脱贫攻坚优秀帮扶干部”荣誉。

同年，长钢公司被授予“长治市干部驻村帮扶工作模范单位”荣誉称号。

第十二章

砥柱中流：党旗猎猎映钢城

在全力为打赢生存攻坚仗而奋战的关键时刻，2015 年 8 月 7 日，长钢公司召开干部大会，宣布总公司调整长钢领导班子部分成员的决定：崔永康同志担任长钢公司党委书记、董事，不再担任纪委书记职务。

首钢总公司党委常委、副书记何巍对崔永康作了如是评价："崔永康同志是从基层一线逐步锻炼成长起来的，对长钢公司的情况较为熟悉，既有基层工作经历，也有多年管理工作经验；既有行政管理工作经历，也有党务工作经验，统筹协调能力和解决问题的能力较强。敢抓敢管，敢于担当，注重思想宣传，善于发动和引导职工开展工作，在干部职工中有较高威望。"

何巍指出，此次调整，是总公司党委为了进一步加强长钢公司领导班子建设，在前期考察组对长钢领导班子成员进行全面考察、广泛听取各方面意见的基础上，从大局出发，从长钢长远考虑，经过反复酝酿、慎重研究后作出的决定。

在宣布崔永康担任党委书记的干部大会上，崔永康表态，将从以下方面开展今后的工作：

一是认真贯彻落实总公司党委、长治市委的决策部署，真正担负起党委主体责任的重要使命，把"三严三实"专题教育与提升长钢的经营效果相结合，通过着力解决"不严不实"问题，进一步提升干部队伍干事创业的能力和水平，将"四强"领导班子建设真正落到实处，让职工家属看到领导班子的新面貌，企业经营的新气象，增进发展的新信心。二是抓好宣传舆论引导、企业文化建设工作，全力支持董事长、总经理贾向刚同志领导的经营生产和降本增效工作，为企业应对复杂形势、走出行业“冰川期”保好驾护好航。三是努力抓好治安、信访、稳定工作，努力搞好和各级地方政府的沟通协调工作，为长钢经营生产、技改建设、职工生活创造和谐、稳定、良性的生存和发展环境。

董事长贾向刚代表新班子表示，坚决拥护总公司党委的决定。他说，在过去的8个月里，总公司党委三次调整长钢公司领导班子，充分说明对长钢的关注、关心和关爱，体现了对长钢公司的重视和寄予的厚望。三次调整的相关会议上，我代表班子和个人做了三次发言，每一次都感受到沉甸甸的责任。其中包括，对长钢公司广大职工家属的责任，对总公司党委的责任以及长治市委市政府的责任。

党建工作，是国企的“根”和“魂”。国家全面深化改革无止境，钢企转型发展、提质增效就无止境，国企党建工作就无止境，党建工作方式方法创新就无止境。实现党建工作和经营生产深度融合，互促共进，是新一届长钢党委工作的核心主题，也是他们坚守的正确、清晰的党建工作理念。

新一届党委始终坚持发挥党委的政治核心作用，把“求真务实，一个步调”嵌入管理流程，深深根植于思想和行动中；坚持党建工作必须做实做细，必须直面企业最现实最直接的问题；坚持党政班子协调一致，一个步调、一个声音，决不允许有杂音。坚持在现有条件下，不断完善，创新工作，围绕中心，做出特色。

新一届党委更加强调各级党组织的战斗堡垒作用和保证监督作用，坚持企业经管生产的目标任务，是党建工作的出发点和落脚点，是党建工作的全部职责的理念，以经营生产为中心，以推进长钢发展为己任，抓党建为企业发展等各项工作保驾护航。

崔永康常说，在企业里面，除了围绕生产经营这个中心，党的书记没有比这个重要的事。只有你这个单位的生产经营和安全工作搞好了，你这个书记才有位子，有威信，有面子。

每个月的书记例会，主要是根据当前的形势和生产经营任务，安排和强调如何发挥好党组织的战斗堡垒作用和党员的先锋模范作用。当然，强调这两个作用并不是隔靴搔痒的空谈，而是一时一事都要和长钢的事情，和本单位的事情紧密结合。

在一次例会开始前，崔永康让工作人员给与会的书记每人发了一张白纸。他说，今天会议的内容之一，就是要搞一个小小的测试。你在这张白纸上，把你单位本月的生产经营指标有几项，具体是什么，到目前的完成情况一项一项写出来就行了。不要穿鞋戴帽，知道多少写多少，实打实写出来就行了。崔永康在说话的中间，就发现有些书记的脸上就冒出了汗珠。

这次小小的“突然袭击”，并没有公布测试结果，也没有公开批评谁、表扬谁，但在各位中层书记的心里，暗自掀起了波涛，有的书记会后主动找崔永康做自我批评，说在关注本单位行政工作方面，确实做得不够，需要好好补课。

一、从历史和未来的交汇点再次起步

2015 年 10 月 30 日，中国共产党首钢长钢公司第六次党代会召开。

长钢第六次党代会是继 1991 年第五次党代会召开以来，跨越 24 个春秋召开的一次党代会。24 年来，长钢一次又一次地经受着社会转折中的痛苦、欢乐与考验，一次又一次地站在了历史与未来的交汇点上。在滚滚流淌的历史长河里，24 年的时光充其量不过是几朵小小浪花，瞬间而逝。但对于 70 年前战火纷飞年代诞生的红色长钢来讲，24 年的时光，更是占据了她生命流程的三分之一还多。

从第五次党代会到第六次党代会，24 年间长钢没有召开过党代会，但进行过六届党委班子的调整。六届党委班子的调整，与长钢所经历的时代变革密切相关。

20 世纪末，长钢的公司级领导的职数多到 16 人，处级干部的数量也迅猛增长，以至于老百姓在各种场合对此都有调侃。

长钢是不是需要这么多的公司级领导，是说不清道不明的话题。但显而

2015年10月30日，首钢长治钢铁有限公司第六次党代会召开

易见的一个事实是，公司有的主要领导，也就是“三驾马车”之间的合作不融洽，各拉山头，互相对垒，闹得省里主管部门也不得安生，互相攻讦、告状的风声巷议很多。最终省里狠下一条心，给长钢派来太钢公司的一位副总经理出任了长钢的党委书记兼董事长。

2015年11月27日上午召开的长钢公司中层干部大会上，首钢总公司党委书记靳伟直言不讳地指出，今天在回顾前24年走过的历程时，我们也认识到这个问题了，班子不团结，各行其是、内耗严重，咱们是吃过亏的，有些方面咱们还吃了大亏。

长钢人深知，过去的24年，是艰难的24年，也是不平凡的24年。24年里，中国政治经济社会发生了巨大而深刻的变化，跨越了从计划经济到市场经济的转换。在这样的转换中，长钢经历了从承包制到公司制，从省管到市管，从100%国有产权到58.29%民营控股、再到100%国有产权的体制变革，饱尝了从钢铁行业低速发展到高速扩张、再到低速发展，从供不应求到严重供过于求，从闭上眼睛盈利到近乎全行业亏损的过山车似的冷热考验与沧桑巨变。

长钢第六次党代会的召开，让长钢又一次站在历史与未来的交汇点上。

来自公司各单位、部门的118名党代表肩负着企业发展的神圣使命，齐聚一堂，凝心聚力共启新航程。

党委书记崔永康作工作报告，报告的题目是《凝心聚力求生存，同心同德谋发展，为打赢生存发展攻坚仗而努力奋斗》。

报告的内容主旨，既针对历史，更针对现实；既肯定成绩，更正视问题；既着力于加强党委的政治核心作用，更关注企业改革和经营生产，凸显的是面对现实、面对困境理性而强烈的冀望。

崔永康说，24 年间，长钢发展的遗憾：一是领导班子建设在个别时期有所放松，有所弱化，对长钢发展的推动不足，在职工群众中的威信不够，且有内耗现象。二是对钢铁工业发展规律认识不清，对长钢发展战略研究不够，发展路径选择出现偏差。如盲目对外进行非生产性投资，企业改制对战略合作伙伴的选择，对附近钢企停产后的市场占领，对进入工信部行业准入名单重要性的认识等。三是企业管控力度不够，关键环节、关键岗位风险防范不足，如钢材供不应求时的赊欠、现金流充裕时的大手大脚、数千吨球团偷盗事件、销售三方协议案件等，给企业造成了极大的损失和恶劣的影响；四是企业改革瞻前顾后，顶层设计站位不高，特别是没有巩固业务流程再造的改革成果，人浮于事，效率低下，内生动力不足，成为制约企业发展的羁绊。五是人才培养、选拔、聘用重视不够，储备不足，有“小圈子”、任人唯亲现象。六是企业办社会的剥离工作相对滞后，历史遗留问题较多，长钢依然没有成为真正的市场竞争主体。

但是，不管内外部发生怎样的变化，发展始终是长钢的主旋律；强化管理、推进技改，始终是长钢的主基调；千方百计改善民生，始终是各届党委班子秉持的基本准则。

崔永康生动描绘了长钢未来发展前景，详细阐述了一系列重大发展战略目标和措施，一句句令人振奋的话语在代表们心中激起阵阵波澜，一次次引起了与会代表的共鸣。

报告中明确提出了今后三年党建工作发展目标“12345”——

高举一面旗帜：即全面深化国有企业改革旗帜；

树牢两个理念：即求生存谋发展，推进长钢“二次创业”；

发挥三个作用：即党委的政治核心作用，基层党组织的战斗堡垒作用，共产党员的先锋模范作用；

提升四种能力：即战略决策能力，经营管理能力，市场应变能力，高效协同能力；

实现五个目标：即安全度过钢铁“寒冬”；管理人员能上能下、职工能进能出、收入能增能减成为常态；建立以业绩为导向、与劳动力市场相适应的薪酬分配体系；用人公开，考核公正，职工感觉公平；工资和企业效益、劳动生产率同步增长。

上午11时许，党委工作报告结束，会场响起长时间的热烈掌声。这掌声，是对24年来取得成就的肯定和褒奖；是对24年来经历的艰难与挫折的回顾与反思；是对打赢生存仗，建设盈利企业、健康企业、长寿企业的信心与决心。

下午2时20分，118名代表以无记名投票方式，选举出中国共产党首钢长钢公司第六届委员会委员和中国共产党首钢长钢公司第六届纪律检查委员会委员。

会议期间，118名党代表分5个组就党委工作报告展开了热烈讨论。代表们结合工作和岗位实际，提出自己真知灼见。轧钢厂党代表高运样心情久久不能平静：“这是一个承前启后、求真务实、鼓舞人心的报告，提出了‘12345’党建工作目标，明确了全面深化国有企业改革，求生存谋发展，实现长钢‘二次创业’的发展理念，吹响了新征程的嘹亮号角。”

炼钢厂党代表周剑波说，此次会议对公司的发展起着承前启后的重要作用，不仅总结了长钢过去的发展历程，而且描绘出了美好的未来和扎实的路径，对下一步的发展指明了方向，在总结公司发展历史的基础上提出了非常高的要求。

党群工作部部长、工会副主席陈波说，第六次党代会报告内容质量高，特别是在现场听报告振奋人心，感到有方向，有动力。24年工作总结得实事求是，自己亲身经历了这段过程。报告最大亮点和灵魂在总结经验和不足部分，充分体现公司党委敢于直面问题的勇气，充分说明新一届党委班子下定决心推动企业改革发展的必胜信念。作为中层干部，有压力更有动力，执行力是关键。从严治党，强化存在担当，自己要严格自律。相信在公司党委领导下，一定能够战胜困难，红色长钢必将会永续生存，实现“二次创业”。

与会代表信心满怀，意气风发地站在新的历史起点上，用恢宏壮美的豪迈气魄，迎接着崭新的未来。

长钢六届党代会胜利闭幕了，但一个新的征程才刚刚开启。这次党代会的召开是长钢结束24年坎坷曲折的标志，也是长钢奔向新目标的标志。

长钢发展的脚步，进入了新的阶段。

二、强力实施“三大工程”

党的十八大提出了建设学习型、服务型、创新型马克思主义执政党的重大任务。习近平总书记讲，把学习放在第一位，是因为学习好，才能服务好，学习好才有可能进行创新。

长钢多年来持续不断推进学习型党组织建设，不断加强内外学习交流，深入开展对标挖潜降本增效活动，企业的综合竞争力有了一定的提升，经受了各种各样的挑战。但是，随着国家强力推行“三去一降一补”政策，安全环保态势高压，特别是通过近三年的优化提效的内部改革之后，人员大幅度减少，组织机构重新调整，管理更加智能化、信息化、扁平化、高效化，给企业全员整体素质提出新要求。着力解决各层人员本领恐慌问题，必须持续加强学习型党组织、学习型企业建设工作。

在推进学党章党规、学习近平系列讲话、做合格共产党员“两学一做”学习教育中，首钢长钢公司党委积极适应国家推进供给侧结构性改革新常态，不断深化“两学一做”学习教育，认真落实全国国企党建工作会议精神，主动把党建工作融入企业经营生产和治理结构，积极探索优化提效新形势下企业党建工作新路径新方法。

针对长钢新形势下的新任务，新一届党委坚持问题导向，对企业内外发展形势进行深入思考，将实现长钢永续生存发展作为企业愿景，将“打造具有区域竞争力的钢铁综合企业”作为战略目标，因势而谋，顺势而为，做出了在全公司配套实施“夺旗”竞赛领航工程、岗位体系建设工程、全员大提素工程“三大工程”的战略决策，并明确将2017年定位为“提素年”。

崔永康为公司党建工作先进单位授旗

（1）以“夺旗”竞赛为载体，引深创先争优活动。

公司党委创新党建管理模式，以“夺旗”竞赛为主抓手，推动基层党建工作深入开展，营造创先争优的良好氛围，促进党建工作与经营生产深度融合，把党组织的政治优势转化为实际的生产效率，切实为全面完成全年经营生产任务保驾护航。

为保证竞赛顺利进行，从制度、组织、程序、宣传、经费五方面入手，制订了科学、严谨、细致的流程和规定，为创先争优“夺旗”竞赛的顺利开展提供了坚强保障。基层党组织每月对学习计划完成情况进行自查，公司党委每季度重点检查，对学习计划不落实，学习教育不务实的党组织，在创先争优“夺旗”竞赛中予以考核，并督促整改。

长钢党委出台了《2017年创先争优活动实施意见》和《创先争优活动考评细则》。创先争优活动以“坚定信心迎挑战，攻坚仗中勇争先”为主题，把服务经营生产、提高经济效益作为党建工作的出发点和落脚点。以“夺旗”竞赛为载体，营造创先争优的良好氛围，促进党建与经营生产深度融合，切实为全面完成全年经营生产任务保驾护航。

长钢党委每季度分5个检查小组对24个直属党组织本季度党建工作进行检查。按百分制考核，分别从4个层面按不同权重比例进行综合评价，即：党建检查组评分（权重比例60%）；党建日常工作考核（按每项工作的工作质量、完成时间、实际效果等实行量化考核，权重比例20%）；基层党组织互评（权重比例10%）；公司主要领导评分（权重比例10%），相加各项得分总和为各基层党组织当季“夺旗”竞赛成绩。经过综合评定，报请公司党委研究同意，形成最终考核结果。

2017年以来，通过“夺旗”竞赛，坚持每季度评选优秀党组织、合格党组织、后进党组织活动。自2017年始，到2019年二季度，全公司共评出优秀党组织54个，先进党组织184个，后进党组织17个。在每季度的基层党组织书记例会上，公司党委主要领导分别对优秀党组织授“流动红旗”，并给予每个优秀党组织1万元党务活动经费奖励；对后进党组织送“流动黄旗”，并在全公司进行通报。

“夺旗”竞赛，使基层党组织书记在日常工作中不仅要把抓班子、带队伍、保稳定等基础工作落到实处，还要对公司的经营生产及重点指标完成情况做到心中有数。在这种压力之下，让大家有了一种共识：不学习就适应不了工作需要；不学习，党建与经营生产深度融合就无法保证、经营生产任务就难以顺利完成。

活动中，炼铁厂党委开展以“讲形势、明任务，讲信仰、明身份，讲使命，明责任”为内容的“三讲三明”活动，为经营生产攻坚克难奠定基础；焦化厂党委在党支部中开展“插红旗”竞赛活动，以竞赛促生产、促管理、促效益、保安全、保环保、保质量，营造出了“比、学、赶、帮、超”的竞赛氛围，晒出了可喜的成绩单。职工培训中心实施党员“登高计划”，选树标杆，自我加压、对标找差，提升教学水平。

“夺旗”竞赛评出了干劲、评出了正能量，实现了党建与经营生产深度融合。2017年实现利润近10亿元。技术经济指标在2017年80余次创历史的基础上，2018年铁成本行业排名、自发电、利润等指标40余次再创历史最好水平，企业发展质量和经营效益大幅提升，创长钢历史最好经营业绩。

“夺旗”竞赛的开展引起了中共长治市委组织部、宣传部和山西电视台的高度关注，对此进行了专题采访和报道。《经济》杂志在向十九大献礼专刊中以“夺旗竞赛勇争先”为题对公司创先争优“夺旗”竞赛进行了重点报道，影响广泛；以“‘夺旗’竞赛促党建与经营生产深度融合”为课题的党建创新项目获得首钢基层党建创新项目二等奖、北京市基层党建创新项目三等奖。公司领导班子2017年度民主测评排名全集团35家单位第1位，长钢公司荣获“山西省功勋企业”荣誉称号。

（2）大力实施“三清晰三到位”岗位责任体系建设工程。

关于“三清晰三到位”岗位责任体系建设，前章已有论述，作为“三大工程”系统之一，这里只做简单介绍。

2016年9月，长钢党委决定：用3~5年时间，在全公司范围内推进“三清晰三到位”岗位责任体系建设工程，做实基础，着力助推企业发展。此举一开始，就得到了首钢总公司的高度认同，并在首钢年度“三创”交流会上进行推广学习。

岗位责任体系建设工程，保证了各项任务、指标在单位、岗位的承接和落地。助推了优化提效工作的平稳过渡，避免了人事调整对工作交接带来的影响，激发长钢人精准定位，明确方向，下决心去学习、去变革，去提升，去进步。

（3）强化针对性，注重实效性，实施全员大提素工程，满足优化提效对各类人员素质提升的紧迫要求。

为适应优化提效新格局，长钢公司党委从战略高度将2017年定位为提素年，开展“提素增效年，我们怎么干”大讨论，上下统一思想，凝聚共识。

大提素工程，以“干什么学什么，缺什么补什么”为原则，涵盖全体职工，采取“分级分类，以赛代训”等形式展开。突出4个“重点”：以进一步深化“三级四类”培训，实现职工一专多能，满足优化提效后岗位工作需要为重点；以提升职工对新项目、新技术、新工艺、新设备的适应能力和岗位素质专项培训为重点；以强化富余待岗职工转岗、上岗培训为重点；以创新培训方式方法和改进培训工作考核体系为重点。

——中层以上领导干部综合提素。除参加首钢集团等外部培训以外，长钢公司每季度举办一次中层以上干部大讲堂，邀请中钢协、首钢集团人才开发院等专家人士进行集中授课；开设优秀青年干部培训班；以会代课，利用基层书记例会、中层干部会议进行有关知识培训。通过组织各种培训，增强领导干部的政治意识、看齐意识、大局意识、责任意识、协同意识，提高领导管理水平。

2017 年，首钢青年干部特训班在长钢期间，长钢公司主要领导贾向刚、崔永康亲自参加授课。首创“长钢培训在线”微信平台，制作了 5 期“太行学习系列微党课”和一个特训班学习专题片。此次特训，公司领导干部与 60 名学员共同追寻先辈的足迹，触摸历史的记忆，聆听英雄太行的故事，精神得到了洗礼，党性得到了锤炼，情感得到了升华，坚定了在新的长征路上矢志奋斗的信心和决心。6 月份，长钢邀请冶金工业规划研究院李新创院长，举办了“去产能背景下提升钢铁企业竞争力途径”讲座，为开阔党员干部的降本增效思维，提供了较好的智性支持。当月公司基层书记例会上，公司党委以监督执纪“四种形态”为内容，给基层书记上了一堂微党课。

——两级机关管理、专业技术人员提素。针对优化提效后两级机关管理、专业技术人员减少 50%的实际情况，以提高服务水平、工作能力、加强作风建设为重点，进行政治理论、企业文化、业务技能、法律法规、“三清晰三到位”岗位责任等内容培训。

仅 2017 年前半年，长钢公司开展企业内、外训 29 项，培训各类职工 1795 人次。其中，公司级干部大讲堂培训 200 人、纪委书记培训 40 人、兼职教师培训 60 人、合同管理专业培训 101 人、两期入党前培训 56 人，规程类培训 126 人次，环境与职业健康安全体系培训 130 人，岗位技能类培训 791 人次，企业富余人员培训 275 人次，外出培训 16 人。

——关键岗位技术人员、生产操作人员“单点”提素。针对持续优化提效带来的岗位人员紧缺、工学矛盾突出的实际，除了对一般人员采取岗位练兵、技术比武等传统活动形式外，对关键岗位在项目策划、课程设计、内容选择、培训模式等方面大胆借鉴沙钢“单点教育”的成功经验，引入“单点教育”。

轧钢厂一车间加热炉区域率先采用单点模式组织培训，16 名学员经过培训，不仅掌握了轧钢加热炉的工作流程及操作维护方法，而且能处理一般的设备事故及煤气系统紧急情况，达到了预期效果，真正实现了学、用结合，学以致用。之后，炼铁、焦化、炼钢、动力等单位的单点培训项目也陆续推开。

为保证大提素工程的顺利实施，长钢党委将其作为“一把手”工程，党政工团齐抓共管，上下配套共同推进。与优化提效、末位淘汰和日常绩效挂钩考核。通过正负激励机制，激发广大干部职工从要我提素到我要提素的积极性。职工培训提素考试不合格扣减当月 10%绩效工资，补考仍不合格者扣减当月 50%绩效工资，待岗一个月；成绩优秀者，相应地按工作业绩大小，增发一定比例的绩效工资。

长钢党委通过“三大工程”的有效实施，加之及时有力的典型宣传引导，让红色长钢人心思变，内生动力得到空前激发，企业生存能力得到极大提升，突现了企业基层党组织政治核心和战斗堡垒作用。固铸了国企的“根”和“魂”，给长钢带来了可观的经济效益，增强了长钢发展后劲。

“三大工程”是相辅相成的系统工程，集中体现了长钢党委在落实全国国有企业党建工作会议精神上的高度、广度、深度和力度，集中体现了长钢党委“围绕经营生产抓党建，抓好党建促经营生产”，在“把方向、管大局、保落实”上的政治担当和务实创新精神。

“三大工程”实践证明，企业党组织只有“坚持服务生产经营不偏离，把提高企业效益、增强企业竞争实力、实现国有资产保值增值作为企业党组织工作的出发点和落脚点”，做出实实在在的工作业绩，才能密切党群干群关系，赢得党心民心，巩固党的执政基础，实现国企党建与经营生产互促共进。

“三大工程”的实践表明，要解决好国企党建工作弱化、淡化、边缘化问题，关键是要找到党建工作的着力点，辩证地认识学习型、服务型、创新型党组织建设之间的紧密关系。务实推进学习型组织建设，提升党组织的服务力和创新力，以企业改革发展新成果检验党组织的工作和战斗力，真正体现出企业的独特优势。

强身固本，积蓄后劲，加强“三支人才”队伍建设。

所谓“三支人才队伍”是按经营管理系列、专业技术管理系列和技能操作系列3个方面进行设计的。

三支人才队伍建设，在近三年尤其得到持续深化与认真落实。

完善三支人才队伍、畅通人才发展通道，薪酬激励机制改革工作圆满完成。

长钢公司先后下发了《首钢长钢推进三支人才队伍建设完善薪酬激励机制改革实施细则》《首钢长钢2018年择优升级实施细则》等10余项配套文件及通知，专业部门召开多次推进会，研讨解决推进过程中出现的问题。7月份完成了工资套改考核；8月份完成了经营管理序列科级人员聘任和技术、技能职务评聘及择优升级考核工作；9月份完成了工资套改及择优升级的审核和审批工作；10月份固定工资中对工资套改增资及补发额进行了兑现。

公司党委书记、工会主席崔永康，公司党委副书记、纪委书记王春生，公司党委委员、总会计师张振新分三组带队，采取听取汇报、查看资料、现场提问、座谈交流、群众满意度测评相结合的方式分别深入公司所属32个单位，对薪酬激励机制改革工作推进情况进行了专项检查，征求职工群众关于对薪酬激励机制改革实施过程中的意见建议，督促各二级单位按照既定的方法步骤，以公开公平公正的原则扎实推进改革工作，促进各项工作流程不断完善，圆满完成薪酬激励机制改革工作任务。

在2018年开展工资晋升的基础上，2019年，长钢进一步丰富激励内容、扩大激励群体，开展了职务晋升、职级晋升和工资晋升，共计择优升级1919人，占在岗职工的30%，让更多职工享受到企业改革发展红利。

通过实施薪酬激励机制改革，全面推进经营管理、专业技术管理和技能操作“三支”人才队伍建设，建立与三支人才队伍相配套的薪酬分配制度和有效的激励机制，实行“宽带薪酬”，构建起了三支人才“纵向晋升，横向互通”的职业发展通道，为广大职工学习技术、提高技能、施展才能建好机制、搭好平台。

在“三支人才”队伍建设中，从2015~2019年，共产生长钢之星26人，首钢之星4人，长钢工匠11人，首钢工匠1人。2019年，牛旭红获首届“首钢工匠”称号，成为长钢第一个获此殊荣者。

2018年，长钢出台《“五一三”人才建设工程实施方案》，稳步推进人才建设发展平台搭建工作。制定《职业技能竞赛管理办法》，组织开展网上练兵活动，开展各类培训202项，培训18110人次。

2019年，长钢公司以“五一三”人才建设工程为载体，进一步加强推进“三支人才”队伍建设，创新干部管理模式，将经营生产任务目标完成情况、重点工作落实情况、党建工作推进等情况按照分值量化，作为干部选拔的重要依据，激发干部队伍开拓进取、干事创业的活力。加强高技能人才建设，出台高技能人才推进工作实施方案，建立操作技能人员晋升晋职常态机制，逐步建立起精干高效、梯队合理、素质良好的技术技能人才队伍。完善薪酬激励机制改革，建立基于岗位价值、能力素质、业绩贡献的工资分配机制。不断完善三支人才队伍通道建设，拓宽各类人才发展空间；建立与三支人才队伍相配套的薪酬分配制度，为职工薪酬增长留出晋升空间；建立以能力、业绩贡献为导向的，全面、客观、准确的评价体系，充分发挥绩效评价的导向性和激励性作用；建立以突出业绩贡献为核心的任职标准，完善高技术、高技能人才评聘管理。

青年干部培训。

从“提素年”到“全员提素”，再到“人才强企”，长钢公司把人才培养工作放在事关企业发展战略的高度。

2017年初，长钢公司党委明确提出用2~3年时间，以培养培训中层后备干部为牵引，在提升青年干部政治品质和管理能力的同时，进一步优化干部队伍的年龄、学历、职称等结构，使之成为“二次创业”和建设百年长钢的重要人才支撑。至2019年，连续三年举办青年干部培训班。

2017年下半年至2019年，公司党委根据企业改革发展对干部队伍提出的

贾向刚为公司青年干部培训班授旗

需要，结合干部梯队建设实际，探索各类人才常态化教育培训机制，建设梯队结构合理的人才队伍，举办了长钢历史上时间最长、要求最严，具有创新特色的青年干部培训班。

青年干部培训按照系统学习打头、返岗感悟居中、专题复训收尾“三步走”，采取军训、专题讲座、党性教育基地现场教学、先进企业考察、与首钢内部青年干部学员互动交流等多种形式，逐一落实党的思想理论、党性教育和党性锻炼、企业管理理论、先进企业的管理实践、长钢经营生产实践等教学内容，将优良学风、党性锻炼、磨砺意志贯穿培训全过程，通过行动学习、问题研修、实战演练、事上磨炼锻造能够承担建设百年长钢重任的中层后备领导人才。

培训把年龄不超过 45 岁的科级干部以及无职务但业绩突出的骨干界定为青年干部，适当放宽了年龄限制，严肃学员选拔，给优秀青年干部培训机会。条件公开，过程透明公正，公司党委会研究确定 90 人（第一期 30 人、第二期 27 人、第三期 33 人），通过优中选优，把到优质平台学习的机会给予了优秀青年干部。

培训项目实施前，经公司党政领导指导把关，根据脱产、封闭、半军事化的培训需要，制定了《首钢长钢青年干部培训班管理规定》《首钢长钢青年干部培训班学员考评办法》等制度，制度涵盖了军训、课堂学习、参观学习、课间活动、作业完成等各个方面，与以往干部培训相比，对学员培训期间的言行提出了更高的要求。

每次培训精选党性教育基地，精心组织现场教学。外聘老师专题讲座和沙盘教学课程共17个，累计到长钢讲学20人次。在山西、河南、河北、北京三省一市选取了14个党性教育基地。其中，长钢厂史展览馆（含反腐倡廉警示教育基地）、长治郊区故县村抗大一分校校部旧址、屯留县岗上村抗大一分校女生队旧址、武乡县八路军太行纪念馆、首钢陶楼（含西十筒仓、创业公社）、人民英雄纪念碑等9个点作为两期学员共享教育点。在此基础上，第一期学员增加了陵川县锡崖沟挂壁公路、林州红旗渠、平山县西柏坡纪念馆3个教育点，第二期学员增加了国博复兴之路、邢台抗大陈列馆2个教育点。

在现场教学组织方面，结合教育点实际，按照“细节—故事—人物—党史—党性”思路挖掘党性教育价值，多种形式落实。在长钢厂史馆采取了学员分组提前准备，现场分段负责讲解；在抗大一分校校部旧址采取长钢党校老师讲；在红旗渠采取了聘请学者讲和雇请讲解员讲相结合的方式；其余教育点则采取了听完讲解后学员集中谈感受的方式。

公司领导带队参观考察先进企业，引导学员聚焦一流，思危思进。在首钢集团内部，精选了代表世界先进工艺装备的首钢股份、京唐公司作为学习考察对象。在首钢集团之外，精选和长钢产品结构相近且发展迅猛、转型成功的河北敬业集团、邢台钢厂、德龙钢铁集团作为学习标杆并实地学习考察。

赴首钢股份、京唐、敬业集团等先进钢企学习考察。公司董事长、总经理贾向刚，党委副书记、纪委书记王春生，总会计师张振新亲自带队。这些先进钢企负责人热情接待，与学员们坦诚交流，使大家感悟颇深。

三期培训班共安排8名公司领导24讲，9名处级领导干部10讲。他们将自己在领导干部岗位上积累形成的实践经验、心得体会讲出来，使个人知识成果转化成团队共享资源，让学员从身边的榜样中汲取成长进步的动力源泉、方式方法、领导艺术、知识智慧。这种教学方法，还促成了《领导干部上讲台实施办法》的出台，使领导干部上讲台成为制度，使“干部教干部”成为常态。

公司党政领导对学员始终保持高度关注，除了讲课、联系考察企业、外出学习带队，还抽出时间，深入培训班看学员自习状态，与学员交流，查看学员内务，观察学员言行，提希望、送关怀，极大地鼓舞了学员的学习热情。

青年干部培养是一个长期的过程。学员的结业论文，涵盖了企业党建、生产组织、工艺技术、设备管理、成本管理、人才培养等各个方面，有关生产组织和工艺技术、设备管理、成本管控等方面创新思考比较突出，具有较强的实践指导意义。系统学习阶段结束之后，对两期学员安排了返岗锻炼，以期学员在学习运用中进一步思考感悟、深化认识。

2017 年、2018 年，长钢党委领导班子均获得首钢“六好”班子荣誉。

2019 年，16 名优秀青年干部挂职锻炼，首次举办了厂处长和党组织书记培训班，提高了中层党政正职的岗位履职能力。

三、创建风清气正政治生态

近年来，长钢党委全面从严管党、治党，政治引领，健强基层组织，增强企业活力，为企业经营管理保驾护航，为公司生存发展提供坚强的组织保障。

公司党委落实全面从严治党“两个责任”，严明纪律规矩。积极践行“两个维护”：坚决维护习近平总书记党中央的核心、全党的核心地位；坚决维护党中央权威和集中统一领导；树立“四个意识”：政治意识、大局意识、核心意识、看齐意识；坚持“七个必须”：必须牢牢牵住“牛鼻子”，切实落实全面从严治党主体责任；必须严守党的政治纪律政治规矩，始终做政治上的明白人；必须自觉坚定理想信念，始终保持共产党人的政治品格；必须坚持以人民为中心的发展思想，始终保持同人民群众的血肉联系；必须加强自我约束，始终坚守清正廉洁的为官底线；必须严肃党内政治生活，始终保持先进性和纯洁性；必须扎紧制度的笼子，加强对权力的制约和监督，持之以恒推动全面从严治党向纵深发展；对照“九个方面”突出问题：违反政治纪律和政治规矩、漠视组织纪律和组织原则、顶风违反中央八项规定精神、利用职权谋取私利、侵害群众利益、生活腐化道德沦丧、履职尽责不力、企事业单位党的建设弱化和巡视整改落实不到位，强化责任、严格自律、健身正己、坚守底线，严守党的政治纪律政治规矩；紧盯重点领域，抓好全面从严治党日常考核，加大监督执纪问责和监督调查处置力度；坚持抓早抓小，立足防范，适时扩大向廉洁风险较大单位派驻纪检组长；积极推进综治工作，着力开展好融入公司、连接干部，创建示范企业；融入基层，连接职工，创建示范单位；融入网络，连接网民，创建示范网站的“三融三连三创”主题实践活动。

陆续修订出台了《“三重一大”集体决策制度实施办法》《关于实行中层领导干部问责的暂行办法》《内部审计管理制度》等，初步建立起较为完善的反腐倡廉和廉洁风险防范体系。汇编《党风廉政建设制度》《预防职务犯罪工作手册》，在人事任免、物资采购、经济责任制等重点领域形成了常态监督机制。落实中央八项规定，开展了公务用车、领导干部大操大办婚丧、业务招待费专项检查、节假日廉政活动等一系列专项整治活动，“四风”问题得到明显解决。

汇编《长钢典型案例警示录》，向领导干部和有业务处置权人员发放；组织党员干部旁听庭审现场，参观检察院审案办公区，参观监狱等活动开展体验教育；邀请总公司领导、检察院专业人员开展预防职务犯罪专题讲座，举办基层纪委书记研讨班，交流工作经验；向供户发放《廉政监督卡》，同供户签订《廉洁承诺》；开展廉洁从业主题知识竞赛，廉政演讲赛，组织廉政主题征文等活动。

完善廉洁从业制度加强民主监督力度，探索廉洁理念制度化途径。廉洁文化建设，完善制度是保障，民主公开是途径。长钢公司不断探索监督与公开、制度与文化相结合的途径，通过民主公开促进权力运行透明化，通过制度规范行为，行为习惯成为廉洁文化。

陆续出台了《有业务处置权人员管理办法》《首钢长钢“三重一大”民主决策制度》《关于对中层领导干部进行问责的管理办法》《领导干部岗双责”制度》《领导干部职务消费监督管理办法》《密切联系群众切实转变作风实施细则》等党风廉政制度，形成全方位、立体式的制度监管体系；从组织上，千人以上单位配备专职书记，重点对采购、销售等容易滋生腐败的单位派驻纪检组长，防止权力过于集中带来的腐败“可能性”，平衡权力运行，加大权力监督力度；从上至下层层签订《党风廉政目标责任书》，实行“党风廉政一票否决”制度，在选拔任用、评先时，对有违法违纪不廉洁行为的实行“一票否决”通过从源头上建制度、理机制，形成了一套严格廉洁从业制度体系，使腐败的“成功率”大大降低。

创新民主监督机制，建设职工参与权力监督的廉洁文化，开始了阳光反腐之路的积极探索。

把权力公开，让流程透明，给职工交待，从某种意义上也是在给腐败设置“障碍”，从而达到阳光反腐的目的。一方面，权力运行要更加公开透明，才能便于监督；另一方面，让职工知情，让职工监督，实行阳光操作，激发了职工当家作主的企业自豪感，对有业务处置权人员行使权力也形成一种震慑。

严明政治纪律规矩，层层压实“两个责任”。认真贯彻落实上级党委关于加强全面从严治党和党风廉政建设工作部署，督促班子成员履行“一岗双责”，层层签订《党建目标责任书》和《党风廉政建设责任书》；牵头检查基层党风廉政建设工作并下发通报，亲自约谈排名靠后单位党、政、纪负责人；每月召开基层党组织书记例会，总结点评上月工作、安排下月任务，营造出干事创业氛围和风清气正的工作环境。

2015 年，长钢公司围绕经营生产中心、压实“两个责任”，贯彻落实“八项规定”，切实纠正“四风”，全年没有发生较大的贪腐案件，没有发生对公司声誉有负面影响的重大信访事件。

2016年，公司党风廉政建设和反腐败工作重点围绕七方面开展：尊崇党章，严明纪律，把纪律和规矩挺在前面；明确主体，压实责任，将“两个责任”记在心上，扛在肩上，抓在手上；严字当头，实处着力，贯彻落实“八项规定”，抓好领导干部作风建设；力度不减，节奏不变，坚决查处损害企业利益的贪腐案件，着力解决职工群众身边的不正之风；围绕中心，立足防范，改进民主评价方式方法，以效能监察促进企业管控水平不断提升；着眼大局，心系民生，妥善解决信访问题，推动长钢公司减员增效、改革发展平稳有序进行；坚守职责，深化“三转”，建设忠诚干净担当的纪检监察队伍。

公司党委要求，各级党组织和全体党员干部认真学习《准则》《条例》，牢牢把纪律和规矩挺在前面，落实主体责任和监督责任，把责任牢牢记在心上、扛在肩上、抓在手上。

健全组织机构，压实党风廉政责任，健全公司和基层党委、纪委两委班子；注重源头治腐，扎紧制度笼子。加强党风廉政制度建设，深化党风廉政教育；落实“八项制度”，强化纪律约束。加强领导干部监管；保持高压态势，严肃追责问责；坚持问题导向，服务经营生产；立项监察，专项监察，民主评价。

2017年12月11日，集团公司第一检查组检查长钢公司党风廉政建设工作。根据检查组反馈的问题，长钢党委制定了涉及“理论学习”“党风廉政主体责任落实”“干部选拔任用把关和考核”“党务公开”等4个方面8条整改措施。全部按时限要求整改完成并长期坚持执行。

长钢在廉洁文化建设中，一方面通过加强对长钢历史文化、优良传统、先进典型的正面宣传，开展丰富多彩的廉洁文化活动，进行正面教育；另一方面通过对发生在身边的典型案例的深刻剖析，引导长钢职工忠诚长钢、热爱长钢、廉洁从业的文化理念，充分发挥廉洁文化的正能量。

借助厂史展览馆的平台，开展“明厂史、忠企业”的形势教育活动。2011年6月18日，长钢厂史馆建成，重现了老一辈革命家战争年代建设故县铁厂的风采，展现了长钢的红色发展历程和深厚的红色文化底蕴。为更好地宣传红色长钢精神，加强对全厂广大党员、职工的革命传统教育和红色长钢精神教育，从2011年6月开始，在全公司开展“明厂史、忠企业”的红色教育活动，陆续安排全体职工轮流到厂史展览馆进行参观学习，了解长钢的发展历程，增强爱国主义精神和忠于企业、奉献企业的精神。

借助反腐倡廉警示教育基地平台，开展“知廉耻，促廉洁”的反腐倡廉警示教育活动。2013年3月27日，经过精心筹建的长钢反腐倡廉警示厅教育基地正式建成并投入使用。以此为载体，开展了大规模的领导干部和有业务处置权人员警示教育活动，领导班子成员带头参观警示厅，并签下了廉洁承诺。全公司每年组织副科级以上领导干部和有业务处置权人员参观警示教育厅，接受教育，签下了廉洁承诺，写出观看心得；警示教育与党员培训、后备干部培训、新提拔干部培训相结合，建成警示教育长效机制。警示厅投入使用以来，以其时代性强，针对性强，内容丰富，创意新颖，紧密结合自身实际等特点，引起了许多领导和同行的注意，得到了社会各界的赞誉，收到了良好的教育效果。

2009年以来，核查案件150多起，党政纪处分100多人，问责400余人次，高压惩腐成效明显。

2018年，长钢推行绩效党建，因各类事故、重点工作开展不力、未完成经营任务等，共问责考核123人次，其中副处级以上人员50人次。

多次在总公司举办的活动中获奖。2013年以《铸廉》为创意造型的廉政平面广告被首钢总公司评为一等奖，用健康向上、廉洁忠诚的文化占领思想“阵地”。

2012年以来，长钢公司纪委连续7年被总公司表彰为先进纪检监察组织、避免和挽回损失有功单位。

四、创新群团工作

2017年6月22日，继2002年第九次工代会召开15年后，首钢长钢工会第十次代表大会召开。

15 年来，公司工会坚持把职工代表大会作为企业实行民主管理的基本形式，严格落实职工董事、职工监事制度，职代会 5 个专门委员会认真履职，不断提高职代会提案质量。坚持每年召开两级职代会，组织职工代表有序参与了公司治理和关乎职工切身利益各项重大工作，高票通过了《首钢长治钢铁有限公司优化提效工作方案》。

各级工会组织为主动适应钢铁行业的严酷形势和新常态，将工作重心转移到基层一线，深入开展了“五型”班组创建活动，通过细化完善班组考核评价体系，将工作任务分解到每一个班组，把经济指标落实到每一个岗位，有力助推了公司经营生产和降本增效任务顺利完成。截至第十次工代会召开，共选树命名 8 个“五型”班组，举办 4 场“班组降本研讨会”，45 名班组长分享经验，310 名职工参与互动交流。

始终坚持加强职工队伍素质建设，充分发挥工人阶级在企业发展中的主力军作用，不断加强新形势下职工的政治思想、业务理论、法律知识、技术技能学习培训，坚持开展“五一”评选表彰、“三八”评选表彰，极大地调动了职工的工作积极性和创造性。充分发挥劳模先进的榜样示范效应，不断完善评选表彰工作机制，建立“长钢工匠”评选长效机制。从 2002 年至十次工代会，共选树全国“五一”劳动奖章 1 人，全国工人先锋号 3 个，山西省“五一”劳动奖章 12 人，集团公司劳动模范 25 人，省、市级劳动模范 24 人，选树“长钢工匠”11 人，“首钢工匠”1 人。20 余名职工先后荣获“全国钢铁行业技术能手”“太行技术状元”“太行技术能手”等称号。通过精神奖励和物质奖励相结合，大张旗鼓地宣传劳模先进事迹，营造了学习劳模、崇尚劳模、争当劳模的浓厚氛围，奏响了“工人伟大、劳动光荣”时代主旋律。

始终坚持发挥桥梁和纽带作用，最大限度地维护职工的合法权益，以维护职工合法权益为关键，着力推进构建和谐劳动关系，每年职代会前代表职工与公司协商、签订《职工工资专项集体合同》，每三年签订《集体合同》，建立了公司劳动争议调解委员会。

全心全意为职工办实事、办好事、解难题。坚持“金秋助学”活动，资助困难职工子女；拨付专项经费为解合人员进行离岗体检和欢送留念；把

“两节”活动节省下来的资金210万元，全部用于困难职工的慰问帮扶；扎实开展两节“送温暖”“夏送清凉”“职工大病医疗互助”活动、结对帮扶和女职工关爱行动等各项帮扶活动。每两年组织为职工进行健康体检，女职工特病保险参保率达100%，组织职工参与长治市大病医疗互助活动，共为665人次发放互助金291万元，“安康杯”竞赛活动多次荣获全国“优胜单位”等荣誉。

始终坚持丰富职工精神文化生活，广泛深入开展群众性文体活动，不断满足职工群众健康向上的精神文化需求，组织开展元宵节民间社火表演、花灯展、焰火晚会、文艺晚会、新春锣鼓大赛、消夏晚会、职工运动会等大型文体活动。开展了纪念中国人民抗日战争暨世界反法西斯战争胜利70周年职工大合唱比赛、纪念建厂70周年十大系列活动，提炼出铿锵有力的员工誓词并纳入公司重要会议和重大活动议程。

始终加强和改进工会自身建设，不断增强工会组织的吸引力和凝聚力。各级工会组织不断提升服务能力和工作水平，围绕增强“三性”克服“四化”工作主线，及时调整优化提效后的基层工会组织，配齐配强工会干部，实行基层党委书记、工会主席一肩挑。依托上级工会组织培训平台，强化工会干部学习培训和业务交流。严格财务管理，加强工会经费使用情况审查监督，保证了工会经费的合理合规使用。

2017年9月28日，时隔18年，召开共青团首钢长钢公司第十次代表大会。面对新形势新要求，长钢各级共青团组织团结带领广大团员青年，始终坚持紧跟党的领导，牢牢把握中国青年运动的时代主题。始终坚持围绕中心工作，充分发挥党的助手和后备军作用。“党有号召、团有行动”。坚持“依靠党建带团建，围绕经济抓团建，服务青年促团建”的工作方针。为公司圆满完成不同时期各项工作任务做出了应有的贡献。

公司团委主动适应钢铁行业的严酷形势和新常态，将工作重心转移到基层一线，深入开展了青年“双争”、青工创新创效、青安岗、青工百日安全活动、青年文明号、原始记录达标创优、降本增效我当先、向跑冒滴漏宣战等20余项“青”字号品牌活动；建立健全了青年安全网络，连续五年与公司党委签订青年安全包保责任书，实现了青年安全生产“五为零”工作目标；累计产生青工创新创效成果120余项，创造经济效益970余万元；各项活动共计获得全国钢铁行业荣誉6项，北京市、山西省、长治市以上荣誉8项，荣获各类先进集体荣誉288项。

近年来，作为共青团山西省委22家（长治市唯一一家）企业首批推进单位之一，全方位开展了青年思想分类引导工作，形成了《首钢长钢公司青年思想引导手册》；深入开展了“学党史、知党情、跟党走”、践行社会主义核心价值观、“我与祖国共奋进、我与长钢共成长”、我的中国梦、“我和我的祖国”等主题教育活动，因地制宜积极开展了多种形式的形势任务教育和主题实践活动教育团员青年铭记历史、传承薪火，不断增强爱国意识、企业主人翁意识和发展意识，激励广大团员青年以昂扬向上、奋发进取的精神状态投身长钢发展建设。

连续七年选派青年志愿者出色完成了毛主席纪念堂志愿服务，每年开展“3·5”学雷锋活动成为了钢城一道靓丽的风景线。积极参加团市委组织的青年志愿服务活动，选派青年志愿者参与长治市创建“全国文明城市”“爱之翼书屋”等活动，为小学留守儿童、乡村小学捐赠图书、学习用品，将公司共青团影响力辐射到周边地区。

发挥桥梁纽带作用，全心全意服务团员青年成长成才。根据公司不同时期中心工作需要，先后实施了跨世纪青年人才工程、青年创业行动、青年岗位能手、青年文明号创建等重要工作，为公司输送了急需紧缺的青年专业人才，推动了青年人才队伍。

为青年成长成才搭建平台，拓展通道。多次参与了集团公司“青年榜样”巡讲活动，开展了“奋斗的青春最美丽”“为企业创效为团旗增辉”、寻找“最美青工”先进人物宣讲活动。深入开展了青年“五小”竞赛活动，强化了内部培训和外出学习模式，调动了团员青年的工作积极性和创造性。

选树全国先进荣誉22个，其中团中央授予的“全国青年岗位能手”1人，“全国青年安全示范岗”1个；省、市级先进荣誉28个，集团公司先进荣誉73个。

深入开展了“我心永向党、十八大知识竞赛”“安全知识竞赛”，“质量在我心中”“党在我心中”演讲赛、青年三人制篮球等40余项活动，举办了青春风采展示DV大赛。积极运用新媒体开展了漫画、微故事、安全知识网络竞赛，举办首届单身青年婚恋交友活动，积极参加上级团委举办的电子竞技、摄影、歌手大赛活动并获得佳绩，极大地提升了青年活动影响力。

坚持“依靠党建带团建，围绕经济抓团建，服务青年促团建”的工作方针。成立了青年工作委员会，为公司主要生产单位配置了14名专职团委书记成立了大学生公寓团支部，共青团组织建设走在了全省前列。公司团委在各级共青团组织和团员青年中深入开展了“走基层、转作风、办实事”、增强“三性”克服“四化”、“一学一做”等主题教育活动，严格执行团干部双周例会制度，持续在基层团组织开展青年安全工作讲评会、争创“五四红旗团委”评比活动，批量选派团干部到首钢党校培训深造，提升团干部队伍素质，团员意识得到了进一步增强，共青团工作整体水平有了长足的进步和提高。

坚持共青团工作与经营生产深度融合，深入开展以“安全生产月”“质量月”为载体的群众性竞赛活动，以技术创新、管理创新、营销创新和服务创新为主要内容的“青工创新创效”活动，以“降本增效我当先”“青年突击队”“五小”竞赛为载体的服务生产活动；围绕加强思想教育工作，构筑新形势下青年精神支柱。

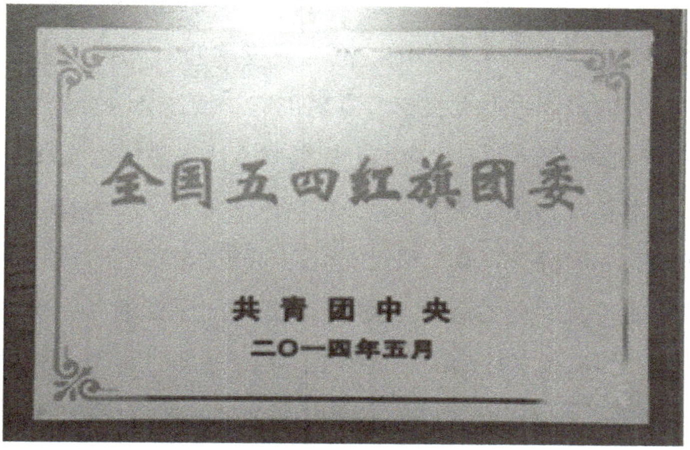

首钢长治钢铁有限公司团委受到共青团中央表彰

通过采取线上线下两个平台，广泛应用网络新媒体工具，继续加强青年践行社会主义核心价值观、爱国主义教育、党史国情和厂史厂情教育，加强首钢精神和红色长钢优良传统培育；不断健全完善青年服务体系，为青年成长成才创造条件。大力开展“推优”工作，积极推荐青年作为党的培养对象，通过培养、考核、选树等手段，帮助更多的青年人才脱颖而出。

围绕落实共青团改革指示精神，不断加强自身建设，充分发挥团员的主体作用，继续全面深入开展“团员意识提升”“团员先进性”“团员民主评议”等各项主题活动。公司团委获2013年度“全国五四红旗团委”荣誉称号，这是长钢建厂以来，共青团获得的最高荣誉。

加盟首钢十年来，长钢的妇女工作也取得了骄人的成绩。

2011年4月，召开女职工代表大会，对公司工会女职工委员会进行了增补、调整，同时对各二级单位女职工组织人员也进行了调整、充实，配备了一批素质较高、有群众基础、作风过硬和热心女职工事业的女职工干部。

在女职工中开展了“巾帼建功立业”活动，充分调动和发挥广大女职工爱岗敬业、创新创效的积极性，培养、选树、宣传优秀女职工集体和个人典型，激发广大女职工的光荣感和工作热情。

开展了“培育好家风——女职工在行动”主题实践活动。引导广大女职工自觉践行社会主义核心价值观，大力发扬中华民族传统美德，带头弘扬主旋律、树立新风尚，建设幸福家庭。围绕夫妻和睦、尊老爱幼、科学教子、邻里互助等主要内容，举办大讲堂、专题讲座、报告会、交流会，宣传中华民族家庭美德和良好家风的时代内涵，以科学方法引导广大女职工注重家庭、注重家教、注重家风。紧紧围绕夫妻关系、亲子关系、代际关系、邻里关系，通过“好家风、好家训”征集、研讨交流，宣传励志奋进的好家训好家规。

举办“书香三八”读书活动，引导广大女职工勤读书、善读书、读好书，一人获得全国第四届读书活动征文优秀奖。组织女职工积极参与“争当学习型职工读书活动”，举办以家庭为单位的读书征文、演讲比赛、经典诵读等系列活动，构建“家庭小书库”、制订“家庭读书时间”，带动和影响家庭成员阅读，营造家庭书香氛围，全面提升家庭成员综合素质。开展有针对性的、特色鲜明的女职工家庭文化建设和文体活动，推动社会主义核心价值观深入女职工和家庭。根据不同家庭特点，开展家庭助廉洁、家庭促安全、家庭创文明等活动。

在全体女职工中深入开展“庆‘三八’不忘初心红色寻根”，节能减排“三个一”“金点子”“金创意”合理化建议，组织开展“姐妹献爱心、送温暖”，对患大病的女职工进行救助，对单亲困难女职工进行了“结对子”、实行“1+1”帮扶，举办女工保健知识讲座，每年组织开展女职工健康体检等活动。

10 年来，长钢公司各基层女职工立足本职、奋发进取、无私奉献，用自己的辛勤劳动和聪明才智，发挥了“半边天”的作用，涌现出一大批勇于奉献、成绩突出的先进女职工集体和个人。

在山西省总工会、长治市总工会以及长治市妇联组织的各类表彰会上，首钢长钢公司先后荣获集体、个人多项荣誉。公司女工委被省总工会、市总工会授予“先进女职工集体”荣誉称号，公司工会主席徐建国荣获“山西省维护女职工权益贡献奖”荣誉称号。炼焦主控工陈慧敏荣获首钢“巾帼标兵”红旗手、炼铁厂烧结作业区烧结集控班组被省总工会授予“山西省五一巾帼标兵岗”、职工总医院崔江丽获“山西省文明和谐家庭”荣誉称号、炼钢厂女职工李晚花被授予山西省“五一”巾帼奖。

五、全力维护稳定和谐大局

随着改革开放的不断深入推进和社会主义市场经济的深入发展，我国企业体制改革也取得了巨大的成效，与此同时，社会治安形势出现了很多新情况、新特点，企业的维稳信访工作也出现了一系列新问题，这不仅对企业形象造成了不良影响，也不利于社会稳定。加强社会治安综合治理基层基础建设，是社会治安综合治理、维护社会稳定的有力举措，是进一步深化基层平安建设、巩固政权基石的有效手段。

长钢公司党委将维稳工作作为头等大事，全力维护和谐稳定大局。重点关注优化提效期间的风险隐患和职工群众的思想动态，扎实做好十九大等重要时段的矛盾排查和维稳工作，保障了经营生产的稳顺态势。

2016年，在长钢处于爬坡过坎的关键时期，在公司上下坚决打赢求生存硬仗、庆祝公司建厂70周年的关键时刻，网络上却出现了一些不和谐的“杂音”。2月23日，长钢一职工在其注册的微博账号中发布了与事实严重不符的“首钢长治钢铁厂年底大分红，职工喜洋洋”文章，杜撰“长钢公司将国家给职工的烤火费让处级领导给私分了”，一定程度上造成了职工思想波动，在企业中诱发了一些不稳定因素。

长钢党委加强舆论引导，积极有效应对重大舆情。这个网络造谣事件调查处理后，党委在全公司广泛深入开展“在企爱企、在企为企”讨论活动。《长钢》报及时刊发“让诋毁企业形象的人无处遁身”“爱长钢，就请为长钢”等文章。各单位从领导干部到普通职工，以作业区、班组为单位，层层开展讨论，人人参与讨论。焦化厂党委还组织开展了“在企爱企、在企为企”主题演讲赛。

在讨论中大家澄清了以下几个问题：长钢是谁的长钢？长钢兴衰和谁的命运息息相关？大家怎样做到不听谣、不信谣、不传谣？

通过讨论，大家认为，大河有水小河满，企业为我们提供了工作机会，就要发自内心去珍惜，有利于企业的话多说，有利于企业的事多做，共同维护我们来之不易的发展环境。

正当企业持续盈利、向好发展的时候，一波又起。2017年6月26日，一些已离开工作岗位的原长钢职工来到公司办公楼前，以索要“结余工资”为由进行群体性上访。

严峻形势下，在集团公司党委和长治市委市政府的指导支持下，长钢党委领导始终坚守一线，倾听群众意见，研判群访形势，积极审慎地解决各种问题。

长钢党群工作部部长、工会副主席陈波回忆到当时的情景，抑制不住心中的情绪，声音哽咽，眼泪直流。她说，那些日子确实很难熬，每天晚上做群众工作要到十点多钟，随后还要写当天的总结，向市委汇报，对第二天的情况做出预判，考虑好如何处理突发情况。陈波说，那些天崔永康书记和王春生副书记一直在第一线坚守，苦口婆心地向上访群众宣讲政策，做思想政治工作。有的群众对他们谩骂，向他们扔矿泉水瓶子，甚至有一个中年妇女在职工食堂扑过来追着崔书记辱骂，但他始终和颜悦色地沉着应对。

这次群体性上访事件，在长钢内外都造成了很大的影响，但对正常的生产经营活动产生影响非常小。事情发生之后，崔永康在长钢公司领导班子会议上讲，这次群访事件，主要由党委和党群部门来处理，各位行政领导、各行政部门和生产经营单位，安心做好自己的本职工作，就是对公司党委最大的支持。

自 7 月 25 日开始，公司先后组织召开 15 次基层党组织书记碰头会，研究解决职工群众提出的诉求，扎实解决了孩子入园难、住房公积金贷款难、部分社区环境差等问题。

在公司党委领导班子成员带领下，各单位党组织书记、工会主席、基层党支部书记同步登门入户进行政策宣讲，倾听群众心声，搭建暖心桥梁，解难题办实事，确保职工思想稳定。截至 8 月 29 日，共走访 6613 户。针对职工反映集中的子女就业难和生活困难问题，公司积极给予就业帮扶，先后组织 30 余名解合职工和职工子女到山西立讯精密工业有限公司就业。继续开展“金秋助学”活动，为 91 名困难职工子女发放助学补贴金 163600 元。

群访事件最终得以圆满解决。

针对群访事件，长钢内部媒体敢于发声、主动发声。6 月 29 日，《长钢》报刊发了“关于对结余工资转股的情况说明”，电视制作了“特别关注——关于结余工资转股情况的说明”专题节目；

从 6 月 30 日开始，长钢电视台开设“请进演播室”专题访谈节目，请有关部门负责人就结余工资转股情况解疑释惑，并每天新闻后坚持播放；在电视《长钢新闻》中制作专题新闻——“公司党委关于结余工资转股问题的答复”、“结余工资转股作废是政策决定的”，广泛宣传国家政策，化解矛盾，有效促进了公司维稳工作的持续深入开展。

群访事件解决过程中，《长钢》报还及时刊发“你是我的兄弟我的姐妹——给群访人员的一封信”“长钢是我们共同的家请别伤害她”说理文章，从公司大局出发真情与群访人员进行积极沟通对话；将刊载情况说明和说理文章的报纸加印，分发到各社区居民手中。

公司党委高度重视并切实关心职工的生活。保障困难职工的正常生活不受影响；在轮岗息工和优化提效工作中，周密部署，充分考虑双职工的实际情况，不激化矛盾，造成不稳定因素。

与此同时，对公司开展“大走访”活动后，解决的职工、家属关心关注的一些民生问题给予及时的宣传报道，使职工、家属深切感受到了公司的关爱。通过加强宣传引导和说服教育等一系列行之有效的举措，结余工资群访事件最终得到了妥善解决。

值得欣慰的是，在“结余工资群访”过程中，长钢的广大在岗职工都能坚守工作岗位，没有参与到群访中去，保证了长钢生产经营秩序的稳定。同时，还有相当一部分职工主动去做参加群访的家里人、朋友的工作，给家人、朋友讲政策、讲道理，让他们不要再去群访。这些职工用实际行动践行着“在企爱企、在企为企”，体现着“在企爱企、在企为企”的情怀。

党组织的凝聚力、战斗力和党员队伍能力素质不断提高，为推动公司各项任务目标完成，打赢求生存硬仗提供了有力的组织保证。

尾声

初心永在：长风破浪会有时

回首来路，兴利除弊去腐生新，跌宕起伏悲欣交集，有多少往事涌上心间；

瞩望前程，浴火重生脱胎换骨，雄关漫道风烟壮阔，把万千重担扛在肩头。

李怀林总经理说：关于过去，我们一直有个心结，就是上3200立方米的高炉，好像长钢的沉沦就在于没有上了大高炉。赵民革副总问了我们3个问题：一是上了大高炉，你能不能挣钱？二是你的竞争力在哪里，与民企相比，你的优势何在？三是在行业里边，长钢如何定位？

赵民革问的3个问题都有其言外之意。其一，上大高炉国家限制产能先不说，你投入进去那么多，拿什么还银行的钱，能不能把利息挣回来？其二，你的吨铁成本比行业高150多块钱，比周边的民营企业还要差很多。你与民营企业相比没有任何的竞争优势。生存都是问题，上了大高炉背上更多的债务，等于雪上加霜，只会死得更快。其三，你在行业里排名仍然十分靠后，加入钢铁企业规范许可都很困难，在外围环境发生了巨大变化之后还在刻舟求剑地奢谈上大高炉，无异于痴人说梦。

现在，赵民革提出的3个问题，长钢都有了明确的回答：长钢跻身于全国同行业的前列，有了一定的竞争力。

然而，企业只解决了生存问题，而远远没有解决发展问题。随着国内外形势的变化，钢铁行业的竞争会越来越激烈。从来就没有不变的名次和地位。龟兔赛跑不是童话，而是每天都在发生的残酷现实。在转型发展的道路上，长钢还要着手解决许多悬而未决的问题。

贾向刚说：长钢解决生存问题用了五年时间；要解决转型发展，至少要下八到十年的苦功夫和硬功夫。

崔永康说：长钢这几年的变化，仅仅是一个好的转折，必须上下同欲，为建设百年长钢而努力。

李怀林说：长钢管理上的漏洞还不少，挖掘潜力的空间还很大。

一、荣誉背后的品质追求

一场小雨过后，故县村南的小南河又有了喧腾的浪花，它唱着欢快的歌曲，一路向前，百折不挠，流入浊漳河，冲出太行山，入卫河、海河，汇入了浩瀚的渤海。涓涓潺潺的小南河水，由于自强不息的奋斗和追求，最终得到了大海的拥抱而永生！

小南河北岸的故县坡上，原先是一片蛮荒而沉寂的田野，由于八路军总部的到来，由于抗大一分校的进驻，由于故县铁厂的建设，从而升华成一片红色的热土。

这片热土昔日的荣光，长钢厂史馆的前言做了这样的概括：

太行之雄伟，为拒敌之屏障；上党之富庶，为厚生之沃土。滔滔浊漳河之西畔，有一个名为故县的村庄，北望逶迤的石圪节岭，岭下埋藏着丰富的煤炭，岭上葱茏着苍翠的松柏；南邻潺湲的小南河水，河水中蒹葭苍苍，河面上水鸟翔集。不知多少年多少代，淳朴的人们在这块风景如画的土地上繁衍生息，过着安宁而自足的生活。

然而，自“七七”卢沟桥事变的枪声响起，这里就开始续写红色的传奇。仅仅一个名不见经传的二仙庙，就先后成为八路军总部、抗大一分校校部和故县铁厂厂部所在地。那时的小南河畔，红旗招展，军号嘹亮，教室书声高，操场练兵急；那时的故县坡上，垦荒建厂，采矿冶铁，炉火照天地，红星乱紫烟。在不到十年的时间里，有多少开国元勋，在这里留下过战斗的足迹；有多少抗大学子从这里走向了杀敌的战场；有多少热血男儿在这里胼手胝足，褴褛筚路，用艰苦卓绝的精神和不屈不挠的意志，建筑起了共产党的第一座高炉、第一座工厂，把对人民的热爱、对和平的渴望冶炼成生铁制造出枪炮，源源不断地输送到平津战役、淮海战役的战场上，迎来了新中国解放的曙光，又有多少名流俊杰在这里得到了熏陶，成为支撑共和国钢铁事业的栋梁……

长钢为新中国的解放和建设做出了不可磨灭的贡献。1987 年长钢举行了建厂四十周年纪念活动，当时有许多健在的老兵工从全国各地云集长钢，共襄盛典。郑汉涛将军在纪念大会上豪迈地说："长钢是我党我军创建的第一个现代化钢铁厂。你们创建于战火纷飞的 40 年代，当时一无经验，也缺少钢铁及水泥等，但是在党和八路军总部的正确领导下，解放区人民的支持下，当时的建厂组带领全厂职工自力更生，艰苦奋斗，终于在短短的几个月时间里建成投产了。这一伟大胜利是来之不易的。我们必须珍惜这一胜利，继续发扬这一光荣传统，迎接今后更艰巨的四化建设任务。长钢为解放战争的胜利贡献了数以十万吨计的生铁，制造了数以百万发计的炮弹，这一个功勋将永垂史册。长钢的贡献还在于培养了很多的技术和管理人才，为全国解放后冶金战线的巨大发展打下了初步基础，这一功绩更具有长远的意义。"

冶金工业部副部长、总工程师、故县铁厂的创始人陆达说："我们故县铁厂的建设队伍，是来自全国五湖四海的优秀儿女，为了一个共同的目标走到一起来的。这个共同的目标，就是要建设共产党自己的钢铁基地，为夺取解放战争的全面胜利奠定雄厚的物资基础。"

故县铁厂诞生于战争年代，她为战争而生，为解放战争的胜利而生，为新中国的解放和建设而生，首先是为铁而生！

钢铁，需要烈火的焚烧和锤炼而得，是现代社会最为重要的原材料，水下地面地上和天空，无处没有钢铁的身影。一个国家的强大，首先是钢铁工业的强大。新中国在成立初期，曾经出现过全民大炼钢铁的热潮，也曾经提出过"以钢为钢"的口号。在那个"炉火照天地，红星乱紫烟。赧郎明月夜，歌声动山川"的年代，长钢作为钢铁企业的老大哥，被全国四面八方许多新生的钢铁厂学习取经，曾经红极一时。

长钢贡献给国家、社会和人民的是铮铮钢筋铁骨。

打铁首先本身硬。

红色基因的传承，70多年风雨的历练，历经沧桑而风采犹在，这种过硬本领的获得，其中的精髓就是“长钢精神”。有了长钢精神，才有了长钢钢材的优良品质，才有了几十年如一日制造优质钢材的代代传承。

70多年来，不管经受什么样的坎坷和波折，长钢始终像维护自己的眼睛一样爱护产品的品牌，把产品的质量当做企业的良心；始终在开发新产品上不断实验探索，最大限度地满足用户的期望和市场的需求。

长钢的钢材产品覆盖全国绝大多数省份，并出口到美国、白俄罗斯、玻利维亚等多个国家和地区，是国家重点工程和重大项目的首选产品。成功用于人民大会堂、毛主席纪念堂、北京奥运场馆、三峡工程、上海杨浦大桥、秦山核电站、神头电厂、风陵渡电厂、武乡电厂、霍州电厂、雁门隧道、山西万家寨引黄工程、南水北调、小浪底水利枢纽工程、青藏铁路、大秦铁路、太中银铁路、中南铁路通道、郑西高铁、石武高铁、大西高铁、郑徐高铁、北京地铁、郑州地铁、武汉地铁、山西博物馆、深圳跨海大桥、太长高速、邯长高速、长临高速、大同市政工程、太原市政工程等国家重点工程，以及在建的太焦高铁、蒙西高铁、西成高铁、宝兰高铁、太原地铁、晋蒙黄河大桥等重点工程项目。

长钢公司产品主要包括“钢铁产品、机械制造、矿渣水泥、冶金焦、化工产品”五大系列。钢铁主导产品“上党”牌热轧带肋钢筋荣获国家冶金产品实物质量“金杯奖”“国家免检产品”“山西省标志性名牌产品”等荣誉称号。

长钢公司钢材钢质纯净、成分稳定，主要有棒材、线材、型材三大类。棒材产品系列有热轧圆钢、热轧带肋钢筋、热轧光圆钢筋、支护用高强度锚杆钢；高速线材产品系列有普碳钢、硬线钢、螺纹盘条、光圆钢筋、预应力钢丝及钢绞线用钢、PC钢棒用钢、弹簧钢、冷镦钢、链条用钢、轴承钢、焊接用钢等；型钢产品系列有H型钢、工字钢等。

长钢很早就建立了严格的产品生产质量管控体系，是国家钢筋混凝土用钢标准起草单位，有国家级技术中心和国家级冶金实验室。2012年10月，接到中国合格评定国家认可委员会（CNAS）认可决定情况通知书，获得了中国合格评定国家认可委员会实验室认可证书，成为全省继太钢之后第二家获此证书的钢铁企业。

不断开发新产品是长钢面对市场竞争的责任所在和满足用户需求的使命所在。

2017 年，长钢轧钢厂将提高锚杆钢成材率指标列为技术攻关的重点项目，特别针对锚杆钢产品尺寸精度不能满足用户要求这一症结，积极组织重点攻关。对锚杆钢生产进行认真总结分析，制定改进措施，不断优化锚杆钢生产工艺，使锚杆钢生产指标月月上台阶。同时，长钢轧钢厂又开发了 ϕ65mm 的 65Mn 弹簧钢中 55mmG4si 焊接用钢盘条，231×255 剖分 T 型钢、70×198 矩形扁钢，ϕ12mm HRB400E 盘螺热轧带肋钢筋产品等。成功开发试制 EH14、ER70S-M、ER70S-G 合金焊线系列三个品种。不断获得荣誉推动着长钢永远向着高峰迈进。

2017 年 10 月，在中国建筑用钢产业链高端论坛上，长钢公司荣获 2017 年中国国有企业优质建筑用钢品牌荣誉。

2017 年 11 月，在第十三届环渤海钢铁市场论坛暨兰格钢铁网年会上，长钢公司荣获 2017 重点工程建筑钢材推荐品牌荣誉。

2018 年 7 月，在山西省企业家协会第 26 次会议上，首钢长钢公司获得“山西省功勋企业”荣誉称号。

2019 年 5 月 4 日，第三个中国品牌日，《中国冶金报》发布 2019 年中国钢铁企业品牌排行榜，长钢公司荣获“2019 年卓越建筑用钢生产企业品牌”称号。

由于长钢产品优良的质量和良好的信誉，不仅得到了市场和用户的广泛青睐，也成为不法分子觊觎的目标。多年了假冒长钢商标的钢材不断被发现在省内外的钢材市场和建设工地上，打假成了长钢不得不去从事的一项日常工作。几年前，长钢在《山西日报》上几次刊登公告，敬告广大用户认清长钢的商标和品牌，切莫上当受骗。

追求优良品质的事业，一直在路上；真假李逵的较量，也一直在路上。

二、长钢之变的内涵发现

总经理李怀林在副总经理的岗位上一干就是20个年头，2019年4月初，刚刚升为总经理。贾向刚在向总公司推荐李怀林时说：李总比我细。在管理上他是一分一厘地抠。

李怀林从学校一毕业就分配在了长钢工作，从最基层的操作工干起，后是技术员，科长，分厂厂长，直到长钢公司副总经理、总经理。这几十年长钢发生的变化，应该说，他最有发言权。与长钢其他的普通职工相比，他不单单有时间上的经历，更重要的是他在不同岗位上的体验和感受，尤其是他到了公司高层之后，他的心路历程，要更为复杂和丰富。

他说，长钢这10年经历了3个阶段，与首钢刚刚联合重组是一个新的起点和高潮，后来由于钢铁行业的冰川期，长钢进入了一个低迷和十分困难的时期。这几年贾向刚来了之后，长钢从低谷中走出，跃上了一个新的高峰。

长钢有些干部说，李怀林这几年的付出，比过去十几年的总和都多。他丝毫也不否认这种说法。他说，我干得痛快，在非常愉悦的状态下干活，我干完之后有成就感。

愉悦和成就感，应该属于一个人干工作的最高境界吧！

同样的人，同样的职务，从李怀林的思想观念、精神状态和工作作风上发生的根本性的变化，或许是我们探视长钢“蝶变”的最佳“窗口”。

挪威人喜欢吃沙丁鱼，尤其是活鱼。市场上活鱼的价格要比死鱼高许多。所以渔民总是想方设法的让沙丁鱼活着回到渔港。可是虽然经过种种努力，绝大部分沙丁鱼还是在中途因窒息而死亡。但却有一条渔船总能让大部分沙丁鱼活着回到渔港。船长严格保守着秘密。直到船长去世，谜底才揭开。原来是船长在装满沙丁鱼的鱼槽里放进了一条以鱼为主要食物的鲶鱼。鲶鱼进入鱼槽后，由于环境陌生，便四处游动。沙丁鱼见了鲶鱼十分紧张，左冲右突，四处躲避，加速游动。这样沙丁鱼缺氧的问题就迎刃而解了，沙丁鱼也就不会死了。这样一来，一条条沙丁鱼活蹦乱跳地回到了渔港。这就是著名的“鲶鱼效应”。

在企业管理中，鲶鱼效应是采取一种手段或措施，刺激企业员工活跃起来，投入到积极的工作中去，从而激发整个企业参与市场竞争的活力。

贾向刚和崔永康就是投入到长钢这一池“温水”中的两条鲶鱼。

贾向刚工作经验丰富，作风严谨，说到就要做到，做不到的坚决不说。充分信任班子成员，勇于放权，又勇于承担责任。

他有三句话，长钢的干部记忆非常深刻：当领导干的就是得罪人的活儿；企业不想占便宜，就不会吃大亏；当领导就是要解决难题。

崔永康与李怀林有极其相似的经历。担任党委书记之前已经担任了数年的公司纪委书记，还担任过炼钢厂厂长多年，善于学习，坚韧勤勉，包容大度，豁达睿智，信奉的座右铭是“天道酬勤”。他对党务工作业务非常熟悉，并且对企业党建工作的任务、使命和作用，有独到的心得和见解。

他说，企业没有效益就不能生存，企业党委的使命就是保证企业有效益，能生存，这是最起码的。只有企业的效益上去了，职工的收入增加了，党务工作者才有面子，价值才能真正体现出来。他在班子会上常说，长钢的班子只能有一个声音说话，而不能有任何的杂音。会前要充分商量，会后要保持沟通。所有的班子成员都要站在讲政治的高度，讲团结，守纪律。不允许当老好人，更不能当两面人。

过去，长钢在人事问题上常有跑风漏气的现象发生。靳伟就曾经当面批评过长钢的领导，你们在长钢调整干部，还没有形成决议，我在北京就知道了。现在，长钢新的领导班子彻底把这种风气扭转了过来，中层干部的升迁完全凭业绩说话，过去那种通过与领导拉关系套近乎当官保官、有事无事在公司办公楼上串门的现象，彻底得到了杜绝。

在这样两条“鲶鱼”的搅动之下，长钢从班子成员、到中层干部到基层员工，都从沉寂和沉睡中醒了过来，动了起来，甚至跑了起来，因此才带来了长钢脱胎换骨的变化。

长钢变了。

长钢通过利用“五把尺子”衡量全面工作，通过开展“二次创业”凝聚全体职工的意志，通过实行“三清晰三到位”夯实管理基础，通过推行“三个一体化”和“三个跑赢”等多项措施主动参与市场竞争，卧薪尝胆，负重前行，终于使得生铁成本从全国同行业排名第45跃升为排名第三。这是一个非常了不起的变化，是一个令业界内外为之侧目甚或是震惊的变化；

长钢通过优化提效，员工总数减少了近一半，两级机构减少了一半以上，员工的工作量增加了一倍以上；

长钢在不到两年的时间里取消劳务用工一千多名，取消了所有日常雇佣的外委外包；

长钢通过合并库房、减少库存，盘活了数额巨大的沉淀资金，减少了资金占用；

长钢通过强化管理，管理费用高于行业平均，降至接近行业平均的50%。两金周转率列首钢钢铁板块第一；

长钢通过改变营销方式，产品的直供直销率直线上升，由2015年前的不到5%提高到61%以上。销售利润率最高超过10%；

长钢推行TPM管理，从0到1，在精细管理上迈出了新的步伐；

长钢在困境中逆势而上焦化项目，彻底解决了焦炭吃百家饭的问题，为降低成本提供了强有力的支撑；

长钢通过大量的环保投入，不仅环境质量得到了显著改善，而且自发电率几年时间，由不到10%跃升到将近70%；

长钢大幅度增加科技投入，信息化、自动化和智能化水平显著提高；

长钢通过剥离辅助，剥离原先承担的社会职能部分，主体更加精干，实物劳动生产率五年翻番；

长钢职工的工资收入从不到长治市平均工资的70%，上升到与全省平均工资持平。职工收入实现五年翻番；

首钢总公司对所属各单位党委班子的工作每年都有一个综合考察，要进行年度排队。从这个排队情况可以看到长钢几年来的不断进步与提升：2014年，总公司48家单位，长钢排第43名；2015年，44家单位，排第14名；

2016 年，33 家单位，排第 2 名；2017 年，35 家单位，排第 1 名。

“长钢之变，变在民心；民心之变，变在干部；干部之变，变在作风；作风之变，带来千变万化”。

对长钢加盟首钢后的变化，首钢职工有非常精辟的概述：

追溯长钢之变，总经理李怀林说：“按我的看法，长钢这几年的变化不是最大的，但应该说比较大。最大的变化是 2001 年长钢建设新区。这几年的变化主要在经营理念和管理思想的变化。是的，2001 年建设的新区，就是现在长钢的主厂区，也是长钢之所以还存在的重要的物质根据。”

此外，从 2001 年起，长钢人的观念也从冰封的冻土中醒来，如一只从洞中钻出的鼹鼠，观望和感知外部这个光怪陆离的世界。拆墙透绿环境美化之风，“三三制末尾淘汰”的优胜劣汰之风，“四个事事原则”的精细管理之风开始一缕一缕吹入长钢人的心头。可以说，正是 2001 年末尾淘汰和 2005 年改制的历练，长钢人在 2015 年的优化提效中才有了淡定和从容。失败，再一次的失败，都是为最后的成功所花的学费，所铺就的道路，所搭建的桥梁，所竖立的阶梯，所做的必要的准备。只有经见惯了失败，才显得成功的来之不易，才更懂得守护和珍惜。

长钢之变，是计划经济的思维方式向市场经济思维的改变；

长钢之变，是传统的经验型管理向现代化科学管理方式的改变；

长钢之变，是企业中浓厚的农业农村文化向城市和工业文化的改变。

长钢之变，是一种蝶变。

蝶变，是撕裂，是背弃，是变异，是出走，是升华，是飞翔！

三、转型发展任重道远

把握生命里的每一分钟

全力以赴我们心中的梦

不经历风雨怎么见彩虹

没有人能随随便便成功

……

《真心英雄》中这四句歌词，说尽了这几年长钢之变的所然和所以然。

按照上级有关部门的安排，长钢从2019年2月中旬开始，开展了“改革创新、奋发有为”大讨论。从下面提到的一些工作和数字，我们能够感受到长钢在改革创新的道路上坚定前行的铿锵步履——

大讨论，全公司25个基层直属党组织上报梳理查摆出问题332个。其中，经营管理方面139个，安全环保方面62个，技改建设方面49个，民生保障方面22个，党群工作方面60个。其中，已落实140个，正在落实192个。

大讨论期间，全公司各单位共提出合理化建议124件，采纳实施123件，全公司申报管理创新课题70项，经过评定后54项课题立项实施。

2019年，长钢对降本增效工作做了新的安排，出台了《首钢长钢公司2019年铁前炉料优化方案》《首钢长钢公司管理费用管控方案》《首钢长钢公司深化市场化改革实施方案》《首钢长钢公司2019年降本增效奖励办法》等10多个文件，紧扣“改革创新、奋发有为”主题，下发《首钢长钢2019年对标挖潜降本增效工作方案》。以新兴铸管武安区为标杆，详细进行了采购成本对标分析、销售价格对标分析，以及焦化、烧结、炼铁等7个工序成本对标分析。

2019年长钢各单位管理创新课题上报70项，审定立项54项。围绕公司职代会确定的全年76项重点工作的推进，《首钢长钢2019年对标挖潜降本增效工作方案》《开展“双基双评”深化“三清晰三到位”岗位责任体系建设实施方案》《关于运用“三清晰三到位”标准、开展安全专业剖析工作的方案》《开展“党员先锋创优”主题实践活动的通知》等制度相继出台。

前面曾经写到，总经理李怀林说：过去的长钢问题成堆，自己却感觉不到有什么问题，认为大家都是那样，长钢也挺好的。现在的长钢在管理上进步了很多，却发现问题很多，到处都是问题。

难道真的是长钢现在的问题比过去多吗？不是，是观察事物的眼光变了。

难道真的是长钢现在的问题比过去少吗？也不是，长钢所处的时代不一样，地位不一样，想法不一样，目标不一样，遇到的问题不一样，观察的眼光也不一样，需要解决的问题也不一样。

总公司副总经理赵民革讲：长钢仅仅是解决了生存的问题，发展的问题远远没有解决。

我们面对的是：

贸易保护主义抬头、世界风云变幻的全球大背景；

钢铁行业产能过剩、竞争日趋激烈，钢铁生产大国向钢铁强国迈进、转型发展到了攻坚阶段的国内大形势；

山西省率先进行能源革命的区域新任务；

首钢集团全局一盘棋的长钢新定位；

中国特色社会主义新时代全民奔小康实现中国梦的职工新期待；

长钢自身规模不经济、产能不配套的现实老问题。

长钢该何去何从？

长钢的发展问题，一直是困扰长钢职工多年的心结所在。长钢远离市区，为独立工矿区域，多数职工技能单一，且依赖长钢为生。期待长钢发展壮大，是最朴实、最单纯的愿望。遗憾的是，自20世纪80年代以后，由于多种原因，长钢错失了多次的发展机遇。致使济钢、莱钢规模达到千万吨的时候，长钢的规模尚不足300万吨；致使新兴铸管、邢台钢厂调整产品结构的时候，长钢依然靠几十年不变的棒线材支撑生存。

20世纪90年代后期，长钢对发展规模有了定位——100万吨钢。2001年，钢产量达到100万吨。2003年，长钢引进德国西马克H型钢生产线，当初的设想，是以此为开端，将长钢打造成中国结构钢生产制造基地。其后，由于种种原因，这一设想最终流产，H型钢生产线也处于开开停停、停停开开的状态。和首钢联合重组后，曾设想依托首钢在长材方面的研发和技术优势，将长钢建设成为“世界一流长材生产基地”。最终是，理想很丰满，现实很骨感。2017年，修订《企业文化手册》时，将之调整为：建设具有区域竞争力的钢铁综合企业。

这是一个立足于现实、理性而有分寸的调整。

在区域里具有竞争力，长钢就可以活下去，活下去了才可以畅想明天，畅想未来，才可以实现企业愿景，完成企业使命。

长钢的企业愿景是：红色长钢永续生存。

长钢的企业使命是：创新发展　造福职工。

长钢党委书记、董事长贾向刚说：长钢下一步的任务更加艰巨，这就是转型发展。邢台的一个企业，成功转型用了8~10年时间。

那么，长钢的转型呢？

转型，是对自我的又一次艰难否定，同时也是一次革命性的升华。

记得，赵民革新任长钢总经理时，在长钢俱乐部用王国维的三重境界说，对长钢的发展道路和未来进行过诗意的描述：

第一重境界：昨夜西风凋碧树，独上高楼，望尽天涯路；

第二重境界：衣带渐宽终不悔，为伊消得人憔悴；

第三重境界：众里寻他千百度，蓦然回首，那人却在灯火阑珊处。

今天，长钢走到了哪里？

2016年3月16日，长钢公司在焦化项目一期工程现场举行“庆祝建厂70周年暨千人誓师大会”活动，《长钢》报的新闻报道说，现场上的气氛“庄严而热烈，隆重而沸腾”。

确定了日期之后，党委书记崔永康就一直在惦记着活动当天的天气情况。

提前一周，天气预报显示：阴天。

提前三天，天气预报显示，阴天，有小雨。

崔永康为此专门打电话询问在长治气象台工作的老乡。

他有些担心。

贾向刚、崔永康到长治市邀请市委市政府领导参加活动，市领导说，有首钢总公司领导参加，市领导就参加。

首钢总公司领导表示没问题。

临到活动前的两天，公司办公室工作人员突然告诉崔永康，总公司办公厅来电话了，所有总公司领导当天的活动都排满了，不能来长钢了。

崔永康虽然未动声色，但心里已经坐不住了，思忖良久，拿出手机来给总公司党委书记、董事长靳伟发了一个短信。快到下班的时候，靳伟回复他三个字：没问题。

他高兴地把这个消息告诉了贾向刚，并安排办公室人员与总公司办公厅联系，问询一下总公司哪位领导来，并做好接待工作。

第二天上午 10 时，活动如期举行，所有的来宾如期出席，天空顿时云开雾散，一轮红日照耀着活动的现场，与千余名头戴红色安全帽、身着红色工装的人群相为辉映，荡漾成一片红色的海洋。

崔永康情不自禁，拿出手机，平时很少在微信说话的他，在长钢党群工作微信群发了八个字：天佑长钢，人佑长钢。

2019 年 4 月初，总公司党委决定，崔永康不再担任长钢党委书记等职务，改任为调研员。

首钢党委常委、董事、副总经理赵民革对崔永康又做了这样的评价："崔永康同志政治素质高，为人正直，有大局意识；工作严谨细致，考虑问题全面，思路清晰，工作有方法；作风民主，团结同事，关心职工，在长钢公司干部职工中有较高的威信。崔永康同志 1981 年 12 月毕业后到长钢公司工作，至今已近 38 个年头，是长钢自主培养起来的一名优秀干部，从基层一线干起，历经多岗位锻炼，是长钢公司改革发展的亲历者、见证者、实践者，30 多年如一日，为长钢公司生产建设、事业发展贡献了力量，付出了心血。作为一名有着近 30 年党龄、近 40 年工龄的老同志，与长钢公司广大干部职工结下了深厚的感情。回想起崔永康同志担任党委书记一职时，正是钢铁市场、长钢最困难的时期，崔永康同志上任以来，凝聚人心、凝聚智慧、凝聚力量，同心实干，迎来了当前非常好的发展时期，感谢崔永康同志为长钢改革发展做出的努力和贡献。"

如果把崔永康就任党委书记时首钢总公司党委常委、副书记何巍和首钢党委常委、董事、副总经理赵民革两位领导不同时期的评价合起来，我们不难感到其中洋溢着的真挚和深情。

1981 年崔永康从学校毕业分配来长钢工作，由生产一线技术员干起，到炼钢厂领导，再到公司党委领导，整整走了 38 年的历程。他来自中华传统文化最为深厚的河东大地，在他性格中浓浓地浸染着华夏优秀传统文化的基因。其中最为鲜明的就是植根基层，求真务实。他信奉的座右铭是老老实实做人，勤勤恳恳做事。他的人生信条是顾大局识大体，胸怀阔远，沉稳缜密，慎思笃行。一条“天道酬勤”的横幅，最早挂在他炼钢厂办公室的墙上，后来被他走到哪带到哪儿，一直伴随着他直到如今。

崔永康改任为调研员后，4 年多的工作情景一幕一幕地在他的脑海里快速闪动，他拿出手机，在同样的一个群发了同样的八个字：“天佑长钢，人佑长钢”。

是啊，天佑长钢，人佑长钢——这是老长钢人崔永康对长钢的祝愿，也是所有关心长钢、热爱长钢的人们，以及长钢人自己对新中国第一个红色钢铁企业永续生存的祝愿！

2019 年 6 月 7 日，正逢端午节，首钢长钢公司迎来了一批特殊的客人，他们是太行军工的后代，也是故县铁厂创始人的后代。这些人来参加“黄崖洞老区行”活动，从北京启程，途径涉县、黎城、平顺，最后来到了“老家”。他们中间有原黄崖洞兵工厂子弹厂厂长沈丁祥和黄崖洞兵工厂火库管理员李林的儿子沈白路，原故县铁厂副厂长张培江的儿子张涛，原晋冀鲁豫边区军工部工程处处长、参与故县铁厂选址工作的郑汉涛将军的儿子郑云荪，原八路军军工部部长刘鼎的儿子刘建国。

他们参观了厂史展览馆，看到父辈们在战火烽烟中留在这块热土上的青春足迹，心潮澎湃、感慨万千。刘建国在座谈会上动情地说：这是我第三次来长钢了，循着父辈留下的足迹，每次来都有新的感受。上次来是在长钢的困难时期，感到十分心痛；这次看到长钢发展的这么好，心里十分欣慰。希望长钢一如既往继承老一辈创业者不怕吃苦、团结奉献的精神，发展的越来越好。

总经理李怀林给客人介绍说：长钢公司在首钢集团的大力支持下，以“红色长钢永续生存”为愿景，传承和发扬老军工精神，以脱胎换骨的骄人成绩开启了长钢“二次创业”的新征程。2018 年铁成本进入行业第三，两座高炉实现 1261 天稳定顺行，实物劳产率大幅提高，实现利润 11.56 亿元，铁成本行业排名、利润等指标 40 余次创历史最好水平，企业发展质量和经营效益大幅提升。长钢广大干部职工接过先辈们传过来的接力棒，不忘初心，牢记使命，正在向着建设“百年长钢”的目标奋勇前行！

73年过去，在故县这块红色的土地上，虽然斗转星移，春续秋替，世事沧桑，风流云变，钢铁熔炉中仍然燃烧着熊熊的炉火，飞溅着璀璨的钢花。

这火，是长钢精神的信念之火
这花，是时代精神的信仰之花
这火，燃烧着初心，燃烧着期盼
这花，绽放着使命，绽放着希望
这火，为新一代长钢人所呵护，燃烧得更加猛烈
这花，为新一代长钢人所浇灌，绽放得更加娇艳

我们从黄崖洞走来
激情汇成奔流的江海
我们在漳水河畔扎根
信念化作太行山脉
挽起臂膀，敞开胸怀
同声唱出心中的豪迈
放飞理想，穿越时代
昂首书写长钢的未来

我们从新世纪走来
钢花绽放青春的风采
我们在市场大潮中搏击
信誉传遍五湖四海
开拓创新，卓越奉献
精心打造我们的品牌
与时俱进，壮志满怀
奋力托起长钢的未来
……

后 记

那天，日历上的雨水节气已过，但上党盆地的春天才刚刚萌芽。退休之后的我，似乎把长钢忘却得比柳絮还轻。然而，一个电话又在瞬间把我拽回了这一片热土。长钢是我的第二故乡，是种入我血脉深处的永远的家。当我还可以为她做一点事情时，我无法说出拒绝。

住进长钢宾馆，樱花树的蓓蕾一天大似一天，不到半个月就燃烧出一片红艳艳的海洋，像红腾腾的炉火，更像长钢人几十年光焰无际的热情。等到这部书收尾时，整个故县坡上，整个上党盆地，到处都已弥漫的是秋天的气息。季节和时光变化得真快，而我们的思维和笔法要显得悠慢和迟滞。

说实话，整个写作过程，是一个学习的过程，是一个重新省视长钢的过程，也是一次次被激励被感动的过程。特别是对公司有关领导和部分处室领导的采访，就像把我们带入了生产经营活动的现场，在艰难而困苦的岁月里，在各个不同的场景中，做了一次次时光的穿越。十年时间，一个人，一个企业，都可能经历和改变很多。我是一个名副其实的老长钢，但过去的长钢与现在的长钢，不可同日而语，我的的确确要刮目相看。

感谢长钢公司领导对我们的信任，特别感谢长钢撰写各种文章和材料的人们。如果没有这么多丰富而翔实的资料做支撑，任谁是巧妇，也做不出无米之炊。我们所做的工作，更像一个裁缝，裁裁剪剪缝缝而已，况且未必能缝制出一件让众人满意、合体而漂亮的衣服。限于能力和识见，稿件的粗陋必然在所难免，敬请批评指正。

最后，我们写作小组三人，真诚感谢宣传部和宾馆的同志们提供的热情与周到的服务。真诚对红色长钢，对长钢的所有广大干部职工，致以祝福和敬意！

闫荃生

2019年9月